Los Perros de Essex

Primera edición en este formato: junio de 2025
Título original: *Essex Dogs*

© Dan Jones, 2022
© de la traducción, Auxiliadora Figueroa, 2024
© de esta edición, Futurbox Project, S. L., 2025
Todos los derechos reservados, incluido el derecho de reproducción total o parcial de la obra.
La traducción de *Los Perros de Essex* se ha publicado mediante acuerdo con Bloomsbury Publishing Plc.
Ninguna parte de este libro se podrá utilizar ni reproducir bajo ninguna circunstancia con el propósito de entrenar tecnologías o sistemas de inteligencia artificial. Esta obra queda excluida de la minería de texto y datos (Artículo 4(3) de la Directiva (UE) 2019/790).

Diseño de cubierta: Taller de los Libros
Imagen de cubierta: Shutterstock | Anton Vierietin | Gorodenkoff | bourbon88
Corrección: Alicia Álvarez, Raquel Bahamonde

Publicado por Ático de los Libros
C/ Roger de Flor, n.º 49, escalera B, entresuelo, despacho 10
08013, Barcelona
info@aticodeloslibros.com
www.aticodeloslibros.com

ISBN: 979-13-87592-14-1
THEMA: FV
Depósito Legal: B 10779-2025
Preimpresión: Taller de los Libros
Impresión y encuadernación: Liberdúplex
Impreso en España – Printed in Spain

DAN JONES

Los PERROS *de* ESSEX

LOS PERROS DE ESSEX 1

T<small>RADUCCIÓN DE</small>
A<small>UXILIADORA</small> F<small>IGUEROA</small>

ÁTICO DE
LOS LIBROS

Para Violet

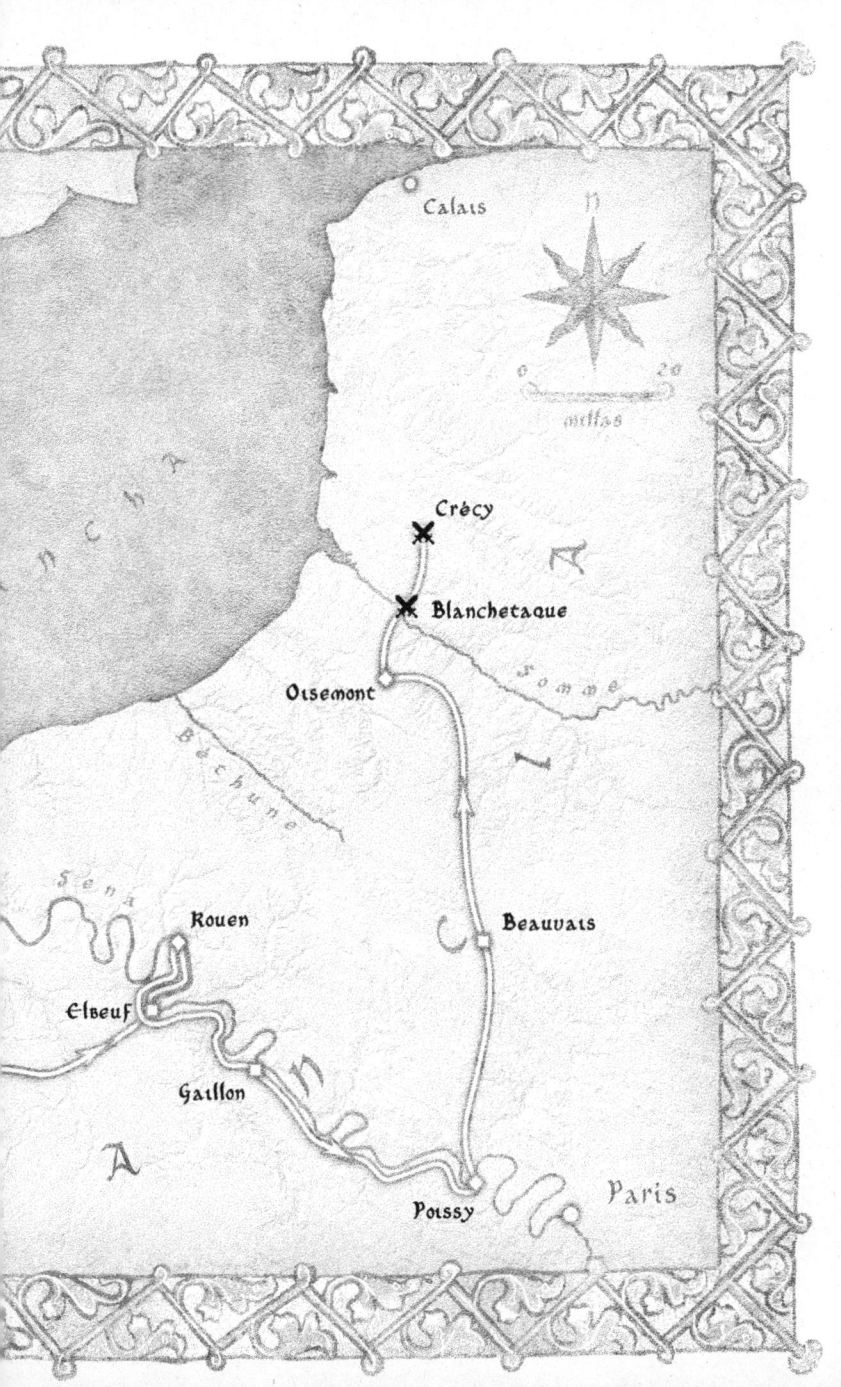

… y nada se libró del fuego.

La crónica de Geoffrey le Baker

AGUA

12–19 de julio de 1346

1

Esto es para que sepas que el 12 de julio desembarcamos sin incidentes en un puerto de Normandía llamado La Hougue, cerca de Barfleur [...]. Muchos hombres de armas tocaron tierra a la vez [...]. En varias ocasiones, nuestro puñado de guerreros venció a un gran número de enemigos [...].

Carta del canciller de San Pablo a sus amigos en Londres

—¡Despierta, por los clavos de Cristo!

FitzTalbot, Loveday, levantó la cabeza de golpe. El padre le acababa de clavar el codo puntiagudo en las costillas. A pesar de la fría espuma de mar, que le azotaba el rostro, el balanceo de la nave de desembarco lo había arrullado hasta caer en un sueño momentáneo.

Había soñado que estaba en casa.

Sin embargo, ahora que volvía a tener los ojos abiertos, vio que no era así. Seguía allí. En alta mar. Más lejos que nunca del hogar, alejándose más con cada segundo que pasaba.

Eran diez los que iban hacinados en la pequeña pinaza. Él a estribor y, más adelante, Millstone, el Escocés y Hormiga; el sacerdote, al que llamaban Padre, a su lado en la popa, y, entre ellos, los arqueros Tebbe, Romford y Thorp.

Otros dos arqueros empuñaban los remos, unos hermanos galeses que se habían unido a la compañía de la coca Saintmarie la víspera de su partida de Portsmouth.

Loveday escudriñó el horizonte. Normandía. Francia. Hasta donde podía recordar, solo el Escocés y él habían salido alguna vez de aguas inglesas, y ninguno de los dos conocía la costa que se alzaba imponente a ochocientos metros de allí, que, al alba, era de un oscurísimo color gris. Es más, las órdenes, dictadas por sir Robert le Straunge, que había recibido a bordo del Saintmarie resultaban preocupantemente difusas. Según él, solo tenían que asaltar la playa y cortar los huevos peludos a cualquier francés que se interpusiera en su camino.

Cuando Loveday le preguntó a sir Robert qué sabía él —así como los grandes señores y el rey por encima de ellos— acerca de cuántos franceses podrían estar vigilando la playa con sus ballestas amartilladas, las lanzas emboscadas y los huevos pegados al cuerpo (algo que esperaban que siguiese así), este agitó la mano con aire frívolo y le contestó que habría de sobra como para apuntarse un buen tanto. Añadió que había obtenido esa información directamente de lord Warwick, el mariscal del Ejército, quien la había recibido del mismísimo rey Eduardo.

Nobles. Caballeros. Hombres que sabían más que nadie.

Loveday pensó que, si se hubiera querido apuntar un buen tanto, se habría quedado en casa, en Essex, jugando a los dados en la taberna cerca de Colchester. También habría pagado un penique por meter la cabeza entre los muslos de Gilda, la chica de la cervecera, una noche.

No obstante, se mordió la lengua delante de sir Robert. El hombre era un estúpido, pero era el estúpido que los había reclutado para aquella campaña militar, quien abonaría sus salarios durante los siguientes cuarenta días. Los Perros alquilaban tanto su espada como los brazos con los que sujetaban el arco a cualquiera que pagase y para todo tipo de actividad que necesitase la fuerza bruta y el acero afilado. Aquel verano, la empresa se trataba de la guerra. Los reclutadores de sir Robert le habían asegurado que el tipo pagaba a tiempo y que no interfería demasiado. Y su larga experiencia le decía que había otros pagadores de trato menos fácil.

Así que allí estaba: con cuarenta y tres primaveras, aún fuerte y en forma, pero con las sienes grises, grasa alrededor de la cintura y una edad que se adentraba sigilosamente en sus huesos. Iba apiñado en una diminuta pinaza, rumbo a una playa francesa al amanecer.

Se estaba poniendo en marcha la gran invasión del rey a Francia, de la mano de un millar de embarcaciones y quince mil soldados abordo.

Los Perros de Essex iban al frente de esta, y Loveday solo deseaba una cosa. La misma de siempre.

Volver a casa con todo el mundo vivo y el dinero en los bolsillos.

A proa, Gilbert «Millstone» Attecliffe, el cantero de cuello robusto, vomitaba en el mar. Loveday pensó que se trataría más bien de un mareo que de aprensión, ya que ese hombre albergaba poco miedo en su ser. Conocía a Millstone desde hacía siete años. Los mismos desde que el hombre tosco de voz suave y oriundo de Kent le había partido el cráneo a un capataz en el suelo de la catedral de Rochester para poner fin a una disputa sobre la construcción de un nuevo chapitel y había cambiado la albañilería por el saqueo y la batalla.

En todo ese tiempo, no podía decir que el hombre hubiese usado una palabra desmedida, y tampoco lo había visto dar un paso atrás, una actitud que, a veces, le asustaba.

Aunque, en ese momento, aquella era la menor de sus preocupaciones. Mientras los galeses tiraban de los remos y él intentaba dirigir la proa de la nave de desembarco a fin de que la marea los llevase hasta la playa, notó una fuerte corriente que tiró de ellos con firmeza hacia el norte, el punto más alto del acantilado.

«Si yo organizase la defensa, sería ahí donde pondría a los ballesteros».

Loveday gritó a sus hombres que mantuviesen las cabezas agachadas y los ojos en la costa. A la vez, intentó leer las olas que rompían más adelante, como si pudiera sentir cuándo el agua sería lo bastante poco profunda como para poder saltar por la borda y arrastrar la pinaza hasta la arena. Supuso que el resto de capitanes que se encontraban cerca de allí, en la media docena de naves de desembarco que también estaban luchando contra la corriente, estarían preguntándose lo mismo.

Tenía la boca seca.

Miró tras él, a la carraca preñada que era el Saintmarie y a los montones de cocas que habían echado las anclas a su alrededor. En sus entrañas, los corceles —que llevaban atados dos días con sus respectivas noches— estarían dando pisotones y relinchando, y los caballeros y los hombres de armas, dando vueltas en sus jergones.

Los arqueros y la infantería yacerían tumbados, doloridos y muertos de frío, en la húmeda cubierta.

Loveday tiró del tapón de su bota y dio un trago largo de cerveza. Estaba muy especiada y a punto de echarse a perder. Acto seguido, eructó y le supo a salvia. Luego, se la pasó al Padre y, reuniendo más valor del que sentía que albergaba, aulló el grito de guerra a los Perros. Se lo había escuchado a un español, un hombre atezado que había luchado contra los sarracenos y portaba una larga cicatriz desde la línea del cabello hasta la barbilla que daba cuenta de ello, que había conocido hace muchos años en Londres mientras este se bebía el sueldo de una campaña militar.

—*¡Desperta ferro!*

«¡Despierta, hierro!».

Las palabras apenas habían abandonado sus labios cuando una lluvia de flechas de ballesta atravesó el aire. Una fogata se prendió a su derecha, en el acantilado. Y entonces aparecieron: quizá dos compañías —puede que más— que agitaban las ballestas y los abucheaban. Uno les estaba enseñando el culo al estilo escocés.

Para ese momento, el bote se encontraba a escasos treinta metros de la arena y Loveday gritó a los galeses que remaran por sus vidas.

El de mayor altura asintió a la vez que murmuraba algo en su idioma y los dos doblaron las espaldas. La embarcación se sacudió en el agua para, después, saltar hacia delante, igual que un mastín desatado.

Mientras su tripulación se apresuraba a buscar los yelmos de hierro y las capas de piel, el hombre escuchó unos chillidos agudos de miedo y angustia que provenían de su izquierda. La nave más próxima se había estrellado contra una roca oculta en algún lugar bajo la superficie. La compañía, una mezcla de hombres de armas y arqueros, saltaba al agua. Vio a una docena de guerreros tirarse de cabeza del bote y hundirse igual que una marsopa se zambulle a por un calamar. Solo cuatro salieron de nuevo, todos arqueros, que comenzaron a atizar al mar con sus armas con la misión abrirse paso a golpes hasta la costa. Loveday imaginó que el resto no había aprendido a nadar, o que se habían visto lastrados al fondo marino por el peso de las mochilas y las armaduras.

A la vez que la embarcación y su tripulación se iban a pique, una descarga de piedras enormes descendió volando desde la cima del acantilado. Entonces, Millstone aulló desde el extremo de la proa: «¡Catapultas!». Sin embargo, antes de que saliese la palabra de su boca, los Perros vieron cómo un pedazo de roca del tamaño de un yunque caía directamente sobre uno de los arqueros que se encontraban en apuros dentro del agua. Se le hundió el cráneo y, a su alrededor, el agua salada se volvió oscura.

Más proyectiles de ballestas se precipitaron sobre sus cabezas: dos saetas perforaron el lateral de la pinaza y otra pasó silbando tan cerca de la nariz de Loveday que notó el movimiento del aire. El hombre intentó relajar la respiración, recordarse a sí mismo que ya había sufrido antes un bombardeo y había salido con vida. No obstante, incluso pese al frío, notaba las gotas de sudor que le caían por la espalda.

Ante él, Tebbe, Romford y Thorp estaban intentando ponerse de pie y cargar flechas para devolver los disparos, pero Loveday les bramó que se quedasen agachados. Tebbe volvió a agazaparse, y el Escocés retrocedió de un salto a fin de colocar sus enormes manos en los hombros de Romford y Thorp y obligarlos a bajar las cabezas.

Los galeses, a los remos, continuaron bogando sin parar y, entonces, por fin, el bote se alzó en las alturas sobre una ola que estaba rompiendo y cayó con un golpe sordo en la arena firme. El impacto dejó a Loveday sin aliento, pero escuchó a Hormiga gritar desde la proa a los Perros que saliesen de allí y arrastrasen la embarcación hasta la playa.

Entonces, como por intervención divina, Loveday se levantó, cogió su espada y saltó al agua salada por encima de la pinaza, donde se quedó sin aire durante un segundo por el golpe del frío y el peso repentino de sus ropajes. La lana helada se le aferró a los muslos. El jubón de cuero le parecía una cota de malla, pero enseguida se adaptó a su nueva situación y comenzó a vociferar órdenes. Millstone y el Escocés se encontraban detrás de la pinaza, empujando desde la popa mientras los tres arqueros arrastraban la proa. Los cinco tiraban al unísono a la vez que se metían debajo de las aguas poco profundas con cada ola de flechas y piedras que les llovía sobre sus cabezas desde la cima del acantilado.

—Cubríos… ¡Vamos hacia los restos de esa embarcación! —gritó Loveday a Hormiga y al Padre.

Los tres avanzaron a toda velocidad rumbo a la playa con las cabezas resguardadas entre los hombros. La áspera casaca gris del cura estaba empapada y se arrastraba por la arena mientras este corría. Después, se deslizaron tras las apestosas tablas del cadáver del bote y, jadeantes, se tumbaron en la arena. Se encontraban tan pegados al despeñadero que los proyectiles volaban por encima de sus cabezas y el resto de barcas, que estaban realizando el mismo amerizaje.

Loveday se giró para apoyarse en los codos. Después, se tomó un instante a fin de secarse el agua salada de los ojos, que le escocían. Entonces, escupió sangre y se pasó la lengua por la boca para tocarse los dientes. Estaban todos, así que pensó que debía de haberse mordido el carrillo.

Acto seguido, volvió a concentrarse en la playa.

A pesar de los recelos de antes, vio que la corriente los había arrastrado de tal manera por la arena que, al desembarcar, habían acabado por tener que cubrir el trayecto más corto. Los tres arqueros, ayudados por Millstone y el Escocés, encallaron la pinaza y se refugiaron tras ella a la espera del momento de correr hacia la cara del acantilado. Los galeses se encontraban tras un pequeño saliente rocoso a poca distancia de allí. Loveday asintió al rubio y más alto, que se llamaba Lyntyn.

Él le devolvió el gesto.

Uno a uno, Millstone, el Escocés, Tebbe, Romford y Thorp pusieron pies en polvorosa, medio corriendo y medio reptando, como simios, con la misión de ir de la pinaza hasta los restos del naufragio. A continuación, Loveday se aseguró de que todos estuviesen dentro. Siempre le acompañaba el mantra que había aprendido del otro líder al que llamaban «el Capitán»: «Entierra a tus muertos. No dejes a ningún hombre vivo atrás».

Todos los Perros se encontraban allí. Escupieron, maldijeron y comprobaron los daños sufridos. En ese momento, Loveday vio a un soldado de otra compañía que corría hacia la playa, pero, acto seguido, fue alcanzado por dos flechas, una le atravesó el costado, y la otra, el cuello. La sangre salía a borbotones y el hombre cayó de rodillas con los ojos como platos y llenos de incredulidad antes de que una tercera de algún tirador con vista de lince volase hasta su cara y le perforase la mejilla derecha. Al final, se desplomó de lado, cayó sobre la arena y no se levantó.

—Que el Señor perdone su alma —comentó Tebbe, alto y enjuto, el más desgarbado de los tres arqueros ingleses, que llevaba el pelo más largo en la nuca, en una trenza apretada que le bajaba hasta la mitad de la espalda.

—Dios reconocerá a los suyos —dijo el Padre.

Luego, echó un buen trago de la bota de Loveday, que había cogido de la nave de desembarco. Acto seguido, estiró el cuello y miró hacia la cima del acantilado, donde se habían incrustado las ballestas y las catapultas. Después dio otro sorbo y se secó la boca con la mano.

—Subamos y matemos a esos putos franceses.

Los Perros se tumbaron bocabajo y escudriñaron el perfil de la tierra. Loveday se acercó a gatas a Millstone, Hormiga y el Escocés, sus tres hombres más experimentados.

El segundo apuntó a un sendero escarpado cortado en el acantilado, a un centenar de pasos de los restos del naufragio.

—Hay que ir por ahí —dijo señalando la cima del despeñadero.

No era la primera vez que Loveday agradecía la vista de lince de su compañero en medio del frenesí de la batalla. Asintió.

—Sí. ¿Cómo vamos a montar la jugada?

—No nos compliquemos —le contestó Hormiga—. Nos acercamos sigilosamente por detrás, les cortamos el cuello y les metemos las ballestas por el culo, el lado de la estribera primero.

Loveday miró a los otros dos. El Escocés asintió. Millstone se encogió de hombros. Al otro lado del hombre, el Padre clavaba su daga en la sucia arena de la emoción.

Se escuchó un estruendo ensordecedor que provenía de la playa. Otra catarata de piedras, arrojadas desde la cima del acantilado, alcanzó a una embarcación que estaban arrastrando fuera del rompeolas y desperdigó a los arqueros que estaban tirando de ella.

Un chico, que no contaba con más de quince primaveras, acabó con la pierna destrozada. El joven se desplomó entre chillidos. Los filos blancos de los huesos asomaban a través de la carne rosada. El muchacho se retorció y comenzó a despotricar mientras sus compañeros se ocultaban temblando tras el bote medio encallado.

Loveday respiró hondo. Acto seguido, agarró con fuerza el brazo de Hormiga y le habló claro.

—Muy bien —dijo—. Lo hacemos, pero veamos primero qué hay ahí arriba. Ve con el Escocés. Llévate a Tebbe y a Thorp. Mira cuántos son. Si puedes conseguir que salten un poco, hazlo. De lo contrario, envía a un hombre de vuelta, pide refuerzos y espera a que lleguemos los demás.

El hombre movió la cabeza conforme. Entonces, el líder echó un vistazo a la compañía y calculó.

—Llévate también al Padre.

El Padre dio el último trago a la bota de Loveday y la tiró hacia atrás. Enseñó sus dientes marrones y sangrientos mientras sonreía.

Hormiga enarcó una ceja. Ya había confiado una vez en él. Durante los últimos años, su fe había menguado. Miró al viejo cura.

—Cuando abres la boca, parece la entrada al infierno —comentó.

—Es para recordarte tus pecados —le contestó el Padre.

Tebbe y Thorp comprobaron sus aljabas. Romford, el arquero más joven, le tiró a Loveday de la manga.

—Yo también voy —dijo.

—Tú te quedas aquí, chico —le ordenó él—. Te necesito. Los franceses podrían acercarse por la playa. Hace falta al menos un arquero para cubrirnos.

Irritado, el muchacho hizo un mohín, pero no se quejó.

En la arena, el joven con la pierna destrozada seguía aullando.

Loveday le dio la espalda al sonido y le hizo un gesto de asentimiento a Hormiga.

—Que el Señor os acompañe —se despidió—. Y asegúrate de que volvéis todos. Recuerda lo que decía el Capitán…

El hombre puso los ojos en blanco. Le importaba tan poco recordar lo que decía el Capitán como cuidar del Padre.

—Vamos —les dijo al Escocés, al Padre, a Tebbe y a Thorp.

Los cinco hombres esperaron a que el bombardeo desde la cima del despeñadero se interrumpiese durante un momento, y partieron corriendo y agachados por el pie del acantilado hasta el pequeño sendero.

Loveday, Millstone y Romford los observaron marcharse. El primero se pasó la mano por el pelo, y se estrujó el agua del cabello fino y desgreñado. Después, hizo lo mismo con la barba. A continuación, echó un vistazo a las rocas donde los galeses se había refugiado.

Sin embargo, ya no se veía a los hermanos por ninguna parte.

Hormiga condujo al grupo por el escarpado sendero. Iban reptando sobre los vientres como si fueran serpientes e hicieron uso de la protección que les otorgaba la hierba alta. Al hombre le resultaba fácil mantenerse oculto. Era bajo, compacto y enjuto, con el pelo oscuro cortado al rape. Era el más pequeño de los Perros, ya que había crecido poco de altura desde su duodécima onomástica.

Los niños del poblado le habían puesto ese mote en honor a la palabra que usaban para las diminutas hormigas que los picaban y solían molestarlos mientras jugaban en los extensos campos en los días en los que se conmemoraba algún santo. Y es que era igual en carácter y tamaño que esas pequeñísimas criaturas: apenas notabas su presencia hasta que te clavaba los dientes afilados.

Los Perros se acercaron a la cima del camino y se hizo patente el hecho de que la suposición de Hormiga era correcta. El sendero de arena, que estaba cubierto de maleza, los había llevado alrededor de la cumbre del acantilado. Ninguno se incorporó, pero sí que levantaron un poco las cabezas y fueron capaces de escudriñar la tierra que se extendía a su alrededor.

Sin embargo, una vez lo asimilaron, les resultó difícil creer lo que habían visto. Por la lluvia de proyectiles y flechas que había sufrido la primera oleada de naves de desembarco, Hormiga estaba seguro de que habría un numeroso campamento de defensores que portaban libreas de color azul intenso con las doradas flores de lis del rey Felipe de Francia. Serían caballeros que emboscaban sus lanzas, hombres de armas que blandían espadas e hileras de ballesteros en posición con el objetivo de derribar de un disparo a quien fuese lo bastante estúpido como para hacer lo mismo que ellos y asomar la cabeza por la elevación.

No obstante, lo que avistaron, en gran parte, fueron campos desiertos. Las únicas defensas a la vista eran la compañía situada en el punto más elevado —a unos trescientos pasos a su derecha—, que manejaba tres catapultas pequeñas y una veintena de ballestas. Apenas llevaban armadura: ninguno portaba siquiera una placa gruesa de metal. De hecho, iban vestidos casi exactamente igual que los Perros: con cotas de tela o cuero resistentes, rellenas de crines, y unos cuantos trozos de malla por aquí y por allá. Un par de ballesteros se habían puesto algunos yelmos sin visera.

Entonces, Hormiga se dio cuenta de que contaban con la ventaja de la posición, aunque apenas llegaban a sumar las dos docenas y estaban pésimamente preparados para un combate que no fuese a larga distancia.

Acto seguido, el hombre miró al Escocés. Este le devolvió la mirada. Habían luchado juntos lo suficiente como para saber que estaban pensando lo mismo.

—Vamos a hacerlos bailar —dijo el grandullón.

Luego, los dos echaron un vistazo tras ellos. El Padre estaba riéndose como un tonto para sí a la vez que empujaba las caderas contra la gruesa arena del camino. Tebbe y Thorp esperaban instrucciones.

Hormiga localizó una ruta entre unas matas de arbustos llenos de espinas y cubiertos de diminutas flores amarillas, que protegían las profundas ondulaciones de la cima del acantilado, y les hizo una señal muda a fin de que avanzaran. Envió a los arqueros hacia la derecha para que rodearan el borde del precipicio. Luego, el Escocés, el Padre y él se arrastraron hacia la izquierda, tierra adentro, hasta el sendero por el que habían llegado los franceses, donde la hierba se extendía aplastada por el peso de las pisadas y el surco que habían dejado los trabuquetes.

Después, se agazaparon dentro de un hoyo. Hormiga observó a Tebbe y a Thorp deslizarse hasta su posición y paró unos segundos mientras contaba sus respiraciones. Los alaridos ascendían desde la playa de abajo; los gritos de los hombres le sonaban a gaviotas cabreadas.

En ese momento, comenzó a caer la lluvia más débil posible. Después de la refriega que les había dado la espuma de mar, esta le pareció cálida y refrescante. Las minúsculas gotitas dispersaban la luz del sol naciente y daban pinceladas de vivos colores en el aire.

Hormiga les hizo una señal con la mano a los arqueros y, a continuación, contempló satisfecho mientras comenzaban a disparar.

Tebbe y Thorp habían crecido en aldeas de la isla Foulness, frente a la costa de Essex, lugar en el que las neblinas y los ataques marítimos, así como los vientos polares del este, formaban a hombres duros, donde cada chico crecía con un arco en la mano.

En aquel instante, y protegidos por el paisaje y su posición, se encontraban en su elemento. Por turnos, se ponían de pie, cargaban, tensaban, apuntaban y disparaban con fluidez y una velocidad sobrenatural.

Para empezar, apuntaron a los hombres que acarreaban las catapultas. Tebbe tiró primero, pero la flecha pasó silbando a un palmo por encima de la cabeza del francés. Sin embargo, mientras volvía a echarse al suelo, Thorp ya estaba suspirando y tomando como referencia el disparo fallido de este, así que envió su primera saeta directa al pecho del hombre. Este salió volando de espaldas igual que si una mula le hubiese dado una coz en el corazón. Finalmente, yació en el suelo a la vez que las piernas se le retorcían sin control.

Acto seguido, Thorp se agachó y Tebbe se levantó, cargó y volvió a tirar. La compañía francesa, presa del pánico, no dejaba de buscar con la mirada a su alrededor en un intento de encontrar a los tiradores, pero los hombres de Essex eran demasiado rápidos. Tebbe derribó a un segundo operario de catapultas: la flecha le desgarró el globo ocular y se lo hundió en las profundidades de la cabeza.

«Dos menos», pensó Hormiga. Ahora empezaba el baile.

Para cuando Thorp y Tebbe efectuaron los dos tiros siguientes —que fallaron antes de alcanzar ambos en el muslo y la tripa al mismo ballestero—, los franceses estaban como locos. Se había puesto fin a la lluvia de saetas y rocas con las que defendían la playa, y todos habían salido en desbandada en busca de protección.

Uno de los tiradores con ballesta se refugió tras un trabuquete. Tebbe lo observó cargar el arma y esperó con paciencia a que se asomase por la estructura de madera para alinear el tiro. No obstante, en el breve momento en el que se calmó y apuntó, el arquero le lanzó dos flechas, una detrás de otra. La segunda le partió el esternón y el enemigo cayó con un gemido.

Thorp se puso de pie de inmediato y también disparó dos veces. Le atravesó el cuello a un francés mientras este daba vueltas en busca de refugio. La segunda rebotó en el yelmo de otro ballestero.

Los enemigos no paraban de gritarse los unos a los otros.

Hormiga, el Escocés y el Padre intercambiaron unas sonrisas.

«De un momento a otro…».

El primero en huir corriendo fue un joven tirador de ballesta, de cabello lacio y unos cuantos rodales de pelusilla en las mejillas. Se alejó como un rayo del borde del precipicio y, aterrado, lanzó el arma a un lado a la par que escapaba.

Hormiga le dio unos golpecitos al Escocés en el hombro.

El muchacho se lanzó hacia ellos y, en aquel momento, el enorme guerrero arrastró las piernas hasta situarlas debajo del cuerpo, se puso en cuclillas y se hizo un ovillo, como un perro que provoca a un oso.

El chico no lo vio venir, y cuando pasó corriendo al lado del Escocés, este saltó como un resorte, dejando caer todo su peso hacia el hombro derecho y sobre las costillas del muchacho. Lo tiró de lado y, con un movimiento limpio, se levantó, giró la cabeza del joven contra el suelo, se arrodilló sobre su espalda, dobló el brazo alrededor del rostro de este y se echó hacia atrás.

El cuello del muchacho se partió y su cuerpo se sacudió y agitó como si fuese un pez. Acto seguido, el Escocés se puso de pie, ya sin pensar en cubrirse, y soltó un rugido.

En aquel instante, otros tres franceses, que también huían de las flechas de Tebbe y Thorp, se detuvieron. Miraron al hombre; después, los unos a los otros, y se dispersaron en tres direcciones, corriendo como pollos sin cabeza por la cima del acantilado a la vez que intentaban escapar de la tremenda mole que era el monstruo de cabello como el fuego que se encontraba ante ellos.

Hormiga dio un salto y comenzó a perseguirlos. Echó a correr como un rayo por la desigual pradera arenosa hasta que, poco a poco, alcanzó a un hombre de mediana edad. Este se giró y alzó una mano a fin de intentar defenderse de él, pero Hormiga saltó sobre el soldado, lo derribó, sacó su daga y lo apuñaló cuatro o cinco veces en el pecho. Luego, se puso de pie, jadeando para recuperar el aliento, y miró a su alrededor. El Escocés estaba aporreando la cara de otro francés.

Más allá, el Padre había encontrado el cuerpo de un ballestero derribado por una flecha, que le había atravesado el estómago, y estaba doblando el proyectil hacia delante y hacia atrás mientras se reía como un maniaco con los aullidos del soldado.

Tebbe y Thorp no paraban de disparar. El segundo envió a escabullirse por la cumbre a un hombre con una punta de flecha plantada en las nalgas. Tebbe clavó una en la columna de otro soldado y contempló impresionado cómo se caía, porque, de pronto, las piernas se le volvieron inservibles bajo el cuerpo.

Hormiga se dio cuenta de que había saetas que volaban hacia los franceses desde otra dirección, y al final del camino, aparecieron los hermanos galeses que los habían llevado a remo hasta la orilla. Se encontraban codo con codo, lanzando flechas a sus enemigos en silencio mientras estos huían, tan impasibles como si estuviesen disparando a patos en una represa de molino.

Hormiga se puso en cuclillas y se permitió dibujar una sonrisa. Los arqueros podían rematar su trabajo. En ese momento, notó el peso de las fuertes pisadas del Escocés cuando el enorme guerrero se acercó.

—Cinco hombres contra dos docenas —dijo—. ¿Cuándo lo hemos tenido tan fácil?

Hormiga asintió.

—Pero ¿dónde están los demás? —preguntó.

El Escocés se encogió de hombros. Tenía la cara manchada de sangre y le goteaba un poco, de tono rosa por haberse mezclado con la lluvia y el sudor, de las puntas de la barba pelirroja.

—A lo mejor, no hay más —le contestó.

Al final, los dos hombres dejaron a los arqueros y al Padre con su caza, y volvieron caminando al final del camino que subía desde la playa. Luego, miraron al otro lado de la arena y vieron a Loveday,

Millstone y Romford, que recolectaban madera arrastrada por la corriente a fin de encender un fuego.

La flotilla inglesa aumentaba a ochocientos metros mar adentro: un grupo tremendo de cocas, cascos de barcos, embarcaciones de transporte de caballos y naves más pequeñas que no paraban de crujir.

Un arcoíris de banderas y pendones heráldicos se agitaba sobre ellos para aportar brillo al cielo gris mate de la mañana. Y, desde la misma dirección, se acercaba una galera a la costa como un depredador, impulsada mediante doce pares de remos, mientras ondeaban los escudos reales acuartelados con leones y flores de lis.

Los Perros se pusieron de pie y lo observaron mientras jadeaban. El vapor ascendía desde sus cabezas.

—El barco del rey Eduardo —anunció Hormiga—. Nuestro monarca se ha perdido toda la diversión.

2

Una vez [la flota inglesa] se hubo aproximado a la orilla y soltado anclas, el rey bajó de su barco, pero, en cuanto puso un pie en tierra, tropezó y se llevó tal batacazo que la sangre le salió a borbotones de la nariz [...]. [Dijo]: «Esta es una fantástica señal. Demuestra que esta nación se muere por acogerme».

Crónicas de Froissart, de Jean Froissart

Los Perros acamparon en la playa. Loveday contempló a sus hombres mientras estos trabajaban. Los tres arqueros ingleses y el Escocés estaban descargando la nave de desembarco a la vez que Millstone y el Padre levantaban una improvisada barrera contra el viento, hecha de hule y remos. Una vez la erigieron, se sentaron a su abrigo y, en un intento de que se les secaran las ropas empapadas, estiraron las piernas alrededor de un fuego hecho con madera arrastrada por la marea. Los callados galeses encendieron su hoguera a unos metros de allí. Un agradable humo salado emanaba de las llamas de ambas fogatas, que le hizo cosquillas a Loveday en el paladar.

El hombre aprovechó el momento de calma para sacar de su talega la diminuta figura que estaba tallando en un trozo de hueso de buey. Aprendió aquella destreza de niño, y le gustaba ponerla en práctica a fin de atraer la buena suerte y no perder sus habilidades con la hoja. Había hecho cientos de figuras como esa a lo largo de los años y, normalmente, las regalaba.

Entonces, se dio cuenta de que Romford, el arquero más joven, le estaba observando mientras trabajaba.

—¿Quién es? —le preguntó el muchacho.

Loveday le sonrió: el chaval sí que tenía vista de arquero. La talla no era mucho mayor que su pulgar y, a pesar del humo, el chico había visto que se trataba de una figura.

—Una persona santa —le respondió—. Una mujer, creo. Puede que santa Marta.

—¿Y quién es esa?

El hombre se encogió de hombros.

—Hizo algo por Cristo, no me acuerdo de qué. En realidad, solo me gusta tallar. Es una costumbre.

El chico asintió como si lo comprendiese.

En ese momento, la marea ya estaba muy baja y, en su retroceso, las aguas habían dejado a la vista ondulaciones en la arena y piscinas poco profundas que, al sol del mediodía, resplandecían igual que el cristal cuando se le sacaba brillo. Ahora, había unas manchas oscuras donde habían caído los hombres que lucharon por tomar la playa. Se habían llevado los cuerpos a rastras, con los pies por delante, para que los sacerdotes les diesen su bendición y los enterrasen junto a sus compañeros combatientes. A Loveday le vinieron a la mente los Perros a los que había dado sepultura a lo largo de los años. Peter el Manco con sus mechas de canas. Garvie. Wiseman el Judío.

Y, entonces, recordó al Capitán, el único que había quedado sin enterrar.

El hombre se sacudió aquellas ideas y rostros de la mente. Ya sabía que el resto de su grupo consideraba que hablar de sus muertes daba mala suerte, así que devolvió su atención a la playa.

Mar adentro, cientos de pequeñas embarcaciones iban y venían transportando cosas entre la arena y las cocas. Los remeros se esforzaban para navegar por el oleaje y dejar en tierra a las tropas mareadas —los caballeros y los hombres de armas, los arqueros galeses y los lanceros del norte, además de la multitud de soldados de infantería rasos—, así como a los campesinos que portaban armas de todo tipo: espadas de hoja corta y dagas, mazos y garrotes, hachas y guadañas de segar. Aparecieron más embarcaciones de transporte en el horizonte. Toda Inglaterra parecía estar levantando un campamento en la larga playa embarrada. Hora tras hora, el lugar se iba llenando de arcos ingleses, largos y curvados, hechos de fresno, avellano, olmo y tejo; de cajas con flechas y partes de armaduras de repuesto, largos rollos de cuerda y cadena de hierro, toneles de grano, harina, cerdo, pescado en salazón y cerveza. Cientos de caballos, que habían sido puestos en libertad tras días en el mar, relinchaban y cabalgaban por allí a medio galope. Los pastores y los pinches traían bestias vivas a la orilla para las cocinas reales y de los nobles; las gallinas cacareaban y los gansos graznaban dentro de las cajas de madera. Los cerdos intentaban huir de los muchachos que se ocupaban de ellos, que despotricaban y les golpeaban los peludos costados con palos.

Aunque, por encima de todo, la playa se estaba llenando de hombres. Cientos, miles de ellos, con acentos y dialectos de cada rincón de Inglaterra y Gales. Algunos arrastraban mochilas y otros viajaban con las manos vacías, como si hubiesen abandonado sus aldeas en busca de una oveja descarriada. Unos eran lozanos y estaban llenos de asombro ante el inimaginable hecho de encontrarse poniendo un pie en otro reino, aunque la mayoría portaban la expresión hostil y curtida de los pendencieros que se dedicaban a viajar. Hombres como los Perros, que se abrían paso en la vida con los puños, el ingenio y las armas. A veces, robando, y otras, luchando en las guerras de los reyes.

Siempre buscando trabajo. Siempre dispuestos a pelear.

—Están teniendo un desembarco fácil de cojones en comparación con el nuestro —dijo Hormiga mientras seguía las pupilas de Loveday por la playa y atizaba las brasas ardientes de la fogata con un palo.

—Ay, calla ya, si lo has disfrutado —comentó el Escocés a la vez que se pasaba los dedos por el pelo y la barba para desenredarse las pequeñas costras de porquería solidificada.

Su compañero refunfuñó.

—Es posible. No estoy lloriqueando. De hecho, si va a ser así, por mí, bien —le contestó—. Después de esta noche, nos pagan por estar aquí treinta y ocho días más. Prefiero pasarlos ganando combates sencillos que complicados.

Ninguno de los Perros contaba los días que faltaban para terminar un contrato con tanta exactitud como él.

El Padre le dedicó una mirada lasciva.

—Los putos franceses no quieren resistir y pelear. Han salido huyendo a esconder el dinero y a sus hijas —añadió—. Que lo intenten. Los encontraremos por el olfato.

Luego, se puso dos dedos en los labios y sacó la lengua entre ellos.

Entonces, Loveday cruzó una mirada con Millstone. El cantero negó con la cabeza y clavó la vista en las llamas. Le desagradaban ese tipo de conversaciones y su líder entendía por qué: sabía que el Padre se estaba convirtiendo en una amenaza. Hubo un tiempo en el que el intolerable sacerdote fue uno de sus mejores hombres. Quince primaveras atrás, cuando abandonó una parroquia arruinada por el hambre y los obispos corruptos y se dio a la vida como pastor de los Perros de Essex, además de ayudar de vez en cuando durante sus trabajos, fue un guerrero duro, inteligente y despierto. Sin embargo, de un tiempo a esta parte, la edad y el alcohol se habían encargado de hacer mella en su corazón y lo habían retorcido. Ahora, lo normal era que pareciera un peligro para quien se encontrase cerca, tanto amigos como enemigos.

Ahora bien, seguía siendo uno de ellos y, para Loveday, eso importaba más que todo lo restante.

Al notar que los ánimos se tensaban, el cabecilla cambió de tema y se dirigió a todo el equipo.

—Bueno, por lo menos no nos hemos caído de bruces contra la arena.

Antes, ese mismo día, los Perros habían visto al rey Eduardo y a sus comandantes llevar a cabo su ritual de encallado particular. La galera que había traído al monarca y a su hijo mayor, el príncipe de Gales, hasta la costa era rápida y de líneas puras. En ella, remaban hombres fornidos, vestidos con la librea real, pero se produjo un momento cómico cuando Eduardo intentó atravesar las aguas poco profundas hasta la tierra que reclamaba.

Una ola enorme se alzó tras él, el rey perdió el equilibrio en la playa de guijarros y se cayó sobre un montón de piedrecitas. Los caballeros reales tiraron de él para ponerlo de pie enseguida mientras el príncipe se quedaba atrás, como si le divirtiese todo aquello. No se habló de otra cosa en la playa desde entonces.

—¿No es increíble que el puto imbécil se haya levantado con la nariz sangrando? —murmuró el Escocés—. En mi opinión, me parece un presagio.

—Gracias a Dios que nadie te la ha pedido —le respondió Hormiga enseguida—. De cualquier modo, no lo ha podido escuchar el rey. Yo me mantendría lo más lejos posible de él. Como te vea de reojo la barba pelirroja, te ahorca.

—¿Por qué?

—Por ser un puto escocés sucio y cabeza hueca que no se ha lavado el pelo desde que William Wallace vivía, por eso. La mayoría de los tuyos están luchando con los franceses, lo que te convierte en el enemigo en cuanto abras la boca.

Loveday sonrió. Hormiga y el Escocés podían pasarse así todo el día. De hecho, solía ser el caso.

—Bueno, y ¿qué hay de su hijo?

Era Romford. El líder volvió a mirar al miembro más joven de los Perros. Con dieciséis años, el muchacho era todo hueso y músculos esbeltos, seguía teniendo todos los dientes, blancos a la par que fuertes, en su sitio, y la barba rubia, suave y rala salía en extraños rodales bajo las prominentes mejillas. Aunque podía ser tímido e inoportuno, Loveday todavía no lo había visto entrar en pánico ni preocuparse. Romford se encontraba sentado junto a Millstone y los dos formaban una extraña pareja: el cantero canoso, con la piel tan oscura como un sarraceno, y el cabello negro y áspero en unos rizos apretados y elásticos. A su lado, el chico parecía un ángel.

—El príncipe nació la misma primavera que tú, ¿no? —preguntó al muchacho.

—Sí —contestó él orgulloso—. Y ya es un caballero, lo han nombrado en la playa de su primera campaña: sir Eduardo, príncipe de Gales.

—¿Y a ti eso en qué te convierte? —quiso saber el Padre.

—¿A mí? En el príncipe del garfe.

Acto seguido, el joven hizo como que tensaba un arco y soltaba la cuerda. La flecha imaginaria atravesó volando directamente el corazón del Padre.

Este se tapó una fosa nasal y echó un pedazo de moco marrón y pegajoso en la arena. Luego, se limpió la nariz con la manga.

—Sueña con dispararme, chaval, y te estrangularé mientras duermes.

Romford sonrió, pero no dijo nada. Tebbe y Thorp soltaron una risita y el sacerdote los fulminó con la mirada.

Al otro lado de la playa, desde algún lugar cerca de los pabellones del rey, sonó el corto estallido de unas trompetas. Loveday se puso de pie con esfuerzo, volvió a meter la figura de santa Marta en la mochila, enfundó el cuchillo y le hizo una señal a Millstone con la cabeza.

—Es el momento de que nos den las órdenes —le explicó—. Lo mejor será que vayamos a buscar a sir Robert.

Los hombres tardaron un buen rato en encontrar el pabellón del noble, puesto que la playa tenía, al menos, tres kilómetros y estaba abarrotada. El viento se había llevado la llovizna vespertina y, ahora, el sol calentaba la arena. Mientras la gente seguía desembarcando y descargando, muchas de las primeras compañías en llegar se habían sentado a beber y cantar a fin de celebrar que habían abandonado el mar a salvo, a fanfarronear sobre las aventuras que habían vivido y los terrores que iban a infligir a los franceses.

Loveday y Millstone avanzaron serpenteando entre aquellos grupos. Pisaron riachuelitos de pis, que bajaban desde las dunas al fondo de la playa hasta el mar, y se ocultaron de los oficiales de la corona que buscaban obligar a los holgazanes a transportar cajas.

La primera vez no vieron la tienda de sir Robert, así que tuvieron que dar media vuelta para encontrarla. Cuando llegaron, descubrieron que ya había comenzado la sesión informativa, por lo que entraron deslizándose sin hacer ruido hasta el fondo del grupo, formado por dos docenas de hombres reunidos alrededor del rollizo caballero de Essex. Todos habían contestado a su oferta de salario a cambio de guerreros experimentados y en forma, allá por los emocionantes meses de principios de primavera, cuando se anunciaron los planes invasores del rey.

La voz del hombre parecía un zumbido.

—En lo que más he de insistiros… —estaba diciendo con la cara amoratada en la zona de las mejillas, la nariz burdamente deformada por la bebida y los ojos iguales que los de un cerdo, que pestañeaban sin parar— es en que, según la ordenanza real, no se saqueará ni se maltratará al pueblo llano de esta tierra. Vuestros cuarenta días de paga dependen de ello.

»El rey ha venido para reclamar su derecho sobre la corona francesa, que su primo Felipe ha usurpado de forma ilegal. Eso significa que el pueblo de esta nación es súbdito del monarca y nosotros estamos aquí para liberarlos, no afligirlos. El rey es muy particular en este asunto. Lo que quiere decir es, es, es…

Loveday respiró hondo y miró al grupo que lo rodeaba. Por lo que podía leer en la cara del resto de hombres, todos estaban aburridos y preocupados.

Alguien alzó la voz al lado de Millstone. Se trataba de un hombre desgarbado, de extremidades flacuchas y posiblemente diez años más joven que él, con el cabello y las cejas de color rubio, además de una cara alargada en la que se había recortado la barba para dejarse bigote. Había arrogancia en sus ojos.

—¿Es o no es esto una guerra? —preguntó—. ¿Hemos venido aquí a luchar o a escuchar a la gente confesar sus pecados, limpiarles el culo y ofrecernos a recoger sus cosechas?

Tenía un acento marcado, de algún lugar más al norte de la costa de Essex. De cierta zona de Anglia Oriental.

—Esta mañana, al amanecer, nos estabas diciendo que les metiésemos las lanzas por los anos y que les cortásemos las tetas a las mujeres.

El resto de los allí presentes arrastraron los pies por la arena. Las mejillas de sir Robert tomaron un color más intenso, pasando de morado a negro azulado.

—El rey es muy particular —repitió—. Muy particular. Ellos son…

Para ese momento, Millstone ya estaba mirando fijamente al larguirucho de Anglia Oriental.

—Sus súbditos —continuó el guerrero—. Y sus ordenanzas. Te hemos oído. Les diré a mis hombres que usen las astas de sus picas como leña y empiecen a recoger flores silvestres para hacer ramilletes.

Sir Robert hizo todo lo que pudo por ignorar aquella insolencia.

—Debemos permanecer en la playa hasta que se descarguen los barcos. Su Excelencia, el rey, establecerá su cuartel general en La Hougue. Allí hay un magnífico palacete que encajará con sus propósitos. —A continuación, el noble hizo un gesto frívolo en dirección al cabo donde los Perros habían buscado con éxito a los hombres de las catapultas—. Yo mismo espero asistirlo de manera regular, ya que, por supuesto, soy uno de los consejeros en los que más confía.

Millstone no había dejado de mirar al de Anglia Oriental. Con firmeza, sin pestañear.

Era imposible que no se diera cuenta y, tras unos pocos segundos, se giró sobre sí mismo para contemplar al hombre. Era casi una cabeza más alto que el cantero encorvado, así que le lanzó una mirada asesina desde arriba.

—¿Qué cojones estás mirando?

Millstone no se movió. Ni pestañeó. Ni habló. Simplemente siguió observándolo.

El fanfarroneo de sir Robert se fue apagando cuando se dio cuenta de que algo estaba sucediendo en el grupo.

—Hombres, yo…, en serio, por favor…, ¿podríais…?

No obstante, nadie lo escuchó, y el de Anglia Oriental se repitió. Despacio y con un gruñido.

—¿Qué cojones… —comenzó— estás mirando?

Millstone no parpadeó. Loveday, que se encontraba junto a su hombro, se puso tenso. Su cuchillo estaba en la mochila, y la espada corta, atrás, junto a la hoguera. Entonces, cerró lentamente los puños a ambos lados del cuerpo. Otro de Anglia Oriental con una cicatriz en forma de letra en la frente dio un paso adelante a fin de mirar también cara a cara a Millstone.

Nadie más del grupo se movió.

—Señores, debo imploraros… —comenzó el noble.

Entonces, el cantero habló. Tranquilo y comedido.

—Estoy intentando escuchar a sir Robert —le contestó—. Esperaba que pudieses estarte callado.

El otro hombre se inclinó y puso la cara justo delante de la de Millstone. Las narices estaban a punto de tocarse. Este habló con desdén.

—Y yo que pudieses acudir luego a la fogata de mi campamento y le chupases el nardo a cada uno de mis hombres —le respondió—. Ponte un vestido bonito cuando vengas.

En ese instante, el cantero le sonrió.

—Creo que soy un poco mayor para vosotros —dijo.

Loveday contuvo la respiración y, durante un segundo, cierta expresión se apoderó del rostro del de Anglia Oriental. Loveday se dio cuenta de lo que estaba a punto de hacer. Este retrocedió un paso con el pie derecho y echó la cabeza hacia atrás durante una fracción de segundo.

No obstante, Millstone también lo vio. A la vez que el otro se disponía a impulsar la frente hacia delante para embestirlo en el puente de la nariz, el cantero —bajo y fornido, además de rápido y grácil, aunque no lo pareciera— giró sobre el metatarso del pie izquierdo, de manera que se balanceó hacia un lado y se apartó del camino de su contrincante.

Así que cuando el hombre lanzó la cabeza hacia abajo y adelante, la cara de Millstone ya no estaba ahí. En lugar de eso, la fuerza del cabezazo lo empujó y se estrelló con la cara en la arena. Los demás integrantes del grupo se rieron a carcajadas y aplaudieron.

El compañero del de Anglia Oriental, el que tenía la cara marcada, se llevó la mano al cinto, pero Loveday dio rápidamente un paso adelante y tocó el pecho del guerrero.

—No.

El más alto se incorporó de la arena con un gesto de pura furia en el rostro. Le sangraba la nariz y el bigote se le tiñó de rojo.

Millstone le sonrió.

—Primero el rey —comenzó— y, ahora, tú.

Para entonces, la voluminosa figura de sir Robert se había abierto paso a empujones entre el grupo, chillando y seguido de uno de sus hombres de armas. Aunque solo portaba un gambesón acolchado y no llevaba armadura encima, tenía una presencia lo bastante imponente como para que Millstone y Loveday retrocedieran dos pasos, el angliano oriental con la marca en la cara se escabullese de allí y el más alto que se había puesto de pie en la arena no hiciera el amago de continuar la pelea.

—Shaw —lo llamó el noble, con el rostro ahora rojo de furia—. ¿Qué pasa aquí?

El hombre fulminó con la mirada y de malas maneras a Millstone.

—Nada, sir Robert —le contestó.

Este inspiró con fuerza por la nariz.

—Eso es. Nada. —Y se volvió hacia Millstone y Loveday—. Y vosotros, los de Essex…

El cantero alzó las manos a modo de disculpa.

—No queremos problemas, señor —le comentó Loveday.

Entonces le tendió una mano a Shaw para ayudarlo a levantarse de la arena, pero el hombre solo se quedó mirándola. Acto seguido, escupió una bola de flema sangrienta, que se quedó clavada en la tierra y se secó, así que Loveday retiró la mano.

En ese momento, sir Robert miró a todo el grupo, que se congregaba a su alrededor.

—Este tipo de brutalidad no se tolerará ni repetirá.

Luego se aclaró la voz, se sacudió unos cuantos granos de arena de los brazos de la túnica acolchada y retomó el discurso lo mejor que pudo.

—En este preciso instante se está asegurando La Hougue y preparando los cuarteles generales reales. A todos se os abastecerá de cerveza y cerdo antes de que anochezca. Me han dicho que es de la más excelente calidad.

En ese momento se escucharon unas cuantas risas quedas.

—Mientras tanto, montamos el campamento —continuó el noble—. Y recordad: estamos aquí con la misión de proteger a los leales súbditos del rey. Id con la bendición del Señor. Volveremos a vernos aquí dentro de dos días, en mi pabellón, tras la misa de la mañana. De momento, os deseo buenas noches.

Sir Robert abandonó a los hombres allí congregados y giró sobre sí mismo para dirigirse hacia su pabellón. Millstone y Loveday también se alejaron del grupo, de nuevo serpenteando entre la multitud en dirección hacia donde los Perros habían encendido la hoguera.

—¿A qué ha venido eso? —quiso saber el cabecilla. Millstone tenía las pupilas clavadas hacia delante y no le miró a los ojos, pero su compañero le dio un codazo.

—¿Y bien?

El cantero se encogió de hombros y negó ligeramente con la cabeza.

—No lo sé. Hay algo que no me gusta de él.

—¿El qué? ¿Por qué? ¿Quién es?

—Ni idea —le contestó él—. Puede que me equivoque. Ha sido solo una sensación, nada más, aunque ya lo sabemos.

—¿El qué?

—Qué debemos esperar.

Al atardecer, los Perros vieron titilar las primeras llamas en la elevación del terreno.

El Escocés se ocupaba de las ollas, calentando las judías secas con condimentos y cerveza para conformar un espeso estofado, y carbonizando la piel del correoso trozo de cerdo en salazón que Tebbe y Thorp habían traído del puesto del contramaestre, al otro extremo de la playa. Los galeses habían cogido cangrejos de las rocas y los estaban hirviendo vivos en agua de mar.

Por todo el lugar, más compañías pequeñas estaban preparando platos parecidos. En la orilla, los caballeros ejercitaban a los caballos, que habían estado apiñados, haciéndoles trotar a medio galope. Era una noche cálida y agradable, acompañada de una ligera brisa que soplaba desde el mar. Este mantenía el ambiente fresco y se llevaba el hedor de todos aquellos hombres y bestias.

Aunque, sobre las colinas, habían comenzado a arder casas. El humo se originaba en tres, quizá cuatro puntos, y se alzaba en gotitas negras de aspecto grasiento. La cubierta vegetal ardía y tosía al cielo los meses de porquería que cubría el tejado de paja.

Loveday miró al oeste, a la puesta de sol, para observar los fuegos.

—No todo el mundo ha entendido el mensaje del rey —comentó.

Hormiga se puso a su lado y se protegió los ojos del resplandor del final de la tarde con el antebrazo.

—Seguro que lo han captado —dijo—. Es solo que les importa un carajo.

Para cuando se sentaron a comer, ya había oscurecido y se habían encendido las antorchas. En ese momento, los Perros ya no estaban tan habladores. Incluso antes de que se mencionara, Loveday notó la tensión en el grupo. Habían probado la sangre y sentido el cosquilleo de emoción que provocaba la cercanía con la muerte. Y algunos querían más. El Padre estaba dibujando estrellas de cinco puntas en la arena con el extremo de su daga. Millstone y el Escocés tenían tanto las pupilas como la atención clavadas en sus tazones de madera con judías. Hormiga contemplaba fijamente el hoyo que habían escarbado para cocinar y Romford miraba con incertidumbre de un viejo a otro.

El cabecilla habló primero para que nadie más tuviese que hacerlo.

—Esta noche, nos quedaremos aquí acampados —comenzó—. No son las órdenes del rey ni de sir Robert, sino las mías. Acampamos esta noche. Tenemos por delante un largo camino hasta París. Y, a lo largo de él, habrá más que suficiente para todos.

El Padre clavó con fuerza la daga en la arena. Luego, se alejó del grupo, fue hasta donde había preparado un agujero donde dormir, se envolvió los hombros con la manta y susurró algo para sí.

Loveday no le hizo caso.

—Puede que los franceses vuelvan esta noche —continuó—. Lo más probable es que no sea el caso, pero deberíamos estar preparados. Y no solo ellos. —En ese momento, le lanzó una mirada al cantero, pero no dijo nada sobre Shaw ni los anglianos orientales, solo se limitó a organizar las guardias—. Millstone y Romford, os encargaréis del primer turno; Tebbe y Thorp, del segundo, y Hormiga y el Padre, del tercero. Hormiga, despiértame antes de que amanezca.

Luego, lo repitió, como si hiciese falta decirlo:

—Esta noche, nos quedaremos aquí acampados.

Los que iban a dormir se acostaron en sus camas de arena, y, enseguida, la mayoría estaba roncando. Romford y Millstone se sentaron junto al fuego mientras el cantero, con su voz suave y amable, le contaba al muchacho alguna vieja historia. Sin embargo, faltaban dos Perros.

Los hermanos galeses se habían ido y solo quedaba una pila de caparazones rotos de cangrejos allí donde habían estado sentados.

Justo antes del amanecer, Hormiga despertó a Loveday de un sueño.

Y este se alegró de que lo hiciese. Estaba asistiendo a un funeral en la corte del rey, de pie entre los dolientes, cuando trajeron un féretro: un ataúd pequeño sobre los hombros de seis plañideras.

El monarca, con los ojos negros y vacíos, presidía la corte mientras le sangraba la nariz. Fue aterrador. Peor, sabía que la mujer del ataúd también era la madre de aquellas seis mujeres, además de alguien a quien amó.

Alguien en quien no quería pensar y cuyo nombre ya no pronunciaba.

Ni allí ni en ese momento. Jamás.

Así pues, Loveday se incorporó, le dio a su compañero unas palmaditas de agradecimiento en el brazo, estiró la espalda, agarrotada después de las horas sobre el suelo, y echó un vistazo a su alrededor. Acto seguido, Hormiga se acomodó en su agujero para dormir. El Padre, que lo había acompañado en el turno de guardia anterior, ya estaba roncando en bajo.

Una vez se hubo orientado, deambuló hasta el fuego, que se había consumido hasta las brasas. Entonces, sopló con cuidado sobre los brillantes trozos para de comprobar si seguían albergando calor. Luego, se encaminó hacia el fondo de la playa para buscar cualquier cosa que sirviera como fajina con la que volver a encender el fuego y, así, que estuviese listo para cocinar por la mañana.

Sin embargo, antes de que se hubiese alejado un par de pasos, vio seis o siete haces de palitos cortados atados y apilados junto a los bártulos de los Perros.

El hombre los observó fijamente durante un instante.

No había oído que los contramaestres reales estuviesen repartiendo leña todavía. Le habían dicho que se suponía que las tropas debían rebuscar por la playa si querían prender sus hogueras. Después, lanzó una mirada a Hormiga y al Padre, ambos profundamente dormidos, igual que si estuviesen en el primer sueño de la noche.

A continuación miró tierra adentro, allende el campo. Los pequeños bucles de humo a la deriva eran el único punto de referencia de las casas que habían ardido la tarde anterior. Loveday meditó sobre la posible procedencia de los fardos de palitos, las manos que los habrían partido y atado y las que los habían llevado al campamento de los Perros de Essex junto a la playa. Todo ello mientras él permanecía acostado y soñando con mujeres muertas vivientes dentro de ataúdes.

Alguien había desobedecido sus órdenes y, durante un segundo, un arrebato de ira le invadió las entrañas. Debería arrojar la leña al mar.

Sin embargo, no lo hizo. El aire de la mañana tenía un punto gélido, y sabía que, más pronto que tarde, tendría frío y hambre. Entonces, cogió uno de los paquetes de fajina y usó su cuchillo para cortar el cordel que los ataba. Era buena, la habían cortado de troncos bien curtidos y roto en trocitos finos y parejos.

Sin corteza. Secos. Sin podredumbre.

Loveday levantó una pequeña pirámide con ellos sobre las brasas de esa noche, se inclinó arrodillado junto a estas y sopló con cuidado hasta que el fuego devoró los palitos y el nuevo combustible comenzó a prender. El hombre siguió soplando: un ligero chorrito de aire que le iba otorgando una nueva vida a las ascuas de manera constante. Después, le fue añadiendo más ramitas poco a poco y, enseguida, la madera crepitó. Al final, arrastró al fuego dos de los maderos que los Perros habían rescatado de las ruinas donde se habían refugiado cuando tomaron la playa. Consiguió que la hoguera ardiera en menos que canta un gallo.

El cabecilla entrelazó las piernas y se sentó cerca de la lumbre. Luego, se cubrió los hombros con la manta y observó al grupo de ingleses dormidos que lo rodeaba, así como a los dos galeses, que habían regresado. Los estudió mientras dormían y, con una punzada de alivio, decidió que tenían que haber sido ellos quienes habían robado la leña.

Aquella conclusión hizo que dejase de darle vueltas al tema. No habían entendido sus órdenes. Habían actuado según lo que habían creído que era bueno para el grupo. Entonces, sacó su figura de santa Marta y, en un intento de darle forma a la mano derecha, comenzó a quitarle parte del costado.

Mientras tallaba y descargaba el hueso, comenzó a rememorar su primera campaña: las salvajes tierras bajas de Escocia. Aquella vez, también atacaron una playa, en la ensenada de ese lugar llamado Kinghorn. No obstante, recordó que ese fue un asunto mucho menor. Él se encontraba entre la infantería que salía del mar gritando y con paso firme, al abrigo de los tiros del arco largo inglés.

En ese momento, lanzó una mirada al Escocés, que ahora estaba tumbado al otro lado de la hoguera suspirando con suavidad contra el sucio nido que era su barba. Ese día, lucharon en bandos rivales, aunque no lo conoció hasta mucho después. Loveday dejó que sus recuerdos se apoderaran brevemente de él. Aquel vasto número de hombres apretados en un mismo lugar. El hedor que antecede a la batalla, cuando los guerreros curtidos mean y cagan en el sitio porque los nervios superan a cualquier resto de pretensión de recato. Luego, la salida en tropel al toque de los clarines. La presión de la melé. El silbido mortal del arco largo inglés sobre sus cabezas. El relincho de los caballos, a los que apuñalaban por todas partes hasta dejarlos como erizos. El empujón y el vaivén cuando los dos ejércitos cerraban filas. La imposibilidad de algo más que blandir una espada o un garrote. Aunque también la energía animal que conseguía que todo hombre presente hiciese presión en la dirección de lo que parecía el frente, la sed enloquecida de unir el arma con la carne. De quitar vidas. De matar. Y de vivir. Las terribles últimas etapas de la contienda, momento en el que los caballeros escoceses comenzaron a caer los unos sobre los otros y los caballos se estrellaron contra los hombres que yacían bocabajo dentro de sus armaduras.

Aquella fue su primera batalla. No asestó ni un golpe, pero salió de ella en un estado de éxtasis.

Loveday había presenciado muchas después de aquella. Todas diferentes, aunque eran también versiones de la misma guerra. Y todas iban precedidas por lo que ahora estaba por venir. La marcha. Los largos momentos de aburrimiento. Cocinar y hacer fuegos. Saquear ciudades. Infligir daño a los civiles. Robar comida. Recibir órdenes de idiotas como sir Robert —el último de un largo linaje de caballeros de Essex con ese título—, cuyo único propósito era pagar a los hombres de menor rango para que trabajasen sus fincas y que arriesgaran sus vidas en las guerras con la esperanza de que Le

Straunge se ganara el favor tanto de los señores como de los reyes más importantes.

La hoguera crepitó. Uno de los maderos que Loveday había arrastrado hasta allí se partió por la mitad y saltaron las llamas. Este cogió un trozo de fajina y se inclinó hacia delante a fin de reorganizar el combustible y que el fuego siguiese ardiendo de manera constante. Ya estaba amaneciendo. La primera luz contaba con un lustre limpio y claro, que resplandeció al calor que ascendía de la fogata. Loveday miró a través del aire que se bamboleaba hacia las figuras bocabajo de sus camaradas. Romford, inmóvil y con la boca ligeramente abierta; Millstone, que susurraba con dulzura para sí, y el Padre, que se giró sobre el costado como si hubiese sentido el peso de la fuerza de las pupilas de este sobre él.

Abrió los ojos y le devolvió la mirada.

Después, esbozó una ligera sonrisa negra y le guiñó un ojo.

3

Los ingleses, ansiosos por entrar en guerra con el enemigo,
recorrieron varias zonas del país [...]. Muchos llegaron a la
ciudad de Barfleur, donde encontraron abundantes riquezas
escondidas [...].

Actas de guerra del rey Eduardo III

Los Perros pasaron el día equipándose en las tiendas de suministros que ahora se alineaban en la playa. Al dividirse y ponerse a las largas colas, reunían más de lo que echaban de menos de la nave de desembarco y sus mochilas. Fueron a buscar cuerdas para los arcos y haces de flechas; puntas de repuesto; saquitos de harina, judías secas y cabezas de ajo; muchas lonchas de tocino ahumado, así como un queso redondo que olía a rancio; un par de palas y hachas de tronzar pequeñas —porque las que usaban los oficiales del rey eran nuevas, con robustos mangos de fresno, y las que llevaban los Perros estaban viejas y echas polvo—, además de tres tramos de cuerda enrollada de distintos grosores. El Padre había insistido en seleccionarlas. Dijo que colgaría a un francés antes de que terminase el verano.

Reclamaron un carro de cuatro ruedas sólido, no nuevo, pero arreglado de manera excelente, con los ejes recién cambiados, las partes móviles engrasadas y un taciturno burro de largas orejas incluido para tirar de él. Aparte, se aseguraron seis caballos sanos de un enorme corral, instalado en el extremo más alejado de la playa.

Darys y Lyntyn, los galeses, mostraron gran interés en elegir las monturas. Se comunicaban con los animales a un nivel instintivo y quedo, los calmaban con tocarlos y en sus ojos leían un carácter que permanecía oculto para el resto de hombres. Loveday los observó susurrar a las bestias y entre ellos mientras escogían los seis asignados a la compañía de los Perros. Nunca había visto nada igual.

Aquella tarde holgazanearon. El cabecilla del grupo exploró las arenosas llanuras que se extendían sobre la playa, donde el día anterior se hallaban los trabuquetes. Al bajar, descubrió que Tebbe, Thorp y Romford se habían unido a un grupo de arqueros de Kent que habían puesto dianas pegadas a las dunas a fin de practicar el tiro al blanco. Habían metido paja en las sobrecamisas y los jubones ensangrentados de los franceses encargados de las pequeñas catapultas y que los Perros habían asesinado al desembarcar. Ahora, los estaban matando de nuevo.

Loveday admiraba la fuerza y la gracia con la que los guerreros tensaban los arcos largos ingleses. Él nunca había sido capaz de disparar bien con uno. Mientras practicaban, un risueño grupo de amigos que paseaba por allí animaron a intentarlo a uno de ellos, un joven porquero con una sonrisa en la cara. El hombre observó al muchacho pedirle a uno de los de Kent que le cediese un turno con el arco. Vio al chico colocar una flecha, pero le costó tensar la cuerda apenas hasta la mitad. Cuando la soltó, la dura y encerada cuerda de cáñamo le arañó todo el interior del brazo izquierdo. Este profirió un alarido y la saeta echó a volar de lado, fallando todos los blancos por metros. Sus amigos explotaron en una carcajada y el chaval volvió fatigado hasta ellos a la vez que negaba con la cabeza.

Loveday se rio para sí. Si bien cualquier tonto o infante, incluso una mujer, podía apretar el gatillo de una ballesta, el arco largo inglés necesitaba una fuerza descomunal en los hombros y la espalda, una vista aguda, cierta maestría en la respiración, una mano firme y años de entrenamiento. Esa era la razón por la que se erigía como una de las armas más mortales del mundo.

Y por eso el rey Eduardo había pasado un año reclutando a tantos millares de arqueros, subiéndolos a barcos y trayéndolos a esta playa lejana, para que pudiesen ayudarlo a ser el señor de dos reinos en lugar de uno.

A la mañana siguiente, y tras otra noche sobre la arena, Loveday y Millstone volvieron al pabellón de sir Robert, el cual les costó menos encontrar, ya que contaba con enormes pendones que ondeaban a su alrededor. Las banderas mostraban los colores del noble: un feo revoltijo de rosa, gris, verde y dorado. El esférico caballero iba vestido con los mismos tonos cuando salió rodando con el objetivo de encontrarse con sus hombres: unas rayas diagonales recortadas sobre una gruesa capa de lana, que portaba sobre un largo gambesón acolchado, cubierto en parte por una cota de malla sin mangas. Las ropas parecían caras, aunque iba muy abrigado. El día era caluroso y, mientras se dirigía a ellos, a sir Robert le goteaba el sudor desde las sienes hasta los carrillos.

Loveday se preguntó cómo podría soportar estar tan incómodo. También echó un vistazo al grupo en busca de los de Anglia Oriental. Allí estaban: Shaw, que se encontraba de pie en el lado de la agrupación más alejado de los dos Perros, con un tapón de lino marrón sucio metido en el agujero izquierdo de la nariz. Le lanzó una mirada asesina cuando llegó, pero no abrió el pico, evitó por completo encontrarse con las pupilas de Millstone y no interrumpió a sir Robert ni una vez mientras este resumía lo que iba a tener lugar ese mediodía.

Primero, el caballero explicó la organización del ejército real. Dijo que habría tres divisiones.

—El rey Eduardo liderará el centro —continuó—, y esa división prácticamente consistirá en los hombres que pertenecen a su casa. Le retaguardia la comandará el obispo de Durham.

Loveday ya había visto al religioso en la playa al galope de sus caballos y dando manotazos a sus sirvientes personales en las espaldas. Portaba una maza y blasfemaba en voz alta, cosa que hacía a menudo. Aparte de al Padre, le costaba imaginarse a alguien menos parecido a un hombre de Dios.

—El príncipe de Gales queda al mando de la avanzadilla —prosiguió sir Robert—. Teniendo en cuenta su corta edad, lo asistirán los excelentísimos condestable y mariscal, los condes de Northampton y de Warwick. Nosotros iremos dentro de esa división.

Una emoción sincera se propagó por el grupo. Hasta Shaw pareció impresionado. El hecho de ir en la vanguardia significaba peligro, y peligro, recompensa.

—Aquí hay quince mil hombres —intervino Loveday—. Las cocas siguen descargando con cada marea. ¿Cuánto tiempo más tardaremos en formar estas divisiones?

Sir Robert sonrió.

—¿Dos días? Quizá tres, pero no vamos a esperar a que los aldeanos y la muchedumbre se despierten y averigüen qué dirección deberían tomar. Tal como os he dicho, nos encontramos entre la avanzadilla. Ese será nuestro lugar cuando marchemos, aunque hoy tenemos otra tarea. Nuestro deber es partir a caballo y limpiar la zona que queda al norte de nuestro campamento para que las divisiones puedan salir sin que las molesten por tierra o mar.

Con un pie elegantemente calzado, el noble aplanó un trozo de arena delante del pequeño grupo y bosquejó un sencillo mapa del terreno cercano.

—Nosotros estamos aquí… Este es el cabo… Y aquí —les señaló sir Robert— se encuentra una agradable ciudad llamada Barfleur. Mientras hablo con vosotros, unas embarcaciones inglesas se dirigen hacia allí. Y hay barcos franceses anclados en su puerto.

»Nuestra encomienda de hoy, si Dios nos garantiza la fuerza con la que terminarla, es ir allí y asegurarnos de que no vuelven a navegar nunca más.

El burro que tiraba del carro de los Perros rebuznó con fuerza cuando Romford y Thorp intentaron engancharlo a las varas de madera. Los hombres se estaban preparando para partir en formación junto a una vía en la cima del acantilado. La mañana se había vuelto extremadamente calurosa, y todo el frío y la humedad de la lluvia que los había recibido al desembarcar parecía haberse evaporado del aire. Las moscas zumbaban y picaban, lo que molestaba tanto a los hombres como a los animales. El burro agachó la cabeza y dio un pisotón. Luego intentó morder a Thorp con su dentadura amarillenta.

Los galeses observaron impasibles la escena mientras el arquero se marchaba ofendido y hecho una furia con el objetivo de cortar una vara con la que pegar a la bestia. Sin embargo, antes de que se fuera, Lyntyn, el más alto de los dos, se acercó al carro. Después, puso una mano tranquilizadora en el hocico del burro, se inclinó hacia delante y susurró unas palabras que sonaron como una canción.

El animal entrecerró los ojos y resopló, pero al final se rindió y permaneció tranquilo mientras Darys ayudaba a Romford a fijar las varas a los arneses de cuero y a ponerle un collar alrededor del pecho. Cuando terminaron, Lyntyn le hizo una señal al arquero benjamín para que se sentase en la parte delantera del carro. Por instinto, el muchacho miró a Millstone, que asintió. Acto seguido, se subió de un salto y, mientras tanto, Thorp volvió con un látigo de avellano largo, fino y recién cortado.

Romford sonrió.

—Yo lo llevo.

Entonces, Thorp clavó las pupilas en el plácido burro y resopló exasperado, aunque el mal humor se le pasó rápido. Se cruzó el liso arco de tejo sobre el cuerpo y comprobó la aljaba que había colgada a su lado. A continuación, volvió a contar los fardos de flechas de repuesto que habían cargado en la carreta.

—Listo —dijo, pero a nadie en particular.

Sir Robert le había dicho a Loveday que Barfleur se encontraba a algo más de nueve kilómetros y medio de distancia al norte desde la playa y el cabo, en la punta de la península en la que los ingleses habían desembarcado. Los tres arqueros anglosajones y el Padre se turnarían a la hora de conducir el carro y caminar detrás de él. Millstone, Hormiga, Loveday y el Escocés estaban ensillando sus caballos. Aunque los habían contratado como infantería, todos los Perros sabían montar y lo harían siempre que fuese posible.

Los galeses ya se encontraban sobre sus monturas. Darys estaba comprobando la longitud de tensión de su arco y le gritó algo en su idioma a Lyntyn, que se rio. Los agentes de reclutamiento reales, que trabajaban en su salvaje país de montañas y hablaban su lengua, los habían empleado como arqueros montados. Letales al inicio del combate, estos guerreros a caballo podían controlar al animal con una mano o ninguna. Al disparar desde la montura, al estilo sarraceno, podían atravesarte el corazón con una flecha, y con otra, el ojo a cien pasos y desaparecer antes de que te dieses cuenta. Aquello requería de mayor entrenamiento y fuerza física que el dominio del arco: solo se podía manejar un corcel en movimiento a la par que se apuntaba con esta arma si se poseía una habilidad espectacular en el vientre y los muslos. Loveday se alegraba de tenerlos en su compañía para una campaña en la que se estaban adentrando en territorio desconocido.

El toque de una trompeta sonó en algún punto más atrás de la hilera. El líder se giró en su silla a fin de localizar su proveniencia. Un grupo de hombres de armas y caballeros tremendamente protegidos con armaduras —puede que veinte en total—, elegantes y en buena forma, trotaban con energía por el camino costero y levantaban una nube de polvo arenoso. En el centro, se encontraba un varón alto, de treinta y pocos años, bajo cuyo mando Loveday ya había luchado en muchas ocasiones.

Thomas Beauchamp, conde de Warwick y mariscal del Ejército, montaba un enorme caballo de batalla gris moteado, envuelto en una tela roja con cruces doradas cosidas por toda ella. En el torso llevaba una refinada armadura bañada en plata, aunque, allende sus muslos, las piernas quedaban desprotegidas. Una larga espada colgaba de su costado. No portaba yelmo, pero, en la trasera de su grupo de cortesanos, Loveday vio a un escudero, que rondaría la edad de Romford, que lo llevaba con aire ceremonioso delante de la silla de montar. Era gigantesco: un objeto precioso pulido de tal manera que resplandecía bajo el sol. Después, se estrechaba hasta un punto cónico en la corona, y estaba provisto de una visera con bisagras y una rejilla.

El conde gritaba buenos deseos a la vez que pasaba cabalgando junto a las pequeñas compañías que conformaban su avanzadilla, como la de Loveday.

—¡Hola, chicos! ¿Tenéis hambre hoy? ¿A quién le apetece hundir un barco?

El cabecilla de los Perros recordó la primera vez que había visto a Warwick, nueve primaveras atrás, durante una campaña en Escocia. Entonces, el conde, de tan solo veinticuatro años, servía como capitán de todo un ejército. Ahora, era su mariscal, el tercero al mando por debajo solo de Northampton, el condestable, y del mismísimo rey Eduardo. No obstante, pese a ello, era un hombre que continuaba sintiéndose a gusto entre los arqueros y soldados de infantería como los Perros.

Loveday llamó a todo el grupo.

—¡Atentos! Que viene Warwick.

Estos se pararon y observaron al noble pasar al trote. El Escocés se quitó el maltrecho sombrero de hierro que se había estado ajustando a la enorme cabeza. Millstone se cubrió los ojos con un robusto antebrazo y asintió en señal de respeto. Hormiga escupió, pero imitó el gesto. El Padre le dedicó una mirada de desdén, aunque se encontraba en el lado del carro que no daba al camino, así que el único que le vio, o a quien le importó, fue Loveday. A pesar de que Warwick y su séquito los adelantaron con un retumbo, la voz del conde todavía se oía con claridad por encima del estrépito de los cascos.

—¡A Barfleur, muchachos! —aulló—. ¡Vamos a demostrarles a esos demonios franceses quiénes somos!

La accidentada carretera hasta el enclave abrazaba la costa, que se erigía poco a poco a medida que avanzaban hacia el norte. Después de unos tres kilómetros, caminaban acompañados de una cadena de acantilados y pequeñas calas a su derecha. La marea golpeaba y rugía contra la roca y la arena. De vez en cuando, la caída hasta el mar no quedaba a más de once metros del borde del camino. En el agua, más allá del rompeolas, un destacamento de la flota inglesa avanzaba igual que un depredador, con la mayoría de las velas recogidas y unos largos remos que trabajaban sin cesar a ambos lados.

—¿Ves el Saintmarie? —gritó Romford, girando la cabeza a Millstone, que cabalgaba justo detrás del carro.

—Imposible —vociferó el hombre—. Las cocas no pueden acercarse tanto a la costa.

—¿Crees que podrías tirar una piedra al mar desde aquí? —le preguntó Tebbe al muchacho con una sonrisa en la cara.

Luego, se agachó, cogió una roquita de un flanco del sendero lleno de baches y se la pasó. Romford basculó sobre sí mismo en su posición elevada tras el burro y la lanzó. El joven contaba con un brazo fuerte, y los Perros observaron cómo la piedra dibujaba un arco poco pronunciado a través del aire y desaparecía por el borde del acantilado.

—Qué fácil —dijo—. Tendríamos que haber apostado.

Sin embargo, el Padre le dedicó una mirada con el ceño fruncido.

—No sabes si ha aterrizado en el agua —le contestó.

—¿Y dónde más iba a caer? —quiso saber el chico—. ¿En la luna?

El sacerdote refunfuñó mirando al suelo y los de Essex continuaron con su ardua marcha.

Cada grupo de casas que encontraban a lo largo del camino estaba vacío y muchos habían sido quemados.

Delante de ellos, en la larga fila serpenteante de la avanzadilla, se encontraba la compañía de anglianos orientales de Shaw. Ninguno iba a caballo. Se gritaban los unos a los otros mientras marchaban y, de vez en cuando, se arrancaban con trocitos de canciones con su peculiar acento arrastrado. Siempre que pasaban por un asentamiento abandonado, dos o tres rompían filas y se adentraban corriendo en las viviendas para, al final, salir con algún premio que se hubiesen olvidado los anteriores saqueadores.

Loveday vio a Millstone mirar fijamente a Shaw. Seguía intentando ubicarlo. Había algo en él que preocupaba al cantero y, al igual que el resto de los Perros, él también lo notaba. Cuando, de repente, la compañía del angliano comenzó a cantar otra canción, el Escocés bramó:

—Romford, si te cojo una piedra, ¿crees que puedes partirle el cráneo a uno de esos?

El chico sonrió.

—Puedo intentarlo.

Entonces, el hombre le pasó un guijarro y el joven arquero observó con detenimiento a los anglianos orientales con el objetivo de medir la distancia. Luego, movió el brazo como si fuese un látigo y lanzó alto la piedrecita, de manera que esta se dirigió al sol, trazando un arco para después descender, igual que si la hubiese soltado un ave marina, unos pocos pasos detrás de Shaw.

Mientras el guijarro surcaba el cielo, Romford dejó caer las manos hasta las riendas del burro y adoptó su expresión más inocente con los ojos clavados en el camino de delante, como si estuviese buscando los baches que podían romper las ruedas de la carreta. Cuando la piedra aterrizó, Shaw dio un salto. Acto seguido, alzó la vista, pero no vio ningún pájaro. Luego, se giró para fulminar con la mirada a los Perros, aunque lo único que encontró fue a Millstone y al Escocés, que lo estaban observando. Si bien el hombre meditó durante un segundo, al final, se llevó la mano a la nariz hinchada y se dio media vuelta.

Loveday vio la manera en la que los hombros de Romford se agitaban mientras el muchacho se aguantaba la risita.

Por fin, después de más de dos horas en el camino del acantilado, Barfleur apareció ante sus ojos. Era un pueblo grande, con un cinturón conformado por un murete de piedra, que rodeaba la zona exterior. Este solo estaba para marcar el límite en vez de evitar la entrada de enemigos, ya que su altura no superaba en ningún punto el hombro de un varón. Loveday solo contó dos o tres torres gruesas en su lado del muro, pero había poca señal de actividad o vida siquiera en sus almenas.

—Ni rastro de banderas —comentó Hormiga—. ¿Crees que habrá alguien en casa?

El cabecilla acercó su caballo a la cabeza de la compañía con el objetivo de intentar conseguir mejores vistas.

—Deben haberse enterado de que veníamos —concluyó—. No es que haya sido exactamente un ataque sorpresa.

El Escocés soltó un gruñido.

—Yo no me la juego. —Y se colocó la maltrecha capellina con corona y ala de hierro, que se había atado al cuello mediante un trozo fino de piel marrón, sobre el enmarañado pelo caoba.

Aunque, en el fondo, sabían que habían abandonado Barfleur hacía horas o incluso días.

Los Perros se detuvieron poco a poco junto al resto del equipo de asalto, con cuidado de alejarse de los anglianos orientales.

—Vamos a esperar a ver qué ordenes recibimos —gritó Loveday a sus hombres.

Hormiga soltó una risita por la nariz.

—¿A qué tenemos que esperar? Se han cagado y han salido corriendo. Ya sabes lo que viene ahora. Entramos a pie, cogemos lo que podemos y quemamos lo que no se puede mover. ¿Me equivoco?

El cabecilla del grupo se encogió de hombros. Todos sabían que su compañero llevaba razón.

—Pues que así sea —contestó—. Vamos a bajarnos y a manear a los caballos. —Entonces miró a los arqueros—. Vosotros, cubridnos mientras entramos. Vigilad las torres. No vais a ver nada, pero hacedlo igualmente.

Después pidió lo mismo a los galeses mediante señas, con la esperanza de que su lengua de signos tuviese sentido. A continuación se volvió hacia Romford.

—Tú te quedas con el carro.

El muchacho se mostró decaído, pero se quedó de todos modos en la carreta.

El resto de los Perros se prepararon para la orden de avanzar. Por fin, todos se pusieron los yelmos y los cascos de cuero, y cogieron tanto las armas como las talegas. Millstone escarbó por el carro en busca de su herramienta favorita: un pesado martillo de cabeza cuadrada y ancha de metal, que tenía un grueso mango de madera del largo de su brazo. Lo meneó hacia los lados y se lo pasó de una mano a otra.

Al final, tres toques agudos de trompeta cortaron el aire húmedo del mediodía delante de ellos. Loveday no necesitó decir nada más. Los arqueros cargaron los arcos y apuntaron a la parte superior de las torres. Los demás Perros se miraron entre ellos, agacharon las cabezas y partieron a paso sostenido hacia las puertas abiertas de Barfleur.

Tal como el cabecilla había predicho, habían abandonado la ciudad a la carrera. Una vez todos los miembros de su grupo hubieron pasado por la casita de piedra del guarda, se encontraron en un laberinto de calles estrechas llenas de edificios, en su mayoría de dos plantas, con entramados de madera e inclinados hacia dentro los unos sobre los otros.

Ya habían saqueado con saña muchos de estos. Al pasar junto a una casa, Loveday usó su espada de hoja corta para abrir de un empujón una puerta desatrancada, que giró sobre sus bisagras tan fácilmente como si su dueño simplemente hubiera salido a buscar un clavo. El hombre echó un vistazo dentro: una habitación lóbrega, desprovista de todo, excepto por una olla abandonada en el suelo. El aire apestaba. Había algo podrido. Loveday se volvió hacia la calle y vio la fuente del hedor: una barrica de vino, rota desde hacía tiempo, cuyo contenido hacía tiempo que se había derramado y estancado.

Unos cuantos grupos de tropas inglesas ya habían comenzado el expolio, aunque, por lo que parecía, no habían encontrado casi nada. Loveday y Millstone caminaron el uno junto al otro a la cabeza de los Perros, y se rieron al ver a dos hombres que, a duras penas, intentaban sacar un jergón de una casa.

—No queda mucho que robar —comentó el cantero.

Su compañero asintió. En ese momento, contempló en derredor el lamentable pueblo, en el que más puertas se abrían por todas partes. Podía sentir la decepción de sus hombres ante la aparente falta de botín.

—Al menos, podríamos echar un vistazo —dijo.

Los Perros sonrieron a su alrededor y, luego, se dispersaron para ver qué podían encontrar.

Loveday los observó marcharse, aunque Millstone se quedó a su lado.

—¿En qué dirección? —le preguntó.

El hombre reflexionó durante un segundo.

—Vamos a bajar a la orilla —le respondió.

En el puerto, el conde de Warwick dirigía las operaciones desde el caballo y señalaba los muelles con una enorme mano envuelta en un guante de piel para guiar los movimientos de cientos de tropas con la facilidad de un pastor que silba instrucciones al perro encargado del rebaño. Junto a este, Loveday vio a otro señor ricamente engalanado que también se encontraba sentado sobre un caballo grande. Tenía dibujada una sonrisa en la cara, y la pierna izquierda, atrofiada. El pie quedaba doblado hacia dentro en un extraño ángulo en el estribo. No sabía de quién se trataba.

Ante ellos, la marea estaba baja y, en el agua, el Perro contó unas dos docenas de navíos, todos indefensos. Más allá, ancladas en aguas profundas, había cuatro enormes galeras con plataformas elevadas de combate en la proa y la popa que los hombres llamaban «castillo». Los barcos ingleses ya estaban rodeándolas, y los marineros, lanzando cuerdas con ganchos y pinchos en los extremos. Estos tiraban de las proas de los navíos adyacentes y saltaban con atrevimiento de una cubierta a otra.

Cerca de la zona de al lado del puerto, y atadas a lo largo de unos cortos muelles de madera, había cinco embarcaciones más pequeñas con un diseño similar. También dos pesqueros enormes, con la parte de abajo plana y las proas curvas, además de otras de menor tamaño. Warwick tenía a los hombres corriendo de las calles a los muelles, arrastrando cualquier cosa inflamable de la tierra y apilándolas dentro de los navíos.

Hormiga y el Escocés llegaron deambulando para unirse a Loveday y Millstone. No había ni rastro del Padre ni de los arqueros.

—¿Qué está haciendo el resto? —quiso saber el cabecilla del grupo.

Hormiga dio unos manotazos al aire con desdén.

—Siguen robando —contestó—. ¿Qué si no?

Loveday asintió y, mientras lo hacía, el conde de Warwick se giró sobre su caballo y divisó a los Perros.

—Eh, vosotros —los llamó—. ¡Echadle el guante a todo lo que pueda arder! ¡Hoy vamos a tener una hoguera! ¡Vamos! —Y señaló hacia las casas al lado del puerto.

—Ya lo habéis oído —les dijo el cabecilla.

Luego, los condujo hasta el edificio más cercano: un taller de fachada abierta con un tejado bajo que cubría el marco de entramado de madera. La paja en mal estado del techo casi se extendía hasta el suelo, así que Loveday la agarró con las dos manos y tiró. Un trozo enorme se desprendió con tanta facilidad que estuvo a punto de caerse de culo. El hombre se rio.

—¡Por los dientes de Cristo! —exclamó—. ¡Este puñetero sitio está pidiendo que lo quemen!

Los Perros se amontonaron a fin de tirar de la cubierta vegetal y todos tosieron cuando aquel material cayó a puñados, soltando nubes de polvo seco. Luego, con un montón de combustible entre los brazos, volvieron tambaleándose hasta Warwick y su acompañante. Entonces, los lores se giraron hacia ellos y sonrieron.

—Escoged el que queráis —le dijo el conde a Loveday—. Tienen que arder todos.

El otro noble soltó una sonora carcajada con una voz aguda. Albergaba algo insensible en ella.

Acto seguido, el grupo de guerreros llevó sus torres de paja hasta uno de los pesqueros. El Escocés saltó desde el lado del muelle hasta la cubierta, formaron una fila y fueron pasándose la paja hasta él, para después volver corriendo a la ciudad y cargar con más material. Tebbe y Thorp llegaron después de la primera tanda. Cada uno llevaba un par de grandes candeleros de metal, de los que se jactaron con orgullo.

Loveday los puso a trabajar y, gracias a unos brazos de más, no pasó mucho rato hasta que el bote de pesca estuvo lleno de paja reseca. Los Perros continuaron con otro barco de menor tamaño, y luego otro. Al final, ayudaron a un vasto grupo de hombres a cargar palos y paja en una de las embarcaciones de guerra. Unos cuantos eran de Anglia Oriental y formaban parte de la tripulación de Shaw. Todos tenían un aspecto algo sarnoso, con picaduras de pulgas, como si fuesen gatos callejeros. Uno de ellos era el de la marca en la cara, que ahora que Loveday lo miraba de nuevo, vio que se trataba de una letra A. A otro le faltaban ambas orejas. No les dijeron nada a los Perros, pero, de vez en cuando, lanzaban miradas furtivas en su dirección.

Cuando terminaron, los de Essex se alejaron de allí. Los hombres de armas de Warwick habían colocado un tonel con agua en el centro del puerto y ellos se acercaron a rellenar sus botas. Mientras bebían, el conde se acercó a ellos, esta vez a pie.

—Buen trabajo —los felicitó—. ¿Sois los mismos hombres de Essex que acabaron con las defensas de la playa?

—Lo somos, mi señor —contestó Loveday.

—Pues buen trabajo —repitió el conde.

—Gracias, mi señor —le respondió el hombre.

Después, se secó la frente y acabó con una mancha de mugre negra y líquida en el dorso de la mano. Warwick tenía un aspecto limpio inmaculado y, de pronto, en ese momento, Loveday fue consciente de lo sucio y desaliñado que debía parecer.

El noble le sonrió y levantó un brazo, protegido por encima y debajo del codo mediante una combinación de malla y las placas de una armadura, con el que señaló el puerto. En aquel instante, los marinos ingleses se encontraban desenganchando sus cadenas de los solitarios barcos franceses, preparándose para quemarlos y partir. Warwick los contempló durante un rato con satisfacción y, después, habló.

—¿Ves esa roca? —le preguntó a Loveday mientras le distinguía un pequeño montículo oscuro que sobresalía del agua cerca de la entrada del puerto.

Las olas estaban lanzando pequeños lametones de espuma a su alrededor.

El hombre asintió.

—Ese fue el peñasco donde comenzó todo esto —le explicó—. Sir Godofredo, mi amigo, me contó que, hace muchas generaciones, un barco se estrelló contra esa roca y todos los que se encontraban a bordo, excepto un carnicero, se ahogaron.

Sin saber qué responder, Loveday se limitó a escuchar.

—El hijo de un rey murió en esa embarcación —continuó Warwick—. Un joven tan fuerte y sano como nuestro príncipe. Se ahogó por la noche junto con muchos otros chicos y otras tantas chicas. Una tragedia. —Entonces miró al guerrero directamente a los ojos—. ¿Cómo te llamas?

—FitzTalbot, señor —le respondió—, pero todos me llaman Loveday.

—Bueno, FitzTalbot —siguió el conde—, la muerte de un príncipe en ese barco trajo el desastre a Inglaterra. Una guerra civil. Miseria y destrucción. Se dice que, en aquellos días, los ángeles no estaban despiertos y, tal como afirma mi amigo sir Godofredo, ello también aseguró que siempre habría una guerra entre nuestro reino y el francés. Si aquel príncipe hubiese vivido, esta tierra sería ahora Inglaterra. —Y suspiró—. Sin embargo, no fue así, y, por ende, no lo es. Y aquí estamos. En guerra por ese antiguo derecho. Una batalla que puede durar un año. Una década. Un siglo.

Warwick señaló con la mano los edificios que rodeaban el puerto de Barfleur. Ahora, la mayoría de ellos permanecían desprovistos de su cubierta de paja y, en algunos casos, de la mitad de los entramados de madera. Los sucios y acalorados soldados se apoltronaban a la sombra.

—En estos pueblos, FitzTalbot —añadió—, el ejército inglés aprieta los dientes. Por eso, los franceses ya se han dado a la fuga. Huyen o mueren a manos nuestras.

El noble sonrió con unos dientes blancos y un brillo danzarín en los ojos. Luego, respiró hondo y saboreó el ambiente, lleno de sal, polvo y, ahora, del olor a brea que se estaba calentando en algún lugar cerca de allí. Loveday también buscó por el puerto. El resto de los Perros se encontraban juntos formando una piña. El Padre, que alrededor del cuello portaba un enorme crucifijo de oro que colgaba de una gruesa cadena, se había reunido con ellos. Loveday se volvió hacia Warwick.

—¿Ahora qué, mi señor? —quiso saber.

El conde estiró los hombros hacia atrás y luego infló los carrillos.

—¿Ahora? ¡Vamos a quemar los barcos!

Acto seguido, le hizo una señal con la mano a sus hombres de armas, que prendieron unas antorchas y se acercaron a la orilla. Luego, Warwick dedicó una pequeña reverencia teatral a Loveday y partió para supervisar el acto. La mayoría de los soldados ingleses que rodeaban el puerto también se aproximaron a mirar.

No obstante, mientras ellos hacían eso, el cabecilla de los Perros escuchó un ruido. Apenas se oyó por encima del alboroto de la multitud, el crepitar de las antorchas y la paja seca de los barcos.

Ahora bien, fue nítido y él lo reconoció.

Un grito. Una voz.

La de Romford.

Loveday le dio la espalda al puerto, donde las llamas naranjas y negras estaban comenzando a saltar del agua por encima de las cabezas de los hombres. El guerrero se abrió paso con urgencia entre la multitud y, cuando se hubo apartado de la muchedumbre, echó a correr atravesando con paso pesado las calles tortuosas que conducían de vuelta a la entrada.

En un abrir y cerrar de ojos había vuelto al lugar por donde habían entrado a la ciudad. Y, al llegar a la casa del guarda, vio que sus oídos no le habían fallado.

Era Romford. Y allí estaba Shaw, que lo sujetaba contra la piedra desteñida por el sol de la pared de la de la casa del guarda. El angliano oriental lo estaba agarrando por el cuello, pero los dos tenían las caras coloradas.

Loveday fue corriendo hacia ellos y se llevó la mano al cinto para desenvainar su espada corta, pero cuando se encontraba a escasos diez metros de allí, vio algo borroso a su izquierda y el Escocés lo adelantó. Este cubrió en dos brincos la distancia hasta Shaw, alargó el brazo, lo agarró por el hombro, lo arrancó de Romford y lo giró con violencia.

El líder de los Perros se detuvo jadeando. Notaba calambres en la parte trasera de las piernas y le ardían los pulmones, pero el Escocés tenía a Shaw bajo control. El angliano oriental se estaba retorciendo de dolor mientras los enormes dedos del hombre —cada uno tan ancho como dos de la mayoría de personas— le aplastaban el músculo y tendón de la articulación del hombro. Le había volado el tapón de lino de la nariz ensangrentada, que descansaba entre sus pies en el suelo polvoriento.

Entonces, el Escocés le gruñó pegado a la cara. Una amenaza muda y animal.

Tras Loveday, aparecieron Hormiga y Millstone. En ese instante, el primero echó un vistazo a su alrededor para ver que el resto de los Perros iban tras ellos. Hormiga se acercó resuelto a Romford, que seguía con la espalda pegada a la piedra blanca y llena de polvo de la casa del guarda.

—¿Qué demonios es esto? Se suponía que tenías que vigilar el carro.

El muchacho estaba pálido.

—Lo siento —se disculpó—. Él... Yo no pretendía...

Shaw puso cara de desprecio a pesar del dolor en el hombro.

—Aquí vuestro cachorrito necesita que le pongan una correa.

Loveday miró a uno y después al otro.

—¿Y bien? —le preguntó a Romford.

Había algo raro en los ojos del chico. Observaba a Shaw con miedo, pero también albergaba otro sentimiento. Un profundo odio, como si lo conociese desde hacía mucho. O a los de su calaña. El joven miró a Loveday igual que si quisiese explicarse.

—Él estaba…

No obstante, en aquel momento, la mirada en sus ojos cambió, no añadió nada más y bajó la vista al suelo.

El angliano oriental se puso un poco colorado.

—Si vuelve a tirarme otra puta piedra, le rajo la garganta.

Luego, en el momento en el que el Escocés lo agarró con más fuerza, hizo un gesto de dolor.

—Nosotros decidiremos el qué, a quién y con cuánta fuerza de los cojones lo tira —le gruñó el hombre con la cara pegada a la suya—. ¿Lo pillas?

Shaw no respondió. En cambio, le clavó las pupilas con hosquedad hasta que el Escocés relajó un poco las manos y le dio un fuerte empujón hacia la izquierda, con lo que Shaw se tambaleó y estuvo a punto de perder el equilibrio. Al final, el angliano oriental se alejó a paso largo sin mirar atrás.

Hormiga volvió a hablarle a Romford en tono acusador.

—Cuando te digamos que vigiles el carro, lo haces, joder —le aclaró—. Cualquier hombre aquí es un ladrón o peor. ¿Crees que queremos pasarnos los próximos treinta y seis días sin carro ni equipo?

El joven negó con la cabeza. Daba la impresión de que podía echarse a llorar. Entonces, Millstone dio un paso adelante y posó una mano en el hombro de Hormiga.

—El chico lo entiende —le dijo.

Sin embargo, este se sacudió la mano airado.

—No hay nada que entender —le espetó sin mirarlo—. Haces lo que se te dice, coño. Y punto.

El hombre se fue hecho un basilisco a comprobar el carro. El Escocés lo acompañó mientras se crujía los nudillos de la mano que había hundido en el hombro de Shaw. El Padre y los arqueros también se marcharon.

No obstante, Loveday y Millstone permanecieron junto a Romford unos segundos más.

—¿Qué ha pasado? —volvió a preguntarle el primero—. ¿De verdad que todo esto ha sido por tirar unas piedras?

Un humo negro y denso comenzaba a arremolinarse por las calles de Barfleur, a alzarse en el viento y a tornar denso y repulsivo el ambiente. Las tropas, que no paraban de toser, empezaron a salir en fila por la entrada, algunos acarreando su botín, otros dándose manotazos en la espalda y haciendo bromas. Loveday los ignoró y levantó las cejas para invitar al chico a contestar.

A cambio, Romford pareció registrar los ojos de su cabecilla. Buscar algo en ellos. Una señal de que podía contarle un secreto al viejo.

Ahora bien, fuese lo que fuese lo que trataba de encontrar, no dio con ello.

—Lo siento —dijo tras unos segundos—. No quería causar ningún daño.

Luego, agachó la cabeza y no añadió nada; simplemente, volvió al carro, que permanecía intacto donde lo habían dejado. Aunque volvió a ocupar su lugar en el asiento del conductor y cumplió con su labor de conducir al burro de vuelta por el sendero del acantilado en dirección al campamento de la playa, dio la sensación de que desapareció dentro de sí mismo durante el resto del día.

Y a Loveday no se le ocurrió ninguna pregunta que formularle y que pudiese hacerlo salir.

4

El rey comenzó su viaje hasta Normandía [...]. A través de caminos estrechísimos y abundantemente arbolados, el ejército alcanzó la ciudad de Valognes, un lugar rico y respetable.

Actas de guerra del rey Eduardo III

—Llevamos días sin ver un puto francés —soltó el Escocés por el camino.

Los Perros iban cabalgando o caminando en fila: Millstone solo a la cabeza, y el resto, apiñadísimos en una vía que apenas era lo bastante ancha como para que pasase el carro y que, además, estaba repleta de pronunciados baches. A ambos flancos, se amontonaban unos espesos setos verdes, se estrechaban a su alrededor y, en algunos puntos, sobrepasaban la altura de las cabezas de los hombres que montaban a caballo. El endrino se entrelazaba con las zarzas y el rosal silvestre les arañaba los brazos. Los insectos pasaban por su lado a toda velocidad y las diminutas moscas se les metían en la boca y los ojos.

—Vaya país de mierda —continuó el grandullón pelirrojo—. Y qué gente de mierda. Cobardes. ¿Quién quiere conquistar un lugar en el que huyen en cuanto huelen la lucha?

Llevaban moviéndose bastantes horas y todos estaban irritables. Caía un sol de justicia. El ambiente era húmedo. Loveday estaba sudando y las gotitas que se le formaban en la frente le caían desde la punta de la nariz. Ni siquiera la sombra de los setos les otorgaba algo de alivio, ya que el aire permanecía estancado y denso, igual de agotador para los pulmones que el vapor.

Hormiga, que cabalgaba justo detrás del líder, se había quitado la camiseta interior y, aun así, seguía tan empapado de sudor como lo estuvo de agua salada cuando desembarcaron en la playa. Entonces, le espetó al Escocés:

—Claro que no has visto ninguno. Se han ido a tomar por culo. ¿Qué esperabas? Si yo viese el horroroso pico de tu casco a un kilómetro y medio de mi casa, pondría a mi mujer e hijas tras de mí, metería mis pertenencias en una carretilla y me iría antes de que pudieses rezar tu padrenuestro.

—¿Qué mujer e hijas son esas? —gruñó su compañero—. Tu pene de pollo ha tenido la misma acción en los últimos veinte años que este chaval. —Y echó la vista atrás hacia Romford, que estaba haciendo todo lo posible por conseguir que el burro siguiese tirando del carro sin salirse de los surcos.

El muchacho, que los escuchó a medias y se dio cuenta de que se estaban burlando de él, se puso colorado y buscó apoyo a su alrededor con la mirada. El chico volvió a salir de sí mismo en los días que siguieron al incidente con Shaw en Barfleur. Particularmente, Millstone cuidaba de él, rodeándole el hombro con el brazo cuando lo necesitaba. A su manera, Tebbe y Thorp tampoco lo dejaban tranquilo, elogiándolo siempre que podían y arrastrándolo a sus conversaciones interminables sobre las mejores técnicas del tiro con arco.

—¿Cuándo fue la última vez que alguno de vosotros, herejes, rezó un padrenuestro? —gritó el Padre, entrometiéndose en la riña entre Hormiga y el Escocés.

Todavía no se había quitado el crucifijo dorado que había robado en Barfleur. Una barba de seis días, manchada y salpicada de gris, le delineaba el rostro. Había estado bebiendo como un cosaco, y tenía los ojos inyectados en sangre y constantemente llorosos; además, los párpados inferiores le caían para dejar a la vista los interiores rosados.

Romford, con cierta vergüenza, vio aquello como una oportunidad de unirse a la diversión.

—No te he escuchado hablar mucho con Jesucristo esta semana, Padre.

Luego, sonrió y miró al grupo. Tebbe y Thorp, que iban caminando en la parte trasera del carro, se rieron entre dientes.

El sacerdote le dedicó una mirada homicida.

—Ojito con lo que dices, muchacho —masculló—. O hablaré con Jesucristo mientras te doy la puta extremaunción.

Loveday escuchó la riña entre los hombres; era mejor dejarlos. Tenían calor, estaban sucios y aburridos. Necesitaban algo que hacer. Además, al cabecilla no le preocupaban mucho las amenazas del Padre a Romford. Los Perros cuidarían de él hasta que este pudiese hacerlo por sí mismo. Esa era la costumbre. El joven chaval se había marchado sin un rumbo de una casa de la que nunca había hablado de manera explícita, y un día en el que estaban haciendo el vago por las sucias tabernas mientras esperaban a embarcarse en el Saintmarie, en Portsmouth, les pidió unirse a su equipo. Loveday accedió, pero solo después de que Tebbe lo hubiese interrogado sobre los detalles más sutiles de la arquería. Una persona extra permitiría a los Perros alcanzar la decena, número que sir Robert requería para sus tripulaciones. Aunque nada de eso importaba ya. Una vez se convirtió en uno de ellos, jamás dejaría de serlo.

Así que, mientras sus hombres discutían, el líder de Essex se puso de pie en los estribos para intentar ver hasta qué distancia se extendía la fila de la avanzadilla. La estrecha carretera hacía que no fuese fácil de decir, porque esta seguía por una larga curva a la derecha, a través de la cual solo podía ver con claridad los siguientes diez metros.

Pese a ello, si alargaba el cuello y se fijaba en el punto más alto de los setos, fantaseaba con que podía ver algún punto cerca de la cabeza de la fila, donde la larga procesión de compañías iba liderada por uno de los grandes lores. Al principio, lo único que le llamó la atención fue un destello de color, pero, al observarlo, pudo adivinar las banderas rojas resplandecientes segadas con cruces y rayas doradas: los tonos que el conde de Warwick portaba tanto en su caballo como en su escudo. Estos cambiaron cuando se estiró a fin de mirar en la dirección opuesta. En la retaguardia, vio los brillantes destellos de las banderas con dragones rojos rugiendo en campos verdes: los colores galeses. Aquello le indicaba que Eduardo, el joven príncipe de Gales, cabalgaba allí. En teoría, él era quien estaba al cargo —porque era el heredero de su padre, y, algún día, comandaría ejércitos enteros él solo—, pero claramente le estaban introduciendo en el liderazgo poco a poco y con cuidado. «No hay nada como un par de centenares de hombres de armas y arqueros entre tú y el frente para mantenerte alejado de los problemas», reflexionó Loveday.

En ese momento, llamó a Millstone, que se encontraba delante de él, para contarle aquella idea.

Sin embargo, mientras lo hacía, una flecha cortó el aire y casi le alcanzó el hombro derecho.

Loveday dio un brinco en la montura y se llevó la mano a la espada de hoja corta. Luego, miró atacado a su alrededor en busca del lugar del que había venido la saeta.

Y entonces vio al galés Darys con una sonrisa en la cara.

—Por los clavos de Cristo, galés, ten cuidado con dónde disparas —le gritó.

El hombre alzó una mano a modo de disculpa y el cabecilla se giró para mirar dónde había aterrizado el proyectil. Un conejo joven estaba retorciéndose en el pequeño arcén herboso; la flecha de Darys lo había ensartado. Cuando el galés pasó por su lado, usó su arco para engancharlo en el suelo, lanzarlo al aire y atraparlo, y, a continuación, partirle el cuello, retorciéndoselo con una técnica entrenada. Después, se puso a despellejarlo en la montura a la vez que guiaba al caballo a través del sendero solo con los talones.

El líder de los Perros jadeó; el corazón se le iba a salir del pecho. Luego, miró a Darys, negando con la cabeza, y devolvió la vista al frente.

A cierta distancia más adelante, la columna de la avanzadilla se estaba ralentizando. La compañía que tenían enfrente empezó a detenerse, y su líder, un joven nativo de las Tierras Medias, vociferó que parasen. Millstone y Loveday tiraron de las riendas de los caballos y el mensaje se propagó rápidamente por la fila hacia atrás.

—¿Qué pasa? —se quejó Hormiga—. ¿El mariscal ha parado para echar una meadita en el seto? ¿O es que por fin tenemos algo que hacer?

Loveday vio al cantero preguntar algo parecido a uno de los oriundos de las Tierras Medias, pero su única respuesta fue encogerse de hombros. Otra enorme gota de sudor cayó desde la punta de la nariz del cabecilla. Las mariposas entraban y salían bailando del matorral. Los caballos de los Perros arrastraron los cascos y resoplaron. Atrapados entre los setos, el calor del mediodía resultaba sofocante, pero la fila se encontraba en punto muerto. No había forma de avanzar o retroceder.

—Genial —dijo el Escocés mientras se secaba la frente—. Conque ahora vamos a quedarnos aquí a asarnos como puercos.

A su espalda, Tebbe emitió un fuerte y convincente gruñido de cerdo. Thorp y Romford rompieron a reír.

—Cuidado —bramó el grandullón pelirrojo a la vez que se giraba para mirarlos—. Como sigáis así, el salvaje galés os va a disparar, despellejar y ensartaros en un espeto. —Y señaló a Darys con la cabeza, que estaba limpiándose la sangre del conejo con un trapo que había sacado de su talega.

El hombre le devolvió una mirada inquisitiva, incapaz de entenderlo.

—Ah, olvídalo —dijo el Escocés.

Luego, se bajó con esfuerzo de la montura, dobló la espalda y se tocó los pies con el objetivo de estirar la lumbar. Después, se cubrió los ojos y alzó la vista hacia el cielo, de un azul perfecto, y el sol, que los azotaba directamente sobre las cabezas.

—Vamos a quedarnos aquí un rato —comentó.

La fila se mantuvo inmóvil durante horas. Bajo aquel molesto calor, lo único que los hombres podían hacer era sudar y protestar o dormir. Así que cuando los Perros agotaron las quejas, la mayoría optó por lo segundo. El Padre, borracho e indolente, se arrastró bajo el carro como una bestia hacia su guarida. El Escocés aplanó una zona alargada de hierba con los pies, en la zanja que había junto al seto de su izquierda, y se tumbó bocarriba. De vez en cuando, se retorcía y despotricaba porque le picaban los insectos que había en la tierra. Millstone simplemente se estiró al sol encima del carro. Su tez, parecida a la de los sarracenos, casi nunca se quemaba, y él era el único entre todos los Perros que parecía disfrutar del calor. Tebbe y Thorp reclutaron a Romford para levantar un toldo improvisado con mantas atadas mediante un cordel al lateral de la carreta, que engancharon al suelo con flechas. Los tres se tumbaron debajo, de modo que los pies de uno quedaron al lado de la cabeza de otro, y comenzaron a roncar. Hormiga y los galeses, los que quedaban, tan solo siguieron la sombra en movimiento de los setos que los rodeaban y se dejaron caer en el suelo cuando tuvieron oportunidad.

Si bien Loveday hizo lo mismo y arrastró los pies tras la umbría, le costó dormir. Intentó tallar un poco más su santa en hueso de buey, pero el sudor hacía que se le resbalasen las manos y se dio por vencido después de cortarse el pulgar dos veces con el cuchillo. Pensó en que, quizá, podría seguir el ejemplo del Padre y beber hasta perder el sentido, aunque sabía que aquello no era inteligente. Así que se limitó a clavar la vista en el cielo; a observar las diminutas nubes que cruzaban la bóveda celeste a toda prisa; a escuchar a los pájaros, que se llamaban los unos a los otros, y se puso a reflexionar acerca de todas las veces en las que se había sentado aburrido e incómodo en otras campañas. Nunca había sido en un país de setos como aquel, pero, de todas formas, había pasado muchas horas fastidiado por razones que nunca sabría ni comprendería.

Acababa de quedarse frito cuando un extraño canto de pájaro le llamó la atención. Al hombre le gustaba el trinar de las aves y podía diferenciarlas por su gorjeo en casi todas las partes del mundo que había visitado. Sin embargo, ese no se parecía a ninguno que hubiese oído antes: tenía un tono agudo y melódico, pero etéreo, como si viniese de alguna criatura celestial. Esta piaba y trinaba, cambiando la canción cada vez que sonaba, pero mantenía el mismo tono y gorjeo distintivos.

Cuanto más lo escuchaba, mayor curiosidad le despertaba. Se sentó quieto a escuchar durante un instante. El ruido iba y venía, y, de pronto, se paró un largo rato, pero justo cuando iba a darse por vencido, volvió. Ahora se encontraba más cerca, y no le cabía duda de la dirección de la que salía. Provenía del seto junto a la cuneta en la que estaba durmiendo el Escocés.

Moviéndose lenta y pausadamente, el hombre encontró el camino para acercarse al arbusto con cuidado de no molestar al grandullón de sueño ligero. Volvió a poner el oído y, de nuevo, se hizo un largo momento de silencio. Entonces, la canción se reanudó, ahora a diez pasos del seto. Loveday intentó en vano imaginarse qué pájaro era el responsable de tal melodía. Se figuró algo pequeño, del tamaño de un reyezuelo o un gorrión. Aunque de colores lo bastante intensos como para que hiciese juego con lo poco usual de su canción. Sabía que no existía ningún ejemplar así, de modo que siguió la música y, otra vez, esta cesó.

No obstante, volvió de nuevo, y, en esta ocasión, estaba justo delante de él.

Loveday buscó a fondo dentro del seto, forzó la vista, e intentó ver más allá de los infinitos tonos de verde y marrón que conformaban aquella espesa masa de follaje. Empujó la cabeza hacia delante a pesar de las espinas que le pinchaban la piel de las mejillas, donde le salía la barba, y escuchó con toda la atención que pudo.

Cuando estaba seguro de que sabía dónde se encontraba el ave, movió las manos muy lentamente dentro del seto para dividir las hojas, así como las ramas puntiagudas y llenas de espinas. Sin embargo, de pronto soltó un grito y estuvo a punto de caerse de culo.

Desde el otro lado, un par de ojos se encontraron con los suyos.

Unos ojos humanos.

Los de un niño.

Acto seguido, con mucha habilidad, un par de manitas apartaron las ramas del seto al otro lado de manera que, durante un breve instante, Loveday vio una carita sucia y delgada, cubierta de pecas y rodeada por mechones revueltos de cabello marrón. El rostro le sonrió y, a continuación, sacó la lengua, hizo una pedorreta ensordecedora y desapareció. El hombre escuchó el golpeteo de unos pasos ligeros, que se alejaban a toda prisa, y el sonido desafiante del canto de pájaro.

Loveday retrocedió sorprendido y, luego, estalló en una carcajada.

—Que el Señor nos lleve —dijo.

A su lado, el Escocés se incorporó dentro de la zanja.

—¿A dónde coño nos va a llevar el Señor? —quiso saber—. ¿Qué ha pasado?

—Te lo digo si me haces un favor —le contestó—. Coge una espada y ayúdame a atravesar el seto. Hay alguien al otro lado.

El Escocés se puso de pie de un salto bajo el efecto del instinto de lucha. El resto de Perros también comenzaron a despertarse.

—Relájate —le pidió el cabecilla—. Es un francés, pero no creo que sea uno que nos vaya a causar problemas.

Luego, tomó la espada corta y comenzó a atravesar el seto. El grandullón pelirrojo se unió a él, y, luego, Hormiga y los arqueros. Tras solo unos cuantos minutos, habían abierto un pequeño agujero desigual solo lo bastante ancho para pasar reptando por él.

—¿Quién quiere meter la cabeza en la trampa? —preguntó el Escocés.

—No hay ninguna trampa —le contestó Loveday.

Acto seguido, metió tripa, se agachó, se metió a presión por el agujero y las espinas y las zarzas lo arañaron en el proceso. Y, cuando hubo pasado, volvió a ahogar un grito.

No había rastro del niño que había imitado los cantos de pájaro.

No obstante, en un pequeño campo de no más de un décimo de hectárea, había un enorme estanque redondo a la sombra de los árboles, alimentado por un arroyo que corría dentro y fuera de él.

—Que me fulminen los santos —dijo el Perro pelirrojo, embutiendo los anchos hombros por el seto y viendo lo mismo que Loveday—. Hemos dejado que nos sudaran los huevos todo el mediodía ahí cuando justo aquí…

En ese momento, Hormiga atravesó también el arbusto y terminó la frase de su compañero.

—… está el puto paraíso.

El campo parecía haberse usado como pasto recientemente, aunque a Loveday le daba la impresión de que cualquier animal que hubiera habido antes había sido ahuyentado por el niño que le había tomado el pelo con el canto del pájaro. La hierba era rala y baja, y el estanque, lo más tentador que habían visto en semanas. Hormiga fue primero. Se quitó las botas y echó a correr hacia la piscina natural, quitándose ropa en el proceso. El resto de los Perros comenzaron a imitarlo.

Y después de un instante de duda, Loveday se unió a ellos, aunque fue trotando en lugar de corriendo al agua, consciente de que, cuando se movía, la barriga le temblaba mucho más que antes. La hierba le sentó de maravilla a las plantas de los sudados y apestosos pies. Cuando se metió desnudo en el agua fría tras Hormiga y el resto de su compañía, fue como abandonar su cuerpo y volver a otro punto del mundo, de su vida. A continuación, siguió adentrándose a fin de hundirse hasta la cintura y, entonces, se sentó en cuclillas para hundirse y que el agua le llegase hasta el cuello.

En aquel instante, pareció que todo se alejaba: el dolor, el sudor, el picor y la porquería de la vida en la playa y la carretera. Luego, comenzó a dar manotazos en la superficie y a reírse a todo volumen. Acto seguido, metió la cabeza debajo del agua y, cuando salió, echó su fino cabello hacia atrás sobre el cuero cabelludo.

Después, miró al resto de Perros. Todos, excepto el Padre y los galeses, estaban bañándose. Dio por sentado que el sacerdote seguía desmayado debajo del carro. A los galeses los atisbó sentados a lo lejos, observando impasibles, como siempre. Loveday les dejó hacer lo que quisieran.

Romford y Millstone se estaban riendo entre ellos. Tebbe y Thorp se tumbaron y se lanzaron agua con los pies, igual que si fuesen niños.

Escuchó el gorjeo del trinar humano que lo había atraído hasta allí desde algún lugar allende los árboles.

Y entonces supo que provenía de un ángel.

La columna no empezó a moverse de nuevo hasta bien entrado el mediodía. Para entonces, los Perros estaban de mejor humor: limpios, refrescados y entretenidos. Después de su zambullida en el estanque, fueron hasta el carro con gran energía, comprobaron el equipo y se aseguraron de que estuviese apilado de una forma segura y de fácil acceso para llevárselo rápidamente a la mano. El Padre había salido a rastras de su agujero y estaba dándole sorbitos a una cerveza a fin de revivir. Ya se encontraban listos para que la fila comenzase a moverse, y se alegraron de que por fin fuese así.

Loveday comprendió qué los había detenido en el momento en el que avanzaron un poco más por la estrecha hilera. Justo después de unos ochocientos metros, el camino giraba abruptamente a la izquierda, los setos que estaban tan pegados se separaban y, entonces, terminaba. El paisaje se abría a un terreno más llano y húmedo de ciénagas donde, al fin, una brisa templaba el calor del sol estival.

El sendero quedaba cortado por un arroyo que no podía cruzarse, ya que corría muy rápido y era demasiado profundo. El hombre dio por hecho que era el mismo que alimentaba su piscina natural. Al otro lado, se había roto una antigua pasarela de madera, que apenas sería lo bastante ancha como para que pasase por ella un único viandante. Las vigas de madera se hundían tristes en el agua. Los ingenieros ingleses —hombres de físico compacto que portaban la librea real roja, azul y dorada— se habían pasado el mediodía construyendo un nuevo paso.

Y a pesar de lo molesto del retraso, habían hecho un trabajo excelente. Una pasarela el doble de ancha cruzaba el agua. Ahora, estaba nivelada y contaba con la suficiente robustez para permitir que dos soldados o un solo caballero montado con un escudero a su lado pasasen a la otra orilla. Además, un carro podía rodar sin problema por las vigas de madera, tal como ocurrió con el de los Perros cuando les llegó el turno.

En cuanto estos atravesaron el agua, el cantero le señaló a Romford lo gruesos que eran los postes de apoyo que habían hundido en la orilla y que soportaban el peso de los travesaños horizontales. El muchacho asintió con ganas de aprender.

Entonces, Hormiga lo cortó.

—Es un puente, Millstone. No es la primera vez que el chico ve uno.

—Pero apuesto a que nunca ha construido uno —le contestó él en un tono tranquilo, como siempre—. Y diría que tú tampoco, Hormiga.

El Escocés resopló.

—A Hormiga y a mí se nos da mejor quemar cosas que erigirlas.

Y Millstone se limitó a asentir.

—Tal como bien sabemos —añadió.

No obstante, aquel momento quedó atrás, porque los de Essex estaban limpios y felices de volver a ponerse en marcha. Cuando cruzaron el río, Loveday se sintió animado.

Y, en aquel instante, un heraldo llegó cabalgando por la fila en dirección contraria al lento retumbar del avance de las tropas y detuvo al caballo al llegar ante el cabecilla de los Perros.

—¿La compañía de Essex? —preguntó.

Loveday asintió.

—Sí —respondió—. Esos somos nosotros. Estamos a las órdenes de sir Robert le Straunge.

El heraldo hizo una mueca al escuchar el nombre del noble.

—Mi señor Warwick os ordena que avancéis en la fila —dijo—. Seguidme.

—¿Puedo preguntar por qué? —quiso saber Loveday.

El desconocido hizo como que no lo había escuchado. Luego, lanzó una mirada de desaprobación a los Perros, y mostró una consternación particular por el Padre, que le estaba dando un buen trago a la bota.

—Inmediatamente, caballeros, si os place —contestó el mensajero.

Loveday se encogió de hombros a la vez que miraba en derredor.

—Supongo que hemos caído en gracia —dijo—. Vamos, chicos, pongámonos en marcha.

La carretera se había ensanchado lo suficiente como para que pudiesen avanzar por la fila hacia el lugar donde se encontraba Warwick, a la cabeza. Los pocos hombres que se quejaron porque los estaban adelantando enseguida se quedaron mudos cuando el Escocés lanzó una mirada severa en su dirección. Mientras avanzaban lentamente, sopesando cada paso, el heraldo, rollizo y con las mejillas rosadas, que vestía un tabardo rojo bordado con un oso dorado que rugía, mantuvo un monólogo sobre las banderas señoriales que se podían ver a lo largo de la fila y los aristócratas a los que identificaban.

—Cuartelada de gules y oro, mi señor de Oxford —dijo—. El león rampante de doble cola, sir Bartholomew Burghersh…

La cháchara no cesó mientras caminaban, ni el ritmo ni el tono. La mitad de las palabras no significaban nada para Loveday. Tampoco estaba seguro de si el discurso iba en absoluto dirigido a él o si el heraldo simplemente estaba practicando su arte. Aunque, al final, paró, y el joven entregó a los Perros a Warwick.

El conde seguía con una sonrisa dibujada en la cara tan amplia como la que había tenido en Barfleur, aunque también portaba unos rasguños recientes en el ojo izquierdo, así como un cardenal de color morado apagado en la ceja.

El cabecilla se bajó de la montura e hizo una reverencia lo más formal que supo en señal de respeto. Ahora que estaba limpio, sentía mayor confianza en sí mismo ante el señor, incluso a pesar de ser consciente de que sus ropas seguían asquerosas y hechas jirones.

Warwick pareció notarlo.

—¡Los Perros de Essex! —gritó a la vez que se acercaba con paso largo y le daba un golpe a Loveday en el hombro—. ¡Volvemos a encontrarnos! Le he preguntado a sir Robert si le importaría que os pidiese prestados para divertirnos un poco más hoy. Por supuesto, se verá reflejado en vuestra paga al final de los cuarenta días. ¿Qué me decís?

El líder del grupo asintió con la cabeza a toda la compañía y levantó las cejas, expectante, aunque los hombres no necesitaron ningún empujón. A excepción del Padre y los galeses, todos parecían emocionados ante la promesa de más acción. Y la oportunidad de aumentar su salario cuando acabasen sus seis semanas de servicio siempre era bienvenida. Hubo un murmullo de acuerdo.

—Quedamos a la espera de sus órdenes, mi señor —contestó Loveday, y la sonrisa de Warwick se volvió más grande que antes.

—Maravilloso —comentó—. A tres kilómetros por este camino descansa Valognes, un pueblo rico y respetable. Mis exploradores me han comentado que ha sido abandonado en su gran mayoría.

—¿En su gran mayoría? —inquirió Loveday.

—Así es —le respondió Warwick—. En su mayoría, pero no del todo. Y eso es lo que nos preocupa. Creemos que allí permanece un pequeño puñado desafiante de sujetos rebeldes en sus casas. Al parecer, no han apreciado lo afortunados que son de que les hayan devuelto al feliz estatus de naturales de Inglaterra.

Sonó un fuerte eructo desde detrás de Loveday: el Padre. El conde hizo una pausa y, durante un segundo, miró perplejo al grupo, pero el entusiasmo no tardó en inundarle de nuevo.

—Debemos o, mejor dicho, mi querido Loveday, debéis, convencer a esos rebeldes de su error. Mostrarles la luz.

El hombre asintió. Ahora que entornaba los ojos hacia el sudoeste, era capaz de adivinar la ciudad de la que le hablaba. Valognes. El chapitel de una iglesia y los techos bajos de lo que parecían numerosas casas a las afueras. También había una torre de piedra, lo que puede que sugiriese la presencia de un castillo, aunque no uno grande. No pudo ver mucho más a través de la neblina.

Acto seguido, miró a Warwick con respeto.

—¿Qué métodos preferís, mi señor? —le preguntó.

En ese momento, el conde también estaba mirando Valognes a lo lejos.

—Eso lo dejo completamente a vuestra elección —le contestó—. Hay muchas formas de acometer la mayoría de cosas, pero deja que te diga algo que puede que os ayude a centrar las mentes.

»La noche después de que nos encontrásemos en Barfleur, mis hombres establecieron su cuartel general en una posada. Un lugar bastante agradable y un tanto abandonado. Tal como recordarás, Loveday, creíamos haber extirpado y obligado a huir a todo sujeto natural de Inglaterra en Barfleur.

Entonces, giró la cabeza y clavó las pupilas en el cabecilla de Essex.

—Sin embargo —continuó—, un reducido número de esos rebeldes volvió. Habían pasado unos días viviendo en los bosques, creo. Esperándonos. Se acercaron sin hacer ruido en la oscuridad y asesinaron a uno de mis mejores caballeros. Se escabulleron y le cortaron la garganta mientras cagaba junto a un árbol.

Warwick frunció los labios y el líder de los Perros tragó saliva con fuerza.

—Gracias a la misericordia de Nuestro Señor, el pobre hombre se las apañó para gritar mientras se moría —añadió el conde—. Por su todavía mayor misericordia, lo escuchamos y desenfundamos las espadas. Desde luego, se hizo patente el hecho de que esos idiotas de los bosques no tenían más entrenamiento en el bello arte del combate que tu amigo de ahí en el de contener sus flatulencias selladas en las tripas. —Y señaló con la cabeza al Padre.

El sacerdote permaneció con los ojos vidriosos y ajeno mientras se rascaba la nariz.

Warwick inspiró con fuerza. Una expresión sombría le invadió el rostro durante un segundo, pero, entonces, se animó de pronto de la misma forma repentina en la que había perdido el buen humor. Y sonrió.

—¿Qué pasó? —quiso saber Loveday, un poco inquieto.

—¿Qué pasó? —repitió el conde, de nuevo bastante lleno de su típica afabilidad, y volvió a darle otro golpe en el hombro—. ¿Qué pasó, buen hombre? Por el escroto de plumas grises de san Pedro, ¿tú qué crees? Nos enfrentamos a ellos y los ensartamos, ¡hasta al último francés!

Entonces, le dio unos golpecitos al mango de la enorme espada que colgaba contra su costado izquierdo.

—Yo mismo maté a tres. El joven Weston, que está ahí, ¡le abrió la barriga a un hombre tan gordo que el suelo acabó cubierto de sus tripas, igual que si fuese una plaga de gusanos!

Warwick sonrió.

—Nuestras espadas probaron su sangre y nuestras lenguas saborearon el vino que encontramos en los sótanos. De hecho, esa noche solo nos faltó un dulce por probar. No había ninguna mujer entre ellos, ¡una pena!

Entonces, el conde comenzó a reírse a carcajada limpia y dirigió su júbilo hacia los Perros en busca de aprobación. Todos se unieron a él: Millstone, Hormiga, el Escocés, Tebbe y Thorp por deferencia, y Romford, más joven que el resto, porque realmente se había animado con la charla sobre sangre, tripas y mujeres. El Padre emitió un gorjeo vago al darse cuenta de que algo tenía gracia, aunque no sabía el qué. Solo los galeses permanecieron inexpresivos. Parecían no tener ni idea de qué se había dicho y no albergaban un especial interés en Warwick.

Cuando la risa se fue apagando, el conde rodeó el hombro de Loveday con un brazo, mostrando más delicadeza que antes, y se aclaró la voz.

—Lo que quiero decir, buen FitzTalbot —comenzó de nuevo—, es que Valognes debe quedar limpia de nuevos súbditos del rey antes de su llegada. ¡Por mi fe que así ha de ser! Creo que Eduardo estará aquí antes del anochecer y no quiero sorpresas ni más cejas partidas. No deseo a otro de mis caballeros asesinado mientras tiene las calzas por los tobillos.

»Por lo tanto, lo que os recomiendo es que entréis en el pueblo y lo limpiéis mediante el método más rápido que conozcáis. El rey Eduardo le ha prometido la vida a la buena gente de esta tierra, pero ya sabéis que la paz de nuestro monarca no se extiende, y nunca lo hará, a los rebeldes, criminales y malhechores. Si yo fuese vosotros, le propondría a cada hombre, mujer y niño que permanezca en ese pueblo una sencilla elección. Morir hoy. Intentar huir y perecer mañana. O salir al camino, tirarse de rodillas e implorar al rey por sus vidas.

»Aunque, tal como he dicho, depende de vosotros. Solo hay una cosa más, mi querido Loveday…

—¿Mi señor?

—No dejes que se lo piensen mucho.

5

Avanzamos hacia Valognes, y tomamos el pueblo y el castillo.

Carta de Eduardo III

El camino serpenteaba entre las ciénagas durante algo más de ochocientos metros y entraba a Valognes por el noreste. La pista era bastante mala. Algunas zonas se encontraban pavimentadas con piedras y trozos de escombros de la construcción, pero, en la mayoría de partes, no eran más que surcos en paralelo en la tierra arenosa y la hierba alta. Los Perros dejaron el carro con las carretas que portaban los suministros del ejército, que estaban empezando a alcanzar a la avanzadilla de Warwick.

Llegado el momento, se dispersaron por los bordes de la carretera, caminando despacio, con cuidado y medio agazapados. Además, cada hombre marchaba a dos o tres brazos del siguiente. Loveday iba ligeramente adelantado. Los arqueros se posicionaron en los flancos con los arcos preparados, que no cargados. Los galeses se encontraban en el izquierdo, y Tebbe, Thorp y Romford, en el derecho.

A lo lejos, el líder de Essex vio a la compañía de Shaw, que avanzaba desde otro ángulo.

Los exploradores del conde no habían informado de que hubiese un ejército numeroso en el pueblo, aunque Loveday prefería verlo con sus propios ojos, así que le había pedido a los Perros que fuesen precavidos. Llevaban armas: Millstone, su martillo; los arqueros, sus arcos; el Padre, un garrote pequeño, y el resto, espadas cortas. Loveday contaba con el cuchillo de tallar metido en su cinto. Asimismo, los hombres se habían puesto cual armadura poseían. Tanto en el pecho como en la espalda, Tebbe y Thorp vestían cotas de manga corta rellenas con crines; Millstone, Hormiga y el Escocés llevaban unas más largas, pero de estilo parecido, además de unos maltrechos cascos de metal; Romford solo portaba un casquete, y el Padre y los galeses, ni siquiera eso. Loveday se había ataviado con su propia cota rellena de pelo con ribetes de piel en los hombros y las mangas. Hubo un día en el que también poseyó una malla interior —fabricada en algún momento durante el reinado del abuelo del rey, cuando, igual que entonces, se libraban guerras casi todos los veranos—, que le había salvado la vida en más de una ocasión. Sin embargo, la había vendido hace muchos años a un buhonero en Southwark porque ya había empezado a oxidarse y a perder eslabones en los bordes; mejor dicho, porque ya no le cabía por la barriga.

Aunque ese no era momento para lamentarse por ello. El cabecilla se concentró en la situación que estaba por venir. No se veía ningún movimiento entre las casas de las afueras del pueblo, pero sí que podía identificar un montón de puntos peligrosos.

A la izquierda de los Perros, a escasos doscientos metros de distancia, había un conjunto desmoronado de edificios de piedra y argamasa, que el hombre supuso que debieron ser unos baños públicos construidos hacía muchos siglos durante la época de los emperadores romanos. Aquello podía ofrecer un escondite en caso de emboscada.

Aparte, justo detrás del primer nido de casas, ya dentro del propio pueblo, la iglesia con el chapitel ofrecía una posición perfecta para cualquier asaeteador que dispusiese de una ballesta.

Todavía más allá, en el corazón del pueblo, había una torre pequeña. Desde ahí dentro, un tirador medio decente podía cargarse a una compañía que se estuviese acercando antes de que ninguno se enterase de lo que estaba pasando.

Había mucho en lo que pensar y ninguna estrategia que Loveday considerase totalmente segura.

Iban a tener que separarse.

El hombre se giró a su derecha y llamó a Hormiga y al Escocés con un silbido quedo. Luego, señaló las termas en ruinas. Ambos asintieron sin decir nada y abandonaron la compañía. Volvieron sobre sus pasos y trazaron un círculo alrededor del complejo medio derruido para evaluarlo desde un punto de vista más amplio y ventajoso.

Los galeses cerraron el hueco que dejaron.

Después, Loveday estudió la iglesia. Miró en derredor; tenía al Padre a su diestra. El asqueroso sacerdote estaba más sobrio que antes, pero seguía sudando y con el rostro cenizo. Hubo un tiempo en el que el cabecilla no habría albergado recelos sobre enviar allí al Padre, incluso sin compañía de ser necesario. Hasta habría visto la parte divertida de mandar a un cura asesino a la casa del Señor.

Hacía mucho que esos días habían quedado atrás. Así que, pasándolo por alto, el cabecilla captó la atención de Millstone. Lo señaló a él, a Romford y a la iglesia. El hombre asintió y agarró su martillo con fuerza. El chico puso el gesto más duro que pudo y el cabecilla sonrió para sí. El muchacho estaba deseoso de impresionar. Todavía podían hacer algo de él.

El cantero tocó el hombro del joven con delicadeza y los dos se alejaron del resto, imitando la forma de un arco. Loveday leyó las intenciones de Millstone: estaba planeando flanquear la iglesia. Acercarse por el oeste, con el sol a sus espaldas, y utilizarlo para deslumbrar a cualquier tirador en potencia que se encontrase bajo el chapitel.

Hormiga y el Escocés estaban bien, y Millstone también. Romford iba tras él de buena gana y no tardaría en aprender. Y, al dividir al equipo y enviar a cuatro lejos de su camino, Loveday había reducido su exposición frente a los dos riesgos de mayor peligro a su llegada a Valognes.

Y todavía contaba con cuatro arqueros letales a su lado.

No obstante, se había emparejado personalmente con el Padre. Él podía cubrirle las espaldas, pero ¿sería capaz el sacerdote de hacer lo mismo con las suyas?

El Capitán siempre fue muy insistente: los hombres solo deben trabajar por parejas cuando confían en el otro hasta la muerte.

El líder de Essex negó con la cabeza. Ya hubo una vez en la que confió en el capitán hasta la muerte, pero, entonces, se desvaneció y los abandonó sin decirles nada. Hubo muchos rumores sobre dónde había ido y qué le había pasado. Algunos decían que lo habían asesinado en París. Otros, que lo habían liquidado y enterrado en las marismas del estuario del Támesis. Los había que decían que se había fugado con la hija de un acaudalado mercader flamenco y que estaba viviendo una feliz jubilación en algún lugar donde nadie podía reconocer sus rostros.

Lo único que Loveday sabía con certeza era que el Capitán los había dejado a su suerte y que el duelo por un amigo que se marcha es diez veces peor que el de uno que muere asesinado. Ello explicaba que los otros Perros no pudieran hablar de él, además de ser la razón por la que intentaba sacárselo de la mente cada vez que aparecía en ella.

En un intento de hacer justo eso mismo, el hombre oteó la orografía del terreno que tenía delante. Luego, redujo el ritmo de su grupo a fin de darle al resto tiempo para encontrar el camino hacia los baños públicos y la iglesia.

Una brisa empezó a levantarse sobre las ciénagas, que sopló en su dirección la peste de la vegetación en descomposición y el agua estancada.

Loveday susurró una oración muda para sus adentros. Después, miró a las parejas de arqueros que lo flanqueaban, así como al Padre, que avanzaba a zancadas unos pasos por detrás. Entonces, todavía medio agazapado en el suelo, aceleró el ritmo hacia Valognes y pensó para sí: «Despierta, hierro».

Desperta ferro.

Nadie estaba vigilando la pequeña casa de piedra del guarda que había a un lado del camino. Los portones bajos que daban la entrada al pueblo se encontraban abiertos. Loveday condujo al Padre, así como a los cuatro arqueros, a través de estos con cautela y examinó las calles que se extendían ante ellos. La entrada daba a una placita desde la que huían muchas callejuelas para conducirlos hacia el resto del pueblo. Una llevaba directamente a la torre pequeña, y el resto se dispersaba por los barrios conformados por casas y tiendas hacinadas.

Los arqueros cubrieron todos los flancos de la plaza con las cuerdas de los arcos estiradas a la mitad.

A su izquierda, Loveday escuchó unos pies que se arrastraban por la tierra. Una escueta manada de chuchos desnutridos apareció ante ellos, caminando con desgarbo. Estaban intentando morderse los unos a los otros sin muchas ganas, olfateando las calles en busca de algo que mordisquear. Por el rabillo del ojo, el hombre vio cómo Lyntyn apuntaba una flecha a uno de los animales más grandes. Acto seguido, chifló al galés con los dientes delanteros y negó con la cabeza.

Este se encogió de hombros y bajó el arma.

En ese instante, el cabecilla miró las tres calles que conducían fuera de la plaza y le hizo una señal a Tebbe para que se acercase.

El arquero se puso al lado de Loveday, arrastrándose de costado con el arco preparado y recorriendo la plaza con los ojos.

—Tebbe —le dijo en voz baja—, Thorp y tú. Por el camino de la derecha. A ver qué encontráis. Dad la vuelta y nos vemos en la torre.

El hombre asintió. Luego, se echó la fina trenza canosa por detrás del hombro de un coletazo. Loveday posó ligeramente una mano en la parte superior del brazo del arquero y notó la tensión de los músculos con los que mantenía firme su arma. A continuación, miró el anillito en forma de lágrima que llevaba en el pulgar a fin de protegerse la yema del roce con la cuerda. Estaba hecho de cierta madera noble, puede que de nogal. Era suave, a la par que brillante, por el desgaste de los años y su uso letal.

—No mates a nadie —le pidió el cabecilla—. A no ser que sea necesario.

Tebbe apartó los ojos de la plaza durante una fracción de segundo y miró a la izquierda para encontrase con las pupilas de Loveday clavadas en él. A continuación, asintió con la cabeza un milímetro y, acto seguido, se alejó de costado, le silbó a Thorp y ambos partieron hacia la esquina más lejana de la plaza.

En ese momento, el cabecilla se giró hacia los galeses, que ya se estaban dirigiendo rumbo a la calle de la izquierda. Como siempre, estaban haciendo lo que les daba la gana.

Loveday los dejó a su aire y respiró hondo. Luego, se dirigió hacia la calle del medio con la mano puesta en la empuñadura de su espada corta e hizo un gesto al Padre para que lo siguiera. Parecía que sus mejillas habían recuperado algo de color. Se aclaró la garganta y tosió flemas al suelo.

El líder trató de entusiasmar al Padre con la tarea, hablándole en su propio idioma.

—Vamos a acabar con todos esos cabrones —le dijo, pero el sacerdote solo resopló y siguió masticando flemas.

La calle que conducía a la torre estaba flanqueada por edificios de una o dos plantas, que lanzaban largas sombras ante los dos hombres. Loveday miró detenidamente por un par de postigos que se habían quedado abiertos. Ni escuchó nada ni vio señal alguna de vida. Después, pasó por encima de un tosco desagüe de deshechos al borde de la carretera, que estaba lleno de despojos antiguos y mierda endurecida después de varios días sometida al calor.

En ese momento, el hombre empujó con la punta de su espada corta la puerta de la casa más cercana, y entró de lado y con el mayor sigilo posible. La planta baja parecía una marroquinería. Sus pasos rechinaron al pisar tanto las sobras del material correoso como las hebillas dobladas y desperdigadas por el suelo. Luego, pasó la mano izquierda por los burros de ropa vacíos. No colgaba de ellos producto terminado alguno.

En aquel instante, recordó las palabras de Hormiga esa mañana.

«Se han ido a tomar por culo. ¿Qué esperabas?».

El hombre permaneció allí un momento e inhaló la esencia ahumada y almizclada del cuero. En todas las ciudades en las que había estado había un barrio y una calleja de curtidores. Nunca conseguía pasar por ninguno de ellos sin pensar en lo que en realidad era el cuero: piel muerta frotada con mierda caliente.

Al final, volvió salir de la pequeña sala dedicada a la venta y, en el proceso, se chocó contra el Padre. A pesar de lo suave del impacto, se llevó un sobresalto. Entonces, miró a su alrededor y se encontró con la cara del sacerdote a pocos centímetros de la suya.

—Sorpresa —le dijo con una mirada lasciva y, acto seguido, retrocedió un par de pasos, volvió a toser y dejó una gotita marrón de sustancia procedente de la garganta en los juncos del suelo.

Loveday le dio la espalda y volvió caminando lentamente a la húmeda calle. La tienda de marroquinería estaba vacía y pensó que seguiría así para siempre.

Ambos hombres recorrieron poco a poco la calle, de edificio en edificio. Todas las tiendas eran parecidas: de zapateros, artesanos de cinturones y un par de sastrerías pequeñas. El Padre alargó una mano y empujó el postigo de una ventana descolgada de las bisagras, cuya pintura verde se estaba desconchando. Esta rechinó armando un escándalo, sonido que el eco de la calle vacía exageró. Los Perros prosiguieron abriendo todas las puertas por las que pasaban y observando con detenimiento cada una de ellas. Allí no había nada que ver ni que robar. Aquellas construcciones contenían retales y sobras de los materiales, tiras andrajosas de telas blanquecinas sin teñir y naturales, piel sin trabajar o herramientas que no merecía la pena salvar.

Parecía que los habitantes del pueblo lo habían limpiado todo a sabiendas de que pasarían un buen tiempo fuera.

A medida que avanzaban, los rayos del sol del mediodía se reflejaban en el suelo, así como en las paredes encaladas, y añadían mayor tensión e incomodidad al trabajo. A Loveday se le puso la piel de gallina debajo de la cota acolchada. Le dolía la espalda. Tenía los labios agrietados y le sabían a sal. Quería tumbarse, pero continuó.

Y, cuando se acercaron al final de la calle, el Padre comenzó a quejarse. Ya había sudado toda la cerveza que se había bebido sin reserva alguna ese mediodía. La bota ya estaba vacía y él empezaba a tener resaca.

—Hemos escogido la puta calle equivocada —protestó—. ¿Por qué no podíamos haber registrado el barrio de los cerveceros o el de los vinicultores?

Loveday infló los carrillos e intentó ignorar el gimoteo del Padre, pero el cura siguió lloriqueando.

—Aquí no hay nadie. Estamos perdiendo el tiempo y me encuentro como una mierda. Ese malquisto engreído de Warwick está intentando fastidiarnos. Los nobles son todos iguales. Me apuesto lo que quieras a que está sentado en su tienda mientras uno de sus escuderos le engrasa el mástil. Es probable que esté riéndose de nosotros y, mientras tanto, aquí estamos, persiguiendo a nadie.

Y continuó sin parar:

—Tengo la boca más seca que el coño de una monja. La cabeza me va a estallar, igual que el culo de un borrico español en Navidad. Me duele más la tripa que al viejo rey de los cojo…

Al final, Loveday saltó. Se envainó la espada en el cinto y comenzó a increpar al Padre.

—¿Quieres dejar de quejarte? —le pidió—. ¿Te crees que yo quiero estar aquí? ¿No crees que todos preferiríamos estar malgastando nuestras vidas en alguna taberna fresca y oscura en casa? ¡Ya sé que hace calor! ¡Ya sé que tienes resaca! Quiero llenarme las tripas con vino francés tanto como tú, pero tenemos trabajo que hacer. Seguimos vivos. Permanecemos juntos. Conseguimos la paga de los cuarenta días. Y nos vamos a casa. Así que ¿vas a ayudarme? ¿O vas a…?

El hombre caminó hacia el sacerdote mientras le daba empujones en el pecho. No obstante, al hacerlo, escuchó un crujidito y, a continuación, desde encima de sus cabezas, algo bajó volando para golpear con fuerza al Padre en la sien derecha.

Las piernas le fallaron y se desplomó contra el suelo como una muñeca infantil. Acto seguido, la sangre comenzó a brotarle de la cabeza.

Loveday se quedó de pie y paralizado durante lo que le pareció una eternidad.

Escuchó los latidos sordos de su corazón.

Y el aullido de los chuchos en la plaza.

En algún lugar alto de los tejados, oyó la melodía de un tordo cantor.

Y la voz de Hormiga, tan nítida como si estuviese a su lado.

«¿Qué esperabas?».

Entonces, recuperó el juicio al notar que le estaban clavando un montón de agujitas candentes por todo el cuerpo. Los estaban atacando desde algún sitio: un tejado o una ventana. Algo se les había escapado. Alguien con buena puntería… Posiblemente, un ballestero.

Sin embargo, se dio cuenta enseguida de que no había nada parecido. En lugar de eso, a escasos pasos del cuerpo bocabajo del Padre descansaba el trozo roto de una teja. Unos cuantos cabellos grises del sacerdote salían enroscándose de una esquina, pegados ahí por una mancha de sangre.

Había sido un golpe de suerte.

Aliviado, aunque aún muy alerta, Loveday se agachó todo lo que pudo, se deslizó hacia el cura y metió las manos debajo de las axilas del anciano. Sujetando el peso del cuerpo del sacerdote, lo hizo rodar de lado, de manera que, durante un instante, se encontró tumbado de espaldas con el Padre sobre él.

Luego, dobló las rodillas, hundió los codos en el suelo y se llevó toda la fuerza y el peso a los talones hasta que se encontró en cuclillas, apoyado en los pies. Arrastró al clérigo de espaldas hacia el desagüe, en la parte sombría de la calle.

Fue como tirar de un animal muerto. El sacerdote tenía el cuerpo completamente suelto. Loveday lo trasladó presto hasta el muro de una zapatería, lo incorporó y lo apoyó junto a la puerta. Al Padre se le cayó la cabeza a un lado, pero respiraba.

Una vez hecho aquello, el hombre se pegó a toda prisa a la misma pared y se hizo lo más pequeño que pudo. Luego, se levantó la visera para ajustarse el yelmo y, de una en una, miró las ventanas en la planta alta de los edificios al otro lado de la calle. A continuación, se obligó a aminorar su respiración y, al final, notó que los latidos del corazón imitaban ese ritmo. Entonces, se explicó la situación al detalle.

No podía haber muchos atacantes. Era posible que solo se tratase de uno.

Eso era bueno.

El hecho de que podía encontrarse en cualquier lugar ya no lo era tanto. Resultaba plausible que estuviese moviéndose entre edificios. Quizá fuese armado con algo más que solo tejas.

Era probable que fuese capaz de ver a Loveday.

Y Loveday no podía verlo a él.

Así pues, hizo lo único de lo que era capaz, igual que siempre que dudaba. Esperó. Escuchó. Tomó el control de su respiración y mantuvo los ojos abiertos.

Se quedó quieto tanto tiempo en cuclillas que comenzó a tener calambres en los músculos de la parte inferior de las piernas. Acto seguido, meneó los pies dentro de las botas para intentar evitar que se le durmiesen. Apretó los dientes.

Y, al final, su paciencia se vio recompensada.

Durante un segundo, observó algo moverse justo en el extremo de su campo de visión.

No fue prácticamente nada. La mínima impresión de una acción y un destello: la luz que se reflejaba en un metal o cristal. Loveday giró la cabeza hacia su procedencia, pero no vio nada, aunque pudo sentir dónde se había producido esto.

Se lo dijo el instinto.

Si algo había aprendido en su larga carrera de lucha y de mantenerse con vida era a confiar en su intuición. Ya sabía dónde ir. La planta alta de la marroquinería. Tenía que ser allí.

No, no tenía que ser.

«Era».

Loveday miró a ambos lados de la calle, contó hasta cinco con la respiración y volvió a sacar su espada. Luego, moviéndose con delicadeza, pero rápido, cruzó dibujando una diagonal y volvió a entrar en la tienda de curtido.

Y al empujar la puerta, se maldijo a sí mismo. En su esquina más oscura había una escalera de madera que conducía a un agujero en el techo de la planta baja. O no estaba ahí cuando el Padre y él buscaron por el establecimiento la primera vez o se le había pasado. En cualquier caso, no le había dado importancia a lo que descansaba sobre las vigas de la techumbre baja.

Debería haberse fijado más, mucho más. El enemigo había estado encima de sus cabezas todo el tiempo. De alguna manera, por haberse distraído con la disputa o simplemente por estar agotado a causa del calor, había estado caminando justo bajo sus pies.

A Loveday no le cabía duda de que el hombre seguía allí.

En ese momento, rodeó el borde de la sala, siendo lo más silencioso posible. Intentó escuchar los ruidos de arriba, pero lo único que oyó fue el sonido de la sangre que corría por sus oídos. Luego, siguió el camino hasta el pie de la escalera y se paró. Si subía, corría el riesgo de que le cayese en la cabeza algo mucho más grande que la teja con la que habían golpeado al Padre.

No obstante, de lo contrario, no habría manera de llegar hasta quien estuviese allí.

Durante unos momentos, Loveday consideró quitar la escalera y quemar la tienda, lo que posiblemente significaría prender toda esa calle y, quizá, las de alrededor, así que se lo pensó mejor. La verdad era que Warwick le había dicho que lidiara con los insurgentes de la forma que considerase adecuada, pero tenía la sensación de que al conde no le conmovería descubrir un fuego que arrasase todo un barrio del pueblo que se suponía que el rey y su hijo iban a ocupar aquella noche.

Así pues, el hombre tomó una buena bocanada de aire e hizo lo que sabía que sería lo más directo, aunque también, lo más estúpido. Acto seguido, se metió la espada bajo el brazo, puso las dos manos en los laterales de la escalera y comenzó a subir.

Un peldaño. Dos.

La escalera desaparecía por un hueco en las tablas del techo tras una docena o así de escalones bastantes distanciados entre sí. A pesar del hecho de que avanzar con el brazo apretado contra las costillas para evitar que el arma se le cayese le pareció complicado, continuó trepando lentamente hasta que la parte superior del yelmo pasó justo el agujero.

Luego recobró el equilibrio. Subió otro peldaño más, pero no movió las manos de donde estaban a fin de quedarse en una posición muy compacta y agachada en la escalera.

En ese momento, el corazón le estaba martilleando el pecho. Los muslos le ardían mientras mantenía la postura. Ignoró el dolor y, sin hacer ruido, devolvió la espada a la mano derecha, por lo que se quedó sujetándose al barrote solo con la izquierda.

Acto seguido, y reuniendo hasta la última pizca de energía que albergaba en el cuerpo, se impulsó con los pies y levantó las manos de golpe con el objetivo de agarrarse a los bordes del agujero en el techo y subir volando.

Loveday irrumpió en una habitación baja, iluminada por un torrente luz del mediodía que entraba por tres conjuntos de ventanitas que miraban a la calle.

Y con el único pensamiento de evitar el golpe que estaba seguro de que iba a llegar, se agachó y rodó. Lo hizo agazapado y dirigiéndose al lateral de la sala. Luego, volvió a doblar las piernas bajo el cuerpo, se puso en cuclillas con la espada estirada delante de él y la espalda pegada a la pendiente del alero, y miró de un lado a otro del lugar con frenesí.

Allí no había nadie.

Los postigos de las ventanas estaban abiertos. El polvo bailaba como loco entre los rayos de sol allí donde lo había perturbado tras saltar al espacio del tejado. Una araña cayó de algún punto alto del techo y comenzó a balancearse en su hilo de telaraña.

Aparte del arácnido, la habitación estaba desprovista de vida.

—Por el Señor en el árbol sagrado —musitó Loveday para sí.

Le temblaban las manos. Después, se secó el sudor de las palmas en los muslos. Había estado seguro de que el hombre que golpeó al Padre se encontraba allí.

Y se había equivocado.

A no ser...

Lentamente, el cabecilla de Essex se separó con cuidado del alero y observó con detenimiento el otro extremo de la sala entre la penumbra. Había unas cuantas cajas de madera apiladas, que descansaban las unas sobre las otras, apoyadas en las puntas. Las miró fijamente. Había algo en la forma en la que estaban colocadas que le resultó extraño.

Si el hombre era pequeño, resultaba posible que se encontrase agazapado detrás de ellas.

Loveday lo pensó mucho.

Su primer instinto fue esperar. Quedarse allí clavado hasta que el disidente que se encontraba detrás de las cajas se diese por vencido, aunque no estaba seguro de que allí hubiese alguien siquiera, y el Padre seguía tirado en la calle y sangrando al sol. Si quería sobrevivir, necesitaría atención.

Así es que, por segunda vez, el líder de los Perros tomó la opción más directa, y también la más estúpida, y se apartó con cuidado del alero.

Sin hacer ruido, se puso a cuatro patas. De nuevo, se metió la espada corta debajo del brazo izquierdo y la sujetó con fuerza contra las costillas. Poco a poco, e igual que un sabueso que acecha a una ardilla en el bosque, comenzó a gatear hacia las cajas. Tenía que recorrer unos quince pasos, y el hombre avanzó con tanta lentitud como pudo.

Intentó aplicar solo la presión más esencial en las irregulares tablas de madera llenas de polvo, consciente de que el ruidoso chirrido de las vigas de abajo lo delataría.

Continuó acercándose a gatas.

Cada vez más.

A medida que se aproximaba, supo que había estado en lo cierto. Podía oler a la otra persona. El familiar hedor a suciedad y a grasa de pelo humano le dijeron que, tal vez, no se había lavado en muchos días.

No sabía si el otro hombre lo había olido o no. De ser así, estaba aguardando a que él diese el primer paso.

Aquello era buena señal, porque eso era justo lo que había decidido hacer.

Cuando solo se encontraba a dos brazos de las cajas, arrojó todo su peso sobre las manos y adelantó las rodillas, de manera que se mantuvo en equilibrio sobre los metatarsos de los pies y las puntas de los dedos de la mano izquierda.

Empuñaba la espada con la derecha.

Exhaló sin hacer ruido, respiró hondo por última vez, echó atrás el arma y se preparó para apartar las cajas de golpe.

Acto seguido, las retiró con el brazo.

Las cajas se desperdigaron con un estruendo y las astillas de madera saltaron por los aires. Loveday se preparó para la lucha.

No obstante, casi le explota el corazón cuando, desde detrás, una mano le dio unos golpecitos en el hombro derecho.

El hombre soltó un alarido y se giró a toda prisa a la vez que usaba el brazo izquierdo para protegerse la cara del golpe que pudiesen propinarle.

Sin embargo, nadie hizo tal cosa, porque frente a él había una chica joven, quizá de veinte primaveras.

Tenía la cara manchada de polvo, y su cabello, un amasijo de rizos rubios claros, estaba espolvoreado de telarañas. Su rostro reflejaba una expresión sumisa y perpleja, aunque había algo fuerte y victorioso en sus ojos. Llevaba un vestido largo, recto y sin forma, que le colgaba de los huesudos hombros y que se había confeccionado de manga corta para exhibir la zona alta de los brazos y largo a fin de cubrir sus piernas, de manera que terminaba en algún punto alrededor de sus tobillos.

Loveday dio un paso atrás, pero ella ni se acercó ni se alejó de él. Entonces, la muchacha le enseñó las manos: estaban vacías.

El guerrero, desconcertado, clavó sus pupilas en ella. Esta le devolvió el gesto y, después, levantó la mano derecha y le saludó como si se encontrasen a casi un kilómetro de distancia.

Luego, sonrió, aunque la mirada triunfante no abandonó sus ojos.

El hombre no dijo nada durante un segundo. Jadeó. Y bajó la espada hasta su costado.

—Por todos los santos y los putos demonios —dijo—. ¿Qué diantres es todo esto?

La chica no contestó a la pregunta, aunque después supo que la había entendido, porque le respondió en inglés.

—Deberías bajar por la escalera —le comentó—. Creo que tu amigo ya se está despertando.

6

Los habitantes del pueblo salieron y ellos mismos se lanzaron a los pies del rey para pedirle únicamente que les perdonase la vida.

Actas de guerra del rey Eduardo III

Hormiga y el Escocés recorrieron con calma el camino que rodeaba las antiguas termas, pendientes de hacia dónde daban el siguiente paso, aunque no encontraron nada ni a nadie. En los muros, que los vecinos del pueblo habían expoliado para conseguir piedra a lo largo de los años, brotaba maleza con diminutas flores blancas y azules. La hierba, descolorida por el sol y cargada de semillas, crecía en las zonas hundidas del suelo que, en su tiempo, sirvieron como lavaderos.

Hormiga avistó, entre los matorrales, unos pequeñísimos azulejos del mismo color que el hueso y el óxido, colocados en forma de mosaico, que representaban peces y sirenas. El brazo de algún dios antiguo lleno de músculos sacaba un tridente de las profundidades.

—Hemos llegado tarde a la fiesta —le dijo al Escocés.

El grandullón gruñó a fin de mostrar su acuerdo.

—Parece que terminó hace un siglo —comentó—. Aunque yo diría que fue divertido en su tiempo. Vamos a ver si Loveday ha encontrado algo o si, por lo menos, ha conseguido devolverle la sobriedad al Padre.

—¿Al Padre? —Y Hormiga resopló al reír—. Lo dudo.

Los dos hombres partieron hacia las puertas del pueblo, y cuando entraron a la plaza, miraron a su alrededor. Al igual que las termas, aquello daba la impresión de estar completamente desprovisto de vida.

—Por la puta tibia del Señor bendito —exclamó Hormiga—. Nos quedan treinta y cuatro días. ¿Llegaremos a ver algo más de acción?

Sin embargo, en ese instante, el Escocés levantó la mano para callar a su compañero.

—Silencio —le pidió a la vez que ladeaba la cabeza—. Oigo algo.

Entonces, señaló la calle que había justo enfrente de ellos y que llevaba al barrio donde se encontraban las sastrerías y las marroquinerías. Hormiga se quedó quieto y aguzó el oído. El hombre escuchó un ruido que se parecía a una vaca mugiendo por su ternero y, perplejo, alzó la vista hacia su compañero.

—Conozco ese sonido —bramó este.

Acto seguido, sacó la espada, la sostuvo entre las dos manos y comenzó a trotar hacia el lugar del que provenía el sonido. Hormiga lo siguió dos pasos por detrás con la mano posada en su acero.

Cuando los dos hombres pasaron la curva de la calle, vieron qué era lo que emitía ese ruido. Se trataba del Padre. Había vuelto en sí tras el estupor y se había marchado gateando del lugar donde Loveday lo había dejado despatarrado contra el muro de la tienda, aunque no se encontraba en buen estado. Yacía tendido de espaldas al otro lado de la vía, gimiendo y despotricando, mientras le caía un sol de justicia. Mascullaba palabras sin formar del todo y le chorreaba sangre de la cabeza.

El Escocés se le acercó corriendo y se arrodilló encima de él para protegerlo del calor directo del sol.

—Padre —lo llamó—. Padre, estúpido hijo de puta. Soy yo, el Escocés.

El sacerdote lo observó a la vez que forzaba la vista con el objetivo de enfocar.

—¿Qué ha pasado? —le preguntó el Escocés—. ¿Dónde está Loveday?

—¿Dónde estoy? —farfulló el cura—. Quiero un trago. Tráeme algo de beber o ya puedes irte al infierno.

El Escocés sacudió al Padre de los hombros con urgencia y este soltó un gemido.

—¿Dónde está Loveday? —le volvió a preguntar.

El clérigo cerró los ojos con fuerza.

Hormiga miró a su alrededor.

—¡Loveday! —lo llamó, pero no hubo respuesta.

Luego, buscó por la calle con la mirada.

—¡Tebbe! —gritó

—¡Thorp! Jesús —exclamó el Escocés—. ¿Dónde están todos?

Y mientras lo decía, los dos arqueros aparecieron por la esquina, seguidos de cerca por Romford y Millstone. Parecían confusos.

Después emergió Loveday por la puerta de la marroquinería, también con un gesto de desconcierto en el rostro. Tenía el cabello lleno de polvo, así como unas manchas de un sudor sucio le recorrían la cara.

A su izquierda, se encontraba una joven bajita de cara mugrienta que tenía los brazos atados a la espalda con una tira de piel sin curtir.

—¿Quién coño es esta? —preguntó Hormiga.

Los Perros se hallaban reunidos en la calle mientras el Padre permanecía tumbado, respirando de manera irregular y, de vez en cuando, sollozando o gimiendo de dolor.

Loveday tenía la mirada perdida.

—Estaba ahí arriba —explicó señalando la ventana de la marroquinería desde la que la mujer había lanzado la teja—. Habíamos comprobado toda la calle, pero nos la hemos saltado.

—¿Y os habéis dejado a alguien más? —preguntó el Escocés, que miraba todas las ventanas de alrededor—. Si es así, me vuelvo a poner el yelmo.

—No lo sé —le contestó el líder de Essex—. No creo.

Hormiga miró a la muchacha de arriba abajo. Era bajita, incluso más que él, y su cabello rubio estaba sucio y enmarañado. El hollín y la mugre le cubrían la cara, pero había algo cautivador en ella, una chispa de desafío en los ojos azul claro. En absoluto parecía angustiada por el hecho de que Loveday la hubiese capturado, y tampoco forcejeaba contra las ataduras que le había anudado alrededor de la parte superior del brazo ni contra la mano que le sujetaba sutilmente del cinturón, que se extendía entre los omóplatos.

Entonces, Hormiga se giró hacia su cabecilla.

—¿Le has preguntado «a ella» si hay alguien más por aquí?

El líder de los Perros se encogió de hombros. Parecía que seguía algo aturdido.

—Todavía no —le respondió—. Estaba…, quiero decir… —Y miró al Padre—. ¿Cómo está?

—Fuera de combate, y va a tener un dolor de cabeza de tres pares de cojones por la mañana —le contestó el Escocés—. Igual que todas las noches.

Millstone, que todo el tiempo se había mantenido en la parte más alejada del grupo, parecía indeciso.

—Tiene un corte feo en la cabeza —comentó, y pasó la vista por todos los Perros—. Yo mismo he abierto agujeros como ese en cráneos. No suelen curarse rápido.

Hormiga resopló por la nariz.

—Ya nos ocuparemos de él después —dijo—. Seguro que hay un doctor en el séquito de Warwick, pero ¿podemos, por favor, preguntarle a esta mujer si cualquiera de nosotros vamos a necesitar también que nos curen? —Y se acercó a ella—. ¿Cómo te llamas?

La chica se encogió de hombros.

Hormiga alzó la voz.

—He dicho: ¿Cómo… te… llamas? —le repitió—. ¿Quién… eres? ¿Hay… alguien… más… aquí?

De nuevo, la joven no le dio ninguna respuesta y, en lugar de eso, soltó una risita nerviosa. Después, examinó rápidamente al Padre, que se estaba tumbando bocabajo en el camino. A continuación, e ignorando a Hormiga por completo, se inclinó hacia el oído de Loveday y le susurró:

—Se ha vuelto a dormir.

Acto seguido y sin mediar palabra, dejó que las piernas se le aflojaran bajo el cuerpo y se sentó en el suelo.

Los Perros se miraron los unos a los otros, alucinando.

—Señor, dame fuerzas —musitó Hormiga.

Entonces, el toque de una trompeta sonó tras ellos en la plaza.

Millstone echó un vistazo atrás.

—Ese será Warwick —adivinó—. Viene a examinar nuestro trabajo, y lo único que tenemos para mostrarle es una loca, un puñado de tiendas vacías, una manada de chuchos vagabundos y un cura borracho con un agujero en la cabeza. —Luego, miró a Loveday—. Más vale que pienses en una buena explicación.

Warwick atravesó las puertas del pueblo a caballo y flanqueado por media docena de los caballeros de la Guardia Real, vestidos con las elegantes sobrevestes escarlata, engalanadas con cruces doradas. Los animales eran enormes, y aunque los hombres no portaban las armaduras completas, los petos y los brazales con los que se cubrían los antebrazos resplandecían cuando el sol vespertino se reflejaba en ellos.

El heraldo de mejillas sonrosadas que antes había acompañado tanto a Loveday como a los Perros a través de la fila trotaba a la cola del grupo. Un escudero con una trompeta cabalgaba a su lado.

El líder de Essex llevó a su grupo hasta la plaza: Millstone condujo a la joven y el Escocés portó al Padre sobre el hombro, porque el sacerdote se encontraba semiinconsciente. La sangre goteaba del cabello del cura e iba dejando un reguero tras los pies del grandullón.

Warwick los evaluó con la mirada; alternó su escrutinio entre la mujer y el Escocés, y viceversa.

—¿FitzTalbot? —preguntó.

Loveday se aclaró la voz.

—Mi señor —comenzó—. Nosotros…

—¿Quién es ella? —le interrumpió.

El hombre volvió a carraspear.

—Una de los rebeldes, señor —le contestó—. Hemos… He… La hemos encontrado escondida en la sala de la planta de arriba de una tienda, a unas calles de aquí.

El conde asintió.

—Ya veo. —Y observó al Padre—. ¿Qué le ha pasado a tu amigo? ¿Se ha caído por ir borracho? ¿O eso que veo son heridas de guerra?

—Un poco de las dos, mi señor —respondió él.

Warwick ladeó la cabeza.

—Y ¿dónde está el resto? —preguntó—. De los rebeldes, quiero decir. ¿Dónde están?

Loveday asintió lentamente.

—Sí —dijo—. El resto.

El noble suspiró.

—FitzTalbot —comenzó—. Perdóname si me repito, pero el rey está en camino. Te he pedido que limpies el pueblo de insurgentes antes de su llegada y que no perdieras tiempo en ello. Y lo que yo veo aquí es que me has traído a una moza con una sonrisa de satisfacción en la cara y a un borracho medio muerto. ¿Dónde están los rebeldes?

—Su Ilustrísima —empezó Loveday—. Veréis…

—No me ilustres, FitzTalbot —le espetó Warwick—. Si quisiera que me tirasen de la ilustrísima pipa, se lo pediría al joven Thomas, que está ahí detrás. —Y señaló con un gesto al rubicundo heraldo.

El muchacho pareció amotinarse, pero no dijo nada.

—Lo siento, mi señor —se disculpó el hombre con poca convicción.

El conde asintió.

—Seguro que sí —le contestó—, pero que lo sientas no parece haber hecho aparecer a ningún otro en esas casas. A no ser…

Sin embargo, en ese momento se interrumpió a sí mismo, puesto que un grupo de vecinos del pueblo, de aspecto sucio y desaliñado, entró a la plaza arrastrando los pies. Sumaban siete u ocho entre hombres y mujeres.

Todos iban apiñados, con las cabezas gachas, solo moviéndolas para lanzar una mirada furtiva hacia atrás de vez en cuando.

Tras ellos, y montados a pelo en unos caballos que no les pertenecían, cabalgaban Darys y Lyntyn.

El primero tenía su arco cargado y tensado.

Loveday vio que uno de los hombres se sujetaba la mano derecha contra el torso. Una punta de flecha sobresalía del dorso de la mano. El asta rota emergía de la palma.

—Eso debe de doler —musitó Hormiga.

—Mucho —dijo el Escocés.

Darys inclinó la cabeza para saludar a Loveday y, a continuación, miró directamente al conde de Warwick y bajó el arma.

Este clavó las pupilas en los galeses, luego en Loveday, y viceversa. Al final, se rio.

—Por Dios —dijo—. ¡FitzTalbot! Me han faltado unos segundos para cometer el pecado mortal de la ira, aunque, después de todo, parece que tus hombres han obrado bien.

A la vez que sujetaba las riendas con una mano y se cubría los ojos del sol con la otra, llamó a Darys y a Lyntyn a través de la plaza.

—Arqueros —bramó—. Excelente trabajo. Por favor, acorralad a vuestros prisioneros aquí, en la plaza. Los mantendremos vigilados. Puedo preguntaros... ¿Habéis reconocido la torre del centro del pueblo?

Darys y Lyntyn no demostraron ninguna expresión. Entonces, el segundo se inclinó hacia su compañero y le susurró algo. A los dos se les dibujó una sonrisita. Acto seguido, Warwick miró a Loveday y enarcó una ceja.

—Creo que la torre central era el siguiente objetivo de mis hombres —le comentó—. Su Excelencia.

El conde hizo una pausa y, a continuación, sonrió a Loveday.

—Muy bien, FitzTalbot —comenzó—. Entonces, «Mi Excelencia» te sugiere que guíes a tus hombres hasta allí. Deja a los prisioneros aquí, custodiados. La mujer puede quedarse también. Elige a tres de tus muchachos para que permanezcan en este lugar y vigilen que no se escapen. Y no te lleves a tu amigo herido. El joven Thomas puede quedarse esperando con ellos y mantenerlo sedado mientras recita genealogías.

Loveday le hizo una señal a los galeses a fin de que condujesen a sus prisioneros hasta un rincón con sombra de la plaza y los custodiasen. Luego le ordenó a Romford que cuidase de la chica. El joven Thomas volvió a lanzarle otra mirada amenazadora.

Al final, Warwick soltó una carcajada.

—Thomas, borra esa ridícula expresión de la cara. No es propia de ti. —Luego le comentó a los Perros—: Vayamos a inspeccionar la torre. Puede que el rey desee alojarse en ella esta noche. Mis caballeros y yo estamos a tu disposición, FitzTalbot. ¡Guíanos hasta allí!

Cuando llegaron a la almena, encontraron a Shaw y a su banda de escuálidos anglianos orientales llenos de picaduras en la entrada. Ladino y persuasivo, el hombre informó al conde de sus logros y, en el momento en el que terminó, le lanzó una sonrisa desagradable a Loveday.

Su compañía y él habían tomado a media docena de prisioneros, que iban de camino a la plaza. Habían despejado los barrios sur y oeste del pueblo, y no habían sufrido heridas importantes.

Lo que era más impresionante todavía: ya habían examinado la torre y descubrieron que estaba abandonada.

El líder de Essex sintió una punzada de envidia. Apretó los dientes. Shaw había tenido suerte y los Perros no, aunque la buena fortuna durante la guerra podía significarlo todo. La diferencia entre vivir y morir.

Warwick parecía ligeramente desanimado por haber perdido la oportunidad de una pelea, pero no se mortificó con ello. En cambio, ordenó a Shaw y a sus hombres que volvieran a la plaza para refrescarse, y dejó a los Perros y a sus caballeros fuera de la torre mientras él entraba a inspeccionarla por sí mismo.

Cuando por fin salió por la puerta —que se encontraba en la primera planta, a la que se accedía mediante un robusto andamio de madera—, comenzó a gritar órdenes a sus caballeros, estacionados abajo.

—Hombres, bastará a fin de pasar la noche —aulló—. Si no para el rey Eduardo, pues para el príncipe de Gales, pero necesitamos movernos rápido. He visto desde arriba que ya se han puesto en marcha. Llevad a los prisioneros hasta el borde del camino y traed sogas para todos.

Otra vez fuera de las puertas de Valognes, los Perros se mezclaron con una multitud de otras tropas que llegaban al pueblo. Al menos un centenar de compañías de la avanzadilla estaban dando vueltas por allí, algunos bromeando entre ellos, otros más organizados, comprobando el equipo y alimentando a sus animales.

Loveday escuchó acentos y lenguas de todas partes: la farfulla con énfasis en la erre de la gente del sudoeste de Inglaterra contra el vocerío del estuario del Támesis de los habitantes de Londres, Kent y Essex. Los idiomas de los de Gales y Cornualles imponían su ritmo alegre sobre la pronunciación lenta de los oriundos de las Tierras Medias. Unos cuantos mercenarios flamencos refunfuñaban de forma gutural entre ellos. Hombres en tripulaciones y compañías más grandes, atraídos desde todo el reino de Eduardo y las tierras de sus aliados, agrupados sin ton ni son, bajo el liderazgo de unos cuantos grandes señores y de los que se esperaba que encontrasen una causa común.

La mayoría parecían aliviados; el día de ardua caminata a lo largo de las humildes carreteras entre setos y ciénagas no había sido en balde. Un aire violento se levantó del noroeste para azotarlos con un fuerte olor salobre procedente del mar.

Romford observaba ansioso a los prisioneros, tanto los que habían tomado los galeses como la media docena que habían capturado los anglianos orientales.

—¿Van a colgarlos? —quiso saber.

Hormiga miró con los ojos entornados a los cautivos, ahora rodeados por los secuaces de Warwick.

—Eso espero —le contestó al muchacho—. Me gustan los ahorcamientos. En todo caso, tendremos algo que mirar antes de dormir.

El chico pareció marearse. Millstone puso los ojos en blanco y posó el brazo en el hombro del joven.

—No le hagas caso —le dijo en voz baja—. No van a ahorcar a nadie esta noche. Es todo un espectáculo.

Loveday también contempló a los cautivos y se dio cuenta de que el grupo de Shaw había maltratado a los que atraparon. La mayoría tenía moratones y cortes alrededor de los ojos. Muchos tenían los brazos rotos. Un chico y una chica —ninguno con más de unas diez primaveras— estaban llorando sin hacer ruido. Todos los prisioneros portaban una soga alrededor del cuello, atada con una cuerda fuerte y un tramo que se extendía desde el bucle que les rodeaba el cuello hasta las manos. Los habían privado de las camisas interiores, y estaban descalzos en la dura y polvorienta carretera.

La mujer que había dejado inconsciente al Padre permanecía un poco alejada del resto del grupo. Tenía la misma mirada perdida que Loveday vio cuando irrumpió en su escondite. Los demás reos parecían no querer tener nada que ver con ella, y viceversa.

Entre tanto, los presos se pasaban las cuerdas de la horca de una mano a otra mientras esperaban. De vez en cuando, uno o dos de los benjamines integrantes de las compañías que iban llegando se acercaban para abuchearlos e insultarlos, aunque los guardias de Warwick los apartaban enseguida de un empujón.

Después de un rato, nadie molestó en absoluto a los reos.

Loveday era capaz de percibir la manera en la que la ansiedad de Romford aumentaba. Parecía emanar de él, igual que el vapor. Él se sentía igual. Intentó pensar en algo que decir para reconfortar al chico, pero no se le ocurrió nada.

Luego, sonó el sutil golpe sordo de un tambor en la dirección del camino de setos. Este llevaba un ritmo constante y, de manera inmediata, el graznido de otros instrumentos musicales se unió a él. El gemido aflautado de la chirimía cargaba la brisa marina con una melodía portentosa.

La multitud de las tropas se dividió y retrocedió hasta el borde de la carretera, y por esta pasó a caballo un grupo de guerreros espléndidamente ataviados con la armadura completa, en cuyas sobrevestes se mostraba el blasón con las flores de lis azules y doradas, así como los leones rugientes. Estos formaban una suerte de caja: había cuatro hombres fuertes a la cabeza y la cola, además de otros cuatro a cada lado. Los músicos, que tocaban flautas y tambores, llegaron detrás.

En medio del pelotón de caballeros, montaban tres figuras más. Una era sir Godofredo, el noble francés con la pierna atrofiada que había traicionado a su propio rey y a quien Loveday había visto con Warwick en Barfleur. Otro se trataba del joven Eduardo, príncipe de Gales, que cabalgaba con la espalda tiesa mientras lanzaba miradas a todo su alrededor y, de vez en cuando, agitaba la cabeza con el objetivo de apartarse el cabello de los ojos.

El tercero era un hombre alto de abundante y larga barba marrón. No portaba armadura, pero iba ataviado con un jubón de terciopelo azul como la medianoche y un sombrero negro de muletón. Tenía una cara alargada y más llamativa que atractiva, con unos ojos bastante juntos bajo las finas cejas.

Se trataba del rey Eduardo III, padre del príncipe.

La última vez que Loveday lo había visto fue cuando los Perros contemplaron su desembarco y su tropiezo de bruces contra la arena de la playa de La Hougue.

En aquel momento, y desde lejos, dio la impresión de que había perdido la dignidad, pero ahora quedaba claro que no era el caso. El monarca irradiaba algo que Loveday creyó sentir palpitar a través de su propia piel.

Cuando la comitiva real se acercó a caballo, Loveday bajó la vista de manera instintiva. Al alzarla a medias, vio a algunas de las tropas caer de rodillas mientras el rey pasaba por su lado.

Sin embargo, Eduardo no se dio cuenta. En lugar de eso, tanto sus caballeros como él cabalgaron hacia el grupo de prisioneros y, una vez se encontraron a algo menos de veinte metros del conjunto, tiraron de las riendas de los animales.

Aquellos que montaban delante del rey se hicieron a un lado. Los guardas de Warwick hundieron los dedos y los codos en las carnes de los cautivos a fin de obligarlos a permanecer en una posición firme y mirar al monarca inglés. Los músicos dejaron de tocar.

La multitud se calló.

La mayoría de los reos agacharon las cabezas y hundieron las barbillas en los pechos, pero la mujer no. Y tampoco alzó su mirada al rey. Ella clavó las pupilas por encima de las cabezas de los hombres que la rodeaban, igual que si esperase una señal del cielo, donde un cada vez más próximo atardecer había teñido las largas y finas tiras de nubes de vivos tonos de amarillo y rosa.

El rey Eduardo evaluó la pequeña pandilla de pueblerinos descalzos con una mirada fría e inalterable. Tras él, sir Godofredo se inclinó hacia delante para susurrarle algo al oído y el monarca asintió.

Acto seguido, este habló directamente a los prisioneros en un francés lento pero fluido. El hombre lucía una expresión severa.

—*Mon cher peuple* —comenzó—. *Vous m'avez déçu.*

—¿Qué dice? —le murmuró Hormiga a Loveday.

Este arrugó la cara. Sabía algo de francés, aunque no mucho.

—Creo que está cabreado —le contestó con un susurro.

El rey continuó:

—*En Angleterre, on dit que les rebelles méritent de mourir comme des chiens…*

Uno de los niños soltó un pequeño sollozo y un guarda le dio un empujón en la espalda.

—*Cependant* —añadió Eduardo—, *le Christ nous a enseigné à être miséricordieux.*

Hormiga, que se había acercado hasta Loveday, le propinó una fuerte patada en el tobillo. El hombre le lanzó una miradita de reojo y su compañero enarcó las cejas con aire inquisitivo. El cabecilla de los Perros negó con la cabeza de la frustración.

—Algo sobre Jesús —le dijo—. Y deja de darme patadas, joder.

El monarca siguió hablando y el líder de Essex perdió el hilo de lo que estaba diciendo. De pronto, a medida que hablaba, aquellos que se encontraban entre la multitud y que entendían el francés mejor que él soltaron un vítor. A la vez, los hombres de Warwick se apretaron con brusquedad delante de los prisioneros y cogieron los extremos de las sogas que colgaban de sus manos.

Con dos o tres cautivos cada uno, se giraron para arrastrarlos ante el rey. A unos diez metros de él, se pararon, volvieron a darse la vuelta y empujaron a los pueblerinos a fin de que se pusiesen de rodillas. En ese momento, muchos ya estaban llorando. Loveday miró a la mujer, pero su rostro no revelaba nada.

Romford se aferró al brazo de Millstone.

—Va a matarlos, ¿verdad? —quiso saber.

Sin embargo, el cantero no respondió.

Hormiga le preguntó entre dientes:

—¿Qué te pasa? ¿Nunca has visto a un hombre ahorcado?

El muchacho le clavó las pupilas con una expresión que Loveday no había visto antes en él. Algo cercano a la rabia. Los ojos se le estaban llenando de lágrimas y el cabecilla tocó el brazo de su compañero.

—Déjalo en paz.

El tamborilero del monarca volvió a arrancar de nuevo; un ritmo solitario, lento y constante. Junto al rey se colocó un heraldo y, en un tono alto y claro, se dirigió a la multitud de las tropas.

—Mis lores y hombres de Inglaterra —anunció—. El rey Eduardo de Inglaterra, el tercero de su nombre, duque de Normandía y Aquitania, señor de Irlanda y monarca de los franceses, aquí presente para acabar con la impertinente reivindicación del usurpador Felipe de ostentar ese título, ha considerado minuciosamente el caso de los rebeldes de este pueblo de Valognes, quienes, desafiando el derecho de Su Excelencia y violando la paz, han ocupado el pueblo.

—Por lo menos, este bastardo habla inglés —comentó el Escocés.

Hormiga le asintió, aliviado de que, al fin, alguien más pareciese compartir su preocupación.

—A lo mejor algún día tú aprendes también —dijo Millstone, y miró con severidad al Escocés.

Loveday los fulminó con la mirada y ambos se quedaron callados.

El heraldo continuó:

—La pena por rebelión es la muerte —añadió—. El rey ha ordenado que se construyan unos patíbulos en su pueblo y que muera hasta el último traidor antes de que caiga la noche.

Al escucharlo, las tropas estallaron en un inmenso júbilo, pero Romford se puso gris, con cara de estar a punto de vomitar.

El tambor siguió tocando.

—Sin embargo —gritó el heraldo—. Sin embargo, nuestro monarca es un señor bueno y misericordioso, y como respuesta a sir Godofredo de Harcourt, su más bienamado amigo y nacido en esta región, ha aceptado que si los rebeldes muestran remordimiento en este preciso momento, no sufrirán la pena, sino que serán liberados para advertir de la ira del rey al resto.

Los abucheos y los silbidos se propagaron por las tropas. Hasta unos cuantos atrevidos gritaron insultos.

—¡Que cuelguen a la escoria francesa!

—¡Que veamos cómo les explotan las lenguas!

No obstante, tras darse cuenta de lo que se esperaba de ellos, los prisioneros cayeron al suelo y se postraron de cabeza en la tierra. Rodaron, gimotearon y, de vez en cuando, se alzaron sobre las rodillas para tirarse de las sogas que les rodeaban el cuello o entrelazar las manos en una súplica.

Los abucheos de la multitud no cesaron, así que los cautivos se humillaron de forma aún más patética; todos, excepto la mujer. Ella simplemente se quedó sentada sobre los talones con la vista clavada en el atardecer.

El tambor continuó tocando.

Loveday comenzó a sentirse incómodo de verdad. Romford no paraba de mirar entre Millstone y él, pero ninguno fue capaz de encontrarse con sus pupilas.

Los silbidos de los allí presentes fueron aumentando poco a poco y, entonces, el redoble cesó. Los gritos se apagaron. El rey pasó la pierna sobre el caballo y, con un gesto fluido, desmontó.

El heraldo se acercó corriendo hasta él y le hizo una reverencia. Acto seguido, el monarca se inclinó hacia su oreja y le dijo algo en voz baja, a lo que el mensajero respondió con otra reverencia. Al final, el soberano volvió a montarse en su corcel.

—El rey Eduardo ha aceptado la humilde petición de estos miserables rebeldes —aulló—. Y ha dado la orden de que vivan.

Se oyeron más quejidos y abucheos.

—Han de vivir —repitió el heraldo—. Y han de ser puestos en libertad para que den cuenta y razón de la tremenda caridad de su nuevo rey al resto de hombres y mujeres del país.

»¡Larga vida al rey! ¡Dios salve a Inglaterra!

Al escuchar aquello, los hombres del conde de Warwick comenzaron a desanudar de forma ruda las sogas que rodeaban los cuellos de los cautivos. Uno de los guardias las recogió, presumiblemente, para poder reutilizarlas en alguna otra calculada muestra de misericordia, pensó Loveday. Los músicos del monarca empezaron a tocar una tonada triunfal, y los caballeros, a ponerse en formación para cabalgar hacia donde aquel se alojase esa noche.

Estos comenzaron a dirigir a los caballos hacia el pueblo antes de detenerse. En ese momento, el rey Eduardo alzó una mano y los músicos cesaron. El soberano se levantó en los estribos.

Entonces, habló en inglés con voz suave pero clara.

—Recordad, hombres. No deseo que mis súbditos franceses sufran daño alguno. Somos fieros... pero misericordiosos. En todos los sentidos.

Luego, asintió a la multitud, que en su mayoría estaba demasiado lejos como para poder escucharlo, y, a continuación, apareció una sonrisa en su rostro. Después, el hombre se sentó en la montura y le dio unos puntapiés al caballo. Acto seguido, los músicos volvieron a comenzar, pero el abrupto reinicio hizo de la canción un desastre.

Los Perros le dieron la espalda al espectáculo y se miraron los unos a los otros. El rostro de Romford era la viva imagen del alivio.

—Ha estado cerca —comentó.

Hormiga carraspeó y escupió.

—Chorradas —le contestó—. Nos han engañado.

No obstante, el Escocés, que seguía observando al grupo real, lo interrumpió.

—No a todos —dijo.

Mientras desataban a los prisioneros y los reunían con la misión de escoltarlos lejos del ejército, el joven príncipe se había separado de su padre y guardaespaldas e ido al trote hasta justo al lado del pequeño grupo de habitantes de Valognes.

Ordenó algo a uno de los guardas y, en lugar de quitar la soga del cuello de la mujer que le había tirado la teja al Padre, el hombre le dio el extremo suelto de la cuerda al príncipe, que permanecía sobre su montura.

Este miró a la chica con ojos hambrientos y, en respuesta, ella le clavó las pupilas sin ninguna emoción en absoluto.

A continuación, el hijo del rey le dio un tironcito y la joven perdió el equilibrio durante un instante. Luego, se vio obligada a seguir al caballo del futuro monarca unos pasos por detrás, medio caminando, medio corriendo. El joven volvió a sacudirse el cabello y, como para buscar su aprobación, miró a las tropas que se congregaban a su alrededor.

Al final, se alejó cabalgando por las puertas de Valognes con la chica tropezando tras él.

7

Fue a Valognes, donde pasó la noche y encontró bastantes provisiones.

Boletín de Michael Northburgh sobre la campaña militar

Las tropas acamparon en las ciénagas a las afueras del pueblo. El suelo, húmedo y arenoso, no era precisamente cómodo. Las matas de hierba dura se les clavaban en la espalda y los bichitos les picaban en los tobillos y el cuello. Los Perros encendieron una fogata y se tiraron a su alrededor, inquietos. El fuego escupía y siseaba, y la madera verde desprendía un humo empapado que se quedaba atorado en los pulmones.

Romford se sentó y contempló el ascenso de la humareda acre. Se mordía las uñas. Loveday lo observó. Sabía en qué estaba pensando. La amenaza de los ahorcamientos lo había asustado. Al parecer, había removido algún miedo dentro de su alma, algo en su memoria.

A decir verdad, aquel cruel teatrillo también lo había atemorizado.

De igual manera que lo que pasó a continuación.

Loveday todavía podía sentir los ojos impasibles de la mujer, que miraban a través de él. Cuando cerraba los suyos, veía su rostro, sus hombros. El momento en el que la vio por primera vez en el alero de la marroquinería. Luego, con la soga al cuello. El hombre reprodujo en su mente la imagen de la chica tropezándose mientras el príncipe la metía a rastras en el pueblo. Su pueblo, donde, en ese momento, el rey inglés y su hijo dormían en casas que no les pertenecían.

El Escocés, que estaba a su lado, le dio un empujón.

—¿Qué te pasa? —le preguntó—. Tienes la misma cara que un eunuco en una orgía.

El líder de Essex se encogió de hombros.

—Nada —le contestó—. Estoy cansado. ¿Cómo va el Padre?

El grandullón estiró el cuello hacia donde el sacerdote se encontraba tumbado sobre la arena, cubierto con una manta fina. El pecho se le movía de arriba abajo y respiraba de forma superficial pero constante. Los galenos de Warwick le habían vendado la cabeza con tiras de lino y parecía que el sangrado había cesado, aunque la parte derecha de su rostro estaba arrugada y caída, como si le hubiesen cortado los músculos de raíz.

En ese momento, el hombre se aclaró la voz.

—Creo que sobrevivirá —comentó—. Ha pasado por momentos peores. Cristo sabe que ha salido de cosas más feas. Así que, el Señor decidirá. Supongo que el viejo cabrón habrá rezado en algún punto de su vida.

Hizo una pausa.

—Ha tenido que darle un buen porrazo.

Loveday asintió arrepentido.

—Así es —le contestó—. Ella tuvo suerte o él no. O ambas.

La oscuridad se cernía sobre ellos y, de pronto, el hombre notó que el cansancio se propagaba por su cuerpo.

—Estoy destrozado, Escocés —dijo—. ¿Organizas tú la vigilancia? Nos ponemos en pie y levantamos el campamento cuando amanezca.

El Perro pelirrojo asintió y atizó el fuego con un palito.

—Yo me encargo —le respondió—. Descansa un poco.

Luego se dirigió a Tebbe, Thorp y Romford con un chiflido.

—Vosotros, hijos de puta, os toca la primera guardia —bramó—. Hormiga y Millstone, la segunda. Yo vigilaré al amanecer con… —Y buscó a su alrededor a los galeses.

Estaban sentados lejos de la lumbre con el burro y el carro. Darys estaba mascando una tira de carne deshidratada, y Lyntyn, afilando el cuchillo.

—Ah, que les den —exclamó—. Yo haré guardia al amanecer solo.

Y volvió a avivar las llamas.

A su lado, Loveday ya se había hecho un ovillo con la manta bien ceñida a los hombros. Se estaba quedando frito. En su imaginación, vio perfectamente la cara de una mujer, pero esta cambió. Era la de la muchacha de Valognes, y, luego, la de la muerta viviente del ataúd del sueño que tuvo en la playa. La de la mujer de la que le quemaba hablar.

La que se llamaba Alis.

Quien había sido su esposa.

Romford se mantuvo en vela junto a Tebbe y Thorp durante la primera guardia, aunque, hasta donde podía decir, no había mucho que vigilar.

No corrían peligro de emboscada de forma aparente y no habían escuchado nada sobre compañías que se robaran las unas a las otras en lo que llevaban de marcha desde el mar. Millstone le había comentado que eso llegaba cuando la campaña militar estaba más avanzada, si escaseaba la economía o si los hombres se aburrían y estaban dispuestos a provocar una pelea con cualquiera.

El muchacho reflexionó sobre la compañía de anglianos orientales con los que se habían encontrado en Valognes. Parecían mezquinos y hambrientos, aunque se encogió de hombros. Era la primera vez que estaba en un ejército. Millstone parecía saber lo que se hacía.

A Romford le caía bien el cantero. El viejo lo rodeó con el brazo el primer día que se unió a los Perros y no le hizo preguntas sobre qué lo había llevado a las calles de Portsmouth en busca de un atracadero con un barco que lo llevase a la guerra. Qué lo había alejado de las calles de Londres, que un día fueron su casa, ni las razones que lo alejaron de todo el mundo que un día conoció.

Apreciaba el hecho de que Millstone interviniese cuando el Padre u Hormiga lo criticaban con malicia. Al joven le gustaba la sensación de las manos del anciano cuando, de vez en cuando, las posaba en su brazo. De sus dedos fuertes como cuernos. La constancia con la que su pecho se alzaba y bajaba cuando respiraba. Romford había conocido a muchos hombres en su vida. Algunos habían sido crueles y violentos, otros le habían hecho daño o lo habían intentado, pero no así el cantero. Le recordaba a su padre antes de que se lo llevaran por una discusión en una taberna que se convirtió en una pelea, una trifulca, y, al final, en un asesinato.

Por el rabillo del ojo, el chico observó dormir a su amigo, que roncaba bajito; un dulce ronroneo salía desde el fondo de la enorme garganta del cantero.

«Con él estoy a salvo», pensó.

Romford se arrastró un poco más cerca del fuego y tosió ligeramente por el humo. Desde que comenzaron la guardia, Tebbe y Thorp estaban turnándose para bostezar, alimentar las llamas con madera húmeda y levantarse a fin de estirar las piernas. En ese momento, el segundo de ellos sacó un par de vieiras, que había recogido de la playa, y los dos comenzaron un juego de cara o cruz.

Tebbe lo pilló observándolos.

—¿Quieres jugar? —le preguntó el arquero.

El chico se encogió de hombros.

—No conozco las reglas —contestó.

—Por los nudillos de Cristo, cualquier idiota puede aprender —intervino Thorp.

Así pues, ambos hombres le explicaron en qué consistía. Cada jugador tenía un turno para lanzar las dos vieiras al aire y apostar la combinación con la que caerían al suelo. Llamaban «cruz» a la parte marrón de la concha, y a la blanca, «cara».

—¿Me sigues? —le preguntó Thorp.

Romford asintió.

Comenzaron a jugar apostando guijarros y puntas de flecha; al cabo de seis o siete rondas, el joven arquero acumulaba todas las fichas, y Tebbe y Thorp negaban con la cabeza.

—La suerte del principiante —dijo con timidez el muchacho.

Sin embargo, en el fondo, sabía que era otra cosa. Tenía madera para los juegos, la misma que con el arco, incluso para los que se trataban de puro azar. Era como si pudiera ver lo que las conchas y las fichas querían hacer.

La forma en la que estaban destinadas a tocar tierra.

Los arqueros volvieron a dividir las fichas y jugaron otras tres rondas. Tebbe ganó primero, pero, en cuanto se le acabó la racha, Romford se hizo con las vieiras y comenzó a alzarse con la victoria de nuevo.

Y su adversario no tardó en agitarse.

El joven no quería irritarlo, así que se jugó más de la cuenta, apostó contra su instinto y perdió.

Tebbe recogió todas las fichas de un barrido, pero refunfuñó mientras lo hacía. En ese momento, el muchacho se dio cuenta de que se había acabado el juego.

—¿Ya se ha terminado nuestra guardia? —preguntó.

Thorp asintió.

—Despierta a Hormiga y a Millstone —le pidió.

Romford se acercó con sigilo a Hormiga y le sacudió suavemente el hombro. El Perro abrió los ojos con un pestañeo y despertó a Millstone. Acto seguido, el chico se tumbó en el suelo en su sitio, entre Tebbe y Thorp, y se subió la manta hasta rodearse los hombros con ella.

No obstante, a diferencia de los otros arqueros, él no se durmió.

En lugar de eso, observó el cielo nocturno, donde las nubes negras rozaban el azul profundo y estrellado de la eternidad que se extendía allende. Vio vieiras que daban vueltas en el aire y el destello blanco cuando giraban a la pálida luz del fuego, pero, sobre todo, apreció las caras de los prisioneros. Sus ojos asustados. Las sogas a sus cuellos.

Se puso a pensar en el día en el que colgaron a su padre.

Romford recordó sus piernas, cómo pataleaban mientras se ahogaba en el patíbulo. La manera en la que las mujeres lo empujaron por piedad y le tiraron de ellas para acabar con su vida.

Vio la cara de su padre, abotargada por la muerte, y los ojos desorbitados, que se clavaban en los del joven. Lo escuchó hablar con la lengua hinchada. Le oyó decir: «¡He aquí, he aquí, he aquí!».

—¿«He aquí» el qué? —susurró Romford a oscuras.

Su padre relajó el gesto y sus ojos volvieron a hundirse dentro de las cuencas.

—He aquí el final —contestó.

El joven arquero se despertó sudando como un pollo. Estaba empapado de la cabeza a los pies; hasta las canillas tenía mojadas. El chico intentó recobrar el aliento y, al final, el corazón y los pulmones bajaron su labor frenética.

Aunque, mientras lo hacían, Romford notó que otra sensación indeseada surgía en su cuerpo.

Un ansia.

Una que había formado parte de su vida durante la mayoría de años desde que arrestaron a su padre. Una que, por lo que sabía, no se podía desdeñar. Al final, se quitó la manta de los hombros y se incorporó.

Millstone lo miró a través del humo de la hoguera.

—¿A dónde vas, muchacho? —le preguntó en voz baja.

—Tengo que hacer pis —le contestó él—. Voy a buscar un sitio. No tardo.

El cantero asintió.

Acto seguido, Romford se recolocó la ropa, buscó a tientas su daga junto a la manta y, luego, se levantó y se alejó del fuego y el campamento.

Las antorchas y los rayos de la brillante luna, que estaba casi llena y que se asomaban constantemente desde detrás de las nubes, eran lo único que iluminaban las oscuras calles de Valognes. El pueblo estaba tan concurrido como en un día de mercado. El joven arquero cruzó descalzo la entrada a paso lento y vio a los hombres pertenecientes a las numerosas compañías del ejército, que iban de acá para allá por todas partes. El titileo de la antorcha lanzaba sus sombras danzarinas contra las paredes y parecían demonios.

Los soldados se colaban y salían de las casas, las tiendas y las iglesias. Varios grupos deambulaban juntos, apoyándose en las paredes y bebiendo de botas o de jarras de vino. Algunos, por parejas o en solitario, caminaban con determinación con los brazos llenos de bultos: mantas y artículos de vestimenta extraños.

Un joven, desgarbado, encorvado y con aspecto de campesino, estaba arrastrando una mesa por la entrada del pueblo.

Romford se abrió paso entre los grupos mientras lo observaba todo. Nadie le dijo nada ni pareció darse cuenta de su presencia. El muchacho pasó por una calle flanqueada por lo que juzgó eran casas de buenos comerciantes, aunque, aparentemente, muchas de ellas habían sido tomadas por las compañías. Habían abierto las puertas de una patada. En una, que se encontraba abierta, el chico vio a un grupo de hombres sentados alrededor de una mesa a la luz de una antorcha, tirando dados y riéndose a carcajadas.

El arquero se paró, intrigado por este juego. Se le ocurrió una idea descabellada: debería entrar y jugar, y hacerlo por dinero y ganar algo. Había disfrutado del de la vieira con Tebbe y Thorp. Sabía que podía...

Entonces, se le heló la sangre al reconocer las voces de los allí presentes. Hablaban con la misma pronunciación arrastrada que el hombre alto del bigote que había intentado tocarlo en el carro a las afueras de Barfleur. El mismo que se enfureció cuando le dijo que no, que tenía que vigilar al burro. El que intentó pegarle, mintió cuando llegó Loveday y dijo que estaba cabreado por la piedrecita que le había tirado.

Romford comenzó a retroceder a fin de apartarse de la entrada, pero, mientras lo hacía, uno de los hombres alzó la vista durante un instante.

El arquero reconoció ese rostro. Más que eso, su cabeza, porque, a ambos lados de esta, le habían cortado toscamente y de un tajo las orejas: la pena en Inglaterra por estafar y robar dinero.

El hombre sin orejas le gruñó:

—Vete a tomar por culo de aquí.

Y, acto seguido, el resto se giró para mirarlo.

A Romford se le cambió el gesto del miedo y se cubrió el rostro con el antebrazo, como si la luz de la habitación lo estuviese cegando. No obstante, antes de que pudiese hacerlo, escudriñó la cara delgada y rencorosa del tipo del bigote. Este lo miró directamente, aunque el joven no estuvo seguro de si lo había reconocido, porque tenía la atención puesta en alguien más.

En su regazo, se sentaba la niña pequeña a la que había sacado a rastras de Valognes junto con los otros prisioneros y a la que habían hecho arrodillarse en el barro con la cabeza metida en la soga. Su pequeño rostro seguía magullado y mugriento, y las lágrimas no dejaban de empañarle la cara.

El bigotudo apretaba la nuca de la pequeña con una de sus manos. No había rastro de su hermano.

—Vete a tomar por culo de aquí —volvió a bramar el hombre en un tono incluso más amenazador que antes.

El muchacho se dio media vuelta y se marchó a toda prisa. Fue corriendo hasta el siguiente lugar oscuro a un lado de la calle y se ocultó en una sombra negra entre los focos de luz de las antorchas. Se las apañó lo justo para no vomitar.

Cuando, por fin, el estómago paró de darle calambres y se le calmaron las manos, Romford miró calle abajo. Aquello que había visto lo había aterrorizado, aunque también lo volvió más ansioso que nunca por encontrar lo que andaba buscando.

Pese a ello, se encontraba en la parte equivocada del pueblo. Las casas de la otra punta contaban con guardias apostados en las puertas y banderas que colgaban de las ventanas. Supuso que ahí era donde los señores como Warwick y sir Robert se habían alojado con sus guardaespaldas y séquitos, así que dio media vuelta.

El joven bajó por otra calle, que estaba flanqueada por fachadas de tiendas, y, al final, observó algo que hizo que se le acelerara el corazón. En el exterior de una de ellas y delineada contra la negrura nocturna, se encontraba una pequeña señal, tallada en madera, con un mortero de boticario.

Romford miró a su alrededor y vio que se encontraba solo. A pesar de todo, se mantuvo pegado a los edificios de ese lado de la calle. Se asustó a sí mismo al pensar que el hombre sin orejas lo estaba siguiendo, y se dijo rotundamente que no era el caso.

El muchacho se paró en la puerta de la botica y recitó una pequeña oración a san Damián. «Por favor —rezó—. Que nadie como yo haya estado ya aquí».

El chico empujó la puerta, pero no cedió. Luego, dio un par de pasos atrás y, reuniendo toda su fuerza, le dio tres patadas con la planta del pie derecho.

A la tercera, la puerta cedió un poco y se astilló alrededor de la débil cerradura.

Romford la empujó un par de veces más con el hombro y la abrió. Si bien no era la primera vez que asaltaba una botica, el ruido lo puso nervioso. De nuevo, retrocedió hasta las sombras y esperó.

No pasó nada y no salió nadie.

Acto seguido, cogió una antorcha que se estaba apagando en una de las paredes de la calle. Apenas titilaba, pero serviría. Luego, poco a poco, volvió hasta la puerta rota y se deslizó por ella.

Una vez dentro, iluminada por la débil llama y el parpadeo de la luz de la luna que entraba a raudales por la puerta abierta, la tienda parecía igual a todas las demás. Al agitar la antorcha a su alrededor vio que se encontraba en la típica salita de la entrada, donde el dueño recibía a sus clientes y los escuchaba describir sus dolencias. Echó un vistazo por allí y rodeó una robusta y pesada mesa de madera, donde se mezclaban y dispensaban las tinturas y cataplasmas.

Entonces encontró lo que estaba buscando. Al fondo de la botica, la antorcha iluminó la entrada a otro habitáculo de menor amplitud. Allí era donde se guardaban las hierbas, las especias, las hojas molidas, así como los polvos, en frascos de cerámica.

Romford se acercó a hurtadillas, abriendo los ojos de par en par a fin de usar la tenue luz danzarina y encontrar el camino mediante el mismo uso de sentidos como de instinto. Se le estaba estremeciendo todo el cuerpo.

Una cortina de lino grasienta colgaba a través del umbral que separaba las dos salas. El muchacho la apartó de un empujón y pasó lentamente por ella. Luego, esta cayó tras él y sumió a la habitación en una oscuridad tan intensa que pareció ahogar la luz de la antorcha. El chico sintió un escalofrío. Se volvió, la agarró y tiró con fuerza. La cortina se desprendió del raíl que la sujetaba y Romford la tiró al suelo. Entonces, se sintió mejor. Una vez más, la luz de la luna encontró su camino hacia dentro. Esperó a que se le ajustara la vista lo bastante como para poder adivinar los sutiles estampados negros y grises de los estantes.

El joven volvió a rezar.

«Buen san Damián, permite que haya huido a toda prisa».

Luego se puso manos a la obra con los frascos.

Todos estaban cerrados de alguna manera, con un tapón de madera o un trozo de cerámica que cupiese en la boca del recipiente. El chico abrió los frascos uno a uno, se los llevó a la nariz y los olió.

Iba a la caza del aroma que solo conocían los boticarios, aquellos hombres tan enfermos y hambrientos como él.

Se abrió camino a través de las docenas de recipientes, pero ninguno olía como debía.

Romford olfateó unas hierbas aromáticas. «Cataplasma para la cabeza y heridas».

El joven se encogió de hombros y se lo metió en la bolsa del cinto. Durante una guerra, un remedio como ese podía resultar útil, aunque no era lo que estaba buscando, así que, pasó al siguiente.

Olió a ajo, celidonia y violeta bulbosa. «Articulaciones agarrotadas. Fiebre».

Luego inhaló algo que muy rara vez había percibido antes: una peste repugnante, metálica y sangrienta, que pensó que debía salir de algún lugar de las profundidades de un animal grande. «¿Bilis de buey? Pone que es para los ojos».

Y entonces, cuando el hormigueo en los dedos se estaba volviendo insoportable, el muchacho tiró del apretado tapón de madera de un tarrito e inspiró un olor que estuvo a punto de hacerlo llorar. «Manzanas maduras. Un fuerte toque a vinagre. Y bajo este, algo almizcleño, como orines de rata».

El chico soltó una buena carcajada.

Y los ojos se le humedecieron.

Acto seguido, se lamió la punta del meñique y lo hundió en el frasco. Notó el polvo al fondo. No había mucho, aunque era suficiente.

Después, sacó el dedo con cuidado y se frotó el polvo por la encía, encima de los incisivos.

Un sabor amargo le ocupó la boca. Cada ingrediente del brebaje contaba con su inconfundible sabor. «Mandrágora, cicuta, amapola de las Indias».

El joven se pasó rápidamente la lengua sobre los dientes. Estaba muy bien hecho. Luego, hundió la punta de la daga en el frasco y sacó un montoncito de polvo, se lo llevó a la nariz, inhaló en un segundo y notó que la cabeza se le iluminaba.

Quienquiera que hubiese sido el boticario de Valognes antes de salir corriendo era hábil. Es más, tenía acceso a excelentes proveedores, lo que significaba que otros colegas de aquel país también estarían bien suministrados.

Romford comenzó a marearse, pero volvió a introducir el dedo en el frasquito y se untó un poco más de polvo en la encía.

Notó que se le dormía el paladar y empezó a perder sensibilidad en el labio superior. Sintió que la nariz le estaba goteando y se frotó la cara con el dorso de la mano.

Su mente se lanzó a divagar y el ansia comenzó a apaciguarse. Pensó en los ojos despreocupados y sin brillo de todas las personas que, igual que él, habían inhalado y probado aquello. En las horas que había pasado con decenas, centenares de ellas, en las esquinas de oscuras tabernas de ciudad y casas frías, húmedas y abandonadas.

Romford cogió el frasco con cuidado, apretó bien el tapón para cerrarlo, se dirigió lentamente hacia la salida de la tienda y, luego, se abrió paso a través de las calles de Valognes como si fuera un fantasma.

Una vez llegó al campamento, encontró a Hormiga y a Millstone dormidos durante su guardia, así que sacudió al Escocés con el objetivo de sacarlo del sueño.

—Tu turno —susurró.

Después, se tumbó junto a las ascuas del fuego y se estrechó a sí mismo con los dos brazos. Ya no veía el rostro de su padre.

El entumecimiento de la cara le había invadido toda la cabeza con una pesadez mágica y, a cambio, esta le calentó las extremidades e hizo que se le llenara el estómago de mariposas. Todo le parecía bonito y destinado a salir bien.

San Damián lo amaba.

Como también Jesucristo y toda la humanidad.

Romford sintió que todo su cuerpo se convertía en una expresión cambiante del amor de Dios y, luego, cayó redondo.

Sin embargo, no tuvo mucho tiempo para dormir.

Los primeros rayos del nuevo día estaba comenzando a acercarse por el horizonte con sigilo.

8

El [miércoles 19 de julio], algunos malhechores [...] prendieron fuego a todo lo que rodeaba el camino [...]. El ejército inglés desensilló sus monturas en Saint-Côme-du-Mont. Allí, escucharon rumores de que el enemigo había destruido el puente durante su retirada.

Actas de guerra de Eduardo III

El amanecer llegó y Loveday se estiró, lastimosamente agradecido por haber dormido toda la noche. A esa hora, ya se estaba formando una neblina matutina. Otra vez iba a hacer calor.

El hombre tardó un segundo en recomponerse antes de ponerse de pie. Hasta donde alcanzaba su vista, pocas compañías estaban levantando sus campamentos. Los guerreros apagaban las hogueras de la noche anterior y se enjuagaban sus apestosas bocas con los posos de las botas. Las filas salían serpenteando de los arbustos más grandes de la ciénaga, donde se habían cavado letrinas temporales: trincheras poco profundas en las que las tropas se turnaban para ponerse en cuclillas y cagar.

En cuanto al pueblo, los caballeros de Warwick, ataviados con sus armaduras y montados a caballo, estaban sacando a los hombres por las puertas de Valognes. Luego, se pasearon por allí con unas sonrisas dibujadas en sus jetas mientras pateaban a los estúpidos resacosos que se habían pasado toda la noche despiertos. Arqueros con los ojos empañados y soldados de infantería cegados por el amanecer avanzaban a trompicones, intentando encontrar el camino de vuelta hasta sus compañías.

Estos abandonaron el botín del saqueo de la noche anterior: ahora, consideraban que pesaba en exceso o era demasiado inútil como para cargar con ello durante la marcha.

Millstone evaluó lo que habían dejado y negó con la cabeza.

—Qué desperdicio —dijo a nadie en particular—. Esto era el sustento de la gente.

El Escocés resopló una risita.

—Esto es la guerra, Millstone —le recordó—. Ya sabes cómo funciona. Los reyes caen. Su pueblo se jode. No tiene que ser bonito. —Y enrolló la manta de dormir.

Acto seguido, la metió en la talega y la subió al carro. Faltaba el burro.

—¿Dónde cojones están los animales? —preguntó mientras buscaba a su alrededor.

—Romford ha ido a buscarlos con los chicos galeses —le respondió Loveday, y con la cabeza le señaló el lugar donde los Perros habían atado a los caballos y al burro durante la noche, a un par de cientos de metros de allí.

—El chico parecía que estaba medio muerto esta mañana —comentó Hormiga.

—¿Romford? —preguntó Millstone.

El hombre asintió.

—Seguro que ha estado toda la noche tirándose del nardo —comentó el Escocés—. ¿Cómo eras tú a su edad?

Hormiga ignoró la pregunta.

—Tiene que darse prisa —añadió—. En fin, ayúdame a montar a este cura inútil en el carro.

Millstone hizo un hueco en la parte trasera de la carreta, lo acolchó con la manta del Padre y, luego, con la suya doblada dos veces. Acto seguido, el Escocés se agachó para deslizar un brazo bajo los hombros del sacerdote, y el otro, por debajo de las rodillas. Luego, levantó al anciano y lo tendió sobre las mantas.

Tenía la piel húmeda y pegajosa, y soltó un gemido cuando su compañero lo movió. Además, balbuceó algo que sonó a oración mientras lo soltaban.

El grandullón le observó la cara con detenimiento, y empleó un dedo a fin de estirarle el párpado con cuidado y abrírselo.

Los ojos del Padre volvieron en sí para encontrarse con los suyos.

—San Cristóbal te arrastrará por la fosa —le dijo y, acto seguido, puso otra vez los ojos en blanco.

El hombre negó con la cabeza.

—El cabrón no habla con más lógica que de normal.

—¿Deberíamos atarlo? —preguntó Millstone—. Si la carretera es tan accidentada como ayer…

—Ah, déjalo tranquilo —le contestó Hormiga—. Tebbe y Thorp pueden montarse detrás con él y vigilar que no se caiga. ¿Os parece bien, muchachos?

Los dos arqueros asintieron.

En ese momento, los galeses volvieron con los caballos y, tras ellos, Romford iba rezagado, tirando del burro y con cara de mareo.

Hormiga miró al joven con desaprobación.

—Chico, ¿sigues dormido? —quiso saber.

Romford pestañeó igual que si se estuviese esforzando por recordar quién era.

—Estoy bien —respondió sin estar muy seguro y, acto seguido, se giró hacia el burro como para pedirle apoyo—. Estoy… Me encuentro bien.

Hormiga sacudió la cabeza y miró de reojo al Escocés, que se encogió de hombros, y se volvió hacia el benjamín de los Perros.

—Bueno, más te vale que así sea —le comentó—. Hay trabajo que hacer. Engancha a ese burro. Tú conduces el carro.

El muchacho le dedicó una débil sonrisa.

—Bien. ¿A dónde vamos?

—Una pregunta de tres pares de cojones —le respondió el Perro pelirrojo—. Loveday, ¿a dónde vamos?

Este se rascó la cabeza y le cogió las riendas de su caballo a Lyntyn.

—Donde nos digan —contestó.

Antes de conducir a la avanzadilla fuera de Valognes, lo último que hicieron los caballeros de Warwick fue prender fuego al pueblo con las antorchas que se estaban extinguiendo tras haber iluminado la calle aquella noche. Quemaron todo lo que tenían a mano. Tanto

118

los tejados secos como las vigas polvorientas se incendiaron rápido y comenzaron a crepitar. El humo escupió un amarillo enfermizo en las iglesias de la localidad, que el viento llevó en dirección norte hacia el mar.

—Van a olerlo en Inglaterra —dijo Hormiga—. Así sabrán lo que hemos hecho.

—No hemos acabado todavía —musitó el Escocés.

Acto seguido, Romford le dio un latigazo con la fusta al burro. Los Perros espolearon a los caballos con los pies, apresuraron el paso y salieron del pueblo acompañados por el resto de la vanguardia.

No obstante, no tardaron en hacer un alto.

Loveday todavía podía oler el humo de Valognes tras ellos cuando la fila se detuvo de nuevo. Apenas habían recorrido tres kilómetros.

Los quejidos iban de un lado a otro de la comitiva, pero la naturaleza vacilante de la marcha ya había pasado a formar parte de su rutina diaria, así que los Perros protestaron en silencio. Una vez más, se limitaron a buscar zonas de sombra y a ponerse cómodos a esperar. Millstone y el Escocés se fueron durante un lapso de tiempo y volvieron con barriles de cerveza sobre los hombros. Todos los de la compañía bebieron y llenaron sus botas.

Después de un rato, de parte de la cuadrilla de Warwick, que iba a la cabeza, llegó la noticia por la fila de que habían encontrado otro puente roto delante. Tardarían toda la mañana en arreglarlo, puede que más.

Loveday asintió mientras escuchaba cómo le contaban la nueva y, en un intento de mantener los ánimos altos, hizo una broma sosa.

—Así es la vida del ejército real, chicos. Te apresuras para ponerte en marcha y luego te pasas horas de brazos cruzados y rascándote el trasero.

La mayoría de los Perros lo ignoraron, aunque Romford esbozó una débil sonrisa.

Al final, el hombre se dio por vencido, sacó su figura de santa Marta y comenzó a arañarle los ojos.

Cuando ya llevaba un rato sentado, una figura rolliza se acercó a él. Sir Robert iba caminando por la fila, parándose aquí y allá a fin de soltar una charla a sus compañías sobre lo que estaba pasando. El caballero parecía haber engordado en los dos días que habían pasado desde la última vez que lo vio.

Para variar, iba demasiado abrigado. A pesar del calor, llevaba un yelmo. Había levantado la visera con el objetivo de poder oír y hablar, pero se había apretado la hebilla de cuero más de la cuenta y ahora sus barbillas rebosaban por encima de ella.

Loveday enderezó la espalda a medida que el regordete caballero se acercaba.

—Buenos días, señor —lo saludó.

—Un día excelente —le contestó sir Robert—. ¡Un día excelente para ser un inglés que juega en una tierra deshonrosa! Ya debe haber llegado a tus oídos, FitzTalbot, que tenemos a los franceses huyendo despavoridos.

El hombre negó con la cabeza.

—Lo único que hemos escuchado ha sido que se ha roto otro puente y que los ingenieros están manos a la obra.

Sir Robert sonrió con picardía, contento de poder desvelar las nuevas. El hombre se paseó alrededor del carro de los Perros, haciendo como que lo inspeccionaba, y se apoyó en una de las ruedas. Luego, se cruzó de brazos y los apoyó en la protuberancia de su tripa.

—FitzTalbot, ¿qué dirías si te contase que, a menos de cinco leguas de aquí, la flor y nata de la nobleza francesa ha salido corriendo como loca ante nosotros, espoleando sus caballos, desesperada por escapar con los miserables pellejos intactos, y sin que nuestras honorables lanzas y flechas inglesas perforen sus costados? —comenzó.

Loveday, que se sentía extrañamente desafiante, volvió al tallado de su santa de hueso de buey y no dijo nada.

—Así es, FitzTalbot —continuó sir Robert, al parecer, ajeno a la insolencia del guerrero—. ¡Te quedarías sin palabras! ¡La lengua se te paralizaría en la boca ante la idea de que el enemigo se encuentre a la fuga tan pronto en nuestra campaña!

Loveday suspiró y dejó de esculpir.

—¿Han visto a los franceses, señor?

—¿Si los han visto? Por la espina dorsal de san Bonifacio, pues claro —le respondió el noble—. Los propios exploradores de nuestro honorable rey me han informado de que han avistado en su huida hacia el sur a los dos lores encargados de que esta región resistiera: el pusilánime conde de Eu y a un sujeto de nombre Roberto de Bertrand, el llamado Caballero del León Verde. Y esperan que rompiendo los puentes van a poder salvarse. ¡Ja!

El cabecilla de los Perros levantó las cejas y miró a sus hombres, que estaban despatarrados por ahí y dormitando en el suelo.

—En cierto modo, sí que nos dificulta el paso.

Sir Robert se refrenó ligeramente.

—Puede ser, Loveday, pero es poco caballeroso, y me atrevería a decir que hasta despreciable, ¿no crees?

Este se encogió de hombros.

—Cuando los sarracenos rodearon al gran héroe francés Roldán en el paso de montaña de Roncesvalles allá por los tiempos antiguos, ¿acaso huyó?

El noble pronunció con énfasis la erre de «Roldán» y «Roncesvalles». Loveday no recordaba mucho sobre las viejas canciones, así que se arriesgó.

—¿No?

—Pues no —bramó sir Robert—. Porque hizo sonar el gran cuerno y avisó a su rey para luego quedarse y luchar hasta su glorioso final. Así debe hacer un soldado cristiano. ¡Cómo se ha dejado llevar el francés desde entonces!

—¿Roldán no acabó con la cabeza echa puré? —gritó el Escocés desde el otro lado del carro.

El noble se puso colorado.

—FitzTalbot, tendrías que decirles a tus hombres que el valiente Roldán murió como ha de hacerlo un caballero: por el amor a su fe y a su monarca. Es una pena que cada vez queden menos de esos valores en nuestros tiempos.

»Para ese fin, podemos mantener nuestra posición mientras los ingenieros hacen su trabajo. Nos dirigimos a Carentan, Saint-Lô y Caen, ¡ciudades famosas donde, sin duda, obtendremos mayor recompensa y grabaremos nuestros nombres en las crónicas de nuevo!

Al encontrar esa salida a lo que, por lo visto, había creído que era un discurso emocionante, sir Robert se secó el sudor de la cara y dedicó un gesto de asentimiento a los Perros.

—Gracias, FitzTalbot. ¡Descansad!

Acto seguido, se alejó rodando para atormentar a la siguiente compañía, que estaba holgazaneando a la sombra de un par de enormes pinos un poco más allá.

Una vez estuvo demasiado lejos como para escucharlo, Loveday lanzó a los Perros una mirada de disculpa.

—Bueno, pues ya está —comenzó—. Vamos a Carentan, otro sitio y Caen. Dondequiera que estén y cuandoquiera que empecemos a movernos otra vez.

La compañía volvió a ponerse cómoda a esperar. Mientras estaban en ello, el Padre gimió de pronto en la parte trasera del carro y se incorporó sobre los codos.

Acto seguido, se frotó la cabeza y fulminó con la mirada la figura de sir Robert.

—¿Quién cojones era ese? —preguntó con la voz ronca—. El cabrón me ha despertado.

Los ingenieros tardaron mucho más de lo que ninguno había esperado en reconstruir el puente de delante. La mañana pasó, el mediodía los abrasó y los hombres se bebieron los dos barriles de cerveza, así que Millstone y el Escocés tuvieron que ir a por más.

Romford se durmió en el asiento de la parte delantera del carro. La cabeza le colgaba hacia atrás y le caía baba de la boca, que tenía abierta. De vez en cuando, se molestaba a sí mismo con fuertes ronquidos al inspirar rápidamente, pero cuando se despertó, había recuperado algo de color en la cara. Loveday miró al muchacho por el rabillo del ojo. Era un chico raro. A veces era demasiado inocente, y otras casi estaba cansado de la vida.

El cabecilla observó al joven sentarse, ahora despierto del todo, con una expresión alegre en el rostro. No paraba de rascarse la parte posterior de los brazos.

—¿Te han picado las pulgas? —le gritó.

El chaval lo miró con vergüenza.

—Sí —le respondió—. Las cabronas van a acabar conmigo.

El Padre, a quien sir Robert había desvelado durante un instante, se despertó como es debido cuando el calor de la tarde comenzó a disminuir.

Parecía estar débil y confuso. Tebbe y Thorp, subidos en el carro junto a él, intentaron hacerle bromas sobre su cabeza ensangrentada, pero al sacerdote le faltaba energía hasta para gruñirles. Luego, le hizo señas a Loveday a fin de que se acercara y, cuando este llegó, el anciano sacudió los brazos en un gesto patético que le dedicó a los arqueros con miras a indicarles que se alejasen.

Loveday le espetó a Tebbe:

—Baja —le ordenó—. Vete a ver si hay alguna novedad sobre el puente.

El hombre le guiñó un ojo, y Thorp y él se alejaron tranquilamente.

En ese momento, el cabecilla de los Perros se sentó junto al Padre y le pasó su bota. La cerveza estaba caliente y se le habían ido las burbujas. No había hecho buen viaje, pero el cura se la tragó agradecido y, a continuación, le habló a Loveday en un susurro entrecortado.

—¿Qué me ha pasado? —preguntó.

El hombre asintió con compasión.

—Te dieron un golpe —le explicó—. Con una teja o algo así. Has estado en bastante mal estado durante una noche y un día.

El Padre pestañeó y puso un gesto en la cara que el cabecilla no comprendió.

—He visto cosas —le comentó el sacerdote en un susurro—. Cosas que he hecho.

Loveday sintió un molesto escalofrío. Entonces, recordó los días bajo el mando del Capitán, cuando el Padre y él eran inseparables, aunque también pensó en el colega del barco al que tiraron al Támesis después de robar el navío de un comerciante textil que se encalló en la orilla en Rotherhithe. En los métodos ingeniosos con los que forzaban a los conductores de los carros que cruzaban los cenagales de Essex a que abrieran sus cajas fuertes.

—Cuéntame —le dijo mientras se inclinaba a fin de preguntarle en voz baja—: ¿Qué has visto?

El Padre le miró sin verle.

—Todo —le contestó—. He visto el lugar que hay más allá de nosotros, donde la luz jamás escapa. La muerte va a devorarnos a todos.

Loveday estaba perplejo.

—Creía que habías visto cosas de nuestro pasado.

En ese instante, el sacerdote lo agarró con los huesudos, casi quebradizos, dedos, y lo acercó tanto que al hombre casi le dio una arcada por el aliento pestilente.

El cura tenía la mirada ida.

—Deberíamos darnos media vuelta, Loveday.

El cabecilla soltó una carcajada, pero no era sincera.

—No seas estúpido —le pidió—. Vamos a Caen, a matar a unos cuantos franceses y a follarnos a sus mujeres. A hacernos ricos. Es a lo que hemos venido. —Intentó relajar la mano con la que el padre le estaba agarrando la camisa interior—. No te preocupes. Lo que has visto solo es por cómo tienes la cabeza. Duerme un poco más y te pondrás bien.

El Padre agitó la cabeza con frenesí.

—Loveday. Te lo digo. Deberíamos ir a casa o acabaremos en el infierno, donde los sabuesos y los trasgos del diablo nos roerán los huesos.

Al final, soltó la camisa de su amigo. Este lo miró a los ojos.

—No es más que la cabeza —le repitió—. Y el calor. Descansa y todo irá bien.

Entonces, vio que el Padre no lo creía. El viejo cura agachó su cabeza vendada, le volvió la cara a Loveday, dobló las piernas contra el pecho y no medió palabra.

9

El rey mandó [reparar el puente] y, al día siguiente, cruzó a
Carentan [...]. Allí, encontraron mucha comida y vino, y la
mayoría del pueblo acabó quemado; el monarca fue incapaz
de impedirlo.

Boletín de Michael Northburgh sobre la campaña militar

La noche había caído y seguían sin moverse, así que acamparon alrededor del carro. Tebbe y Thorp jugaron a otro juego de cara o cruz,
Hormiga se unió a ellos durante un ratito, perdió todas las rondas
y se retiró despotricando por lo bajo. Romford no participó. Había
dejado de rascarse y estaba recostado en su asiento al frente de la carreta, con los ojos vidriosos y una expresión de satisfacción en la cara.

Mientras el sol se ponía, Millstone preparó un estofado con
unos puñados de judías y lo que quedaba de cebolla. El Escocés se
quejó de las provisiones. El intendente del rey seguía contando con
cerveza, pero había dejado de entregar comida. Esperaban reabaste-
cerse cuando llegaran al siguiente pueblo.

—Si no nos ponemos en marcha pronto, vamos a morirnos de
hambre —murmuró.

Millstone removió la olla con la mirada ausente clavada en la
sustancia, cada vez más espesa y con pinta de lodo.

—No te preocupes —le dijo—, encontraremos comida. Ya sabes cómo va esto. Llegamos, la gente huye y cargamos los carros con
sus alimentos.

El Padre, que ahora estaba despierto, parecía agitarse más a medida que avanzaba la noche. No quería hablar con nadie que no fuese

Loveday —aunque, cuando este intentaba calmarle, el sacerdote volvía a encogerse, se agarraba las rodillas y sacudía la cabeza— ni tampoco añadir nada sobre la visión que había tenido durante su estado de *shock*. Era como si al decirlo a viva voz lo estuviese conjurando.

Cansado de atenderlo, el cabecilla de los Perros se dio por vencido, pero no dejó de vigilar nervioso al viejo cura durante toda la noche, preocupado porque su miedo pudiese propagarse por el grupo igual que una plaga.

Al fin, la fila avanzó por la mañana. Los ingenieros habían vuelto a tender un puente sobre el río, cuyo nombre, según aprendieron, era Douve. Cuando se acercaron a él, Loveday comprendió la razón por la que habían tardado tanto en construir el paso.

A pesar de que el agua cubría poco en los extremos, el centro del cauce era profundo, ancho y fluía con rapidez. De nuevo, los restos de la construcción original asomaban en un ángulo desolador. Los habían quemado y hecho añicos, y los tablones cercenados y calcinados salían a la superficie.

Quien lo hubiese roto había hecho un trabajo concienzudo. Loveday pensó que se habían tomado su tiempo, pero tampoco mucho.

Tras él, la retaguardia de compañías de hombres impacientes se alargaba hacia el fondo por el camino hasta donde le alcanzaba la vista. Todos eran tipos duros, fuertes y asesinos. A diferencia de los Perros, la mayoría de ellos no había visto nada de acción desde el desembarco en la playa. Al contrario, solo habían conocido lo que era la frustración de marchar, acampar, dormir, comer y cagar en la tierra. El ambiente estaba tenso.

El conde de Warwick se encontraba al otro lado del río, sentado a lomos de su caballo, flanqueado por sir Godofredo, su amigo y el desertor normando, y, al otro lado, el joven príncipe de Gales. Ya no había ni rastro de la mujer.

La expresión del primero se endureció y su voz no retumbaba con su usual alegría.

No obstante, mientras cada compañía pasaba por su extremo del puente, él rugía uno o dos versos de ánimo. El futuro monarca y el caballero francés se gritaron unas bromas y se rieron disimulada-

126

mente de sus ocurrencias íntimas. La mirada del heredero del trono era pícara.

Loveday encabezaba a su grupo en el momento en el que pasaron junto a los nobles y le hizo una reverencia a cada uno en señal de respeto. Warwick asintió al reconocerlo.

—FitzTalbot —dijo—. Y los Perros de Essex, ya veo, ¡olfateando la sangre! Ya está a menos de un kilómetro, chicos. El pueblo se llama Carentan. ¡Que Dios os acompañe antes de que no quede nada que llevaros a la boca!

El cabecilla conducía a los Perros mientras salían del puente con un estrépito, y a continuación, entraron en un camino sinuoso. El cenagal que atravesaba estaba seco pero arenoso, y el retumbar de tantos cascos, pies y ruedas de carro había levantado una capa de polvo que había quedado suspendida en el aire.

El hombre se cambió las riendas a la mano derecha y usó la cara interior del codo izquierdo para taparse la boca y la nariz. A su alrededor, el resto de la compañía pestañeaba, tosía y notaba un picor en la cara.

El Padre, que iba sentado en el carro con Tebbe y Thorp, comenzó a recorrer rápidamente con la vista el paisaje que lo rodeaba en busca de terrores.

Una torre de piedra y el batiburrillo de edificios de Carentan emergieron de la zona pantanosa. Los escuadrones que avanzaban tras los Perros comenzaron a pisarles los talones, y los hombres de delante ya habían empezado a correr o a espolear a los caballos. Se oyeron gritos y, antes de que Loveday pudiese instar a los suyos a que tuviesen cuidado o que se controlasen, se dio cuenta de que la marcha estaba tomando un paso imparable.

Y arrastró a los Perros.

Los galeses aparecieron a ambos lados de Loveday, azuzando a los caballos con los pies hasta un medio galope y partiendo por su cuenta a Carentan. Hormiga y el Escocés también se esforzaban por separarse del grupo. Millstone, igual que el líder, mantenía el paso al trote, pero sus dos animales se revolvían bajo ellos, ansiosos por estirar las patas. Ambos se miraron entre ellos. La expresión del cantero decía: «¿Deberíamos ir también?».

Loveday se giró hacia Romford, que se encontraba en la parte delantera del carro. Por mucho que el chico azotara al burro con la fusta, no iba a persuadir al animal a fin de que avanzara más rápido que su lento caminar habitual.

—¿Te las apañarás para encontrar el camino hasta el pueblo? —gritó el hombre por encima del cada vez mayor escándalo.

El muchacho asintió.

—Vigilad lo que haga —les aulló luego a Tebbe y a Thorp.

Los arqueros agitaron las manos en señal de acuerdo.

—Nos vemos en la plaza —se despidió.

Luego, Millstone y él también se alejaron hacia Carentan. Entonces, Loveday echó un último vistazo atrás al carro. Y lo último que vio fue al Padre, sentado en cuclillas y afligido, con las manos en las orejas. Se balanceaba suavemente hacia delante y hacia atrás mientras el carruaje y los arqueros avanzaba a paso lento.

Coggeshall, un rico caballero, falleció un invierno a causa fiebre y legó su fortuna a la iglesia del poblado de al lado. Esto aconteció cuando Loveday era joven y crecía en el borde del denso bosque de Essex.

La llegada de la primavera trajo consigo artesanos con cubos de madera y escobas de crines de caballo, carretas llenas de varas de madera entrelazadas, así como extrañas herramientas que el chico no había visto en su vida.

Estos trabajaron en la iglesia durante toda esa estación y el verano. Loveday aprovechaba cualquier oportunidad para ir hasta allí a hurtadillas —a menudo, corría los tres kilómetros desde la casa de su padre cuando terminaba su jornada de trabajo— a fin de poder entretenerse observando a esos hombres mientras desempeñaban su labor hasta que se apagaba la última luz. Le encantaba espiar por la puerta y observar los andamios que habían levantado en la larga nave, junto a una pared a la que habían retirado toda la pintura y que luego pasaban días cubriendo con yeso húmedo, para pintar después sobre él con pigmentos y tintes de vivos colores.

Los artesanos habían intervenido en distintas secciones pequeñas de pared a la vez, y aunque siempre estaban ocupados —a veces gritaban bromas y burlas lascivas, al igual que los albañiles y los techadores, pero siempre sin holgazanear—, tardaron varias semanas en que se adivinase la obra que estaban creando.

A medida que se acercaba el final, Loveday se sintió cautivado a la vez que horrorizado por esta.

La escena era el fin del mundo. Más tarde, los aldeanos le dieron el sobrenombre del «Gran Juicio». Demonios llenos de dicha pinchaban a pecadores retorcidos con tridentes y lanzas. Las familias aterrorizadas se acurrucaban mientras enloquecidas criaturas diabólicas tiraban de ellos para separarlos. Mujeres y hombres quedaban desnudos por completo mientras sus jueces los abucheaban y señalaban. Había fuegos encendidos por todas partes. Por encima de todo, Cristo observaba con gesto serio y mirada fría. Aquellos a los que había salvado alzaban las manos hacia él en una súplica patética. Llevaban a los condenados en rebaño hasta las ardientes profundidades del infierno.

Loveday nunca olvidó aquel verano, con sus colores y terrores. Y pensó en él mientras cabalgaba hacia Carentan.

La extensión del pueblo, así como su belleza, eran superiores a las de Valognes. Aunque nadie lo defendía, no se había evacuado del todo. Las mujeres se quedaban fuera de sus casas, indefensas, y miraban de reojo a las tropas inglesas que irrumpían por las puertas y exigían comida, cerveza, vino y forraje. Los niños pequeños se acobardaban entre lágrimas. Los ancianos permanecían delante de sus familias; algunos sostenían bastones y herramientas. Armas inservibles, más aún por las manos temblorosas que las portaban.

Los caballeros de Warwick ya se encontraban de patrulla con la misión de gritar una y otra vez que no debían ser violentos con aquellos ciudadanos indefensos, pero no había peligro de que fuesen a presentar batalla. Los habitantes tenían demasiado juicio como para levantar los puños.

Así pues, la gente de Carentan se quedó mirando mientras asaltaban sus hogares. Las casas, las tiendas y los establos se quedaban sin provisiones, que se llevaban hasta un montón en el centro del pueblo. Un enorme mercado techado se alzaba entre las dos iglesias: la fachada consistía en una sucesión de arcos de piedra bajo los cuales los comerciantes contaban con un espacio fresco a fin de poder hacer negocios. Estos habían salido huyendo y, ahora, otros tiraban de sus largos caballetes, llenos de productos robados a sus clientes habituales. Si bien aquello comenzó como un proceso organizado, a la llegada de Loveday y Millstone, una ola de tropas entró a matacaballo al pueblo tras ellos.

Parecían llevar al mal consigo en el ambiente.

Los caballeros encargados de mantener el orden tardaron menos de una hora en perder el control. Para entonces, todos los edificios habían quedado desmantelados y se habían vuelto a expoliar. Toda la avanzadilla, unos cinco mil hombres, se amontonaba en las calles, y también había llegado ya parte de la división intermedia del monarca.

En las calles, las compañías se instalaron alrededor de sus carros para beber y cantar canciones de guerra. Los soldados molestaron y metieron mano a los civiles que no habían conseguido escapar por las puertas del pueblo. Hicieron añicos las zonas que eran de cristal de las ventanas de una o dos de las construcciones más distinguidas. Tanto las banderas de color azul y dorado como los pendones de la corona francesa, además de los del duque de Normandía, su hijo, se arrancaron del edificio municipal y se quemaron.

Mientras tanto, cientos de tropas se aglomeraban alrededor de las reservas de vino y comida. Los caballeros de Warwick intentaban dividir las raciones con el fin de repartirlas, pero estos no eran intendentes, y no tenían forma de controlar a quién le habían dado su parte y a quién no, ni cómo debía ser la porción para cada compañía.

Así las cosas, se formó una melé de manos que cogían cuanto podían. Loveday avistó a Hormiga y al Escocés, que luchaban por abrirse camino hasta la primera línea del revoltijo de cuerpos, y los saludó mientras volvían a duras penas a través de la multitud con lo que habían conseguido.

Hormiga arrastraba medio saco de grano y dos botellas de vino, y el Escocés traía tres gallinas muertas sujetas por las patas. Las aves desplumadas tenían los ojos cerrados y una raja desigual a lo largo del cuello. La sangre coagulada pendía de hilos pegajosos de los picos. Sobre el hombro, el grandullón cargaba con el lomo y la pata trasera de otro animal más grande; Loveday pensó que sería un cerdo o, quizá, una cabra.

El Escocés estaba colorado y respiraba entre jadeos cuando llegó junto a los otros dos Perros.

—Putos animales —resolló—. Si queremos algo más, va a tener que meterse ahí otro.

—Yo voy —dijo Millstone—. ¿Qué necesitamos?

Hormiga alzó la vista para mirarlo.

—Coge lo que puedas —le aconsejó—, pero como te quedes aquí rascándote el culo, no va a quedar una mierda.

No era fácil encontrar el carro entre los millares de hombres que ocupaban las calles. El sol seguía alto y la mayoría estaban bebiendo como cosacos. Varias compañías, cuyos hombres hablaban con acentos del norte, habían formado un círculo enorme para acoger peleas de lucha libre espontáneas.

Un calvo con el pecho en forma de tonel, que tenía pinta de molinero y estaba desnudo hasta la cintura, forcejeaba en el suelo con un chico más joven, también fuerte y robusto. El sudor se aferraba a sus espaldas y el barro negro les manchaba las caras. Ambos se reían y ponían caras de dolor a partes iguales mientras tiraban el uno del otro y acercaban al contrincante con fuerza. El molinero le hizo una llave con el brazo al oponente, un movimiento hábil. Luego, tiró con violencia y Loveday escuchó un fuerte chasquido. El muchacho aulló del dolor.

El Perro hizo una mueca. Había sonado a hombro dislocado, lo que implicaba una convalecencia para el joven. Loveday rezó con el objetivo de que nunca tuviese que entrar en batalla con solo una mano buena.

Los tres hombres continuaron abriéndose paso a empujones entre la multitud. El Escocés pasó lentamente junto a un grupito de chavales. Estos se balanceaban y se rodeaban los hombros con los brazos a la vez que cantaban una canción que Loveday no dejó de escuchar:

¡Dios y voluntad! ¡Dios y voluntad!
¡Franceses y flamencos en el infierno morirán!
¡Dios y voluntad! ¡Dios y voluntad!
¡Escoooooooriaaaaaaa!

Al balancearse hacia atrás, los cantantes borrachos cayeron sobre el Escocés, hicieron que se chocase contra Hormiga y que perdiese el equilibrio. De manera instintiva, Loveday dio un paso a un lado para alejarse de ellos. Ya había visto cosas como esta antes. Sin dejar caer el lomo de carne que llevaba en el hombro izquierdo, el grandullón pelirrojo alargó la gigantesca mano izquierda, estrelló la palma contra la cabeza del guerrero que se encontraba más cerca y le hundió los dedos con fuerza en el cráneo. Luego, usando solo la potencia del antebrazo y la muñeca, giró al hombre para poder mirarlo.

Sin embargo, no era un hombre en absoluto.

El juerguista no era mayor de catorce años. Tenía las mejillas rosadas y cubiertas por una mezcla grasienta de cicatrices de acné y quistes llenos de pus con las cabezas amarillas, listos para explotar. Tenía la mirada apacible y estúpida por el alcohol.

Apretando los dedos dentro del cabello lacio del chico, el Escocés lo levantó un palmo y medio del suelo. El muchacho chilló del dolor y sus amigos recularon.

—Vuelve a cantar esa puta canción o empújame otra vez mientras voy andando y te arranco las orejas —bramó el Perro.

Al chaval se le llenaron los ojos de lágrimas y empezó a gimotear.

No obstante, el grandullón le dio una ligera sacudida y le preguntó:

—¿Me has entendido, chico?

El crío graznó una respuesta. Fue más un ruido que una palabra, como el aullido de un animal, aunque solo podía significar un «sí».

El hombre lo soltó, pero al joven le fallaron las rodillas al aterrizar y acabó hecho una bolita en el suelo mientras se agarraba la cabeza. Los amigos se quedaron boquiabiertos.

El Escocés los ignoró, se recolocó el lomo de carne sobre el hombro derecho y siguió su camino. Hormiga y Loveday intercambiaron una mirada y, al final, el cabecilla de los Perros se encogió de hombros a modo de medio disculpa con los muchachos.

Luego fueron tras su compañero, que se alejaba a paso largo en busca de Romford y el carro.

Después de un buen rato buscando, encontraron la carreta aparcada en una parte más tranquila de la ciudad, lejos de los cánticos y las risas de las tropas. Aquellos edificios que lanzaban haces de sombra fresca a la calle no les habían parecido dignos de hurto a la mayoría de los ingleses. Loveday miró los letreros. Cirujanos. Barberos. Boticarios.

El hombre se encogió de hombros, pero, cuando vio a Romford y al Padre, creyó entenderlo.

El chico estaba sentado tranquilamente en la parte trasera del carro con la cabeza del sacerdote en el regazo. Acababan de vendar al viejo cura; los antiguos apósitos de lino, manchados de marrón y amarillo, estaban hechos una bola en el suelo. Se encontraba tumbado bocarriba y con la boca algo abierta. Loveday miró a Romford, que le devolvió una sonrisa tímida.

—¿Le has cambiado las vendas?

El joven asintió ligeramente y se llevó el dedo a los labios.

—Está tranquilo —le dijo—. Ya no tiene pesadillas.

Hormiga bufó y rió.

—¿Qué le has hecho al crápula? —quiso saber—. ¿Le has dado un golpe en la cabeza?

Romford se limitó a sonreír.

—Algo así —le contestó.

—Bueno, si está tranquilo, dejadlo descansar —comentó el Escocés—. Mejor eso que esté retorciéndose y sollozando. —Y miró a su alrededor—. ¿Alguien ha buscado un sitio para que durmamos en este pueblo dejado de la mano de Dios? No me importaría tener un techo sobre la cabeza durante una noche de esta maldita marcha.

El muchacho levantó la vista como si acabasen de enviarle una revelación divina.

—La barbería —respondió—. Tenía que decíroslo. Tebbe y Thorp ya están allí. Dicen que hay sitio de sobra para que descansemos todos antes de tener que reemprender la marcha.

Hormiga puso los ojos en blanco.

—Qué detalle por tu parte que nos lo hayas comentado, chico —le dijo—. ¿Dónde dices que está? Y ¿cuántas posibilidades hay de que me recorten la barba?

Romford se puso colorado.

—Al final de la calle —le respondió a la vez que apuntaba a un establecimiento marcado con un letrero que tenía un dibujo de un escalpelo pintado a mano.

Loveday asintió.

—Pues vamos allí, entonces —dijo—. Podemos cocinar, comer y descansar un poco. Volveremos a salir al amanecer.

Los Perros se fueron por la calle. Escucharon estruendos y fuertes vítores desde la otra parte del pueblo. El olor familiar a humo de techado de paja flotaba en el ambiente. A unas calles de allí, donde se encontraban los burdeles, las broncas lascivas, así como los coros de las risas de los viejos verdes, se dejaban llevar con el aire. En algún lugar, una mujer solitaria lloraba como si el mundo se estuviese acabando.

Los Perros caminaron cansados hasta la barbería. Loveday contó a sus hombres y los recontó. Le había prometido a Dios que no perdería a ninguno.

Durante un instante, vio la cara del Capitán, y, luego, la de Alis. A continuación, se le apareció la de la mujer de Valognes, pero estaba tan cansado que se desvanecieron tan rápido como aparecieron. Antes de que llegase el anochecer, los Perros estaban acampados dentro de la barbería y con un fuego encendido en la sucia chimenea.

Loveday sucumbió al sueño mientras oía una y otra vez los cánticos de guerra del ejército inglés, que resonaban por las oscuras calles del pueblo. Escuchó la frustración en las voces de los hombres, la rabia reprimida igual que una riada contenida, que hacía presión desde algún lugar para liberarse. Y, en repetidas ocasiones, oyó la misma estrofa airada que terminaba con el largo y gutural grito de guerra:

¡Dios y voluntad! ¡Dios y voluntad!
¡Franceses y flamencos en el infierno morirán!
¡Dios y voluntad! ¡Dios y voluntad!
¡Escooooooooriaaaaaaa!

SEGUNDA PARTE

FUEGO

22–26 de julio de 1346

10

La avanzadilla [...] trepó hasta la cima de una colina [cerca de Saint-Lô] y se dispuso en posición de combate contra un posible ataque enemigo, que esperaban que fuese inminente. Allí, Henry Burghersh fue nombrado caballero por el príncipe de Gales.

Actas de Guerra de Eduardo III

Tres días después

El príncipe estaba borracho.

La noticia se propagó por la fila mientras el ejército avanzaba hacia los alrededores de Saint-Lô. Cuando los Perros tomaron posiciones con la vanguardia en la ladera norte del pueblo, Loveday vio que el rumor era cierto.

El joven cabalgaba un precioso animal negro, dos palmos más alto que la cansada yegua sobre la que el líder de Essex llevaba montado nueve días, pero andaba repanchingado en la montura y se sacudía de un lado a otro. En la mano derecha sostenía un cáliz plateado que parecía haber sido saqueado de la sacristía de alguna de las pequeñas iglesias del poblado que habían quemado el día anterior. En la izquierda llevaba su espada, una larga obra de acero pulido que resplandecía y desparramaba la luz del sol.

Estaba haciendo gestos con la copa y la espada tanto a los caballeros como a los nobles que cabalgaban a su alrededor, y llevaba las riendas del animal sueltas sobre el regazo. Hablaba a gritos con una voz que, de vez en cuando, se le seguía rompiendo en un chillido juvenil.

Loveday pensó que o se trataba de un jinete consagrado o llevaba una montura indulgente. O había tomado tanto vino que había perdido toda la rigidez del cuerpo. En cualquier caso, estaba poniendo a prueba la paciencia de su compañía.

Los dos caballeros que cabalgaban a su lado iban haciendo tantas muecas como se atrevían a la vez que intentaban que no se saliese del camino, que serpenteaba colina arriba. Warwick se encontraba detrás, junto al traidor francés sir Godofredo y a otro miembro de la alta nobleza, a quien reconoció como condestable del Ejército. Era William de Bohun, conde de Northampton.

Warwick no dejaba de girar la cabeza a la derecha y a la izquierda, como para comprobar la formación de las tropas tras él. No obstante, por su expresión, el cabecilla de los Perros supuso que estaba cansado de cuidar del hijo mayor del rey y que no podía soportar mirarlo más tiempo.

Cuando las huestes llegaron a la cima de la colina, la tierra se hundió delante de ellos y, en un valle verde y bien regado a sus pies, Saint-Lô apareció ante sus ojos. Entonces, el príncipe se paró, se bebió lo que le quedaba en el cáliz y, sin mirar, lo lanzó tras él por encima del hombro. Este desapareció rodando sin hacer ruido entre la hierba alta de la ladera.

Luego levantó la espada, y las tropas que pudieron verlo se quedaron calladas.

—Atención —dijo el Escocés, junto a Loveday—. El mocoso va a ladrar.

El príncipe abrió la boca y la volvió a cerrar. Luego, repitió esto dos veces más, soltó una risita aguda y se deslizó de lado en la montura, de manera que el cuerpo quedó paralelo al suelo.

A la vista de que estaba a punto de caerse, el caballero que cabalgaba a su lado estiró rápidamente un brazo y agarró al joven por su túnica roja y verde.

Al parecer, aquello divirtió todavía más al futuro monarca y, de nuevo, alzó la espada, pero, esta vez, fue capaz de hablar.

—¡Hombres! Sir Henry… Aquí sir Henry es mi mejor caballero. ¡Vale por un centenar de franceses! ¿Quién está de acuerdo conmigo?

Y se elevó un vítor obediente. Mientras tanto, el caballero se avergonzaba en su montura.

—¡Sir Henry! Te ordeno que desmontes y te arrodilles.

El hombre parecía estar desconcertado, pero el príncipe puso una mueca y lo señaló con la espada.

—¡Desmonta!

En ese momento, lo que se elevó fue el gorjeo de la risa mientras sir Henry lanzaba una pierna por encima del caballo y bajaba con dificultad.

—¡Arrodíllate!

Y el caballero se arrodilló.

Girando de lado su caballo con una facilidad pasmosa, el príncipe se inclinó desde la silla y le dio unos toques en los hombros con la espada.

—Eres tan buen caballero que vuelvo a nombrarte caballero. En pie, sir Henry de Burghersh. ¡Mi mejor caballero!

El hombre recibió un golpe con la parte plana de la hoja en cada una de las últimas tres palabras. Primero, en el hombro derecho; luego, en el izquierdo y, para terminar, un sonoro porrazo en la coronilla del yelmo, que le bajó la visera y le tapó la cara. Sir Henry se la subió y puso una mueca.

—¡Es un caballero de verdad! —gritó el futuro monarca, y se rio tanto que las lágrimas le caían por las mejillas.

Hinchando los carrillos, sir Henry se puso de pie y volvió a montar en su caballo. Para entonces, la risa era generalizada por la ladera de la colina.

—El estúpido cabroncete se cree el puto rey Arturo —susurró el Escocés.

—No —le contestó Loveday—. En realidad, será nuestro rey algún día.

—Podrá ser el tuyo, pero nunca el mío. Los muchachos de donde yo vengo saben aguantar el alcohol.

Más adelante, el príncipe heredero estaba intentando renombrar caballeros a otros que ya lo eran.

Loveday miró al conde de Warwick. El mariscal tenía cara de poquísimos amigos. En ese momento le hizo un gesto a un grupo de escuderos del príncipe que portaban sacos de refinada tela, teñida de rojo y verde, además de postes de madera. Estos avanzaron con prisa y comenzaron a levantar el pabellón dorado en una zona de terreno llano de la ladera. En un abrir y cerrar de ojos estaban desenredando cuerdas y clavando a golpes las piquetas en el duro suelo.

El líder de Essex pensó que no era el lugar perfecto para montar una tienda, pero el chico iba a necesitar un poco de sombra bajo la que dormir.

Una hora después, Warwick y Northampton celebraron una reunión informativa. Sir Robert llamó a Loveday y a Millstone para que acudieran con los demás líderes de los grupos que conformaban su compañía, incluyendo al angliano oriental Shaw y a su adjunto sin orejas. Estos guardaron las distancias con los Perros y, juntos, los hombres escucharon mientras el mariscal y el condestable explicaban la situación en Saint-Lô.

Los condes formaban una pareja interesante. Northampton rondaba la edad de Warwick, unas treinta y cinco primaveras, pero era media cabeza más bajo y la curvatura de sus hombros era mayor. Llevaba el pelo largo y canoso peinado hacia atrás, lo que le despejaba la cara y revelaba una fina cicatriz que iba desde la mitad de la línea del cabello hasta el centro de la mejilla izquierda. Tenía los dientes torcidos. La barba, cortada al ras, se estaba volviendo blanca, incluso a más velocidad si cabe que su cabellera. Iba vestido de manera muy elegante: con una librea, que le cubría el pecho, con leones dorados sobre un fondo azul, cortados del hombro a la cintura mediante una bandera blanca con estrellas rojas. Aun así, había algo terrenal en él.

Loveday sintió una punzada de emoción al ver al condestable de cerca. Ya había participado en una campaña militar bajo su mandato, en Escocia. Había escuchado historias sobre sus famosas hazañas. La manera en la que había ayudado al joven rey a derrocar al usurpador cuando apenas eran unos chicos de la edad del príncipe. Cómo había matado a seis caballeros enemigos en un día durante las guerras de independencia de Escocia. Cómo se hizo pasar por rehén a causa de las deudas que el monarca había contraído con los banqueros flamencos y luego escapó de una de las prisiones más duras de Gante sin ayuda de nadie. El modo en el que había gobernado con mano de hierro la provincia conquistada de Bretaña durante un año en nombre del rey.

Warwick abrió el acto para dar comienzo a la reunión informativa.

—¡Caballeros! —comenzó, sonriendo y deslumbrándolos con sus dientes blancos—. Llevamos un tiempo en la carretera y ¿qué hemos visto de nuestros amigos franceses?

Los hombres allí reunidos se mordieron las lenguas. Loveday le dio un manotazo a una nube de moscas que le estaba rodeando.

—¿Nada? —preguntó el noble, con la sonrisa danzarina en las comisuras de los labios.

Entonces, el cabecilla de los Perros dio su opinión.

—Solo hemos visto pueblerinos desde que desembarcamos, mi señor —le contestó.

El hombre sintió que los ojos del grupo se posaban en él.

Warwick asintió.

—Muy bien, FitzTalbot —lo felicitó—. Creo que vosotros, los Perros de Essex, contáis con un extraño honor a ese respecto. Pocos son los hombres entre nosotros que han derramado alguna gota de sangre de guerreros franceses.

Luego se aclaró la voz.

—No digo esto para reprenderos, muchachos —continuó—. Sé que todos disfrutáis con la oportunidad de desenfundar vuestras espadas. Hemos venido aquí a matar. Y a recuperar lo que, por derecho, pertenece a la tierra de nuestro rey. No estamos aquí para darnos una caminata de kilómetros por cenagales y que las moscas cojoneras nos piquen en los huevos.

Loveday observó a Shaw meterse la mano dentro de los ásperos calzones de lana. Se rascó igual que un perro y, luego, se sacó los dedos y se los olió.

—Ansiamos la emoción de la batalla —siguió Warwick—. Y, al final, llegará, pero primero debemos convencer a los franceses para que dejen de huir de nosotros. Mi amigo, lord Northampton, os explicará más. ¿Puedo cederos la palabra, mi señor?

El conde asintió impaciente.

—Podéis, mi señor —le contestó.

Durante todo el discurso de su compañero, el hombre había estado balanceándose sobre los talones y jugueteando con las correas que le rodeaban la cintura del gambesón acolchado, la cota hasta la rodilla sobre la que se ajustaría la armadura cuando llegase la batalla. Luego se pasó los dedos por el pelo.

—Ese pueblo de ahí abajo se llama Saint-Lô —dijo con una voz que crujía igual que unas botas sobre la grava—. Si queréis saber quién fue ese santo, le preguntáis a la puta persona equivocada. Es posible que sir Godofredo, que está por ahí, os lo pueda decir.

Northampton dobló el pulgar en la dirección donde se encontraba el cambiacapas normando, que estaba con un grupo de los caballeros de Warwick. Sir Godofredo sonrió y comenzó a responder en un inglés que solo se veía un pelín traicionado por su acento.

—Así es. Era un obispo que, hace cien años…

—¿Veis? —lo interrumpió el conde—. Sir Godofredo lo sabe todo, joder. Tuvo que ir al colegio más años que yo o prestar atención, lo que sea. Me alegro por él, aunque, personalmente, me importa lo mismo que la erección de un ejecutado en la horca quién fuese el san Lô de los cojones, y dudo que a vosotros tampoco os interese demasiado.

Una risita retumbó por todo el grupo y el traidor normando trató de esbozar una sonrisa amable.

Northampton continuó.

—Así que, ya de paso, que le den a san Lô y a su halo. Vamos a hablar de su pueblo. Echadle un buen vistazo. Es casi tan grande como Leicester. Si no habéis estado en Leicester, me alegro por vosotros, porque es el culo de Inglaterra. Venid a Northampton si queréis ver una ciudad de verdad.

»Aunque, de momento, deleitad vuestra vista. Es un pueblo grande. Fabrican monedas, cuchillos y bonitas joyas de oro. Cuando entremos ahí, si queda algo de oro, podéis cogerlo y llevarlo a casa para vuestras mujeres. Me he enterado de lo que os pagan y creo que es una puta desgracia. Así que, podéis poneros las botas.

Llegados a ese punto, la emoción era real.

—No obstante, aquí es donde las cosas se ponen interesantes —continuó Northampton—. Entrar ahí. Hombres, os hemos hecho subir a vosotros y a vuestros compañeros con mucho esfuerzo toda la ladera de esta colina bajo el puto calor del sol. ¿Alguien quiere adivinar por qué?

Uno de los habitantes de las Tierras Medias abrió la boca.

—La posición de ventaja, mi señor. Estamos a la espera de un combate.

—Bien dicho, señor —le contestó Northampton—. Estamos esperando un puto combate o, más bien, «estábamos».

Durante un instante, el hombre miró ladera abajo hacia Saint-Lô. Por la cara oeste, a la derecha, quedaba delimitado por el río en el que antes, ese mismo día, habían reconstruido el puente. Estaba defendido por murallas de piedra tan anchas como la estatura de un hombre, y el doble de altas. En puntos regulares a lo largo de esta, se convertía en unas torres de vigía redondas con aspilleras cortadas a los lados. La entrada principal se encontraba cerca de un estrecho puente de piedra, que cruzaba un profundo foso. Loveday pensaba que, posiblemente, el río se encargaba de alimentarlo.

Al estar bien defendidos y provistos de comida, parecía que sería fácil aguantar todo lo que fuese necesario hasta que hubiese una guarnición de tropas decente.

—Ayer —comentó Northampton—, ese lugar estaba repleto de soldados franceses. Ahí se encontraban los mismos cabrones que han estado demoliendo puentes y haciéndonos sudar bajo el calor durante los últimos diez días. Esperaban a que llegásemos y se decían los unos a los otros que nos iban a mandar a casa o bajo tierra con el demonio, pero ¿sabéis qué?

Se hizo un silencio nervioso. El conde lo saboreó y le puso fin.

—Han vuelto a salir corriendo, joder. Tenemos contactos dentro del pueblo que nos han informado de que, anoche, Roberto de Bertrand, el Caballero del León Verde, su líder y nada menos que el mariscal de Francia, escuchó el retumbar de las botas inglesas. Al igual que todos los franceses de la historia, en cuanto el juego pasó de hablar a pelear, Bertrand se cagó en los calzones.

»Ese viejo león olió el humo que salía de Carentan, Valognes y de todos los demás pueblos cuyos nombres no podemos pronunciar y, como siempre, ha salido por patas.

Northampton hizo una pausa, solo durante un suspiro. Entonces, echó un vistazo a Warwick, que volvió a tomar las riendas de la sesión informativa y él volvió a balancearse sobre los talones.

—Espero que mi noble amigo haya dejado todo esto claro —comenzó—. Hasta donde podemos asegurar, el enemigo ha abandonado un pueblo rico y próspero del tamaño de uno inglés, algo más pequeño que Northampton. Así que, de nuevo, van a negarnos el placer de una batalla, pero, si conseguimos penetrar en este lugar, podremos darnos el disfrute una última vez.

»Esta noche, vamos a enviar unidades a fin de inspeccionar las defensas. Ellas informarán a nuestra avanzadilla cuando salga el sol. Daremos órdenes enseguida para haceros saber vuestro papel en esto. Hasta entonces, disponed a vuestras compañías y esperad nuestras órdenes. —Y sonrió al grupo—. Puede que tengáis tiempo de escuchar misa y pedirle al Señor que os perdone.

Acto seguido, lanzó otra miradita a los hombres.

—¿Alguna pregunta?

Todo el mundo negó con la cabeza. Warwick parecía satisfecho, y Northampton, deseoso de marcharse. El condestable se hincó las manos en la cintura.

—Pues a tomar por culo de aquí, muchachos. Podéis marchar con nuestro beneplácito. Y no olvidéis lo que ha dicho sobre rogar al Señor por vuestro perdón. Joder, de una manera u otra, vais a necesitarlo.

Se estaba haciendo de noche cuando sir Robert llegó a darle sus órdenes a los Perros. Este se abrió paso lentamente entre las compañías y, por último, se acercó a los de Essex.

Mientras esperaban, Loveday intentó mantener la mente ocupada. Descargaron y volvieron a subir las cosas al carro, comprobaron las armas y cogieron provisiones de sus proveedores de comida, pero todos estaban agotados e incómodos, ya cansados por el esfuerzo de llevar más de una semana de pie y al aire libre. El cabecilla notaba que se le había levantado una de las uñas de los pies dentro de las botas de cuero, que llevaba días sin quitarse. La barba del Escocés estaba tan asquerosa que estaba empezando a formar mechones enmarañados, que colgaban toscamente de la barbilla en forma de uve invertida. La mayoría no paraba de rascarse picaduras de insectos.

El Padre y Romford estaban sentados juntos en la parte trasera del carro, con las cabezas colgando en medio de una siestecita. La animosidad que el cura sentía por el muchacho parecía haberse desvanecido desde el accidente en Valognes, y ahora daba la impresión de que fuesen amigos. A Loveday le resultó raro. Era como si, en ese momento, el viejo sacerdote admirase al chico amable con cara de querubín. Como si lo necesitase de alguna manera.

Todos los Perros alzaron la vista a la llegada de sir Robert.

—Buenas tardes, señor —lo saludó el cabecilla.

El Escocés se tiró de los mechones de la barba.

—Por favor, dinos que tenemos algo que hacer esta noche que no sea escuchar a los búhos ulular y a los zorros follar —le pidió.

Al noble se le dibujó una sonrisa pícara.

—Pues sí, así es. Por alguna razón, las nuevas sobre vuestra destreza con esas armas tan toscas que blandís ha llegado a Su Excelencia, el conde de Northampton. He venido de parte del mismísimo noble con miras a pediros que os presentéis ante él. Al parecer, Su Ilustrísima tiene un trabajo inusual para vosotros.

El Escocés entornó los ojos.

—¿Inusual?

—Eso es. Seguidme.

Sir Robert los condujo a través del campamento situado en la ladera, caminando lenta y cuidadosamente entre las tiendas y los grupos de hombres sentados junto a pequeñas hogueras. El aire era acre por el humo, y Loveday reconoció el hedor. Se estaban quedando sin combustible, así que quemaban huesos.

Después de un rato, llegaron a un enorme pabellón azul y dorado, levantado a poca distancia del de color áureo donde el príncipe se había echado su siestecita de mediodía. Dos hombres de armas guardaban la entrada. Se alzaron unas voces masculinas, pero las palabras, entremezcladas con los agudos sollozos de una mujer, resultaron ininteligibles.

—Aquí os traigo a FitzTalbot y a sus amigos —anunció sir Robert—. Por petición de su amable señoría el conde, quien me ha comentado antes...

La voz de Northampton rugió desde dentro de la tienda.

—¿Es sir Robert? Dile que deje a sus hombres y que se vaya a tomar por culo.

Uno de los guardas, un hombre casi tan alto y corpulento como el Escocés, le guiñó un ojo al noble.

—¿Le gustaría que se lo tradujese al hijoputés? Piérdete.

Y sir Robert se fue hecho un basilisco.

Luego, el enorme guarda asintió con amabilidad.

—Adelante —le indicó a los Perros—. Estáis de suerte. Esta noche está de buen humor.

Ambos guardias se hicieron a un lado para dejar que los de Essex entrasen en fila al pabellón. Estos encontraron deambulando a Northampton, que llevaba un puñado de diminutas uvas de aspecto inmaduro en una mano.

El caballero normando sir Godofreo estaba sentado en una enorme silla de madera, con una pierna tirada encima del brazo de esta.

—¿Los Perros de Essex? —preguntó Northampton.

—Sí, mi señor —le contestó Loveday.

Este asintió.

—Mi amigo lord Warwick me ha dicho que hicisteis un trabajo excelente en la playa —comenzó—. También me ha contado que fuisteis más inútiles que la teta izquierda de una monja cuando entrasteis en Valognes. ¿Es eso correcto?

—Lo es —admitió el hombre.

—Ya —dijo el conde—. Bueno, veremos cómo acaba la cosa en esta ocasión.

Acto seguido, lanzó una uva al aire, la cogió con la boca, la masticó e hizo una mueca. Luego, escupió una pepita en el suelo del pabellón, que estaba forrado con una alfombra muy trillada y llena de grasa. Un joven sirviente salió aprisa de entre las sombras de una esquina de la tienda para recogerla.

—Lárgate, coño —le dijo Northampton, y el chico puso pies en polvorosa.

En ese momento, el conde se giró de nuevo hacia los Perros.

—Voy a ir al grano. Tengo unas cuantas noticias buenas de cojones para vosotros. Vais a ir entre los primeros hombres que enviemos ahí abajo. Hasta donde sabemos, no hay ningún soldado enemigo a la vista. En caso contrario, más os vale matarlo. Si ellos acaban con vosotros, enviaremos a más hombres detrás para que lo resuelvan.

»Me da igual lo que hagáis cuando lleguéis, a quién robéis, os folléis, con quién os caséis o a quién os carguéis siempre que volváis con una cosa. O, mejor, con tres. Tres cosas que tienen un significado personal para mí. ¿Creéis que podréis hacerlo?

Loveday miró al resto de los Perros que se encontraba a su alrededor. Aparte de los galeses, que no podían estar menos interesados, todos parecían ansiosos por escuchar más.

—Lo haremos lo mejor que podamos, mi señor. Solo decidnos lo que necesitáis.

Northampton cogió otra uva con la boca. No pareció que le gustase más que la primera, pero se la tragó.

—Sí. Bueno. Voy a hacer algo mejor que eso. Voy a dejar que sir Godofredo os lo cuente por mí. —Y se volvió hacia el normando—: Ala, adelante. Si no os importa, no voy a quedarme aquí perdiendo el tiempo con vosotros. Tengo que ayudar a mi señor Warwick con un tema.

Y así, el conde asintió a los hombres en un gesto seco y desapareció de la tienda.

Los Perros dirigieron su atención a sir Godofredo, que les hizo una señal con el objetivo de que se sentasen en la alfombra, y, a continuación, se aclaró la voz para comenzar su historia.

—Caballeros —comenzó el noble normando—. Mi nombre es sir Godofredo de Harcourt. Los hombres me llaman «traidor», lo sé. Sin embargo, yo contesto lo siguiente: esta tierra es mi casa. Vosotros sois más que bienvenidos aquí.

Acto seguido, se recolocó en el asiento de Northampton. Era un hombre pequeño y compacto, y Loveday pensó que se sentaba con una elegancia que parecía brotar desde lo más profundo de su interior.

Su cabello, largo y rubio, caía suelto hasta los hombros. Los ojos grises le titilaban a la luz de la antorcha del pabellón. Su única imperfección era el pie izquierdo atrofiado, que se doblaba de forma antinatural hacia dentro. Para intentar ocultar su desfiguramiento, sir Godofredo cruzaba la pierna izquierda sobre la derecha o la dejaba colgando del lateral de la silla cuando se sentaba. El líder de Essex caviló que debía dolerle, ya fuese a nivel físico o por vergüenza.

—Hay muchas familias antiguas aquí en Normandía —continuó el noble—. La mía era una de ellas. Gozamos de honor durante generaciones. Poseímos tierras. Teníamos un hogar precioso. Os cuento estas cosas porque son importantes para un caballero. Terreno y hogar, pero, por encima de todo, honor.

Después, dedicó una mirada solemne al grupo.

—Sin embargo, me arrebataron esto último. Hace tres años, me enamoré de la mujer más bella que había visto en mi vida. Jeanne. Era casta y modesta, pero tenía el espíritu de una verdadera normanda. A mujeres así solo las ves una vez en la vida. Puede que hayáis escuchado lo que dice el famoso poeta italiano: «Tal que me hizo, cuando ardía el cielo, todo temblar de un amoroso hielo».

Sir Godofredo miró a los Perros, que se encontraban a su alrededor, pero solo vio rostros inexpresivos.

—No somos mucho de poesía, señor —le comentó Loveday.

Y el caballero suspiró con tristeza.

—Ya. Bueno, pretendí a mi Jeanne durante un año. Hablé con su padre y acordamos un matrimonio. Luego, mientras llevaba a cabo las preparaciones, el falso rey Felipe visitó Normandía y decidió darle a mi Jeanne a otro hombre. Al mismo que ahora lidera sus ejércitos en retirada. Se apellida Bertrand.

»Pero no importa quién sea. Eso estuvo mal. Fue una desgracia. Así que hice lo que todo buen caballero debe hacer. Reuní a mis amigos y cabalgamos hasta la casa del hombre, la quemamos y matamos a sus campesinos.

—¿La recuperasteis? —quiso saber Hormiga.

Sir Godofredo negó con la cabeza con brío.

—No. Ella fue asesinada. Una pena, pero da lo mismo, porque se restauró el honor.

A Loveday le daba vueltas la cabeza.

—Pero, si está muerta, sir Godofredo… —comenzó.

—Por favor —lo interrumpió el noble a la vez que levantaba la mano para callarlo—. Enseguida llegaré al quid de la cuestión. Todo hombre tiene su orgullo. Y cuando el falso monarca francés se enteró de que había restaurado el mío, sintió que había perdido el suyo.

»Así pues, envió un ejército a esta tierra con la misión de infligirme lo mismo que yo le había hecho a él. Arrestó a mis amigos, los llevó a París y los sometió a juicio fuera del *palais* real. Los ataron y les rajaron las lenguas por la mitad para que no pudiesen defenderse; luego, les cortaron la cabeza. Colgaron los cuerpos de los pies a fin de que los pájaros los picaran. Después, enviaron sus testas a mi región y las clavaron sobre las puertas de un pueblo que todos adorábamos.

»Ese pueblo, caballeros, es Saint-Lô, ante cuyas murallas nos reunimos ahora. Las cabezas de mis amigos siguen ahí. Fueron hombres magníficos, pero mientras sus cráneos cuelguen de esa puerta, no podrán tener un entierro cristiano, y tampoco paz.

»Mis señores, los condes de Warwick y Northampton, me han dicho que sois los Perros de Essex. Yo no os conozco a vosotros ni la razón por la que lucháis, ya sea oro, mujeres, aventuras, amor o miedo. O ninguna de estas cosas.

Entonces, Loveday lo interrumpió.

—Luchamos los unos por los otros, sir Godofredo.

El hombre consideró aquella afirmación durante un momento, aunque no la contestó directamente.

En cambio, dijo:

—Traedme las cabezas de mis amigos y, en tributo a ello, cabalgaréis conmigo al frente de este gran ejército todo el camino hasta París. Os haré hombres ricos. —Tenía lágrimas en los ojos y se inclinó por encima de la pierna izquierda—. Haced esto por mí, os lo pido por mi honor. Rogar no es propio de un caballero.

A pesar de que Loveday abrió la boca con miras a hacer una pregunta, a medida que lo hacía, un estrépito y una lluvia de maldiciones al fondo del pabellón anunciaron la vuelta del conde de Northampton. Este entró hecho un basilisco en la tienda y arrastrando tras de sí a un chico, que chillaba y agitaba los brazos, así como las piernas, mientras el noble lo maltrataba.

Northampton le dio una patada al crío y, furioso, miró alrededor de la tienda.

—¿Qué cojones siguen haciendo estos imbéciles aquí? —exigió a la vez que fulminaba a sir Godofredo con la mirada.

Acto seguido, pasó a atacar a Loveday.

—¿Es que acaso el malquisto no os ha dado las putas órdenes? No estáis aquí para estar mano sobre mano. Fuera de aquí, y ¡traed las cabezas malolientes para que este cabrón malhumorado pueda enterrarlas y el resto tengamos la oportunidad de seguir quemando su país de mierda!

Los Perros se levantaron de un salto y sir Godofredo puso los ojos en blanco.

Loveday balbuceó una disculpa.

—Mi señor, nosotros…

—¡Que os larguéis, hostia! —bramó el noble mientras le salían chispas de los ojos.

El chico al que estaba sujetando comenzó de nuevo a agitar los brazos y las piernas, pero el conde lo levantó del pelo y le dio un fuerte guantazo en la cara con el dorso de la mano derecha.

Loveday ahogó un grito. Era el príncipe.

Una vez más, Northampton lanzó una mirada a los Perros que prometía muerte.

—¿No os acabo de decir que os larguéis? —les dijo con un leve tono de amenaza.

El cabecilla de Essex asintió y comenzó a retroceder lentamente. Cuando se abrió una distancia de seguridad entre el conde y él, le dedicó una pequeña reverencia, se giró y echó a correr. El resto de los Perros estuvieron a punto de atropellarse al gatear tras él.

Mientras avanzaban, escucharon un chillido estallar desde el interior de la tienda.

—¡Y no habéis visto nada! —gritó Northampton mientras se adentraban como un rayo en la noche.

11

El rey de Inglaterra fue a Saint-Lô [...] [a recuperar] las cabezas de tres caballeros que fueron asesinados en París por los crímenes que habían cometido [...].

Grandes crónicas de Francia

La luna ya había salido, los cielos se habían despejado y las estrellas lanzaban finos haces de luz a las murallas de Saint-Lô.

Los Perros descendieron a pie, lenta y cuidadosamente, desde el campamento de la avanzadilla hasta el punto en el que la muralla norte del pueblo llegaba a la orilla del río, siguiendo la pendiente de la colina. Era un lugar por el que comenzar a buscar las tres cabezas podridas de los caballeros en los muros.

El camino hasta Saint-Lô se encontraba a menos de ochocientos metros a su izquierda. Loveday había rechazado la idea de pasar directamente por él. Pensó en la manera en la que lo habría valorado el Capitán. Expuesto. Vulnerable. Obvio. Y así era como lo evaluaba él también, así que condujo a los Perros en un abordaje menos directo, que entrecruzaba antiguos caminos de pastores que serpenteaban colina abajo.

Para Hormiga y los arqueros —los hombres de mayor agilidad— resultó una tarea fácil, pero los que eran más corpulentos, como Millstone y el Escocés, descubrieron que su fuerza trabajaba en su contra. Jadeaban y resoplaban mientras la tierra seca se desmoronaba y se les resbalaban los pies. Loveday iba en medio del grupo, bajando como podía y con cuidado a la par que esperaba no doblarse un tobillo.

El Padre y Romford se habían quedado rezagados. De vez en cuando, el viejo cura alargaba la mano en busca del brazo del muchacho, y este le susurraba instrucciones y advertencias para ayudarlo a evitar las caídas. Igual que si ayudase a un ciego. Luego, el Padre le daba sus agradecimientos con una tos de pecho y, escupía en el suelo cada doce pasos.

Como siempre, el Escocés se iba quejando.

—Más vale que lo que el puto lisiado normando haya planeado darnos por este recado de locos sea bueno. Me estoy haciendo mayor para estos jueguecitos.

Hormiga, que por una vez ignoró a su amigo, se quedó atrás junto a Loveday y le preguntó en voz baja:

—¿Crees que han dejado una guarnición?

El líder de Essex se encogió de hombros.

—Yo lo habría hecho. Si solo hace un día que se han retirado, el pueblo estará lleno de civiles. No pueden dejar que se defiendan solos. —E hizo una pausa—. Por otro lado, si han decidido dejarlo caer, es posible que no hayan malgastado tropas.

Hormiga se quedó callado durante un momento y luego comentó:

—Total, que lo que estás diciendo es que no lo sabemos.

—Yo sé lo mismo que vosotros —le contestó el hombre—. Que es que podría haber defensas tras esas murallas, o solo un montón de mujeres y niños asustados. Nos han dicho que bajemos los culos hasta allí, lo que significa que vamos a ser los primeros en descubrirlo.

Hormiga volvió a adelantarse. Loveday vio que le pasaba el mensaje al Escocés y, después, escuchó resoplar al grandullón. El cabecilla de los Perros miró por la hilera que conformaban las murallas del pueblo y entornó los ojos a fin de buscar siluetas de defensores que estuviesen moviéndose por la fortificación. Sin embargo, no vio a nadie y solo escuchó el suave susurro de la brisa al rozar la hierba.

En ese momento, soltó un largo silbido quedo y los Perros se pararon poco a poco. Ya se encontraban al pie de la empinada ladera y la tierra se había nivelado. Tanto las murallas como el foso de delante quedaban a unos cien pasos de allí. A plena luz del día, Loveday habría albergado recelos de acercarse tanto, porque se aproximaban a estar al alcance del disparo de un buen ballestero.

No obstante, haría falta un tirador espectacularmente bueno para alcanzarlos por la noche.

Acto seguido, los Perros se agacharon a ras de suelo y miraron a Loveday a la espera de instrucciones. El hombre asintió a todos los integrantes del grupo.

—Todos sabéis lo que estamos buscando —comenzó—. Tenemos que encontrar la entrada, ir a buscar las cabezas y volver al campamento para poder dejar esta locura atrás y dormir un poco antes de entrar mañana.

»Arqueros, no apartéis la vista de las cimas de las murallas en ningún momento. Estad atentos a la luz de las antorchas.

Luego les hizo unas señas a los galeses. Dos dedos a los ojos, dos a la fortificación.

Darys lo comprendió y se lo susurró a Lyntyn.

—El resto, cuidado con las patrullas. A no ser que alguien quiera atravesar el río a nado, solo tenemos una manera de rodear las murallas. Así pues, no nos separamos, y si hay algún problema, luchamos juntos. ¿Está claro?

El Padre se aclaró la voz.

—Que el Señor nos bendiga y nos guarde —gruñó con la voz pastosa—. Y que san Miguel dé fuerza a nuestros brazos contra las tretas del demonio.

—¿Qué? —preguntó Hormiga.

El sacerdote se limitó a encogerse de hombros y a volver a escupir en el suelo.

—Amén, joder —contestó el Escocés.

Los Perros siguieron las murallas por fuera del foso que rodeaba la población. Un hedor a mierda y a animales ascendía desde la zanja, especialmente alrededor de las torres, donde los agujeros de las letrinas estaban abiertos en los muros.

Además, los vapores fétidos se mezclaban con el aroma dulce del ajo de oso, que crecía en matas bajo sus pies y desprendía su fragancia cuando las pisaban.

Loveday se limpió la nariz. El hambre y la náusea habían entrado en guerra dentro de su estómago. La historia de las muertes de los amigos de sir Godofredo le había perturbado. Es más, el instinto le decía que no podía confiar en que el traidor normando recompensara a los Perros con todo lo que les había prometido.

Pese a ello, lo que preocupaba sobremanera al cabecilla era lo que sabía que vendría después: Saint-Lô iba a ser destrozado por la fuerza y saqueado a la mañana siguiente.

Hubo un tiempo en el que no pensaba mucho en lo bueno y lo malo de atacar una ciudad indefensa llena de civiles, pero ahora estaba seguro de que no lo tenía tan claro.

Había visto que les pasaba lo mismo a otros hombres a su edad. De pronto, perdían el ansia por luchar. Normalmente, ese era el principio del fin.

Más adelante, los galeses correteaban con habilidad a la cabeza del grupo. Se paraban muy a menudo a fin de espiar las fortificaciones en busca de cualquier movimiento. Aquellos dos hombres parecían ver mejor que el resto de los Perros, aunque no avistaron a nadie sobre ellos. Y a pesar de que Darys tensó el arco y apuntó una o dos veces, no localizó nada que le preocupase lo bastante como para soltar una flecha.

El grupo continuó durante casi dos kilómetros y pasaron junto a tres torres. Si bien todas sobresalían, fuertes y redondas, de la muralla, ninguna estaba decorada con unas cabezas cortadas.

Llegaron a la entrada norte de la localidad: el paso principal para los comerciantes que viajaban desde la costa. Ahí estaba el camino que habían evitado para bajar de la colina, que cruzaba la zanja mediante un puente de madera. Unas gigantescas puertas, flanqueadas por dos torres de vigilancia de piedra, bloqueaban el paso al pueblo. Permanecían bien cerradas, pero las vigías, al igual que el resto, estaban desiertas.

La náusea comenzó a imponerse en la batalla del estómago de Loveday.

Sin embargo, no se trataba solo del hedor a estiércol y putrefacción lo que le estaba dando ganas de vomitar. Ahora, no le quedaba duda de que no había ninguna guarnición en el pueblo.

Se habían ido y abandonado a la gente a su suerte. Él ya había visto lo que significaba eso muchas veces. Demasiadas.

Los Perros cruzaron el camino y siguieron el foso y las murallas en dirección a la cara este del pueblo durante no más de un par de centenares de pasos. En aquel instante, la fortificación volvió a redondearse de golpe y, ahí, de color gris bajo la luz de las estrellas, Loveday vio aquello que los Perros habían estado buscando.

Una gruesa barbacana, construida en piedra, abordada mediante un cruce pétreo con forma de arco sobre el foso. De ella colgaban banderas, que, con la suave brisa, se agitaban sin ganas contra la cantería.

Esta también permanecía bloqueada por medio de unas anchas puertas, y a uno de los lados pendía una horca. Allí, al otro lado, estampadas en la albañilería, Loveday vio cinco o seis picas de acero que sobresalían del muro.

Tres de ellas estaban provistas de unos objetos redondos que solo podían ser las testas cercenadas.

El hombre también atisbó un pequeño grupo de hombres fuera de la construcción de defensa, en el puente de piedra, que tenían la vista levantada a la parte de mayor altura de una de sus torres. Estaban señalando y mofándose de un par de siluetas que se encontraban ahí de pie. Entonces reconoció la figura alta, así como el acento angliano oriental, del líder de la compañía.

Se trataba de Shaw.

Estaba provocando a quien se encontrase tras la cima almenada de la torre de la barbacana.

Cuando los Perros se acercaron sigilosamente, Loveday escuchó voces que respondían a Shaw en francés, voces de jóvenes. «No parece que sean de alguien mayor», pensó Loveday. Los anglianos orientales gritaban y se burlaban a la vez que cogían piedras con la intención de arrojarlas a las partes más altas de la torre. A cambio, recibían alaridos desafiantes.

El equipo de Anglia Oriental estaba tan ocupado con sus mofas que no escucharon a los Perros acercarse. De hecho, no se dieron ni cuenta hasta que Hormiga se acercó a Shaw por detrás y le tocó la espalda.

Acto seguido, el alto angliano oriental dio un salto y se giró de golpe.

—Me cago en la virg… —exclamó.

Hormiga le dedicó una sonrisa triste.

—Qué bien que la guarnición se haya marchado, compañero —le comentó—. Si no, ya serías hombre muerto.

El resto de los anglianos se dio la vuelta para mirar a los Perros. Eran siete, todos enjutos, flacuchos y con las caras cubiertas con unas barbas despeinadas. Aquel grupo incluía al hombre al que le faltaban las dos orejas y al que tenía la marca de la cicatriz en medio de la cabeza. Más de cerca, Loveday vio que se trataba de una letra A irregular de «Asesino».

Shaw ignoró a Hormiga y le lanzó una mirada de soslayo al cabecilla.

—El pueblo lo están guardando chavales y mujeres —comenzó—. Todos los hombres se han marchado con el ejército. —Y terminó con un gesto de desprecio—: Putos cobardes.

Loveday asintió.

—Y vosotros estáis negociando con ellos para que abran las puertas, ¿no? —le preguntó.

Al angliano oriental se le amargó la cara.

—Solo les estamos haciendo saber lo jodidos que estarán cuando bajemos los arietes al amanecer.

Resonó una nueva descarga de maldiciones francesas desde las almenas y Shaw giró medio cuerpo.

—Eso se lo dices a tu madre cuando…

En ese instante, Loveday lo volvió a girar. Acto seguido, el angliano oriental se alejó un paso de él.

—No me toques, puto patán —masculló.

El de Essex se refrenó.

—¿O qué? —Y notó que el Escocés daba un paso a fin de ponerse a su lado.

El gigantón de cabello color teja era el único de los Perros que podía mirar por encima del hombro al desgarbado Shaw.

Este retrocedió un poco más y dedicó una mirada cautelosa al grandullón pelirrojo.

—O lo lamentarás —le contestó sin mucha convicción, pero, acto seguido, su mezquindad se reiteró a sí misma—. Bueno, ¿qué queréis vosotros aquí, pichas flojas de Essex? —preguntó—. Sir

Robert nos ha enviado a examinar las defensas. Los de las Tierras Medias están en la muralla, más adelante. No os necesitamos para que vengáis a jodernos las cosas.

No obstante, el Escocés bramó:

—¿Qué quieres decir?

Y el angliano oriental arrugó la cara con desprecio.

—Toda la vanguardia sabe que vuestro grupo tuvo suerte en la playa y que, desde entonces, no habéis hecho nada. Cuidar de los caballos es lo único que está a vuestro nivel.

Loveday notó que los Perros se enfurecían.

Romford fue el primero en abrir la boca.

—¿Y qué está a tu nivel? —le preguntó mientras posaba tranquilamente las pupilas en Shaw—. ¿Cuidar de los niños?

—Cállate, chico —le ordenó su líder sin girarse para mirarle.

El angliano oriental habló sin escuchar a este último.

—¿Quieres saberlo? —dijo Shaw arrastrando las palabras.

—No sería la primera vez que lo intentas —le respondió el muchacho.

—Que te calles, chico —le repitió Loveday.

Shaw dio un paso adelante y, acto seguido, Romford hizo lo mismo. A continuación, el Escocés avanzó al frente y, a la vez, todo el equipo del angliano oriental se llevó las manos a las dagas que portaban en los cintos.

Los galeses, así como Tebbe y Thorp, cargaron los arcos.

Y Loveday tragó saliva con fuerza.

Entonces, Millstone habló en un tono duro, pero calmado.

—Hemos venido por orden de lord Northampton, no a enfrentarnos a vosotros. Ni a interponernos en vuestro camino. Ni para que dejéis de decirle a unos niños cómo van a morir. Estamos aquí con la misión de buscar algo que el conde y su amigo sir Godofredo quieren, y llevárselo.

»Dejadnos hacerlo y nos marcharemos, aunque si intentáis impedírnoslo, os mataremos. A todos. Será un enfrentamiento caótico, pero ganaremos. Tiraremos vuestros cuerpos en el foso como si fueseis unos gatos muertos. Y aun así, nos llevaremos lo que queríamos. Entonces veremos cuál es nuestro nivel y cuál es el vuestro.

Ninguno de los pertenecientes al grupo de Anglia Oriental abrió la boca. A pesar de que Shaw echaba chispas por los ojos, Loveday vio que estaba calculando sus posibilidades. Recordaba a Millstone de la primera reunión informativa de la playa con sir Robert. Y al Escocés, de Barfleur.

El cantero ladeó la cabeza durante una fracción de segundo y el angliano oriental se vino abajo, lo miró con desdén y soltó una carcajada seca.

—Bueno, no queremos entrometernos en el camino del conde de Northampton, ¿verdad, chicos? —Y echó un vistazo rápido a su equipo para después volver a posar las pupilas en Loveday—. ¿Qué es lo que queréis?

El cabecilla señaló por encima del hombro de Shaw.

—Esas cabezas —le dijo.

El hombre pareció escéptico y, luego, asqueado.

—Bien —dijo—. Cógelas, pero vigila a esos cabroncetes de ahí arriba. Uno se ha meado antes en la cabeza de Carter.

Después le hizo una señal a su equipo, y los anglianos orientales, todos juntos, se escabulleron de allí.

Una vez se fueron los hombres de Shaw, los Perros se quedaron ahí de pie, mirando las cabezas que había junto a la puerta. Incluso a cierta distancia, resultaban espeluznantes. Apenas se podían reconocer como parte de un ser humano y la luz de la luna se reflejaba en los trozos del cráneo blanco.

Para más inri, estaban en lo alto. Loveday pensó que tanto era así que, por más que contasen con tres como el Escocés, todos subidos de pie sobre los hombros del otro, seguiría siendo difícil recuperarlas.

Desde las almenas, uno de los chicos les gritó un insulto en un francés rápido.

—¿Qué ha dicho? —quiso saber Millstone.

—Dios sabe —le contestó el grandullón pelirrojo—, pero, como alguno se me mee encima, trepo por las murallas y yo mismo empiezo el saqueo.

Hormiga chasqueó la lengua.

—¿Cómo lo hacemos? Escocés, si puedes trepar por la muralla con tanta facilidad…

—Vete a la mierda —le espetó el hombre—. Ya sabes a qué me refiero. Es imposible que ninguno de nosotros trepe por la muralla. Mírala… Lisa como la puta mantequilla. No te puedes agarrar de ningún sitio. Y, si te caes…

Todos los Perros bajaron la vista hasta el foso. El hedor a porquería y cosas muertas ascendía con el aire.

—Como alguien se caiga ahí, se parte el cuello o se ahoga en mierda —comentó Thorp—. O las dos cosas.

Los hombres permanecieron un rato en silencio. Hasta los muchachos de las almenas se callaron. Entonces habló Tebbe.

—Romford, ¿crees que podrías derribar las cabezas con una piedra?

El joven asintió. Luego, miró el muro de arriba abajo un par de veces.

Después sonrió, y Loveday notó que la sonrisa se propagaba por todo el grupo.

—Me juego la vida a que sí —respondió el chico.

Todos se pusieron manos a la obra a fin de recoger piedras para que Romford las lanzase. Había de sobra y de todos los tamaños posibles tiradas por ahí. Los arqueros apostaron que el muchacho acometería la misión con un guijarro. Loveday consideró que requeriría un bloque de mayor tamaño. El hombre se arañó los nudillos al tirar de un duro adoquín para sacarlo del camino lleno de baches allende el puente. Luego, se chupó el arañazo y saboreó la sangre y el polvo.

En un abrir y cerrar de ojos, ya contaban con una pila de varias docenas de misiles, y Romford estaba eligiendo el sitio desde el que iba a lanzarlos. Se colocó a unos quince pasos amplios de las puertas de la barbacana, a lo largo del puente, y se tomó su tiempo para evaluar el ángulo desde el que iba a tirar. Después de un rato, llamó a Loveday:

—Estoy listo —le dijo.

Sin embargo, aunque Loveday le dio el visto bueno Romford, estaba preocupado. El hecho de derribar las cabezas era una cosa, pero la posición en la que las picas se habían clavado en el muro significaba que lo más probable era que no cayesen al puente que abordaba las puertas, sino abajo, al foso.

—Alguien va a tener que agacharse a cogerlas —comentó.

Los Perros se miraron los unos a los otros.

Ninguno se presentó voluntario. El muchacho ya estaba pasándose la primera piedra de una mano a otra, listo para realizar su primer lanzamiento.

—¿Ningún voluntario? —insistió Loveday.

Todos se quedaron callados e intentaron evitar su mirada.

—Ay, por los bigotes de Cristo —exclamó al fin—. Yo lo haré.

Luego fue hasta el borde del puente y probó el pasamanos de madera, que recorría todo el lateral. Era inestable. Entonces sintió la mirada de los Perros sobre él y se preguntó cómo lo juzgarían en caso de que fallase.

Todo eran nervios en ese momento. Hormiga se adelantó para pasarle a Loveday un saco grande y, en lugar de abrirlo por el cuello, este lo sujetó de los extremos a fin de crear una especie de cuna, dentro de la cual esperaba que cayesen las cabezas.

Si es que el muchacho conseguía tirarlas en algún sitio cerca de él.

Lo que de ninguna manera era seguro.

Entonces se volvió hacia Hormiga.

—Sujétame —le pidió.

Y este lo agarró con la mano por la áspera cota acolchada. El líder de los Perros alzó la vista hasta las almenas, entrenando el ojo para ver las cabezas. Y vio que los chicos franceses seguían ahí. Ellos también lo miraban. En aquel instante, uno gritó desde arriba unas cuantas palabras que el hombre creyó entender.

—*Bonne chance* —dijo el muchacho—. *Idiots d'anglais*.

La primera piedra que lanzó Romford no alcanzó las cabezas por muy poco. Esta repiqueteó en la roca de la muralla y rebotó en un ángulo agudo para caer en el otro extremo del puente. Loveday, que se estaba apoyando con la barriga en el pasamanos de madera todo lo que se atrevía, además de inclinarse sobre el foso hasta donde era capaz, con el saco extendido y los ojos clavados en las testas, dio un salto al escuchar el ruido. Al moverse, notó que la mano con la que lo estaba agarrando Hormiga se soltó de su cota.

—Jesús, compañero, agárrame bien —le dijo.

El hombre musitó una disculpa y volvió a colocarse.

En ese momento, Romford lanzó otra piedra. Esa vez sí que alcanzó una de las cabezas, pero no la hizo caer. Mientras la roca aterrizaba, Loveday ya había dado un respingo, listo para moverse y atrapar la testa, aunque no cayó nada. Notó la manera en la que el sudor le goteaba por el centro de la espalda y se le acumulaba encima de la raja del culo.

Si bien los Perros que se encontraban detrás del muchacho permanecieron callados, el cabecilla pudo escuchar que Tebbe y Thorp le susurraban consejos de estrategia. También oyó al Padre parlotear cosas sin sentido para sí. Extraños enigmas sobre puertas negras y el demonio.

Después, todos volvieron a quedarse en silencio y Loveday se preparó de nuevo. Ya le ardían los hombros de mantener el saco extendido. Tras él, Hormiga se contoneó para ajustar el punto de apoyo y seguir sujetándolo. De forma absurda, se preguntó por qué le había pedido al más pequeño de todos que lo agarrase en lugar de a uno de los de mayor corpulencia.

Acto seguido, también se puso a pensar si estaba perdiendo la cabeza al igual que el apetito.

Sin embargo, no lo meditó mucho más, porque, al tercer tiro, Romford arrojó una piedra directamente contra la cabeza que quedaba más cerca de Loveday y le dio en una de las sienes hundidas. Y, al separarse por el impacto, cayó.

El hombre la observó con una mezcla de horror y deleite. Tardó menos de dos suspiros en precipitarse hacia él. No obstante, le pareció una eternidad, como si la cabeza estuviese flotando igual que una pluma solitaria que se le hubiese caído a algún pájaro y que volaba suavemente con la brisa. Y mientras iba a la deriva, Loveday vio todas las posibilidades desplegarse ante él, igual que si Dios le estuviese mostrando la totalidad de sus futuros concebibles. Como si Dios los estuviese sopesando y decidiendo cuál merecía.

Se inclinó hacia delante y se estiró tanto sobre la barandilla que se puso de puntillas y sintió que Hormiga usaba toda su fuerza a fin de aferrarse a él. Más de la que sabía que el pequeño hombre podía poseer. Fue esa fuerza la que le impidió caer y la que le permitió alargar el saco con firmeza, justo en la trayectoria de la cabeza que caía. Esta rebotó en la tensa tela mullida y fue hacia atrás por encima de él, donde, a juzgar por los vítores que escuchó, alguien la cogió. Entonces, Hormiga tiró de él desde el borde y lo plantó de culo en el puente. Tebbe estaba sujetando la testa en alto, medio triunfal, medio asqueado.

Y una vez se encontró sentado en el puente, a salvo, Loveday se dio cuenta de que, en realidad, el repentino arrebato de fuerza de su compañero habían sido Millstone y el Escocés, que fueron como un rayo en su ayuda para que no lo soltase. Así que aquel Dios, por razones incomprensibles, decidió mostrarle un poco de piedad.

El hombre se sentó en el suelo y dejó que el sudor saliese a raudales de su cuerpo. Mientras tanto, los Perros se pasaron la primera cabeza: una cosa grotesca cuyos ojos, además de los sustanciosos labios y las orejas, habían devorado los cuervos hacía mucho. Aquello era una pelota fétida reducida al tamaño de la vejiga hinchada de un cerdo, igual a las que patean los niños de los pueblos en los días de fiesta. El cuello desigual y la columna partida sugerían que un verdugo inútil con un hacha desafilada se había encargado de cercenarlas bruscamente.

—No sé si podré hacer esto otra vez —comentó Loveday a nadie en particular.

Sin embargo, daba igual, porque mientras los Perros inspeccionaban su premio, tras ellos, los hermanos galeses se habían alejado deambulando y en ese momento se encontraban mirando las dos cabezas que quedaban. Después de deliberar el uno con el otro durante no más de unos cuantos segundos, Darys se quitó los zapatos y escaló la fachada vertical del castillo, encontrando con las manos y los pies huecos y grietas de agarre que habían permanecido invisibles para cualquiera de los demás hombres presentes.

Cuando el grupo se dio la vuelta con el objetivo de ver qué era lo que pasaba, el galés estaba colgado con la mano derecha de la pica de la que había caído la primera cabeza. Con la izquierda, tiró las otras dos a Lyntyn, que las cogió e hizo una mueca. Los chicos franceses gritaron desde las almenas por lo divertido de la imagen. Darys, que se puso a dar un poco de espectáculo a su agradecido público, se balanceó hacia delante y hacia atrás un par de veces en la pica, cogiendo bastante impulso como para asegurarse que no caía dentro del foso cuando saltara. Y aterrizó a cuatro patas, igual que un gato.

Los Perros observaron a los galeses boquiabiertos.

—Jesús bendito tocando las putas gaitas en la cruz —dijo el Escocés—. ¿Por qué no nos han dicho que podían hacer eso desde un principio?

Ahora bien, si los hombres lo comprendieron, no lo demostraron. De hecho, Lyntyn solo hizo un gesto para pedir el saco. Acto seguido, Hormiga lo mantuvo abierto a fin de que pudiese meter las cabezas dentro y, después, los hermanos se alejaron sin rumbo y sin echar la vista atrás.

Con las cabezas a buen recaudo, partieron de vuelta por el camino por donde habían llegado, siguiendo el foso pestilente y más seguros entonces del trayecto que estaban recorriendo. Hacía rato que el punto álgido de la noche había pasado, y la negrura iluminada de estrellas estaba dando paso a un gris pálido, que antecedía al amanecer. El Escocés llevaba el saco con las testas colgado del hombro, y Loveday observó la manera en la que su contenido rebotaba suavemente contra la ancha espalda del grandullón.

Después, rodearon la esquina de las murallas del pueblo, que volvía hacia la empinada ladera y a los caminos de pastores que llevaban al campamento.

No obstante, la mitad de este se había marchado.

Se habían desmontado muchos de los pabellones en la cima de la colina, cuyas siluetas se recortaban en el cielo cuando se fueron. Habían apagado las hogueras con los pies. E incluso desde el pie del montículo, a la tenue luz de las horas intermedias, Loveday vio a la avanzadilla, que formaba en fila.

No estaban bajando hacia los senderos de pastores, sino que se dirigían al camino. Las fuertes pisadas y el murmuro de las voces creaban un sutil retumbo en la noche.

Loveday gritó a los Perros que parasen.

—No tiene sentido seguir adelante —comentó.

—¿Por qué? —preguntó Romford inocente.

Hormiga resopló, soltando una risa.

—¿Tú qué crees? Esa gente no va a la iglesia para los maitines. El ataque ya ha empezado. Los lores no quieren que escape ninguna de las personas que se encuentran en el pueblo. Han decidido mostrarle al rey francés cuánta misericordia estamos preparados para demostrar. —Y se giró hacia el cabecilla—. Volvamos a las puertas, así podremos entrar en cuanto las echen abajo.

A Loveday le aumentó el asco dentro del estómago, pero lo único que podía hacer era intentar tragárselo.

—Hormiga tiene razón —dijo, sintiéndose débil—. No tiene sentido dejar a los subnormales de los anglianos orientales quedarse con todo el oro. Volvamos a las puertas… rápido. Escocés, dame las cabezas.

Este le pasó el saco.

—Faltaría más. No dejes que se choquen mucho entre ellas o sir Godofredo nunca podrá saber quién es quién.

Y, así, todos salieron corriendo de vuelta a la barbacana al sur de la población, pero, cuando estaban a medio camino, los caballeros montados de Warwick y Northampton los adelantaron.

El ariete se trataba de un objeto perverso y voluminoso, cuyo poste era tan ancho como el brazo de un hombre. Este tenía la punta de hierro y se balanceaba en unas cadenas desde una estructura de madera. Una vez golpeó las puertas de Saint-Lô, estas hicieron un ruido parecido al de los gritos, como si le hubiesen dado voz a la agonía de los árboles que un día cayeron para construir el ariete y las puertas similares.

Los chicos que antes estaban encima de la barbacana se habían esfumado. Loveday se preguntó qué estarían haciendo. ¿Correr a matacaballo hasta un sótano donde esconderse? ¿Quedarse fuera en la calle a la espera de que las puertas se abrieran de golpe? ¿Decirles a sus hermanas y madres que estaban a salvo? ¿Que Dios les daría fuerzas?

El ariete volvió a embestir las puertas. La madera se astilló y cedió. Para ese momento, las compañías se aglomeraban tras el puente que cruzaba el foso y lanzaban vítores. Loveday miró a los Perros, que se encontraban a su alrededor, a fin de asegurarse de que todos se encontraban allí.

Estaban justo a la cabeza de la multitud contenida por los caballeros de Warwick, que habían formado un cordón para mantener a la turba lejos de los ingenieros que estaban accionando el ariete.

Loveday notó la presión del centenar de hombres tras él. El crepitar de su cruel energía.

El aire estaba denso, igual que antes de una tormenta.

En ese momento, agarró con fuerza el cuello del saco que contenía las cabezas. Había atado la parte de arriba y sintió que el áspero nudo se le hundía en la piel entre el índice y el pulgar.

El líder de Essex estiró el cuello en derredor con el objetivo de buscar con la mirada las banderas de Northampton o sir Godofredo por encima de la muchedumbre. A pesar de que estaba a punto de amanecer, no fue capaz de divisarlas.

Entonces, se volvió hacia el Escocés.

—¿Puedes ver a los condes?

Este negó con la cabeza, aunque se había embriagado del ánimo de la multitud y tenía la mirada fría. Loveday ya la conocía. La había visto antes de cada incursión y robo que habían cometido juntos. Antes de todas las batallas hacia las que habían cargado, hirviéndoles la sangre.

Sabía el estado en el que había entrado el Escocés. Oía y no oía a la vez. El resto de Perros tenían el mismo rictus.

Se derramaría sangre. Habría oro. Y podían tomar todo lo que quisiesen de ambos.

Solo Romford y el Padre parecían distintos. El muchacho estaba susurrando con urgencia en el oído del cura, como si le estuviese dando instrucciones. Este asintió a la vez que sus labios seguían moviéndose y recitaban las palabras.

Loveday era consciente de que su aspecto difería del resto.

Ya había atacado docenas de sitios antes. Ciudades. Pueblos. Aldeas. En las guerras de fronteras contra los escoceses, corría como un loco por las calles, cogiendo todo lo que podía y liquidando a cuantos encontrase a su paso.

Aquel se había convertido en el método de la maquinaria de guerra inglesa. En el método de los Perros. Sin embargo, de pronto, no estaba seguro de que siguiese siendo el suyo.

El ariete se balanceó en sus cadenas y se estrelló contra las puertas. Loveday creyó poder escuchar los gemidos y los lamentos de las mujeres por encima de los vítores de los ingleses. Los gritos a ambos lados aumentaron en un *crescendo*.

Entonces, Loveday agarró a Millstone del hombro y le voceó al oído.

—Tengo que irme —le vociferó.

El cantero, arrancado de su ensimismamiento, miró confuso a su cabecilla.

—¿Qué? —le preguntó a gritos.

—Tengo que irme —repitió Loveday. Acto seguido, le soltó los brazos y levantó la bolsa de cabezas—. He de llevarle esto a sir Godofredo.

Millstone lo observó perplejo.

—Sir Godofredo estará aquí. ¿No quieres que nos quedemos todos juntos? —Entonces negó con la cabeza—. Lo que tú veas.

Loveday le dio unos golpecitos a su compañero en el hombro mientras el gigantesco cantero volvía a mirar hacia la barbacana. Luego se giró y comenzó a abrirse paso a empujones entre la multitud, y embistió, dio codazos y fulminó con la mirada a todo el que protestó.

El hombre rodeó las murallas del pueblo por la fuerza en dirección a la elevación. Iba hacia el campamento. No tenía ni idea de si sir Godofredo estaría ahí o si se encontraba con el resto de las tropas.

Aunque tampoco le importaba.

Mientras avanzaba entre tambaleos, escuchó un par de crujidos más del ariete. Otros dos vítores de gozo sediento de sangre resonaron desde la parte del pueblo en la que se encontraba la barbacana. Y entonces, de manera inconfundible, se alzó un aullido de terror desde el interior de Saint-Lô.

Loveday llegó a los caminos de pastores y comenzó a subir a trompicones por la cuesta que llevaba al campamento. El humo de los fuegos apagados con los pies se dejaba llevar colina abajo.

La bolsa con las cabezas pesaba bastante y hacía que los músculos del hombro le doliesen, así que se la cambió de mano.

Por fin, llegó al final de la pendiente y se secó la cara con el dorso de la manga. Después, miró a su alrededor para orientarse y se dirigió hacia la tienda de Northampton, el último lugar en el que había visto a sir Godofredo. Esta seguía en pie. La reconoció por los pendones que se agitaban por encima de ella, aunque también se dio cuenta de que las antorchas de fuera se habían consumido.

Loveday se lanzó adelante con la cabeza gacha.

Sin embargo, cuando se encontraba a menos de veinte pasos de la entrada, una pequeña figura salió corriendo de las sombras y se chocó contra él.

El hombre retrocedió un par de pasos por el golpe. La figura rebotó en él y cayó de espaldas en el suelo.

Luego, bajó la vista sorprendido. Conocía esa cara.

Allí estaba la mujer de Valognes que le había tirado la teja al Padre. Llevaba la ropa andrajosa y le habían dado una paliza. Tenía cardenales en los brazos, pero sus ojos seguían brillando con una luz desafiante.

Acto seguido, se llevó un dedo a los labios, gateó para ponerse de pie y lo miró de arriba abajo.

Ella también sabía quién era. En ese instante, Loveday abrió la boca a fin de decir algo, pero ella se le adelantó.

—Eres tú —le dijo—. Has vuelto. Tienes que ayudarme.

12

Se llevaron a cabo tales hazañas en el combate que Roldán
y Oliver [...] puede que hubiesen encontrado la horma de
su zapato. Allí podían verse hombres de valía, audaces e in-
solentes [...].

La vida del Príncipe Negro, de Chandos el Heraldo

A pesar de que el Padre estaba echado con todo su peso sobre el
brazo de Romford, al chico no le importaba.

El viejo cura había sido hostil con él durante los primeros días
de la campaña, pero el muchacho había conocido a muchísimos
como él a lo largo de su joven vida.

Era consciente de que había algo en su cara o su comportamien-
to que podía molestar a otros hombres y, aunque le daba vueltas a
qué podía ser, sabía igual de bien que no podía cambiarlo.

En cualquier caso, el Padre había cambiado. La herida de la
cabeza parecía haberle sacado parte del veneno de su alma. Entonces, recordó al sacerdote despatarrado en la calle, en Valognes. Se
imaginó que había visto la manera en la que los vapores malignos
se dejaban llevar por el aire, como si fuesen humo, ascendiendo en
bucles, igual que si saliesen de una vela que se acaba de apagar.

Dispersados en el viento, como si nunca hubiesen existido.

Cuando vio al cura sufrir en el carro, supo que la cataplasma
para la cabeza que había robado de la botica le echaría una mano,
pero que el polvo lo ayudaría más.

Y lo hizo.

Así que comenzó a suministrársela.

No es que fuese sencillo. Romford tuvo que obligarse a volver a reducir su consumo a fin de poder contar con cantidad suficiente para el Padre. Ello significaba que los picores y el mordisqueo que le irritaban dentro estaban más presentes de lo que le habría gustado.

El hecho de que el chico se lo aplicase también era del agrado del sacerdote, pero él odiaba meter el dedo en la boca del anciano. La saliva que tenía en las encías apestaba y era ligeramente aceitosa, además de que se le quedaba en los dedos.

Asimismo, el gemidito que soltaba cuando le tocaba la boca lo incomodaba.

Recordaba a otros hombres que hacían eso mismo en otros lugares. Antes de que huyese, de que viniese aquí.

No obstante, le aplicaba el polvo igualmente. Y le gustaba observar la cálida calma apagada que reptaba por la cara del Padre. Notar que, durante un tiempo, los espíritus malignos que se retorcían dentro del cura enroscaban las colas y se detenían.

El problema era que a Romford se le había agotado todo el polvo que había encontrado en la primera botica, así como el pequeño suministro que localizó en la segunda, en el lugar en el que durmieron en Carentan. Ya no quedaba más que un par de escasos pellizcos en el fondo de una bolsita de cuero.

Antes de todo aquel asunto de deambular a oscuras en busca de las cabezas de los cadáveres en los postes de la entrada, se administró su dosis y la del Padre, pero, en un intento de racionar la reserva, había estado reduciendo la cantidad. Había apañado hasta el último ínfimo grano de polvo de donde se aferraba a la piel muerta del bolsito.

Por la forma en la que la mano del Padre se hundía en su brazo —la cual apretaba continuamente a medida que pasaban las horas y con cada ruido que le molestaba—, Romford supo que no pasaría mucho rato antes de que los monstruos que tenía dentro volviesen a desenroscar sus colas.

El chico observó la manera en la que el ariete se estrelló contra las puertas de Saint-Lô. Luego echó un vistazo al resto de Perros. Vio la mirada helada del Escocés. A Millstone, que ajustaba la empuñadura del mazo. A Tebbe y a Thorp, que sonreían para sí mismos, con los arcos cruzados a modo de bandolera. Los hombres habían disfrutado mientras contemplaban cómo había tirado la testa de una pedrada, y él se había deleitado con su placer.

Después, clavó las pupilas en Loveday con cierto interés a la vez que este se alejaba a empujones a través de la multitud y agarraba con fuerza la bolsa de las cabezas.

Se preguntó cómo de fácil sería asaltar una botica en medio de un saqueo a gran escala de un pueblo, y si podía confiar en el Padre para ir con él y no hacer mucho ruido ni distraerlo.

Debía haber más como él entre aquella multitud hambrienta y abotargada. La mayoría querría robar oro y mojar sus vergas en mujeres que no paraban de llorar. Llevarse rollos de tela o barriles de vino.

No obstante, habría unos cuantos diferentes. Alguien que se preocupase sobremanera por lo que se encontraba dentro más que por lo de fuera.

Que necesitase la calma y la quietud del polvo gris, que apestase a pis y a las Indias.

Y él tenía que encontrarlo antes que ellos.

Romford miró a su alrededor, preguntándose dónde acecharían los otros fanáticos, pero no podía saberlo a la luz del amanecer. Lo único que era capaz de notar era tanto la emoción como la sed de sangre. El hambre descontrolada de los hombres por hacer lo que estaba mal.

La multitud a su alrededor tiraba y se mecía mientras el ariete estaba cerca de hacer un agujero fatal en las puertas. En ese momento, el Padre lo agarró con tanta fuerza que pudo notar que sus uñas irregulares se le hundían en la carne.

Luego le susurró al oído:

—Chico, tócame la boca, el dolor está volviendo.

Sin embargo, el muchacho negó con la cabeza muy ligeramente.

—Espera a que estemos dentro.

El sacerdote refunfuñó, y Romford supo que no sería capaz de mantenerlo en paz mucho tiempo.

En el momento en el que cayeron las puertas, el chico y el Padre se vieron arrastrados a través de la barbacana junto al resto de la multitud. Al principio, los Perros se encontraban cerca del frente, pero, entonces, acabaron mucho más atrás. Los hombres, ansiosos por comenzar el saqueo, pasaron a empujones. El cura se medio tropezó con los maderos destrozados de la entrada, pero el joven arquero lo levantó.

—Chico, tócame la boca —le repitió el Padre.

Mientras intentaba mantenerse erguido, Romford buscó a tientas en la bolsita de cuero que llevaba metida en la bolsa que le colgaba del cinto. No obstante, cuando hundió el dedo en ella, quedaba incluso menos de lo que recordaba.

Solo unos cuantos granos.

Acto seguido, tiró del padre hasta la calle que se abría para alejarse de las puertas rotas. Vio a los habitantes asustados, que huían en tropel del ejército. Y a un arquero joven y esquelético, que arrinconaba a una chica aterrorizada. Le gritaba con el rostro desencajado y sus manos le manoseaban la entrepierna.

La ávida boca del sacerdote se abrió a fin de chupar el dedo apenas cubierto de polvo, igual que un recién nacido que busca a ciegas su primera comida, y, a la vez, Romford los mantuvo en movimiento. Más adelante, Tebbe y Thorp avanzaban con fuerza y determinación justo detrás del Escocés, Hormiga y Millstone. Los hermanos galeses ya se habían separado por una calle lateral.

Hormiga miró en derredor para comprobar que la compañía continuaba unida y el chico sacó presto los dedos de la boca del Padre.

El hombre frunció el ceño sin estar muy seguro de lo que había visto, pero, al final, aulló por encima del escándalo que estaba armando aquel montón de gente:

—¡No os paréis!

Hormiga señaló adelante. El chico supo que se dirigían al barrio de los orfebres.

A su alrededor, el ejército inglés entraba a raudales por todas las calles, daban patadas a las puertas y sacaban a rastras a los ciudadanos. Los interrogaban en inglés. Les exigían sus riquezas. Los abofeteaban y escupían en sus confusos y desconcertados rostros. Romford vio a un cura anciano en la puerta de una pequeña iglesia que sujetaba una cruz de madera y desafiaba a cualquiera que quisiera entrar. A continuación, un anglosajón regordete y con el cabello al rape se la arrebató, la tiró al suelo y la pisoteó. Luego, le dio un puñetazo lo más fuerte que pudo en la barriga y el sacerdote se desmoronó a la vez que soltaba un grito ahogado. Para terminar, el inglés le pateó en la cara.

Romford apartó la vista. Después, comenzó a buscar con la mirada el letrero de alguna botica por las calles aledañas. Sabía que no tenía mucho tiempo. El Padre seguía agitado y él también notaba un sudor irritante que se acumulaba en su espalda, cerca de la cintura. Le costaba respirar.

En ese momento, escuchó al Padre, que susurraba unos extraños rezos, y, durante un instante, intentó adivinar qué estaba diciendo.

—Me planto en la puerta y llamo —dijo el sacerdote—. Me planto en la puerta y llamo.

Se le veía perfectamente el sudor de la cara. El sol estaba saliendo y se adentraba en las calles con sus finos rayos inclinados.

Más adelante, el Escocés abrió de una patada la puerta de una casita y sacó a rastras a uno de los habitantes del pueblo. Hormiga le gritó al hombre sobre el oro y, acto seguido, señaló a Millstone, que estaba sujetando la pesada maza unos pasos por detrás. El ciudadano tembló en las garras del grandullón de pelo rojizo y gesticuló una disculpa con las manos. Entonces, Hormiga negó con la cabeza, decepcionado, y el Escocés volvió a lanzar al pueblerino por la puerta.

Acto seguido, los Perros se miraron entre ellos con urgencia. Sin Loveday, no tenían muy claro quién —si Millstone, Hormiga o el Escocés— debía tomar las riendas, pero Romford no podía esperar a que lo debatiesen. El chico miró a través de una larga avenida que se extendía a su izquierda, y vio lo que le pareció el letrero de una botica colgando cerca del final de esta.

El corazón se le aceleró y tomó una decisión. El joven le gritó al Padre al oído:

—Voy a buscar una cosa. Quédate con el resto.

Sin embargo, el sacerdote agitó la cabeza con violencia.

—No, chico —le pidió—, llévame contigo.

El joven arquero suspiró.

171

—Si no me queda otra… —comentó, y partió por la calle mientras tiraba bruscamente del Padre.

Mientras se alejaban con prisa, el muchacho echó la vista atrás hacia los Perros. Millstone lo divisó y levantó las cejas. En respuesta, Romford señaló con determinación al otro lado de la larga calle y el cantero negó con la cabeza. Sin embargo, el Escocés y Hormiga estaban discutiendo sobre dónde ir, y el cantero volvió a girarse hacia ellos, distraído.

En ese instante, el chico arrancó a trotar y el Padre avanzó tambaleándose tras él.

—No está lejos —resolló el joven.

—Me planto en la puerta y llamo —le contestó el sacerdote.

El presentimiento que Romford tuvo sobre la botica, guiado por la mano de san Damián, no le falló. Apenas habían recorrido unos cien pasos por la calle cuando llegaron a una tienda con una balanza pintada con mucho cuidado en un letrero que colgaba por encima de la altura de la cabeza.

El exterior del edificio estaba pulcro y bien mantenido. Hacía poco que la madera de las paredes se había tratado con brea y grasa, y brillaba lustrosa a la luz de la mañana. Los postigos de las ventanas se encontraban cerrados con el pestillo, aunque en buenas condiciones.

Se accedía a ella a través de un estrecho callejón que recorría el lateral del edificio y que lo separaba de una casa particular en la puerta de al lado. Romford guio al Padre con precaución por la calleja, pero a medida que se acercaban sigilosamente a la entrada del establecimiento, el chico, consternado, se dio cuenta de que ya estaba abierta.

Oyó voces exaltadas dentro. Estruendos. Sollozos ahogados.

—Aquí hay alguien —comentó el cura.

Un sudor nuevo brotó de la frente del Padre. Le temblaban las manos. Y el joven arquero deseó haber sido capaz de obligarlo a quedarse con los Perros.

Entonces escuchó con atención las voces que salían de la tienda. No era fácil adivinar qué estaban diciendo por encima de la cacofonía de los disturbios, pero a Romford le dio la impresión de que, al menos, conocía una de ellas.

Se acercó poco a poco a la puerta y miró atentamente a través de ella.

Entonces, el alma se le cayó a los pies.

En una sala sucia y flanqueada por tres paredes llenas de estanterías que sostenían frasquitos y botellas, se encontraban un boticario y su mujer, ambos aterrorizados. Ante ellos, había dos ingleses que blandían armas.

Uno de ellos era larguirucho y hablaba con una pronunciada erre de Anglia Oriental.

Shaw.

El hombre le estaba exigiendo dinero a la pareja a gritos. Chillaba palabras en inglés que ninguno de los dos conocía.

—Caja fuerte, la puta caja fuerte.

—*Désolé, désolé!* —sollozó el boticario.

El otro se trataba de uno de los secuaces de Shaw: el hombre fibroso y desnutrido al que le faltaban las dos orejas. Este dio un paso adelante y golpeó al dueño de la botica con el dorso de la mano. La bofetada hizo girar al hombre, pero no se cayó.

El hombre desprovisto de orejas agarró a la esposa del pelo y le tiró de la cabeza hacia atrás. Shaw la puso a prueba. Colocó la cara a un suspiro de la suya y continuó gritando:

—¡Vamos a mataros! ¡Dinero! ¡Dadnos dinero!

Entonces, el boticario intentó empujar al secuaz sin orejas y liberar a su mujer, pero Shaw le dio un fuerte puñetazo en una sien.

Esa vez sí que cayó y yació inmóvil en el suelo, con la cabeza colocada en un ángulo bastante peculiar.

Acto seguido, el angliano oriental se volvió hacia su compañero de equipo.

—Pon el sitio patas arriba —le ordenó.

Luego, sacó un cuchillo de una funda en su cinto y le colocó la punta en la garganta de la mujer.

Entonces comenzó a susurrarle algo al oído a la vez que ella agitaba la cabeza de un lado a otro todo lo que se atrevía. Mientras tanto, el hombre sin orejas se puso manos a la obra, y comenzó a coger tarros y recipientes de barro de las estanterías. Vació algunos. Otros los estrelló contra el suelo.

La habitación comenzó a llenarse de partículas y del hedor mezclado de un centenar de caros polvos exóticos.

Y Romford no pudo soportarlo más.

Entró con sigilo en la sala sin que, en un primer momento, nadie se diese cuenta. Entonces, el hombre sin orejas lo vio, iluminado por el sol de la mañana que entraba a raudales por el umbral a su espalda, e interrumpió lo que estaba haciendo. Llevaba un largo y fino recipiente, cerrado con un trozo de trapo, en las manos.

—Por el ano de Cristo, ¿quién es este? —preguntó.

Shaw se apartó de la mujer, clavó las pupilas en el muchacho y lo reconoció.

—¿Qué cojones quieres, chico? —le dijo—. ¿Nos estás siguiendo?

—No —le contestó—. Quiero algo de aquí.

—Pues no estás de suerte —le comentó—. Vete a tomar por culo de aquí ahora mismo o te rajo el escroto y le doy de comer lo que tiene dentro a esta zorra francesa antes de matarla.

—No creo que debas hacer tal cosa —le respondió el joven—. Además, eso tampoco va a ayudarte a encontrar su dinero.

Shaw entornó los ojos y Romford notó cómo le examinaba atentamente el rostro. Luego, el angliano oriental soltó una pequeña carcajada.

—Ya veo —dijo—. El cachorrito ha venido a por alguna medicina. —Y alargó la mano tras él para coger un tarrito de la estantería—. Es esto lo que estás buscando, ¿chico?

El muchacho no dijo nada e intentó mantener la calma, pero notó que le temblaban las manos.

Acto seguido, el hombre cogió el recipiente, lo estrelló contra el suelo y sonrió.

—¿Era ese, chico? —Y tomó otro—. ¿O puede que este? —añadió.

A continuación, tiró el tarrito y este se hizo pedazos.

—No hagas eso —le pidió Romford, aunque escuchó que le temblaba la voz y supo que Shaw también lo había oído.

Este soltó una carcajada más fuerte si cabe.

—¿No puedes dormir por las noches, chico? —le preguntó con una mirada lasciva—. ¿Te duelen las tripas si pasa más tiempo de la cuenta?

Para entonces, el colega de Shaw se estaba riendo también, y él le sonrió. Menudo rey del espectáculo. Luego, se giró y, con el cuchillo, hizo que una estantería llena de pociones y polvo acabase hecha añicos en el suelo.

—¡Para! —gritó el muchacho, y se le rompió la voz como si fuese la de una niña.

Sin embargo, Shaw solo aulló más alto todavía. Después, cruzó la sala y barrió otra balda.

—¡Van a ser unos días muy largos, chico! —exclamó entre carcajadas.

Y se levantaron más nubes de medicina en polvo en el aire.

Romford miró como loco por la habitación y clavó los ojos en la esposa del boticario con el objetivo de implorarle que le hiciese una señal.

Como si pudiese entenderlo. O le importase.

Shaw lo vio y resopló con sorna.

—Qué, ¿crees que puede ayudarte?

La mujer le había dado la espalda al joven para ponerse en cuclillas sobre su marido e intentar reanimarlo. Soltaba gemidos largos y lastimeros, como los de las aves marinas.

—Esta guarra no nos va a ayudar, así que ¿de qué te sirve? —Y sonrió.

La esposa del boticario comenzó a llorar.

Shaw apuntó a Romford con el cuchillo y, luego, dibujó un trazo en el aire, una línea desde los ojos del chico hasta su entrepierna. Y volvió a sonreír. No obstante, antes de que pudiese hacer nada más, el muchacho vio un movimiento borroso por el rabillo del ojo y el Padre apareció en la sala.

La cruzó en dos saltos y, sin dar tiempo a que nadie reaccionase, el cura estaba encima de Shaw.

El sacerdote lo apartó de la mujer con un golpe y lo lanzó al suelo. Parecía que lo hubiese poseído una fuerza que el muchacho jamás había visto en él.

El Padre forcejeó con él hasta someter al hombre, más corpulento, y tumbarlo bocarriba. A continuación, se sentó en su pecho, envolviéndole los brazos con las piernas para que no pudiese moverlos, y, con la mano izquierda, le agarró la muñeca derecha y le estrelló la mano contra el suelo hasta que soltó el cuchillo.

El cura miró a Shaw a los ojos y, después, igual que un animal hambriento, lanzó la cabeza hacia delante y hundió los dientes en el rostro del hombre.

Cuando Romford era un niño, con nueve o diez primaveras, después de la muerte de su padre, su hermano mayor le llevó a ver una pelea de perros en los muelles. Se acordaba de que el primer combate fue a muerte.

El joven todavía podía verlos. Dos mastines dentro de un hoyo cercado con tablones de madera, una perra marrón y un macho negro oscuro; ambos gruñían con los pelos del lomo erizados y los labios retraídos desde las encías, lo que hacía que mostrasen los dientes amarillos con los filos desparejos. Lucharon durante mucho tiempo y con dureza mientras los hombres los abucheaban e intimidaban, su hermano entre ellos. Estos eructaban, despotricaban y gritaban apuestas sobre el resultado.

Y él observó. En silencio. Asustado. Paralizado, como si tuviese las pupilas atadas a esa imagen con un sedal.

Recordaba cómo el mastín negro había inmovilizado a la perra en un lado de la jaula, mordiéndolo e intentando desgarrarle el cuello y las orejas.

Se acordaba de la manera en la que la hembra parecía soportarlo todo, como si no fuese capaz de luchar o ni siquiera supiese cómo. Hasta que, en una de las embestidas, el animal negro, agotado, erró el tiro. Y entonces, la perra aprovechó su oportunidad, rodó hacia el costado de su contrincante y cerró la mandíbula con fuerza alrededor de la blanda garganta del can. Recordaba cómo se abrió paso costosamente por la piel y el músculo. Y la forma en la que los hombres que se encontraban fuera del hoyo se quedaron callados, tan aturdidos que parecían haberse dormido de pie.

Romford tenía la impresión de que aquel momento de horror y muerte existía fuera del tiempo, que no tenía principio ni fin.

Y ahora, en la botica, sintió lo mismo.

Todos cuantos se encontraban en la sala se quedaron quietos, aturdidos, excepto por el Padre y Shaw. El sacerdote mordía y agitaba la cabeza a la vez que emitía un gruñido desde lo más profundo de su ser.

Aunque, debajo del sacerdote, el anglio oriental chillaba histérico, sacudiéndose y dando patadas en el suelo como un loco, se encontraba inmovilizado. Y el sacerdote se pasó todo ese tiempo pegado a la parte delantera de la cabeza sin dejar de masticar y gruñir.

Ambos hombres tenían las caras pegadas, tal como si se tratase de unos enamorados.

En ese momento, el Padre volvió a gruñir y Romford oyó el sonido de un desgarro y una rotura, igual que la astilla de la rama joven que se corta de un árbol. Y, por fin, el sacerdote apartó la cara de la de Shaw. Luego, escupió algo carnoso e irregular al suelo y, a cuatro patas, comenzó a mirar por la sala, lleno de furia y con los ojos de un loco.

Romford observó al angliano oriental horrorizado, aunque ya sabía qué era lo que el cura había escupido.

Ahora había un feo agujero enorme en mitad de la cara del hombre.

Su nariz descansaba a un metro de allí, cubierta de la saliva del Padre y apuntando a los cielos.

El sacerdote se levantó y continuó mirando iracundo por la habitación. La sangre le goteaba de la barbilla. A decir verdad, tenía toda la cara embadurnada de ella. Entonces sonrió. Al chico le dio una arcada mientras este descubría su dentadura. Los dientes del sacerdote, normalmente marrones, ahora eran rojos y estaban manchados de un tono más oscuro donde la superficie de estos se encontraba con la curva de la encía. Unos pedazos de piel con motitas blancas le colgaban entre ellos.

Los alaridos, así como los lamentos, del saqueo llegaban desde fuera del edificio.

Dentro, el ambiente resonaba con un silencio aterrador.

Entonces, Shaw comenzó a gritar. Se balanceó de un lado a otro sobre la espalda y pegó manotazos en el suelo. No articulaba palabra, pero chillaba como si no fuese a parar jamás.

Una sangre espumosa borboteaba del espacio que había ocupado la nariz.

El secuaz del hombre contempló boquiabierto del horror a su líder mutilado. Entretanto, el Padre estaba en cuclillas, igual que un simio, con las manos bajas, como si fuese a saltar de nuevo.

El hombre sin orejas retrocedió en silencio y con la boca abierta. Luego, se dio media vuelta y huyó dejando atrás a su líder. Salió corriendo a la calle para volver a la agitación de los disturbios.

Romford se quedó allí, con las pupilas clavadas en el sacerdote, que ahora se había puesto a merodear por la tienda.

Shaw se había desmayado y callado durante un instante.

—Padre —le dijo el muchacho a la vez que tendía la palma de la mano hacia él—. Padre…, ¿qué…?

El sacerdote gruñó y volvió la mirada sin brillo hacia el arquero. Este tragó saliva y el cura dio un par de pasos hacia él.

Entonces, Shaw se despertó y comenzó a aullar de nuevo. El sonido pareció distraer al Padre y despertarlo de su posesión.

El hombre se puso en cuclillas y comenzó a chillar también.

En aquel instante, el chico se sintió como si se encontrase en un sueño, atrapado en los haces de cálida luz que penetraban el valioso polvo de la sala. Paseó la mirada, impotente, entre un hombre y el otro. El sonido que emitían era terrible. Romford notó que el cosquilleo y los pinchazos de las tripas se estaban volviendo peligrosamente fuertes. La bilis comenzó a hervirle en el estómago. Creyó que iba a vomitar, a cagarse de forma incontrolada o ambas. No obstante, mientras se giraba hacia la puerta a fin de salir corriendo y vaciar la barriga en el callejón, la luz del día se oscureció.

Y Millstone entró en la tienda.

Romford estuvo a punto de correr directo hacia el cantero. En ese momento, el hombre estiró el brazo izquierdo y lo colocó con firmeza en el centro del pecho del chico para, acto seguido, mirar por encima del hombro del joven en un intento de digerir lo que había sucedido.

Habló en un tono tranquilo.

—¿Qué hacéis aquí? —quiso saber.

El muchacho intentó abrir la boca con el objetivo de contestar, pero no encontró ninguna palabra en la garganta. El Padre y Shaw siguieron berreando.

Millstone lo rodeó, se acercó al cura y le dio un fuerte guantazo en la cara. Cruzó la habitación hacia Shaw, le dio una patada en las costillas al angliano oriental ensangrentado y sin nariz y, luego, se retiró para contemplar la escena llena de sangre, así como de cerámicas y cristales rotos. Por fin habían cesado los chillidos, reemplazados ahora por un jadeo y un gemido ocasional por parte de Shaw.

El Perro volvió a clavar la mirada tranquila en el chico.

—¿Qué habéis hecho? —le preguntó.

Romford respiró hondo.

—Yo… —comenzó—. Vine aquí en busca de un polvo en concreto. Alivia a los enfermos. He estado dándoselo al padre.

El cantero asintió muy sutilmente con la cabeza.

—¿Solo a él? —quiso saber.

—Y a mí —le contestó.

El hombre no dijo nada.

—Y dos de los anglianos orientales estaban aquí —añadió el chico sin fuerzas—. Ellos…, bueno…, intentaron pararme. Comenzaron a destrozar la tienda. Han herido al hombre. Creo que está muerto… Ese de ahí iba a hacerle daño a la mujer.

Millstone le echó un vistazo a la esposa del boticario y, luego, devolvió las pupilas a Romford.

—Esto es una guerra —le dijo—. ¿Entiendes lo que eso significa?

El joven asintió.

—Yo… El Padre… —balbuceó.

—El Padre no responde ante nadie —le explicó—. Ni siquiera ante sí mismo. No deberías haberle traído hasta aquí. Podríais acabar en la horca por esto.

El muchacho se estremeció. En el suelo, Shaw gimió otra vez. El cantero lo contempló y pensó durante un instante. Sus pupilas saltaron por toda la tienda destrozada.

Luego, atravesó la estancia donde yacía Shaw y se agachó en cuclillas a su lado.

El hombre estaba temblando cuando Millstone se inclinó y usó un dedo para abrirle un párpado con cuidado.

Romford lo observó inquieto.

—¿Dónde están sus hombres? —preguntó el cantero sin alzar la vista.

—Han huido —le contestó el joven.

Millstone asintió y habló con Shaw en voz baja.

—¿Te has interpuesto en el camino de nuestros hombres?

El angliano oriental gimió de la agonía.

—Me ha arrancado la nariz de un bocado —gruñó con la voz pastosa y distorsionada—. Me ha arrancado la puta nariz de un bocado.

Millstone llevó el dedo hasta los labios de Shaw.

—¿Te has interpuesto en el camino de nuestros hombres? —volvió a preguntarle—. Puedes asentir con la cabeza si ha sido así.

El hombre abrió los dos ojos y clavó las pupilas en el rostro severo del cantero. Al chico le dio la sensación de que el angliano oriental había visto algo terrorífico en él. Algo incluso peor que lo que habitaba en el Padre.

Shaw asintió temeroso.

—Lo siento.

La sangre continuó burbujeando por el lugar que había ocupado su nariz. A Romford las pequeñas burbujas le recordaron al aire que expulsaban los cangrejos cuando se escabullían bajo la arena de la playa.

—Lo siento.

Sin embargo, Millstone le contestó:

—Te dije que no lo hicieras.

Y Shaw comenzó a llorar a la vez que, debido a los sollozos, volvía a tragarse el moco de sangre espumosa por el agujero en su rostro.

—Lo siento —repitió—. Por favor.

—Deberías haberme hecho caso —dijo el cantero.

El hombre continuó sollozando mientras agitaba la cabeza de un lado a otro. Millstone lo miró con pena y, luego, echó la vista atrás hacia Romford. Sus ojos se encontraron con los del chico y se unieron. El muchacho sintió que estos se apoderaban de él. Se sintió a salvo. Como si nada pudiese volver a hacerle daño.

Y, acto seguido, el cantero le asintió lo más sutilmente posible para, después, sin apartar la mirada, levantar la maza y estrellarla en la frente de Shaw.

Al hombre le explotó el cráneo en un revoltijo de gris, rojo y pedazos de hueso blanco, que salpicaron hacia fuera.

Romford se giró a vomitar y no paró de tener arcadas hasta que solo salió un ácido aguado y amarillo de su estómago. Las lágrimas le caían a raudales. Después de un minuto, ya no pudo devolver más y se quedó en cuclillas, agotado, con las palmas en el suelo.

Las piernas de Shaw se estaban sacudiendo pero luego, se pararon.

En ese momento, Millstone se puso en pie y se secó la cara con la manga. A continuación, se le acercó y posó una mano amable en el hombro del muchacho.

—No quería hacerlo —se disculpó—, pero no había más remedio. Encuentra lo que sea que necesites de aquí. Atiende las necesidades del Padre y, después, quema la tienda. Nos vemos cuando volváis al campamento. —Y le dio unas suaves palmaditas en el hombro.

El cantero salió por la puerta y Romford volvió a vomitar. El esfuerzo le hizo daño en las costillas y le llenó los ojos de más lágrimas.

Luego, escupió y pestañeó. Miró por la tienda en silencio. La mujer del boticario estaba hecha un ovillo junto a su marido muerto. El Padre se encontraba desplomado contra una pared, con la sangre de Shaw coagulada en los labios y la espesa barba de varios días. Daba la impresión de estar dormido.

Romford comenzó a buscar metódicamente aquello que necesitaba por las estanterías de las paredes. Al poco tiempo, comprendió la manera en la que se habían ordenado las pociones y los polvos, y encontró un enorme tarro de piedra medio lleno. Colmó la bolsita de polvo hasta el borde.

Después, cruzó la sala hasta el Padre, le alzó la cabeza, le retiró el labio superior, lleno de costras y ensangrentado, y frotó el dedo cubierto de polvo por las encías del viejo cura.

Cuando sacó el dedo, lo tenía rojo. A continuación, utilizó la otra mano para administrarse su dosis, levantó con cuidado al Padre del suelo y lo sostuvo erguido, pasándose su brazo por encima del hombro. Luego, lo condujo fuera de la tienda y lo posó contra una pared.

Tras dejar al sacerdote en el callejón, el muchacho volvió a entrar a la tienda. Sacó el cuerpo del boticario a rastras y soltó el cadáver en la calleja. La esposa del hombre lo siguió mientras le insultaba en francés y le pegaba sin fuerza por la espalda.

El chico la apartó de un empujón y, al final, la mujer lo dejó en paz.

A continuación, volvió dentro para preparar una pila con todo con lo que pudo encontrar y que ardiese. Localizó algo de aceite, que apestaba, y lo vertió alrededor de la base del montón. Al final, le echó un último vistazo al cadáver grotescamente destrozado de Shaw.

Cuando fue a tocar el combustible con la llama de una vela, las manos le temblaban tanto que apenas pudo encender el fuego.

13

El noble príncipe [Eduardo] del que hablo, nunca, desde el día de su nacimiento, pensó en nada que no fuese la lealtad, las hazañas honorables, el valor y la bondad.

La vida del Príncipe Negro, de Chandos el Heraldo

En el campamento medio desmantelado, Loveday contempló a la mujer de Valognes. La chica se agachó rápidamente en cuclillas para evitar llamar la atención y, a continuación, gateó unos pasos a un lado a fin de acurrucarse en la sombra de una tienda vacía.

Luego, le hizo una señal al hombre con el objetivo de que se acercase y se llevó un dedo a los labios para ordenarle que no hiciese ruido. Acto seguido, miró a su alrededor, nerviosa, y escuchó atentamente. El Perro la observó atónito.

—¿Qué estás...? —comenzó.

—Calla —le pidió entre dientes—. Dame tu cuchillo.

Así de cerca, Loveday vio que estaba sucísima. Tenía un lado de la cara marcado con un moratón rasguñado de hace uno o dos días. Portaba un vestido recto y sencillo que alguien había rasgado por un hombro para dejar a la vista la parte alta del brazo, teñida con las señales redondas y moradas de los dedos.

Llevaba el pelo enredado y enmarañado. Ahora, los rizos mugrientos que había visto en Valognes eran del color del barro que pisaban sus pies.

—¿Mi cuchillo? —quiso saber.

Se preguntó si aquella mujer estaba loca o si era una bruja, pero, entonces, lo miró con aquellos ojos brillantes durante un momento y, extrañamente, se sintió incapaz de resistirse.

—¡Date prisa! —le susurró, y le tendió la mano. Después, puso los ojos en blanco—. No voy a apuñalarte con tu propio acero. Si te quisiese muerto, ya te habría abierto la cabeza antes de que me hubieses visto siquiera. —Y soltó una carcajada rápida y con aspereza—. Tal como hice con tu amigo.

La mujer volvió a hacerle señas con exigencia. Tampoco dejaba de mirar de un lado a otro con la diligencia de un soldado experimentado. Vigilaba el campo a su alrededor. No bajaba la guardia.

Loveday se llevó la mano al cinto, desenganchó la pequeña hoja y, acto seguido, la hizo girar para que el mango apuntara a la joven. Ella lo agarró bruscamente y, al hacerlo, el borde afilado le cortó la palma al cabecilla de los Perros. El hombre hizo una mueca.

Y la mujer se burló de él.

—Vosotros, los ingleses… Sois tan fáciles de herir.

Entonces, echó un vistazo rápido al cuchillo a fin de evaluarlo. Después, lo lanzó para que girase en el aire y, durante un momento, lo mantuvo en equilibrio con la punta de la hoja en el dedo índice. A continuación, volvió a aventarlo y lo cogió por el mango de hueso blanco. La muchacha gruñó una aprobación.

—Servirá —dijo.

—Es mi posesión más antigua —le comentó él—. Ha viajado mucho tiempo conmigo.

—¿Ha matado a algún hombre?

Loveday asintió.

—A más de uno, pero, ahora, prácticamente solo lo uso para comer y tallar.

La chica se burló de él, resoplando por lo bajo. Luego, se agarró un mechón de pelo y, con la mano derecha —la que le quedaba libre—, utilizó el cuchillo del inglés con la intención de comenzar a serrárselo y cortárselo al rape. Trabajó rápido e ignoró a Loveday, atenta a su tarea, y se mordía el labio inferior con suavidad por la concentración.

Después de un rato, volvió a hablarle.

—¿Y cómo está tu amigo? —Se dio un tajo en otro mechón para, luego, soltar el puñado de cabello sucio y enredado junto a los pies del inglés.

—Le hiciste daño —le contestó—. Está muy enfermo.

—Ya estaba muy enfermo «antes» de que yo le hiciese daño. —Y se cortó otro mechón.

Y otro. Y otro.

—Es posible —dijo y, acto seguido, echó un vistazo en dirección a los pabellones reales—. ¿No se supone que deberías estar...?

—¿Con vuestro príncipe? —le preguntó con desprecio—. El chico se cree que es un hombre. Lo piensa porque, algún día, será un gran rey y debe mostrar su poder a través de la crueldad. Ha hecho lo que ha querido conmigo. Me ha pegado cuando le he plantado cara, pero no me ha herido.

En ese momento, la joven miró directamente a Loveday y, durante un instante, dejó de cortarse el cabello.

—Tu príncipe habla de caballeros, romances y amor. Sobre mesas redondas y gigantes verdes. Cree que la guerra es un juego, aunque no tiene ni idea de lo que significa.

Y retomó el corte, rápido y con determinación, hasta que casi tuvo toda la cabeza rapada, igual que la de un chico.

—¿Dónde están tus hombres? —le preguntó—. Siempre estás con ellos.

—Están... —comenzó Loveday.

Sin embargo, la muchacha no esperó su respuesta, y a él tampoco le entusiasmaba dársela. Hasta donde sabía, los Perros estaban ayudando a llevar la miseria a la gente de Saint-Lô. No creyó que la mujer fuese muy comprensiva al respecto.

Por su lado, ella casi había terminado.

—¿Me he dejado algo? —preguntó.

Loveday asintió y le señaló un último mechón.

Entonces, la mujer le tomó la mano y se la llevó hasta el lado izquierdo de la cabeza.

—Ayúdame —le pidió.

En contra de su voluntad, el hombre agarró el largo mechón de pelo que quedaba y ella movió la hoja cerca de su cuero cabelludo. La chica no lo soltó mientras lo hacía y lo miró directamente a los ojos. Tenía la mano caliente, y el cabello, suave. Aquello hizo que le diese un escalofrío.

Entonces, con un último deslizamiento rápido de la hoja, terminó. Mientras el cabello caía suelto en la mano de Loveday, la joven lo liberó. Y suspiró aliviada. Después, se pasó las manos por la cabeza a fin de quitarse los mechones sueltos.

Ahora tenía un aspecto muy diferente. El corte irregular le enfatizaba los pómulos altos y la mandíbula marcada. Los ojos parecían mucho más grandes que antes.

—Gracias —le dijo—. Eres un buen hombre. Sé que no quieres estar aquí.

Loveday tragó con fuerza.

—Cómo…

Sin embargo, de nuevo, no le hizo caso. En cambio, estaba observando con cautela a su alrededor con la misión de prepararse para atravesar el campamento como un rayo en dirección a la ladera y al pueblo.

Loveday alargó la mano a fin de agarrarla de la parte superior del brazo.

—¿A dónde vas? Tienes que tener cuidado. Esto es peligroso.

En ese momento, la chica se rio con amargura.

—Todo es peligroso. Voy a Caen. O a Ruan. O a París. O al infierno. A lo mejor te veo en alguno de esos sitios cuando tu príncipe y su padre te lleven hasta allí. O puede que no te vuelva a ver.

El hombre le agarró el brazo un poco más. De pronto, no quería que se fuese.

—Para —le pidió—. Espera, no te vayas ahora. —Y le señaló el vestido, hecho jirones—. Vas a necesitar ropa distinta.

La mujer lo observó como si fuese idiota.

—Ya la buscaré —le respondió impaciente, aunque, luego, suavizó el tono—. Tú también deberías irte. Deberías volver a Inglaterra y quedarte allí con tu mujer. Engordar y hacerte viejo. Ya no eres un asesino.

Loveday tragó saliva.

—Mi mujer está muerta.

—Bueno, pues, entonces, tendrías que buscarte otra.

El inglés hizo un último intento por demorarla.

—Por favor. ¿Cómo te llamas? Dime eso al menos. Yo soy Loveday.

Ella lo miró igual que si el hombre no entendiese el mundo en absoluto y, después, volvió a pasarse la mano por la cabeza.

—Ya no tengo nombre —le respondió—. Ni lo tendré jamás. Ahora bien, me reconocerás si vuelves a verme, ¿verdad?

El hombre asintió en silencio.

—Así es —le contestó.

Luego, se le ocurrió una idea. Cogió la talega que llevaba a la espalda y rebuscó rápido en su interior. Al final encontró lo que estaba buscando y lo empujó con fuerza contra la chica.

—Toma. Y cuídate.

La muchacha cogió lo que le había dado y lo inspeccionó durante un instante. Se trataba de la figurita de santa Marta.

—No está acabada —dijo a modo de disculpa—, pero puede que te brinde protección.

La mujer asintió y cerró la mano con ella dentro.

—Ve con Dios —se despidió Loveday, y volvió a notar lágrimas en los ojos.

—Dios —comentó la chica—. Me acuerdo de él.

Luego, sin mediar palabra, se retorció para liberarse de su mano y, en un abrir y cerrar de ojos, se marchó correteando agachada entre las tiendas, con las rodillas dobladas y el escaso pecho pegado al suelo.

El hombre se puso en cuclillas. El corazón le latía con fuerza. Por primera vez desde que desembarcaron, tenía miedo.

El montón apelmazado de cabello dorado y asqueroso de la joven se encontraba a sus pies. En ese momento, se dio cuenta de que ya no tenía su viejo cuchillo. Se lo había llevado y lo había dejado con los últimos mechones de rizos enmarañados en la mano.

No estaba enfadado, aunque, de forma estúpida, se preguntó cómo iba a remover el estofado de la siguiente comida que tomase. No quería soltar su pelo, así que, se lo enrolló alrededor del dedo y lo metió en la bolsa de su cinto. Luego, miró en la dirección en la que la mujer había salido corriendo. No se la veía por ninguna parte.

Acto seguido, cogió el saco con las cabezas de los caballeros y se incorporó. Mientras hacía aquello, escuchó el resonar de las voces de unos hombres por el campamento, que despotricaban a voz en grito.

A dos de ellos no los reconoció, pero al otro sí.

El conde de Northampton se acercó a su tienda, flanqueado por una pareja de caballeros y hecho un basilisco. Los dos eran una cabeza más altos que Loveday y, con las armaduras, parecían tan corpulentos como el Escocés. Portaban yelmos en las cabezas, aunque llevaban las viseras levantadas por encima de los ojos. Ambos apretaban las mandíbulas cuadradas mientras el noble se alternaba para soltar vituperios contra ellos y el resto del mundo.

—La mujer —dijo echando humo—. ¿Dónde está la puta mujer?

El conde se puso en jarras y miró por el campamento desierto. Loveday dio unos pasos adelante a toda prisa para alejarse del montón de cabello.

Northampton caminó nervioso en un pequeño círculo y le dio una patada a lo que vio que se encontraba más próximo: el tronco medio quemado de un fuego apagado. Este voló unos centímetros y escupió unas cenizas oscuras en la hierba mojada.

Aunque Loveday se planteó intentar escabullirse de allí, el conde ya lo había avistado. Fue directo hacia él mientras la espada que portaba al costado repiqueteaba contra las escarcelas metálicas que le cubrían los muslos.

Los dos caballeros armaban un estruendo metálico a su lado.

—Tú —gritó furioso el conde a la vez que señalaba al cabecilla de los Perros con un dedo acusador.

Llevaba unos gruesos guantes de piel, cuya parte exterior estaba rugosa y muy desgastada.

—Mi señor —dijo el hombre mientras se inclinaba ligeramente en una reverencia.

—Vete a tomar por culo y a la mierda con eso de «mi señor» —le respondió el noble—. Por la cabeza de Juan el Bautista en la tabla de cortar, no tengo tiempo para esto. ¿Has visto a la puta ramera por algún sitio?

Loveday se puso colorado. Luego, estiró la espalda.

—Señor —comenzó—. ¿La ramera?

Northampton resopló por la nariz.

—Una ramera francesa —le explicó—. Ya sabes. Francesa. Con pinta de ramera. De más o menos esta estatura. —Y le indicó con la mano la altura aproximada de la chica que hacía tan poco que Loveday había visto —. Está plana. Que tiene el pelo como un montón de paja después de que todo el poblado haya follado en él.

Un Loveday aturdido abrió la boca, descubrió que no tenía nada que decir y la volvió a cerrar.

—Por el santo taparrabos de mierda apestoso de Cristo —explotó el conde—. ¿Qué eres, un puto pez? Las carpas de mis lagos se emboban menos cuando les echo sus larvas por la mañana.

Acto seguido, se estrujó el puente de la nariz con los dedos cubiertos por los guantes. Luego, cerró los ojos y dio la impresión de estar rezando o contando. De pronto, aparentaba estar agotado.

A los caballeros se les dibujó una sonrisita.

—Mi señor —repitió Loveday mientras hacía una sutil mueca por si aquello volvía a desatar la ira del conde.

Northampton suspiró.

—¿Qué?

—Tengo las cabezas —le contestó.

—¿Las «qué»? —Esa vez, el noble simplemente parecía confuso—. ¿Las cabezas?

En ese momento, Loveday alzó el saco y lo agitó con suavidad.

Una mirada de pura incredulidad invadió el rostro del noble durante un segundo.

—Estás de broma —dijo—. ¿Las has conseguido?

—Por supuesto —le respondió el hombre—. Puede que mis hombres parezcan rudos, mi señor, pero nos tomamos las órdenes en serio. ¿Os gustaría verlas? —Y fue a abrir la bolsa.

—No, por Dios —le pidió Northampton—. Doy por hecho que están podridas y escupiendo vapores, joder. Ya he visto bastantes cabezas cortadas en mi vida. No necesito tres más. Dáselas aquí a sir Cojonazos —y dobló el pulgar a fin de señalar al caballero de la derecha.

Este dio un paso al frente y alargó una mano enorme hacia Loveday.

—Sir Denis —se presentó—. De Moreton-on-the-Weald.

El hombre tenía una mandíbula enorme y cuadrada, unas arruguitas que se extendían desde los rabillos de los ojos, como si fueran las patas de un pájaro, además de una larga melena de cabello marrón y brillante, que se prolongaba por su espalda.

Sin embargo, Loveday no le pasó el saco.

—Disculpadnos, señor —le dijo—. Esto ha de entregarse a sir Godofredo.

El caballero sonrió paciente.

—Se trata de viejos amigos suyos, ¿verdad?, sir...

—... FitzTalbot. Los hombres me llaman...

—Su puto nombre es Loveday —intervino Northampton—, pero, por Dios, me importa dos pedos del culo bien alimentado de mi yegua cómo se llama quién en este momento. Sir Denis, quítale la jodida bolsa ahora mismo y llévasela al traidor. Asegúrate de que Loveday y sus hombres reciben algo de oro por las molestias, aunque solo Cristo sabe por qué este hombre de aquí no se encuentra en Saint-Lô, cogiéndolo con sus propios manos. ¿Sir Godofredo te prometió la luna si le traías esto, Loveday?

—Bueno, sugirió que, posiblemente, nos recompensaría a todos...

Al escuchar aquello, el noble soltó una fuerte carcajada.

—¡Ja! Verás, Loveday, ese es el problema de los normandos, los franceses, los bretones... De todos los que son como ellos, joder. Mienten más que hablan. Conseguiréis algo de oro, no te preocupes. —Y, durante un instante, un gesto sombrío se apoderó de su rostro—. Aunque ya te lo digo yo, vas a hacerte con mucho más si ves a la ramera por casualidad. El príncipe se la ha estado follando de todas las maneras posibles y, ahora, la chica se ha esfumado. Así que él está enfurruñado y se niega a continuar hasta que ella no vuelva a gatas. Y eso me resulta un problema. Conque si te topas con ella... me lo dirás, ¿no?

Loveday se encogió de miedo en sus adentros.

—Por supuesto, mi señor —dijo—, pero no...

Northampton agitó una mano con desprecio.

—Ya me lo has dicho. Y yo te he respondido que no tengo tiempo para nada que no sea encontrar rameras e intentar mantener esta puta expedición en marcha antes de que el rey baje hasta aquí y empiecen a rodar cabezas. Se supone que, en cuanto los prisioneros de ahí abajo estén clasificados y se los hayan llevado a la retaguardia, debemos comenzar la *chevauchée*. ¿Sabes lo que significa?

—Así es, señor —le contestó el hombre a la vez que volvía a notar la sensación de malestar en el estómago—. Sí, lo sé.

—Hummm —dijo el noble—. Una palabra francesa hostil para dispersarse, destruir cuanto tengas a la vista y dar una la lección a la gente: no vivas en un país de mierda en el que podría librarse una guerra.

Loveday no dijo nada mientras sir Denis balanceaba de un lado al otro la bolsa de cabezas. El segundo caballero permaneció impasible junto a Northampton. Y el conde asintió, como si hubiesen planeado el asunto del día.

—Bueno, sir Denis... Las cabezas, al traidor. Loveday, estate atento por si ves a una ramera y organiza a tu compañía lo antes posible para que reparta algo de violencia gratuita, coño. Y una cosa más.

—¿Señor?

—Tú tienes a un cura en tu grupo, ¿me equivoco?

A Loveday se le cayó el alma a los pies.

—Bueno, mi señor, así es..., quiero decir..., es una especie de sacerdote —le contestó.

—Excelente —comentó el noble—. Se lo haré saber a lord Warwick. Una especie de sacerdote es justo lo que necesitamos. Cuanto menos piadoso, mejor. Ven a verme mañana y te contaré más. Y mientras tanto, Loveday...

—¿Señor?

Northampton sonrió.

—Arriba ese ánimo, desgraciado hijo de puta. Esto es una guerra. ¡De todas maneras, vas a morir, acabar terriblemente mutilado o a divertirte un poco, coño!

Y, acto seguido, el hombre se alejó mientras sus caballeros le seguían un paso por detrás. A medida que se iban, sir Denis abrió la bolsa de cabezas y le enseñó a su compañero lo que había dentro. A los dos les entraron arcadas y, a continuación, comenzaron a reírse a carcajada limpia.

Loveday se llevó la mano a la bolsita y dejó que sus dedos palparan el cabello suave de la mujer.

Se preguntó si habría conseguido llegar al pie de la colina.

14

Así fue como los ingleses asolaron y quemaron, saquearon y desvalijaron la buena y rica tierra de Normandía.

Crónicas de Froissart, de Jean Froissart

—Tenemos un problema.

Millstone tenía un gesto seguro, pero Loveday sabía que estaba preocupado. El hombre rechoncho de Kent no era de los que hablaban por hablar ni entraban en pánico. Era el último de los Perros en asustarse y el primero en aportar calma al caos.

Cuando algo le preocupaba, el cabecilla lo escuchaba.

Los dos hombres iban cabalgando el uno junto al otro por el campo abierto al oeste de Saint-Lô. La *chevauchée* ya se había puesto en marcha. Miles de jinetes y soldados de infantería avanzaban aplastando los cultivos y quemando todo lo que tuviesen a mano. La hierba que se secaba al sol del verano para obtener heno ardía por todas partes. El cielo del mediodía era de un naranja amoratado. Al líder de los Perros le quemaban los pulmones por el humo caliente y desagradable. Hormiga, el Escocés y los hermanos galeses se encontraban a unos cientos de metros de distancia, prendiendo fuego a un granero. Más adelante, los ingleses estaban talando árboles y tirando abajo un vergel con sus hachas. Acababan con árboles repletos de fruta que llevaban creciendo cincuenta años.

A menos de un kilómetro de allí, en una de las redes de caminitos hundidos que entrecruzaban el campo normando, un Romford apagado conducía al burro y al carro, cargado con montones de objetos preciosos de iglesias, toneladas de tela y dos barriles grandes de vino que los Perros habían subido por la colina desde Saint-Lô después del saqueo. Tebbe y Thorp se balanceaban en la parte trasera de la carreta mientras lanzaban flechas a todo el ganado que veían. Hacían que las vacas y las ovejas se sacudieran tristemente por ahí hasta que caían sobre las patas delanteras, bramaban y morían.

El Padre acompañaba al chico, y a la par que los arqueros disparaban y gritaban de alegría, el viejo permanecía sentado con las rodillas dobladas contra el pecho. Hormiga había robado una cajita con un pájaro cantor dentro, y el sacerdote lo alimentaba con grano y le susurraba cosas, pero no se comunicaba con nadie más.

Cuando el muchacho arrastró al cura aturdido colina arriba para llevarlo al campamento de la avanzadilla, Loveday le vio la cara —del color de la teja por la sangre seca— y adivinó, más o menos, lo que podía haber pasado. Y se maldijo por ello; sabía que el cura se había vuelto impredecible y salvaje. De todas formas, se lo había traído a la guerra con la esperanza de que, quizá, de alguna manera, volviese a ser el antiguo Padre, el obstinado aunque leal hombre de fe a quien había conocido unos años antes, pero había sido un iluso.

El hombre no supo de inmediato los detalles de lo que había ocurrido en Saint-Lô, ya que, con la prisa de levantar el campamento en la cima de la colina y salir a caballo a fin de propagar la muerte por el país, no había tenido tiempo de sentarse y escuchar la historia.

Aunque, ahora, Millstone parecía estar listo para contársela.

—¿Qué tipo de problema? —le preguntó a su amigo de pecho corpulento.

Loveday conoció al cantero el invierno en el que Alis, su mujer, murió del sudor inglés. De eso hacía siete años y pico. La enfermedad la atacó a finales del invierno mientras él estaba fuera, trabajando con los Perros, robando barcos mercantes en cuanto soltaban anclas en los muelles de la ribera del Támesis y en los puertos del estuario por las noches.

Supo que algo no iba bien cuando, una mañana helada de noviembre, llegó a casa y descubrió que Alis había dejado que la cabaña se llenase de porquería y suciedad, además de la puerta abierta, que giraba sobre las bisagras. Al levantarla del taburete junto al fuego, la mujer sonrió y dijo que se pondría mejor en cuanto descansara. Sin embargo, en pocas semanas, el sudor inglés redujo a un esqueleto sudoroso y delirante que no paraba de toser a la cervecera de rostro alegre y hombros fuertes.

Luego, al igual que las tres hijas que le había dado, falleció. Amaneció tiesa y fría una mañana. La enterró a poca profundidad en la tierra helada una semana antes de Navidad. Lo último que hizo fue lanzarle un puñado de tierra salpicada de hielo, que tiró sobre su féretro, hecho de junco. Igual que los puñados de monedas robadas que un día le había tirado a las faldas.

El hombre pasó semanas deprimido y mayormente borracho. Se quedó volviéndose loco en su cabaña hasta el principio de la primavera, momento en el que llegaron los Perros y lo arrastraron de vuelta al trabajo.

Millstone simplemente estaba allí cuando fueron a por él. Una cara nueva en el grupo. Cada cierto tiempo, había hombres que pasaban por su compañía. Antes de que el cantero se uniese a ellos, eran cinco: Loveday, Hormiga, el Padre, Thorp y el Capitán, su anterior líder.

En los lúgubres días tras la muerte de Alis, Millstone hizo que sumasen seis. Y fue él, más que el Capitán —su talismán—, quien lo sacó a rastras de su desesperanza y le hizo encontrar una razón para seguir adelante. El cantero se había unido a los Perros porque su otra opción era acabar colgado por matar al capataz de la catedral de Rochester. No le entusiasmaba el trabajo que llevaban a cabo, pero lo hacía igualmente, y bien.

Tal como solía decir durante los primeros meses, prefería ser un ladrón vivo que un asesino convicto muerto. Aquel enfoque simple, por el que prefería la tierra conocida a los terribles castigos del purgatorio, era lo que impulsaba a Millstone. Y gracias a su ejemplo, Loveday también aprendió a continuar con su vida.

El cantero le contó lo que había pasado en Saint-Lô con poca emoción y sin miedo, solo con la sensación de que se les iba a complicar la vida.

No obstante, el cabecilla de los Perros notó que el corazón se le iba cayendo a los pies a medida que le desarrollaba la historia.

Cuando el hombre terminó, ambos guardaron silencio durante unos instantes. Escucharon los balidos de las ovejas heridas y los mugidos de las reses sacrificadas en los campos, mezclados con el crujido de los manzanos que se desplomaban. Los aullidos de las familias echas polvo mientras abandonaban sus casas destrozadas. Los gritos de guerra del ejército inglés, a cuyos integrantes se les había permitido hacer lo que les venía en gana y que se habían vuelto medio locos.

Entonces, Loveday habló todo lo sereno que pudo:

—Esto es malo.

—Lo sé.

—Muy malo.

—Eso también lo sé.

—No son solo los anglianos orientales. Podrían colgarnos a todos.

—A mí no tienes que decírmelo, Loveday. No es la primera vez que lo hago.

El cabecilla respiró hondo y clavó la vista en la distancia. En el caos de una tierra en llamas.

—La sigo viendo —comentó.

Sin embargo, antes de que pudiese decir nada más, escucharon un silbido. Tres estridentes estallidos, de grave a agudo. Era la señal de alerta de Thorp. Los dos hombres permanecieron en los estribos y miraron en dirección a los arqueros.

El carro se había parado en un estrecho carril socavado en un hueco entre los setos. A través de este, Loveday y Millstone vieron que Romford se encontraba al frente, con el Padre a su lado, la cabeza agachada y las pupilas clavadas en el suelo. Tebbe y Thorp no se habían bajado del carro, pero llevaban los arcos colgados de los hombros.

Había dos caballeros delante de ellos. Por el tamaño de los hombres y sus libreas, de un azul intenso con barras blancas en diagonal y estrellas rojas, el cabecilla supo exactamente de quiénes se trataba: sir Denis de Moreton-in-the-Weald y el otro guarda de Northampton.

Había otra figura que los acompañaba. Gordinflón y petulante, con un yelmo bien atado a la gorda cabeza y un pequeño rollo de pergamino en la mano.

Sir Robert le Straunge.

Entonces, Loveday miró a Millstone.

—El problema ya nos ha encontrado —le dijo—. Huye de aquí. Desaparece entre la *chevauchée*. Nos dirigimos a Caen. Búscanos allí, pero no corras riesgos. Si es necesario, vuelve a la costa. Súbete a un barco. Nos encontraremos en casa al final del verano. Te llevaremos tu parte y tu paga si es que conseguimos algo después de esto.

El cantero frunció el ceño.

—Gracias. Shaw nos molestó, pero no pretendía…

El cabecilla agitó la mano para que se callase.

—Ya sabes cómo somos. Todos y cada uno. —Y le tendió una mano.

Millstone la agarró.

—*Desperta ferro* —le contestó en voz baja—. Intenta salvar al chico.

Acto seguido, hundió los pies en su caballo y partió, con su pesado mazo, colgando en el costado, hacia el granero en llamas donde se encontraban el Escocés y Hormiga.

Cuando Loveday llegó, sir Robert se encontraba en su pleno apogeo mientras leía el trozo de pergamino. Sir Denis y el otro caballero gigantesco se pusieron a su lado y sonrieron. Era evidente que Northampton los había enviado para acompañar al noble y resultaban de lo más efectivos. Incluso de pie, podían usar el tremendo volumen de sus cuerpos, envueltos en las armaduras, para bloquear el caminito, aunque daba la sensación de que no les impresionaba la tarea que les habían encomendado. En cambio, intercambiaban miraditas por encima de la cabeza de sir Robert.

El hombre continuó:

—Punto —dijo saboreando la palabra—. Nadie debería ser tan imprudente como para dar comienzo a una pelea o disputa en casa del anfitrión a causa de resentimientos pasados o previstos. Y, si alguien muriese como resultado de tal pelea o disputa, el o los que la hayan causado o apoyado serán colgados.

Luego, miró a Romford y al Padre.

—¿Sabéis qué son estas palabras? ¿Qué significan?

Ninguno de los dos dijo nada, y el cura arrastró los pies por la tierra seca del camino.

Al llegar al seto, Loveday se preguntó si debería interrumpir. Le sudaban las manos. No dejaba de ver estrellitas verdes y amarillas, que se colaban en los límites de su campo de visión.

—Se me ha informado de que ayer, en Saint-Lô, en una flagrante violación de las ordenanzas reales citadas, estos dos hombres causaron la muerte de William Shaw con fría y cruel premeditación, de la manera más traicionera, ah, más execrable y penosa —dijo sir Robert—. Shaw era un súbdito y un siervo de nuestro señor el rey, así como un capitán a mi servicio, y, por lo tanto, se encontraba bajo la protección de dichas ordenanzas.

Acto seguido, miró al grupo con furia. Tebbe y Thorp no mediaron palabra. Loveday abrió la boca, pero, mientras lo hacía, se dio cuenta de que lo más probable era que todo lo que dijese irritase todavía más a sir Robert. Pensó con rapidez y, en su locura, ponderó si podría coger al Padre y huir con la esperanza de que Romford tuviese el ingenio de ir tras ellos. Luego, le echó un vistazo a sir Denis y se lo pensó mejor.

El sacerdote refunfuñó y buscó con la mirada al pajarito que tenía metido en la jaula. El muchacho estaba blanco y parecía estar a punto de vomitar.

El noble continuó:

—Tal como digo, esto es una atrocidad. Los socios de Shaw me han contado que sufrió una muerte de lo más dolorosa a manos de los hombres de esta compañía. Por ello, ahora, vendrán conmigo para ser juzgados por sus crímenes por un consejo de guerra, que, por supuesto, yo mismo presidiré en mi papel de lord comandante del ejército real.

Entonces, sir Robert estiró el cuello y alzó la vista hasta sir Denis.

—Prende a estos hombres —le ordenó.

El caballero sonrió como un beato y se le arrugaron las líneas junto a los ojos.

—«Prended a estos hombres, sir Denis, si vos gustáis». ¿Eso era lo que queríais decir, sir Robert?

El hombre hinchó los carrillos y se puso colorado.

—Sir Denis, os he dado una orden —le recordó.

—Como deseéis —le contestó el caballero—. Yo solo os hago una sugerencia. Vos tomáis las decisiones.

Acto seguido, avanzó para ponerles las manos encima a Romford y al Padre, pero, mientras lo hacía, Loveday se bajó del caballo.

—Sir Denis —lo llamó—. Esperad.

El hombre paró.

—¿Hay algún problema? Sir Robert me ha pedido muy caballerosamente que me lleve a estos hombres. Puedo traerte las cabezas en un saco si lo deseas.

Aunque aquello lo dijo con la misma sonrisita en la cara que había tenido durante el sermón del noble, Loveday notó que le guiñaba el ojo de manera sutil mientras hablaba:

A sir Robert no le hizo gracia y le espetó a Loveday.

—¿Acaso te atreves a revocar la orden tan clara que le he dado a sir Denis, FitzTalbot? —resolló—. Por si estabas demasiado lejos como para escucharme mientras leía las ordenanzas de guerra del temido rey nuestro señor, estos hombres son responsables de la muerte de uno de los capitanes de nuestra compañía. A no ser que sepas que no es así, FitzTalbot.

—Con todos los respetos, mi señor, creo que ha habido algún error —comenzó el líder de los Perros.

El noble enarcó una ceja y se le fruncieron los rollos de grasa de la frente sudorosa.

—¿En serio? ¿Es que quizá, hay otros de tus hombres a los que deba arrestar?

El hombre pensó en Millstone y esperó que se estuviese dirigiendo a los bosques o al mar.

—No, señor.

—Exacto —continuó sir Robert—. Ahora, sir Denis va a llevarse a estos criminales para que se enfrenten a la justicia. No tengo problema en pedir a sir Adrian que te lleve a ti también, Loveday. Como has dado asilo a malhechores en tu compañía, puede que, del mismo modo, decida colgarte a ti. O a los arqueros.

Y señaló con la cabeza a Tebbe y a Thorp, que permanecían con gesto desafiante y observando al caballero con toda la insolencia a la que se atrevían.

Si bien el cabecilla se quedó callado, su miedo se estaba convirtiendo en ira. Sir Robert hizo una mueca de desprecio. Sir Denis zarandeó a Romford por el hombro y empujó al Padre hacia sir Adrian con miras a marcharse de allí. El lord comandante se alejó a paso largo ante ellos por el camino. Loveday, desesperado, los siguió con la mirada.

Tras él, aparecieron Hormiga y el Escocés, riéndose juntos. Tenían los rostros negros del hollín y rayados por el sudor. El grandullón llevaba la camisa interior abierta hasta el ombligo y se le veían arañazos, que parecían provenir de uñas humanas y que se entrecruzaban en el pecho.

Cuando por fin atravesaron el agujero en el seto y vieron al Padre y a Romford desparecer bajo la guardia de los caballeros de Northampton, el Escocés gritó furioso:

—¡Ey! En nombre del santo prepucio de Cristo, ¿a dónde os lleváis a nuestros hombres?

Sir Robert se paró y le lanzó una mirada asesina.

—A que los ahorquen como la contumaz mierda que son —aulló.

El grandullón pelirrojo hizo el amago de salir hecho un basilisco hacia sir Robert, pero Hormiga y Loveday lo agarraron cada uno de una mano y tiraron de él hacia atrás. En ese momento, el noble chilló con desaprobación:

—¡Por fin FitzTalbot mantiene a sus hombres a raya!

El Escocés se enfureció, iracundo, pero no se zafó de las manos de Hormiga y Loveday; se limitó a observar mientras los dos Perros se alejaban desfilando.

—¿Qué cojones vamos a hacer? —preguntó Hormiga.

—No lo sé —le contestó el cabecilla en voz baja.

No obstante, mientras hablaba, sir Denis se detuvo un momento sin apartar la mano del hombro de Romford. Luego volvió el rostro en dirección a los Perros, les señaló rápidamente a sir Robert con la cabeza y puso los ojos en blanco. Entonces articuló una sola palabra y Loveday le leyó los labios. Después, volvió a inclinar la cabeza hacia el noble, pronunció una segunda palabra muda y prosiguió su marcha.

—¿Qué ha dicho? —le preguntó Hormiga.

—Northampton —le contestó—. Rápido.

15

Era imposible que un ejército como el que el rey de Inglaterra lideraba no estuviese lleno de personajes malévolos y criminales sin conciencia.

Crónicas de Froissart, de Jean Froissart

Encontraron a Northampton en los bosques, a las afueras de un lugar que, según escucharon, los hombres llamaban Torigny. Loveday cabalgó hasta allí junto con Hormiga y el Escocés.

Habían dejado a los arqueros a regañadientes para que llevaran el carro a Caen. Aunque los hermanos galeses continuaban pasándoselo genial con la *chevauchée,* daba la sensación de que a Tebbe y Thorp les habían noqueado los ánimos. Condujeron sin energía al burro por los caminitos socavados mientras el primero se apartaba las moscas de la cara a manotazos y el segundo ni siquiera se atrevía a eso.

Loveday sabía que estaban ansiosos, igual que él.

Se preguntó dónde se encontraría Millstone, si estaría cabalgando delante de ellos o habría dado media vuelta hacia la costa. Estaba seguro de que el cantero podía cuidar de sí mismo en las circunstancias más nefastas, pero odiaba que su equipo se hubiese dividido. Y sabía que, en la guerra, la rueda de la fortuna giraba rápido.

«Todos somos supervivientes hasta que dejamos de serlo».

Justo antes de llegar a Torigny, se salieron de la carretera a fin de adentrarse en los bosques en los que Northampton había levantado campamento para tomar al fresco el almuerzo de mediodía. Las hayas intercaladas con los viejos tejos ofrecían un dosel de hojas sobre sus cabezas, así como una mullida alfombra de follaje caído bajo sus pies. Mientras conducían a los caballos por la arboleda, Loveday habló a sus hombres con decisión.

—No hemos venido a discutir ni a pelear, sino a pedir clemencia —los avisó—. Así que estad preparados para humillaros.

El Escocés gruñó y las hojas secas del tejo crujieron bajo sus pies.

—¿Besarle el culo a un noble para poder recuperar a un par de amigos que no han hecho más que causarnos problemas? —preguntó—. Perdóname si no doy gritos de alegría.

Hormiga también se quejó.

—No quiero perder a nadie, pero se han metido en esto ellos solitos. El chico era bueno cuando se unió a nosotros, es fuerte y sabe disparar, aunque ha sido un imbécil últimamente. Tomándose ese puto polvo. Y en cuanto al Padre…

Loveday se estremeció.

—¿Qué pasa con él? Ha sido uno de los nuestros desde que ha habido un «nuestros».

Hormiga se tragó lo que fuese que iba a decir.

—Sí, así es —le contestó—. Y también hemos hecho muchas cosas juntos, pero, dime, siendo sincero…

Entonces, el cabecilla de los Perros lo interrumpió.

—Sinceramente, os digo a los dos que nunca dejaría que colgasen a ninguno de vosotros si existiese una posibilidad de salvar vuestro inútil pellejo —le espetó—. Somos quienes somos. Hacemos lo que hacemos. Cuidamos los unos de los otros.

Aunque Hormiga y el Escocés fruncieron el ceño, no replicaron. Los hombres se acercaron a un claro del bosque donde se habían levantado pabellones deprisa y corriendo entre los árboles. Los miembros del séquito de Northampton estaban descansando, algunos con la espalda apoyada en los troncos de las hayas, y otros, se lavaban los pies en un pequeño arroyo. Loveday también vio a algunos que portaban la librea roja con cruces doradas de Warwick.

Y, antes de verlo, escucharon la voz chillona del príncipe Eduardo.

Los dos condes se encontraban sentados a ambos lados del heredero del trono, comiéndose el almuerzo en una mesa de caballete adornada con un mantel elegantemente bordado. Estaban tomándose el botín: un estofado de algo que olía a gallo joven, condimentado con ajo de oso y vino. Los nobles sorbieron de unas copas hechas de peltre o plata. El príncipe le dio un trago a un enorme cáliz de oro con joyas engastadas. Los pajes y los escuderos iban de acá para allá alrededor de la mesa. Los caballeros, incluidos sir Denis y sir Adrian, se encontraban tras esta. Delante, había una manada de personas que había ido a solicitar algo.

El Escocés, que le sacaba una cabeza a la pequeña multitud, examinó la escena.

—El gordo hijo de puta de sir Robert está ahí, en primera fila —dijo.

Mientras hablaba, dos de los caballeros que controlaban el flujo de demandantes que se acercaban a la mesa donde estaban comiendo los nobles le hicieron una señal al corpulento sir Robert a fin de que se adelantase.

—¿Puedes ver al Padre o a Romford? —le preguntó Hormiga.

—No están por ningún lado —le respondió el grandullón.

—Vamos hacia delante —propuso Loveday.

Y, usando al Escocés como si se tratase de un ariete, se abrieron paso a empujones hasta el frente de la multitud con el objetivo de escuchar a sir Robert, que se dirigía al príncipe y a los condes.

Como de costumbre, habló en un tono monótono, igual que una gaita que resuella. El heredero del trono ni siquiera fingió escucharlo, sino que se recostó en su silla, susurró algo y se rio con uno de sus caballeros personales, que estaba en cuclillas tras él. Al parecer, se había olvidado de la mujer de Valognes. Northampton puso los ojos en blanco y, aburrido, se removió en su asiento mientras se sacaba un trozo de carne de entre los dientes con la punta de una daga. Warwick fue el único que intentó seguir la deriva de la protesta de sir Robert, pero, después de un rato, lo interrumpió.

—Estimado sir Robert, si no me he perdido en vuestro discurso, os quejáis de una disputa entre dos de vuestros hombres que ha acabado con la muerte de uno de ellos… Con, ah, ¿Shaw?

El hombre asintió con entusiasmo.

—Exacto, mi señor —le respondió—. Repito: las ordenanzas de guerra que nos entregó nuestro temido señor y soberano, el padre del príncipe más honorable, por la gracia de Dios, el rey Edu…

Warwick hizo una mueca.

—Conozco las ordenanzas al dedillo —le explicó—. ¿Dónde están los hombres acusados?

Sir Robert hinchó el pecho.

—Por la santa mandíbula de san Antonio de Padua, mi señor, ya han sido apresados. Y ni más ni menos que por mis propias manos. No cabe duda de que, para mí, habría resultado un asunto más discreto si hubiese dejado pasar la disputa entre mis hombres, pero me enorgullezco de ser un hombre íntegro y de honor, y…

De nuevo, Warwick lo interrumpió.

—Sí, sir Robert, os enorgullecéis muy bien de vos mismo, pero mi señor príncipe, aquí mi excelentísimo amigo lord Northampton y un servidor nos «enorgullecemos» de la rápida dispensa de justicia. Por decirlo de otra manera, buen sir Robert, os ruego silencio, por favor.

Una vez consiguió que el noble se callase de una vez, Warwick se inclinó al otro lado del príncipe y susurró algo en voz baja a Northampton, quien, en respuesta, le hizo una señal con la cabeza a sir Denis.

Warwick se giró hacia el enorme caballero.

—Sir Denis, ve y trae a esos hombres y deja que veamos qué podemos hacer con ellos. Aquí no hay escasez de árboles, quizá un forcejeo rápido desde una rama alta resulte ser el remedio más adecuado.

Inmediatamente, el caballero se alejó a paso largo entre los pabellones y por el bosque.

Mientras tanto, sir Robert estaba asintiendo con la cabeza con vigor.

—Exacto, lord Warwick —comentó—. El mayor castigo según se prescribe en las órdenes de nuestro señor temido y soberano, el rey, al comienzo de esta campaña…

No obstante, Warwick le lanzó tal mirada asesina que le apagó la voz poco a poco.

Entonces, sir Denis volvió presto, acompañado del Padre y Romford, y los dejó a una distancia prudencial al lado de la mesa del comedor del príncipe y los condes. Los dos Perros tenían las manos atadas a la espalda. El cura todavía parecía aturdido, pero el chico había recuperado parte del sentido común.

Sus pupilas saltaron entre los hombres que componían la multitud, y pareció sorprenderse de ver a Loveday, Hormiga y el Escocés al frente de esta. El cabecilla le asintió con lo que esperó que fuese tranquilidad.

El muchacho tenía los ojos como platos. A lo mejor, había escuchado hablar del ahorcamiento, porque parecía asustado.

Warwick se masajeó el puente de la nariz con los dedos índices y, luego, volvió a dirigirse al noble.

—Sir Robert, ¿podríais decirme, en menos de un suspiro, qué creéis que deberíamos hacer con estos hombres vuestros?

El caballero regordete respiró hondo, tanto que casi se le saltan los ojos, y volvió a comenzar todo el informe sobre las fechorías de Romford y el Padre. Northampton lanzó la cabeza hacia atrás con frustración y gimió en alto. Warwick cerró un ojo y apretó los dientes. Sin embargo, dejaron que sir Robert continuara hasta que le quedó tan poco aire que estaba croando como una rana toro y, por fin, terminó con las palabras:

—Colgarlos hasta que mueran.

Warwick hizo todo lo que pudo para mantener la calma.

—Pues que así sea —declaró—. Este caso parece sencillo. Que los cuelguen. A no ser que alguien aquí tenga algo que objetar. —Y examinó a la multitud con la mirada.

Loveday levantó la mano y dio un paso al frente.

—Sí, señor —dijo—. Yo tengo algo que objetar.

Toda la muchedumbre se quedó callada y el hombre sintió que todos los pares de ojos se posaban en él. Incluso el príncipe Eduardo dejó de cotorrear con su caballerosa compañía durante un instante para mirar en derredor. Al no encontrar apenas nada que le interesase en el cabecilla de los Perros, volvió a darse la vuelta.

Warwick puso todos sus esfuerzos en suprimir una sonrisa.

—¡FitzTalbot! Pareces estar allí donde voy. Que así sea. ¿Qué es eso que tanto te molesta como para defender a una pareja de terribles criminales como esta?

—Si os place, esos son mis guerreros —comenzó—. Y, aunque no son perfectos, para mí son buenos hombres y, hasta ahora, han sido dignos siervos del rey, antes de este, eh, este incidente.

El conde continuó con una media sonrisa y levantó la mano a sir Robert para ordenarle que mantuviese la boca cerrada.

—Dignos siervos, ¿eh? —dijo—. Bueno, quizá lo bastante dignos para ti, pero, tal como puedes observar, aquí tu señor sir Robert está muy agraviado. Dice que han mutilado y asesinado a uno de sus mejores hombres. ¿Qué puedes decirme como atenuante, FitzTalbot?

Loveday notó que le sudaban las manos.

—No soy abogado, señor, pero fueron provocados. Si bien no estaba presente, lo he escuchado de boca de alguien que sí, y digo de buena mano que no fue un acto de crueldad, sino el ajuste de cuentas que perseguía el hombre fallecido. Fue en defensa propia.

Sir Robert carraspeó con indignación.

—¡Defensa propia! ¡Sandeces y mentiras! —gritó, aunque, de nuevo, Warwick alzó la mano.

—Por favor, señor —le pidió Loveday—. Son hombres valiosos de mi compañía. No lo habrían hecho si no los hubiesen provocado hasta el extremo. Y, a partir de ahora, yo responderé personalmente de su buena conducta.

El conde pareció dudar.

Y el líder de los Perros continuó, ahora con un toque de desesperación en la voz:

—Aquí el chico es un arquero con una rara habilidad y precisión. Es tan bueno como cualquier inglés, e incluso tanto como alguno de los galeses. Y el cura es... Bueno, nuestro cura. Nos da..., eh..., nos proporciona consuelo espiritual. Cuando lo necesitamos. Si me lo permitís, lord Northampton me dijo que quizá necesitase a un hombre así.

Loveday notó que se ponía colorado, y no se atrevió a mirar a izquierda ni a derecha para ver la reacción de Hormiga y el Escocés ante aquella descripción tan poco verosímil del Padre. Apenas se la creía él. Entonces se le pasó por la cabeza rápidamente la imagen de las piernas, pataleando y espásticas, del cura y el muchacho mientras se estrangulaban en las sogas de linchamiento.

Warwick apoyó los codos en la mesa y tensó los dedos.

—Está muy bien eso de tener buen carácter y un tiro certero, FitzTalbot, pero aquí sir Robert es tu señor en el terreno. Sería una provocación por mi parte desautorizarlo, ¿no? Podría correr el riesgo de que sus hombres se cobrasen la venganza con los tuyos. Peor, me arriesgaría a que el propio sir Robert volviese a hablar, y no estoy muy seguro de que sea capaz de tolerar otro sermón.

Entonces, Warwick miró al noble.

—No pretendo ofenderos, señor, pero nunca cerráis la boca.

El hombre lo fulminó con la mirada. Loveday ya tenía un nudo en la garganta.

—Por favor, mi señor —continuó—. Si existe la manera de que encontréis en vuestro corazón… Si hay alguna manera de que mis hombres puedan estar a vuestro servicio…

El conde volvió a suspirar.

—Tengo muchos arqueros —le contestó—. Y me importan poco los curas. —Luego miró a Northampton, al otro lado de la mesa—. A no ser que mi señor esté en desacuerdo… —Y le dio un codazo al príncipe—. ¿O quizá Su Excelencia…?

El futuro monarca ignoró a Warwick, todavía sumido en una conversación sobre cotilleos con su caballero. Northampton abrió la boca y parecía estar a punto de responder con una negativa.

No obstante, justo cuando el hombre iba a hablar, sir Robert volvió a abrir el pico.

—Si se me permite que vuelva exponer, señores, la importancia de la disciplina en esta campaña. A pesar de nuestra necesidad de castigar al falso rey francés y desengañar a sus súbditos de su desafortunada lealtad a tal vulgar traidor…

A Northampton le cambió el gesto durante un instante y dio la sensación de que cambiaba de opinión.

—Sabéis, mi señor Warwick —dijo, aunque clavó los ojos en la cara de sir Robert—, quizá «podamos» usar a estos hombres.

Acto seguido, se inclinó al otro lado del príncipe y le susurró algo al segundo conde. Este se encogió de hombros. Tenía una expresión inquisidora. Northampton dijo unas cuantas palabras más y Warwick volvió a encogerse de hombros, pero, esta vez, una breve sonrisa le cruzó los labios. Dio la impresión de que se le relajaba todo el cuerpo y, recostándose en su asiento, hizo un gesto con la mano desprovista de guante para permitir a Northampton que hablase.

—Gracias, mi señor —gritó Northampton—. Bueno, sir Robert. Aquí mi señor Warwick y yo hemos discutido su queja y nuestro sopesado juicio es que eres un molesto forúnculo en el trasero de esta campaña y que puedes irte a echar una meada en una de estas excelentes hayas si crees que vamos a apoyarla.

Al noble se le abrió la boca de par en par. Se escucharon unas carcajadas de parte del resto de soldados que se habían congregado a su alrededor.

—Señor…, yo…, esto es… —comenzó, pero, para entonces, Northampton ya estaba en su pleno apogeo.

—Lo digo en serio. Estoy hasta los cojones de hombres como tú, que me dicen cuál debería ser mi trabajo. Sabes que soy el condestable de todo el puto Ejército, ¿no?

Sir Robert farfulló.

Y el conde lo imitó.

—¿Qué? —quiso saber—. ¿Ahora qué?

Sir Robert se quedó quieto y con la boca abierta.

En ese momento, Northampton se volvió hacia Loveday.

—FitzTalbot. Eres un inútil. Lo pareces y, claramente, tus hombres son un grupo de inútiles. Me has jodido la comida y no te doy las gracias por ello. Ahora bien, parece que la suerte está de tu lado, porque ahora mismo me resultas menos ofensivo que este imbécil, así que he aquí lo que he decidido. Si tus hombres siguen matando a quien no deben, te cortaré las piernas y clavaré a tu equipo bocabajo a las puertas de los graneros cada diez leguas entre aquí y París para que los cuervos os piquen los nardos. ¿Lo pillas?

Loveday tenía ganas de llorar.

—Gracias, mi lo…

—Métete tus gracias por el culo —lo interrumpió el conde—. No he acabado. Llevas razón con lo del cura. Necesito uno. Preferiblemente uno del que podamos prescindir. Tengo un trabajo desagradable que implica a un eclesiástico al que no le importe jugarse el que le arranquen la lengua, y no quiero enviar al mío, porque me cae bien. Así pues, voy a usar el tuyo.

El cabecilla notó cómo el Escocés le daba un fuerte codazo en las costillas. No le dio la impresión de que aquello fuesen buenas noticias del todo.

—Mi señor —comentó—. Este sacerdote es un buen hombre, pero no está en sus cabales. Se produjo un incidente...

Sin embargo, en ese momento Northampton estrelló un puño en la mesa.

—Va a producirse un incidente todavía mayor como no te calles —lo amenazó—. No es una negociación. Es lo que va a pasar, hostia. —E inspiró—. Bueno —continuó—. El chico. No tengo absolutamente ningún uso que darle, pero no voy a devolvértelo, porque está claro que no eres capaz de controlarlo y eso es lo que ha provocado, de manera indirecta o no, que sir Robert eche a perder el disfrute de esta excelentísima sopa de gallo.

Ahora, el conde estaba actuando para la muchedumbre. Al notarlo, las tropas se rieron con nerviosismo y sir Robert, incapaz de soportar otra humillación, se fue hecho un basilisco entre la multitud de soldados.

Loveday se limitó a asentir, puesto que creyó que el silencio era la respuesta más segura.

—Así que —siguió Northampton— ¿qué crees que debería hacer con él? —Y se volvió con aire teatral hacia el otro conde—. Mi señor Warwick, ¿qué utilidad le daríais a un arquero zopenco, aunque es posible que asesino, cuyos colegas dicen que dispara bien, aunque en quien no se puede confiar para que no mate a un inglés en lugar de a un sucio francés de mierda?

El hombre, cumpliendo con su papel en la obra, negó con la cabeza.

—Mi señor, lo siento, pero no cuento con ningún uso para un muchacho así.

Northampton se giró en dirección a los caballeros que había tras él.

—Buenos señores, ¿algún imbécil de los vuestros quiere un escudero que pueda asesinarlo mientras duerme?

Se escuchó un murmullo de risas de parte de los hombres y sir Denis alzó la voz:

—Mi señor Northampton, no deseamos escuderos que puedan darnos un servicio tan pésimo —comentó.

—Maravilloso —determinó el conde—. En ese caso, solo nos queda una opción.

Y, a la vez que decía esto, se giró en su asiento y usó el dedo índice a fin de darle un capirotazo al príncipe Eduardo en la oreja.

El heredero, al que acababan de sacar de golpe de la conversación, le espetó:

—Lord Northampton, ¡cómo os atrevéis! ¿Qué significa eso?

El conde se rio.

—Eso significa que tienes un nuevo escudero. Es casi tan molesto como tú.

El príncipe Eduardo parecía confuso y enfadado.

—¿Qué?

—Ya me has escuchado —le dijo el conde—. Un nuevo escudero.

Luego guiñó un ojo a las tropas y se escuchó la risa sincera ante la idea de un arquero ascendido al puesto de escudero; más aún, a un escudero para el heredero del trono. Y se produjo un gran divertimento por la humillación que abrumaba al príncipe.

—No quiero un nuevo escudero —chilló—. No quiero…

—Oye, yo no quiero hacer de niñera contigo, mi pequeño y joven señor —bramó Northampton—, pero la guerra da lugar a extraños compañeros de cama.

A continuación, se giró hacia sir Denis.

—Llévate al chico, desátale las manos y haz que se limpie un poco. Mételo en la librea real si es que consigues encontrar una. Coge la mía si no. Luego, llévalo hasta sir John Chandos y dale las buenas nuevas.

Sir Denis asintió, cogió a Romford de las muñecas y se lo llevó marchando hacia uno de los pabellones.

El príncipe se levantó hecho una furia, empujó la silla hacia atrás y se alejó de la mesa hecho un basilisco.

—¡Mi padre se va a enterar de esto! —chilló.

—Tu padre se entera de todo, mocoso atontado —le gritó el conde—. Le entregan un informe diario y está muy satisfecho con cómo van las cosas.

Sin embargo, el heredero del trono no contestó.

En ese momento, Northampton pareció estar bastante encantado. Hizo una reverencia a las tropas, que seguían riéndose, y, luego, miró al Padre de arriba abajo. Este tenía sus ojos clavados en las agujas de tejo del suelo mientras susurraba palabras incomprensibles para sí.

—¿Es una locura? —preguntó el conde, que se giró hacia Warwick.

Este se encogió de hombros.

—Bah —dijo—. ¿Qué más da? —Y le hizo una señal a Loveday para que se acercase—. FitzTalbot. Acércate.

El cabecilla de los Perros se acercó hasta ponerse delante de los condes que se encontraban a la mesa. A pesar de que intentó captar la atención del Padre, no fue capaz. El cura estaba rascándose los huevos y sacudiendo la cabeza de un lado a otro con furia.

Warwick intentó adoptar un tono serio.

—Dime con sinceridad, Loveday. ¿Este cura tuyo tiene siquiera la ligera cordura o competencia con la que llevar a cabo una tarea sencilla?

—Depende de lo que sea —le contestó el hombre—. Si es peligrosa, puede que esté mejor con nosotros.

El conde estalló en una carcajada.

—Eso no forma parte del trato. Está vivo. Ahora, debe cumplir con su penitencia.

Loveday parecía confuso.

—Disculpadme, pero no os sigo, mi señor —le comentó.

Y, en ese instante, Northampton clavó una mirada severa en él.

—FitzTalbot, ¿has oído hablar alguna vez del obispo loco de Bayeux?

16

Todos los hombres que habían huido del [rey Eduardo] se reunían en la magnífica ciudad de Caen. El rey [...] envió al hermano Geoffrey de Maldon, un fraile agustino y profesor de Teología, con cartas para el enemigo, que urgían a la ciudad y al castillo de Caen a que se rindieran [...].

Actas de guerra del rey Eduardo III

—¿Cómo te llamas? Dilo.

El Escocés se colocó delante del Padre, aferró con sus enormes manos cubiertas de vello pelirrojo los hombros del cura e intentó que el viejo levantase el cuello y que lo mirara a los ojos.

Luego lo zarandeó. Finalmente, el sacerdote alzó una mirada de la que salían chispas. No estaba muy contento.

—Por los clavos de Cristo —dijo—, me pica todo.

Los hombres de Northampton lo habían vestido de negro de la cabeza a los pies: llevaba un hábito limpio de lana que le bajaba hasta los tobillos, así como una capucha que le cubría el pecho y la cabeza. El grueso material absorbía el calor del sol de la mañana, así que estaba sudando un poco.

Le habían afeitado la barbilla y las mejillas por primera vez en dos semanas, y estas brillaban rosadas por el roce de la cuchilla. Lo mismo le había pasado a la cabellera, donde el barbero del conde le había cortado una tonsura al raparle por completo los mechones de la coronilla. Ni siquiera Loveday y Hormiga, que eran los que conocían al Padre de antes, lo habían visto con un peinado propiamente clerical.

211

—Te va a picar mucho más como no hagas esto bien —le contestó el Escocés—. Sobre todo alrededor del cuello. Loveday ya te ha salvado de la horca hoy, cabrón inútil. Vamos a intentar hacer lo mismo otra vez, pero necesitas cumplir con tu parte. Ahora, ¿cómo te llamas?

El sacerdote refunfuñó y dijo algo que sonó a algo parecido a «yo freí».

El Escocés respiró hondo en un intento de no perder los estribos.

—Geoffrey —le repitió—. El hermano Geoffrey de Maldon. Eres un fraile... Sabes lo que es, ¿verdad?

El Padre volvió a refunfuñar.

—Mmmm —dijo—. Putos frailes. Putos mendigos. Que los ahorquen a todos y los dejen pudrirse. ¿Dónde está el chico?

Tebbe, Thorp y los arqueros galeses se rieron disimuladamente, pero el Escocés les lanzó una mirada asesina y luego posó sus ojos en Hormiga y Loveday. Apartó las manos de los hombros del cura y las levantó exasperado.

—Esto no va bien —comentó—. Se supone que es un puto doctor en Teología. Un embajador real de mierda. Que el diablo nos lleve a todos.

—Esto va como va —le contestó el cabecilla—. Nos han dado unas órdenes. Cabalgamos hasta las puertas de Caen, les decimos que es un fraile sabelotodo merecedor de la atención del obispo y lo mandamos dentro con las cartas del rey. Lo escoltamos y, luego, lo sacamos. Lo único que tiene que hacer es entregar las misivas a quien se ocupe de los asuntos del obispo, coger la respuesta, y lo llevaremos de vuelta ante Warwick y Northampton. Ya sé que no hace muy bien su papel, pero no puede ser tan difícil.

Hormiga se rio con amargura.

—El último recado que nos encomendó Northampton no nos sirvió de mucho, ¿verdad? —comentó—. Ya íbamos a ser todos ricos y a cabalgar junto al rey con nuestras bolsas a rebosar con el oro de sir Godofredo. ¿Habéis visto algo de eso de momento?

Loveday negó con la cabeza con arrepentimiento. Llevaba muchos días sin saber del noble normando, y aunque Northampton le había mencionado que lo retribuiría por haber recuperado las cabezas de los caballeros de las murallas de Saint-Lô, todavía no había percibido pago alguno.

—Supongo que lo recibiremos al final de la campaña —dijo, y se dio cuenta de lo patéticas que sonaban sus palabras.

Hormiga resopló.

—Al final de la campaña mis cojones. Dentro de veintiséis días, voy a ir a por cualquiera de los que nos deben para enseñarles mi espada, coger lo que me pertenece y pirarme a casa.

—Yo también —acordó el Escocés—. Putos señores. Lo único que hacen es hablar y enviar a hombres como nosotros a hacer su trabajo de mierda y a jugarnos los pellejos. Siempre ha pasado igual.

Su líder les dejó quejarse. No podía estar en desacuerdo, aunque tampoco le importaba mucho. El Capitán disfrutaba diciendo que un señor era un señor, daba igual si te tenía arando o en su ejército.

Entonces, miró al Padre y le resultó ridículo con esa apariencia de fraile.

—Vamos —le dijo al resto—. Ya nos hemos quejado de esto un millar de veces y hoy no nos hará más bien del que nos ha proporcionado en el pasado. Hemos recibido las cartas y las órdenes. Arqueros, vosotros os quedáis aquí. Escocés, Hormiga, nosotros llevamos al Padre a Caen. Con suerte, Millstone se encontrará allí con nosotros. Vamos a poner todo nuestro empeño para que no nos maten.

Los hombres llegaron a Caen por el norte, cabalgando desde el denso bosque en dirección a los campos maduros de trigo y cebada. Aquella era la ciudad más grande que habían visto hasta el momento.

Dos ríos pequeños, con el caudal bajo por el calor del verano, corrían por las zonas norte y sur del casco antiguo de la población. Los arroyos y los lechos secos que los unían recortaban pequeñas islas en la tierra, en las que se encontraban los suburbios ricos. Dos enormes abadías se alzaban tras altos muros a las afueras de la ciudad. Las puertas estaban cerradas y bloqueadas.

El castillo se situaba en el lado de Caen más próximo a los hombres, rodeado de una fortaleza cuadrada y con cuatro torres redondas, que se encargaban de defender las esquinas. En la charla informativa de la noche anterior, el conde de Warwick les dijo que un día estuvo en manos de Guillermo, el duque bastardo que había invadido Inglaterra muchos siglos atrás.

—Y ahora hay otro bastardo allí —comentó entre risas mientras describía al obispo de Bayeux, quien comandaba la guarnición.

Según les contó, el obispo Guillermo de Bertrand era el hermano menor de Roberto de Bertrand, el mariscal de Francia y el hombre, en palabras del conde, «que había planeado con maestría la ingeniosa táctica de los franceses de huir en cuanto le veían las orejas al lobo».

—El Caballero del León Verde se está escondiendo detrás de su hermano —les contó Warwick—. Y bien que puede. Hubo un tiempo en el que los hombres de aquí lo temían más que a cualquier otro caballero francés vivo. Sin embargo, mientras el León Verde se ha vuelto viejo y débil, el obispo Guillermo, su hermano, es tan feroz como un leopardo.

»Va a rechazar la amable oferta de nuestro señor el rey que le concede la paz si rinde la ciudad, pero tenemos que hacérsela de todas formas. Eso convierte vuestra labor en algo muy simple, caballeros. Obsequiadlo con las cartas del monarca y, luego, salid de allí como podáis. Atacaremos en cuanto rechace formalmente la propuesta.

Cuando Warwick le expuso el plan a través de los relatos de historias de antiguos caballeros, como si estuviese recitando los romances del rey Arturo, le pareció sencillo. No obstante, ahora que Loveday contemplaba el tamaño de Caen, las formidables defensas de su castillo y el estado tan caótico en el que se encontraba el Padre, no tenía ni la menor idea de cómo iban a conseguir llegar vivos a la puesta de sol esa noche.

Sir Denis apareció por la linde del bosque, ataviado con una armadura de placas sobre los hombros. Traía caballos, cada uno de ellos acompañado de uno de los escuderos de Warwick. Había tres excelentes yeguas fuertes para Loveday, Hormiga y el Escocés, y un burro, para el Padre.

Hormiga hundió el dedo en las costillas del sacerdote.

—Ey, san Francisco, ¿estás en condiciones de montar?

El cura le lanzó una mirada asesina y susurró.

—Decid que el Señor lo necesita —le contestó.

El hombre aparentó quedarse perplejo.

—¿Qué?

—El Señor lo necesita, y, luego, lo devolverá —le respondió el Padre.

Hormiga negó con la cabeza, incrédulo. Entonces, el Escocés intervino. Cogió al cura por las axilas y lo soltó en el lomo del burro, aparejado con un ronzal.

—Yo cuidaré de él —dijo.

Acto seguido, los tres Perros ensillaron y sir Denis se dirigió a ellos:

—¿Sabéis qué tenéis que hacer?

—Sí —le contestó Loveday—. Lo sabemos. Gritar a las almenas que aquí el hermano Geoffrey ha venido con acuerdos de paz. Entrar, salir e indicar con una seña que se ha rechazado la paz.

—Bien —dijo el caballero.

Acto seguido, le pasó un pendón con el escudo de armas del rey Eduardo al cabecilla, y a Hormiga, una bandera blanca.

—Esto debería evitar que os disparasen antes de llegar a una distancia del castillo a la que puedan escuchar vuestros gritos —les comentó—. ¿Tenéis los yelmos?

Loveday y Hormiga se pusieron los protectores para la cabeza, y el Escocés alargó el brazo hacia atrás a fin de propinar unos golpecitos al casco de hierro de amplia visera que colgaba de la cuerda de cuero que llevaba al cuello.

Sir Denis los observó de arriba abajo. Parecía encontrar divertidas las harapientas chaquetas rellenas de pelo. Entonces, señaló tras él hacia la linde del bosque.

—Todo el ejército se está reuniendo entre los árboles —les informó—. Llevan marchando desde el amanecer. Y no solo la avanzadilla. En estos momentos, el rey se encuentra con el príncipe, así como con mis señores Warwick y Northampton. Las carretas con los suministros del ejército están en sus puestos. Dicen que la retaguardia también se está uniendo. Va a haber casi diez mil ingleses con sed de sangre detrás de vosotros. Por si eso ayuda.

Luego, le entregó a Loveday un trozo de vitela doblado en cuatro y sellado con un enorme pegote de cera, que albergaba la impresión del rey a caballo y espada en mano.

—Ni se te ocurra abrirlo… No porque crea que sabes leer. —Y le dio unas palmadas en la espalda al cabecilla que casi lo tiraron sobre el cuello de la yegua—. Id con Dios, Perros de Essex —se despidió.

Y luego añadió:

—Mejor vosotros que yo.

Los hombres cabalgaron sin hablar y, durante la mayor parte de un kilómetro y medio, pisotearon los cultivos mientras cruzaban los campos abiertos en dirección al castillo.

Las altísimas torres parecían causar ansiedad a Loveday, Hormiga y el Escocés, que esperaban una lluvia de saetas en cualquier momento. El segundo no dejó de ondear la bandera blanca en alto a la par que avanzaban. El grandullón pelirrojo iba tirando del burro mientras el Padre se mecía hacia delante y hacia atrás en su lomo, sin decir nada, pero lanzando miradas a su alrededor todo el rato.

Luego, se detuvieron y desmontaron a unos cincuenta pasos del puente que llevaba a la casa del guarda del castillo. Se trataba de un enorme edificio, achaparrado y de planta cuadrada, que se alzaba tres plantas hasta un tejado. Tenía las esquinas redondeadas, y en ellas habían abierto aspilleras a diferentes alturas. Los muros permanecían sin pintar, pero, aun así, resplandecían con un blanco brillante cuando el sol rebotaba en ellos. La propia piedra tallada parecía irradiar luz.

Sin embargo, daba la impresión de estar abandonado. Los hombres ataron a los caballos en una hilera de postes al final del puente sin apretar los nudos. A continuación, el Escocés bajó al Padre del burro y Loveday colocó con cuidado el estandarte real junto a su yegua, aunque Hormiga no soltó la bandera blanca.

Comenzaron a atravesar el puente lentamente y con cautela en dirección a la entrada. Seguía sin haber señales de vida.

—Aquí no hay ni un solo hijo de puta —dijo el Escocés mientras se acercaban al gran arco, donde las gigantescas puertas permanecían cerradas.

Sin embargo, mientras lo decía, escucharon una voz proveniente de una diminuta ventana en lo alto de la torre del extremo izquierdo.

—*Présentez-vous! Parlez, par Dieu!*

Loveday miró a Hormiga y al Escocés.

—¿Alguno de los dos quiere contestar? —les susurró.

El grandullón asintió.

—*Alors!* —gritó—. *Bonjour!* Tenemos aquí a un fraile que quiere veros, lleva un mensaje del rey Eduardo.

No obtuvo respuesta de la torre.

El Escocés se encogió de hombros.

—He dicho que tenemos un mensaje —chilló—. O, mejor dicho, tenemos un fraile. Con un mensaje. ¿Me habéis escuchado?

De nuevo, nadie le gritó en contestación. Enfadado, el Escocés resopló por la nariz.

—Por el ano retorcido de Cristo —continuó—. ¡Os traemos un puto mensaje! *¡Ouvrez* las puertas ya, franceses de los cojones!

Loveday hizo una mueca, pero tanto las obscenidades del Perro como la vileza de su bramido parecieron superar todas las barreras del idioma. En ese momento, la voz volvió a sonar desde lo alto de la torre.

—*D'accord. Posez vos armes, s'il vous plaît, messieurs.*

Los hombres se miraron entre ellos y la voz volvió a gritar, esta vez con un fuerte acento, pero en inglés.

—Vuestras espadas, señores. Tiradlas al suelo. O… bajamos y os hacemos muertos.

El cabecilla sacó la espada corta y la tiró a sus pies. Hormiga y el Escocés hicieron lo mismo, y todos se quitaron los yelmos hacia atrás.

Se hizo un silencio corto dentro de la torre, y después:

—*Merci, messieurs.* ¿Qué deseáis?

El Escocés miró a sus dos compañeros y se encogió de hombros.

—Ya os lo he dicho. Os traemos un mensaje. Él es un santo varón de mucha consideración. Ha leído un cojón de libros. Y trae un mensaje para vuestro líder. El obispo. ¿Qué os parece?

Se hizo otra pausa larga y, entonces, se escuchó otra voz. Era grave y reverberante. La de un hombre mayor, pero uno que estaba acostumbrado a hablar en público. Esta tronó en un inglés más logrado.

—¡Habla, clérigo! ¡Déjame escuchar ese mensaje de viva voz!

Acto seguido, el Escocés miró al Padre y este negó con la cabeza con violencia.

—Ha hecho voto de silencio —aulló el grandullón—. Está contemplando los misterios de la puta fe. Bajad a recibir el mensaje y punto, ¿vale?

Esa vez, el silencio se alargó durante mucho rato, y cuando Loveday estaba empezando a preguntarse si simplemente debían marcharse y llamar al ataque, se escuchó desde el interior de la torre el fuerte pisar de las botas, que repiqueteaban escaleras abajo. Luego, el arañazo del metal de las llaves al girar en las cerraduras y, por fin, se abrió una gruesa puerta de madera al pie de la torre, y de la penumbra de dentro salió una ballesta cargada. Y luego otra. Y otra, hasta que hubo diez, todas cargadas y apuntando a los Perros.

Cada una estaba sujeta por un ballestero protegido hasta los dientes con armaduras, la parte superior de los brazos cubiertas de acero pulido, con malla que les tapaba el pecho y el cuello, y túnicas de resistente cuero debajo. De manera instintiva, Loveday dio un paso atrás, y Hormiga y el Escocés hicieron lo mismo. Este último tiró del Padre para que retrocediera con él. Todos los soldados franceses tenían cara de pocos amigos.

El corazón del líder de Essex latía con fuerza. Ya había tratado con ballestas antes y sabía lo sensible al tacto que podían ser sus mecanismos de disparo. Bastaría con que le temblase una mano a alguien para que uno de los Perros acabase bocarriba en el suelo con el corazón arponeado por una gruesa flecha de hierro.

Así pues, levantó lentamente las manos delante de él.

—Venimos en son de paz —comenzó—. Estamos desarmados. Podéis ver que nuestros aceros están en el suelo.

No tenía ni idea de si sus palabras significaban algo para los soldados, pero antes de que ninguno pudiese responder, salió otra figura de la puertecita de la torre.

Era un anciano de piel cetrina que parecía papel. Un fino cabello rubio canoso le caía largo y lacio por las orejas. Tenía los hombros un poco encorvados e inclinados hacia delante. Las cejas eran enormes y pobladas, y la nariz, larga y con la punta curvada. Si bien había algo cruel en el pellizco fruncido de sus labios, andaba con más fuerza de la que su anciano cuerpo tenía derecho.

Aunque no vestía mitra ni portaba un cayado, y sus ropajes eran sencillos y negros, Loveday supo que aquel debía ser Guillermo Bertrand. El obispo loco.

El hombre caminó entre los ballesteros, que se habían organizado en un semicírculo para tener a los Perros a la vista. Luego, los observó sin pestañear.

—¿Quiénes sois? —preguntó.

Su voz sonaba con un timbre claro y afinado. Era la misma que habían escuchado bajar flotando de la torre unos minutos antes.

Loveday no bajó las palmas.

—Somos mensajeros del rey Eduardo —continuó—. Y de lord Warwick, el mariscal inglés. —E hizo una pausa—. Y del príncipe Eduardo.

El obispo loco lo miró con detenimiento. La respiración le repiqueteó ligeramente en el pecho y, al final, asintió con sutileza.

—El rey de Inglaterra os envía —dijo.

Aquello fue una afirmación, no una pregunta. El cabecilla de los Perros dijo que sí con la cabeza.

—De hecho, hemos traído aquí al hermano Geoffrey —comentó, e hizo un gesto deliberado con la cabeza a fin de señalar al Padre, que permanecía lúgubre y taciturno, con la vista clavada en el suelo—. De Maldon. Es un fraile famoso. En Inglaterra.

En ese momento, el obispo miró incrédulo al cura.

—Este no es el hermano Geoffrey de Maldon —le contestó—. Ni un fraile famoso. Este es un imitador al que habéis disfrazado. —Y le lanzó una mirada asesina a los Perros—. ¿Os han enviado a burlaros de mí? —les preguntó.

Hormiga, el Escocés y Loveday negaron vigorosamente con las cabezas. Este último miró nervioso a los ballesteros.

—No, mi señor. Ni mucho menos. Nos han enviado para...

El obispo lo interrumpió.

—Habéis sido enviados de mala fe. Esta no es una delegación de paz. Es una fruslería. Una broma, por Dios. —Y señaló al Padre—. ¿Quién es este? No me engañéis u ordenaré a estos hombres que disparen. Y lo harán con precisión, pero no os matarán. En lugar de eso, os dejarán cojos con una flecha en cada rodilla. Luego, haré que os aten a un poste en la plaza del mercado de aquí en Caen y que os despellejen, uno a uno. Creedme, os dolerá.

De pronto, al cabecilla se le secó la boca. Igual que si hubiese mordido una manzana que todavía está verde. Hormiga y el Escocés no dijeron nada.

Y el Padre masculló:

—«Después de mí, viene un hombre que es superior a mí».

El obispo contempló al cura con curiosidad y, después, le dijo a Loveday:

—¿Qué ha dicho?

Loveday empezó a sudar.

—Él… En cierto modo, no es él mismo —le respondió.

Sin embargo, el Padre balbuceó otra vez:

—«Aquí tienen a un verdadero israelita en quien no hay falsedad».

El obispo loco frunció el ceño.

—¡Calla, imitador! —le ordenó, y devolvió su atención a Loveday—. ¿Dónde está esa carta? El falso fraile no lleva nada en las manos.

—La tengo yo —le contestó—. Se la estaba guardando.

El obispo le dio un codazo al ballestero que tenía más cerca y el líder de Essex se estremeció por instinto, pero el soldado bajó el arma, avanzó con el instrumento en la mano derecha y estiró la izquierda. Acto seguido, Loveday le tendió la carta y el guerrero se la entregó a su superior.

Bertrand partió el sello de cera bruscamente con un dedo torcido y, luego, ojeó la página. Al Perro, que nunca había aprendido a leer más allá de las señales más rudimentarias y su propio nombre, siempre le fascinaba observar a aquellos que eran capaces de descifrar los garabatos de tinta y pluma en el pergamino. Era como si estuvieran adivinando el futuro en el firmamento.

Al parecer, lo que el hombre vio en aquella misiva le disgustó muchísimo. Durante el corto espacio de tiempo que tardó en leer las palabras, el gesto se le volvió sombrío y la áspera respiración mutó a otra de mayor estridencia y rapidez. Luego, comenzó a parlotear en francés, palabras que Loveday solo pudo dar por hecho que eran palabrotas y blasfemias tremendas, impropias de un hombre de la Iglesia.

Al final, levantó la barbilla y clavó una mirada asesina tanto en Loveday como en el resto de Perros. Sin mediar palabra, alzó la carta del rey delante de él y, lenta y deliberadamente, rajó la vitela por la mitad. Después, colocó los dos trozos juntos y los rompió de nuevo. A continuación, y con un poco de esfuerzo, los rajó una tercera vez.

Luego lanzó los cuadraditos al suelo y, con la mirada furiosa aún posada en los Perros, los pisoteó con el talón del zapato de cuero.

—Lleva este mensaje de vuelta para tu rey —le dijo a Loveday en inglés—. O a quien sea que en realidad te haya enviado.

»Yo comando la ciudad de Caen. Mi hermano, el lord mariscal de Francia, representa a Felipe, nuestro rey. No solo se encuentran bajo nuestra protección ocho mil ciudadanos y una multitud innumerable de refugiados, sino la justa reputación de la mismísima Francia.

»Informa a tu señor el rey de que sus términos de paz son iguales que el resto de su invasión: un juego ridículo, como el que le correspondería a unos campesinos en un festín por el solsticio de verano, no a hombres de verdad. Tu rey es bienvenido a probar suerte tomando esta ciudad mediante el funesto medio que prefiera, pero nunca la rendiremos ante él. Puede hacer lo peor que se le antoje.

Loveday tragó con esfuerzo. Aunque tenía la boca y la garganta secas, el sudor se le estaba acumulando en la lumbar y sentía la necesidad urgente de mear.

—Mi señor —comenzó.

No obstante, mientras lo decía, el obispo se acercó cojeando rápidamente y de forma agresiva hacia él. Estaba tan cerca que el hombre pudo notar en su aliento el intenso olor a vino rancio y a la carne que se estaba pudriendo entre los dientes amarillos.

—Dile a tu rey —dijo Bertrand— que lamentará el día en el que puso un pie en Francia. Y que los castigos que le esperan en el infierno se anunciarán pronto, aquí en la tierra, por la gracia de Dios y la mano poderosa de nuestro señor el rey de Francia. ¿Crees que podrás recordarlo, mensajero?

El hombre asintió lentamente.

—Bien. Ahora vete antes de que haga que mis hombres disparen. —Y volvió a girarse hacia los ballesteros y la puerta de la torre a sus espaldas.

Loveday miró a su alrededor. Hormiga y el Escocés parecían listos para salir corriendo de allí. Entonces se dirigió al Padre.

—Pa… Quiero decir, hermano Geoffrey. Retirémonos.

Sin embargo, al escuchar eso, el obispo se giró de pronto sobre los talones.

—No —dijo—. Tú puedes marcharte. Aquí tus dos compañeros pueden irse, pero dejad vuestras armas. Y el imitador se queda conmigo.

El cabecilla de los Perros negó con la cabeza.

—Mi señor. Él es…, no puede…

Bertrand lo interrumpió.

—El imitador se queda conmigo. Hombres, prendedlo.

Tres de los ballesteros bajaron las armas y se adelantaron. El cura se encogió y retrocedió. El Escocés se acercó al Padre de manera instintiva, pero, al hacerlo, uno de los ballesteros que se encontraba junto al cura disparó una flecha, que vibró en el suelo a un mero palmo de los pies del hombre. Este se quedó petrificado.

—Por última vez, el imitador se queda conmigo —sentenció el obispo con un tono que rezumaba una amenaza velada.

Los tres soldados agarraron al Padre: dos se encargaron de sus brazos, y otro, de la capucha del hábito de fraile. El hombre comenzó a aullar, y el obispo de Bayeux, a reírse por encima de los chillidos de angustia.

—Bueno —le gritó al cabecilla de los Perros—. Os doy hasta que cuente hasta trece para abandonar esta casa del guardia antes de que os mate a todos. Uno…

Desamparados, Loveday, Hormiga y el Escocés empezaron a retroceder.

—Padre —lo llamó el primero—. No entres en pánico. Volveremos a por ti.

—Dos… —aulló el obispo de Bayeux—. Si lo hacéis, intentaré acordarme de tener todos sus trocitos amontonados en el mismo sitio.

El cura chilló y Bertrand se adelantó para darle una bofetada.

—Tres…

En ese momento, los tres Perros se giraron y echaron a correr hacia sus caballos al otro extremo del puente. Apenas iban por la mitad del camino cuando la primera flecha de ballesta atravesó el aire sobre sus cabezas.

—Un disparo de aviso —jadeó Hormiga.

—Puto cabrón zumbado —gritó el Escocés.

Los hombres agacharon las cabezas y corrieron a toda prisa por sus vidas.

Los caballos estaban resoplando y dando pisotones en el lugar donde los habían dejado atados. Los Perros treparon hasta sus monturas y los espolearon con fuerza, de vuelta a los campos de cultivo y el bosque. Mientras galopaban, aterrizaron más flechas de ballesta a su alrededor.

Loveday se pegó completamente al cuello del caballo y vio que Hormiga y el Escocés lo imitaban. El corazón le latía con tanta fuerza que se preguntó si estaría a punto de explotarle.

Cuando los animales cargaron contra el trigo y la cebada, recordó aquello que se suponía que tenía que hacer.

Llevaba la bandera del rey en la mano izquierda a la vez que se aferraba a las riendas del caballo con la otra. Tras inclinarse ligeramente a la derecha para seguir pegado al animal y ver hacia donde se estaban dirigiendo por el hueco entre las orejas de la bestia, levantó la bandera adornada con la flor de lis y los leones.

La yegua avanzó a un fuerte galope y el hombre cerró los ojos durante un instante. Luego, alzó lo más alto que pudo la mano izquierda en el aire y ondeó el estandarte de un lado a otro todo cuanto pudo.

Distinguió el toque de las trompetas, el estallido de los tambores y, sobre todo, el grandioso rugido de los hombres por encima del sonido de su corazón y el golpeteo de los cascos bajo él.

Cuando abrió los ojos, vio que la linde del bosque comenzaba a moverse ante él, y de entre los árboles salió en masa una ola de hombres, que alzaban las armas por encima de sus cabezas.

Los caballeros cargaban con las lanzas en ristre. Los piqueros y los soldados de infantería corrían a pie y portaban espadas cortas, así como garrotes. Los arqueros avanzaban con sus armas cruzadas en el pecho y dagas en los cintos.

Las banderas y los estandartes ondeaban entre el tumulto. Los gritos y aullidos de sed de sangre rasgaban el aire de las últimas horas de la mañana.

El ejército inglés estaba saliendo a la carga.

17

El rey de Inglaterra se convirtió en el amo de Caen, aunque
a un alto precio [...].

Crónicas de Froissart, de Jean Froissart

El conjunto del ejército los rodeó igual que el torrente de una marea.
La yegua de Loveday se encabritó y tiró de él, pero no lo lanzó al
suelo.

Sin embargo, para cuando el hombre tuvo su montura bajo
control, las filas ya los habían adelantado y solo habían dejado a
los corredores rezagados: los gordos, perezosos y cojos que trotaban
con el objetivo de unirse a los miles de personas que se precipitaban
bramando a las murallas derruidas de Caen y a las orillas del río que
protegían los suburbios isleños.

El cabecilla de los Perros tiró la bandera y buscó a Hormiga.

Lo vio junto al Escocés, examinando el terreno con la mirada.
Ya habían dado la vuelta a sus caballos y Loveday supo qué estaban
pensando.

«Encontrar a los Perros. Entrar en la ciudad. Dar con el Padre».

A continuación, supuso que, en ese momento, Tebbe, Thorp
y los galeses se hallaban entre las huestes de Warwick. No le cabía
duda de que mantendrían las distancias con sir Robert. Romford
estaría con el príncipe, aunque no se atrevía ni a imaginar lo que eso
significaba para el chaval, e intentó no ponerse a pensar dónde se
encontraría Millstone.

El hombre llevó a la furiosa yegua junto a la de Hormiga y la
del Escocés.

—Primero, las armas —dijo—. Vamos a buscar las carretas de los suministros. Luego, volvemos allí y rescatamos al Padre. No podemos ir corriendo a una batalla sin armas.

—Sí. Démonos prisa —respondió el grandullón pelirrojo.

Acto seguido, espolearon a las yeguas y avanzaron a medio galope hasta la linde del bosque. No tardaron nada en encontrar a un armero con una selección de espadas, hachas y picas cortas. Eran armas toscas, pero afiladas y funcionales.

Los tres hombres escogieron las que prefirieron. Loveday y Hormiga eligieron espadas cortas y dagas. El Escocés tomó una enorme hacha de mango largo con una cabeza doble y una correa de cuero para poder colgársela de la espalda. Luego, volvieron a llevar los caballos de Warwick al corral, donde había mozos con agua y forraje.

Después partieron al trote, de vuelta a Caen, con la misión de unirse al asedio.

El ejército se había reunido en enormes turbas, situadas en distintos puntos alrededor de las murallas desiguales de Caen. Un grupo numeroso se movía en manada a las afueras de la casa del guarda del castillo, donde los tres Perros se habían encontrado con el obispo. Sin embargo, el bastión era enorme y, de lejos, el punto más fuerte de las defensas de la ciudad: los hombres que merodeaban junto a la puerta simplemente esperaban poder evitar que el obispo Bertrand escapase.

Vastos grupos se reunían junto a dos abadías al este y oeste del castillo.

—Esa es la bandera del príncipe —anunció Hormiga mientras señalaba un pendón verde adornado con un dragón rojo.

Este se agitaba junto al más grande de los dos monasterios, que se emplazaba delante y ligeramente a su izquierda, posado en una colina separada del casco antiguo por un par de cientos de metros de campo abierto.

—Y la de Northampton está con él.

Aunque la colina y un murete eran los encargados de proteger la abadía, esta se encontraba indefensa. Un ariete estaba estrellándose contra las puertas entre los vítores de los siervos del futuro monarca.

En ese momento, Loveday pensó en Romford. Se preguntó cómo estaría sobrellevando el muchacho su ascenso de arquero a escudero real. Sin hablar del terror que los sucesos en Saint-Lô le habrían grabado en la mente. No obstante, enseguida se sacudió esa idea. El chico estaba vivo. Con eso bastaría…, por ahora.

Entonces, el Escocés señaló a la derecha.

—Y ahí está la de Warwick —comentó.

Un grupo más pequeño, quizá formado por una docena de caballeros y hombres de armas, que emitían un sonido metálico con sus armaduras de placas, y alrededor de la mitad de arqueros, ataviados con camisas de cota de malla y cuero, rodeaba el perímetro occidental de la ciudad. Los primeros estaban evaluando las trincheras y las empalizadas que habían añadido a las defensas —una mezcla de piedra y cerca de madera—, mientras que los últimos avanzaban a paso lento a su lado con los arcos apuntando a la cima de los muros por temor a que cualquier ballestero apareciera por encima de las altas almenas.

Loveday avistó al mismísimo Warwick, con su yelmo pulido y resplandeciente al sol, en el centro. También vio a un arquero enjuto al borde del grupo con una larga y fina trenza que le colgaba por la espalda.

—Es Tebbe —gritó—. Vamos hacia allí.

Los tres salieron a medio trote. Mientras corrían, el cabecilla de los Perros se notó las piernas agarrotadas, aunque las manos también le hormigueaban con urgencia. El estrés de la actividad mañanera estaba luchando contra la emoción y el miedo de lo que estaba por venir.

En el momento en el que se acercaron a Warwick, el rugido ensordecedor en la cima a su izquierda les informó de que los hombres del príncipe habían irrumpido por las puertas de la abadía. Los Perros miraron, distraídos durante un instante por el ruido. Sobre la colina, divisaron a los ingleses, que se tropezaban con la madera rota y entre ellos a la vez que se precipitaban por las puertas hechas añicos. Al otro lado, Loveday entrevió un jardín mantenido con esmero.

Se preguntó si algún monje habría sido lo suficientemente estúpido como para quedarse en el claustro.

O, peor, alguna monja.

Aunque no había tiempo para el duelo. Ya se encontraba a solo unos pasos de la escueta horda de caballeros, hombres de armas y arqueros de Warwick. A diferencia de los hombres del príncipe que estaban en la abadía, aquella cuadrilla se movía con cuidado y de manera deliberada, y los caballeros que rodeaban al conde se encontraban enfrascados en una discusión sobre cuál era la mejor forma de avanzar.

El Escocés se adelantó a grandes pasos y le propinó a Tebbe una palmada en el hombro. El arquero se giró de golpe, sorprendido, pero luego le sonrió de oreja a oreja y le dio un golpecito al grandullón pelirrojo en la espalda. Thorp, que se encontraba junto a Darys y Lyntyn, también esbozó una enorme sonrisa.

—¡Estáis aquí! —exclamó Tebbe, aunque entonces se le ensombreció el gesto—. ¿Dónde está el Padre?

Antes de que pudiesen contestarle, el propio Warwick se volvió, irritado, aunque se le iluminó la cara en cuanto vio a Loveday, Hormiga y al Escocés.

—¡Los Perros de Essex! —dijo—. Bueno, bueno. ¿Habéis traído al fraile de pega?

El cabecilla negó con la cabeza apesadumbrado.

Y el conde hizo una mueca.

—Lo siento —se disculpó—. ¿El obispo lo despellejó en el momento o se lo guardó para más tarde?

—Estaba… —comenzó el hombre, pero Warwick pareció haber perdido el interés de inmediato.

—Si está vivo, lo encontraremos —le aseguró con brusquedad—. Mientras tanto, os unís a nosotros. Vuestro capitán, sir Robert, está en el otro extremo de la ciudad, intentando acercarse lo bastante al culo del rey como para poder besárselo.

Luego se rio y los deslumbró con sus dientes blancos. A continuación, se giró hacia uno de los caballeros del grupo, un hombre atractivo de complexión mediana con el cabello rubio rojizo, una cicatriz que le recorría una mejilla y la cuenca del ojo izquierdo cubierta por un parche de cuero.

—Sir Thomas —lo llamó—. Sé bueno y explica a estos amigos míos qué estamos examinando y qué vamos a hacer.

A medida que el hombre hablaba, Loveday cayó en la cuenta de quién era: sir Thomas Holand, un hombre muy afamado por sus proezas militares y su reputación de caballero. El tabardo que portaba sobre la coraza era de un azul nomeolvides y estaba decorado con diminutos leones plateados. También llevaba la cruz de Jerusalén y, lo que resultaba más curioso, aquello que parecía ser la liga de mujer alrededor de la pierna.

El caballero pilló al hombre echándole un vistazo.

—Es de mi mujer —le comentó—. Joanie. No habéis visto una igual.

No dijo nada más sobre ella. En lugar de eso, Hormiga, el Escocés y Loveday escucharon atentamente mientras el caballero explicaba la situación en torno a Caen. Hablaba claro y rápido, pero había algo en la luz del único ojo que le quedaba, así como en las líneas de expresión que se arrugaban en la piel, morena por el sol, alrededor de este que le dijo a Loveday que era el hombre más feliz del mundo allí, donde la piedra y la madera se encontraban con el metal y la carne, y el aire sonaba con los bramidos de triunfo y dolor.

A pesar del estruendo del asedio, la voz de sir Thomas —sin acento y extrañamente difícil de localizar— resultaba tranquila y persuasiva.

—Señores —comenzó—, bienvenidos a Caen. No veremos una ciudad más grande en esta tierra, aparte de Ruan y París. Nadie la ha conquistado en ciento cincuenta años, desde los tiempos en los que el rey francés luchó contra nuestros valientes ancestros: el viejo Enrique y Corazón de León, su hijo. Ahora bien, esto va a cambiar antes de que se ponga el sol.

El Escocés miró a la muralla oeste de la ciudad. Estaba rota, contaba con una pequeña casa del guarda y se hallaba a unos cien pasos de donde se encontraban ahora mismo.

—¿Cuántos hay dentro? —preguntó.

Sir Thomas se encogió de hombros.

—¿Soldados? Entre la guarnición del castillo y las tropas regulares francesas que han ido retirándose estas dos semanas anteriores, puede que quince mil. Y a lo mejor dos mil ballesteros. Genoveses.

Hormiga asintió.

—Antes nos hemos encontrado con unos cuantos ballesteros —le comunicó—, pero no eran genoveses.

—¿Cómo puedes estar seguro? —quiso saber el caballero.

—Porque nos dispararon y fallaron —le respondió el hombre.

Sir Thomas soltó una carcajada.

—Muy bien. Aunque los italianos están sobrevalorados. Poseen las mejores ballestas, de eso no cabe duda, pero, hombres, esto no va de lo que tenéis —y guiñó el ojo, un gesto extraño para un hombre con parche. Loveday tuvo la sensación de que esa costumbre debía habérsele quedado del tiempo en el que contaba con los dos ojos—, sino de lo que hacéis con ello.

El Escocés y Hormiga se rieron. El cabecilla de los Perros notó que se estaban abriendo al atractivo y encantador caballero, y sintió una punzada de celos, pero desechó la idea a su subconsciente.

—¿Cuántos civiles? —preguntó.

Sir Thomas pareció sorprendido de que eso le importara a alguien.

—No tengo ni idea —reconoció—. Diría que miles. Todos los pueblos que se han vaciado ante nuestra marcha han enviado a los refugiados aquí, pero no nos van a causar más dificultades que los ciudadanos de Saint-Lô.

El conde de Warwick se separó de su conversación con el resto de caballeros y se acercó a paso largo.

—Sir Thomas, ¿habéis terminado de resumirles aquí a mis amigos de Essex lo que planeamos hacer?

—Mil disculpas, mi señor —le respondió el hombre—. No del todo. —Entonces, posó una mano en el hombro de Loveday, y con la otra apuntó un dedo envuelto en un guantelete de metal a la casa del guarda—. Tal como podéis ver, la buena gente de Caen ha tenido el suficiente sentido común como para evitar que escalemos fácilmente sus murallas. —E hizo un gesto en dirección a las recién excavadas zanjas delante del muro occidental, las cuales estaban repletas de estacas puntiagudas clavadas en la tierra—. Tal como también sabréis, el castillo defiende el abordaje por el noreste.

—¿Qué hay del sur? —quiso saber el Escocés—. El río no parece grande. ¿Podemos vadearlo?

El hombre estaba mirando allende la casa del guarda al oeste, hacia el punto donde las viejas murallas de la ciudad dibujaban una curva para seguir la orilla del primero de los dos ríos que atravesaban Caen y sus suburbios isleños.

Al escuchar aquello, Warwick le tomó la palabra a sir Thomas.

—Exacto. El sur de la parte amurallada de la ciudad confía en el agua para protegerse. Solo hay un puente que lo cruza entre la población rodeada de murallas y las islas. No obstante, si nosotros podemos verlo, ellos también. El mariscal Bertrand ha llenado la zona del río que rodea el puente con cada barcaza y bote disponible. Ahí será donde encontremos a la mayoría de los ballesteros. Es el punto más obvio de ataque, y el único en el que lucharán hasta las últimas consecuencias para mantenerlo.

—¿Así que vamos a dirigirnos hacia allí para el asalto? —preguntó Loveday.

Warwick esbozó una sonrisa astuta.

—Sí, pero no exactamente por la ruta que te imaginas.

Mientras hablaba, se escuchó un silbido proveniente de la casa del guarda que se encontraba ante ellos. El conde, sir Thomas y el resto de caballeros se miraron los unos a los otros.

—¿Estáis listos, chicos? —le preguntó Warwick a los Perros.

—Nacimos preparados —bramó el Escocés.

El conde desenfundó su espada.

—Pues vámonos.

La pequeña casa del guarda hacia la que corría el escueto grupo de Warwick se construyó en las murallas de la vieja ciudad hace muchísimo tiempo. Sin embargo, a diferencia de la entrada al castillo que los Perros habían visto antes, aquel lugar estaba en muy malas condiciones. La cantería se caía. Matas de hierba habían invadido la argamasa y brotaban a parches secos, verdes y tostados, por todo el ascenso hasta las fortificaciones. Y, también a diferencia de la entrada al castillo, no estaba bloqueada mediante gruesas puertas de roble, sino por un rastrillo: una reja de hierro, oxidada por algunas partes, que podía abrirse desde dentro con un cabestrante gracias a una gruesa soga enrollada alrededor de un tambor que hacía girar una manivela.

Los hombres no subieron corriendo todo el camino hasta la casa del guarda, sino que se refugiaron a menos de cincuenta pasos de allí, donde se hallaba un punto alargado para amarrar a los caballos con un abrevadero en diagonal. Los ingleses se agacharon, apretujados los unos contra los otros. Loveday se encontraba junto a sir Thomas. El pelo del caballero tuerto manaba por debajo de su yelmo y olía a grasa animal.

A pocos cuerpos de distancia, Warwick se inclinó hacia un lado y habló en bajo con sir Thomas.

—¿Estás seguro? —le preguntó.

—Has oído la llamada —le contestó sir Thomas—. Están en marcha. Ha llegado el momento.

El conde pareció satisfecho, aunque Loveday vio que el músculo del lateral de su mandíbula se le convertía en una bola tensa.

—Arqueros —dijo—. A ambos lados de la caseta. Cubrid las murallas. Y el rastrillo. Disparad a quien yo os ordene.

Entonces, le hizo unas señas a Hormiga y el Escocés a fin de que se acercaran.

—Necesito a un cabrón grande y a otro pequeño. Tenemos a un hombre dentro de la ciudad, él nos ha dado la señal. La casa del guarda está despejada. Las tropas se están replegando para defender el puente del sur hacia la isla. Nuestro hombre va a elevar el rastrillo con el cabestrante, pero, si lo descubren, o los ciudadanos lo linchan o los hombres del obispo lo asesinan por traidor. Así que, él va a empezar, pero, luego, va a correr por su vida.

—Vale —comentó el Escocés—. ¿Y qué hacemos nosotros?

—En cuanto le dé una vuelta a la manivela, el rastrillo se levantará. Tú vas a sujetarlo mientras aquí tu colega se cuela por debajo, se mete ahí y lo sigue subiendo con el cabestrante. En cuanto esté debajo, nosotros vamos corriendo y nos metemos también. —Y clavó una mirada severa en el grandullón pelirrojo—. ¿Te ves con fuerzas, Escocés?

El hombre se contuvo.

—Con más fuerzas que cualquier inglés que vea aquí.

—Bien —le respondió Warwick—. Porque como dejes caer la entrada mientras tu amigo rueda bajo ella, tendrá el mismo agujero en el costado que si lo hubiese atravesado la lanza sagrada. —Luego echó un vistazo a Loveday—. ¿Están tus hombres preparados para esto?

El líder los observó. El corazón le retumbaba dentro del pecho.

—Sí, mi señor.

Darys y Thorp tomaron su posición a un lado de los establos. Lyntyn se encontraba con un arquero al que Loveday no conocía. Tebbe corrió hasta una pequeña casucha a un par de metros de allí y se colocó junto a esta. Todos apuntaron los arcos hacia la casa del guarda, a la espera de la orden de Warwick para comenzar a lanzar flechas.

Hormiga y el Escocés se apretaron los yelmos en las cabezas, y tiraron de los cordeles de cuero que ataban sus cotas.

—¿Confías en mí? —le preguntó el grandullón pelirrojo.

Su compañero lo observó con escepticismo.

—Ni lo más mínimo, peludo pichabrava pagano, pero no tengo otra opción.

Entonces, respiró hondo y, acto seguido, el Escocés y él partieron corriendo hasta la casa del guarda.

No tardaron más de unos simples suspiros en recorrer el espacio, pero a Loveday se le hizo eterno.

Llegaron a la entrada y pegaron las espaldas contra el arco de piedra que rodeaba el rastrillo.

Luego, esperaron mientras lanzaban miradas nerviosas al otro lado de los barrotes. Muy pronto, una figura bajita apareció moviéndose con delicadeza. Igual que un pájaro. Intercambiaron unas palabras y, tras un par de segundos, la silueta se escabulló y el rastrillo comenzó a elevarse. A Loveday se le aceleró extrañamente el pulso al creer reconocer a la persona, pero no le hizo caso.

El rastrillo se deslizó hacia arriba con una velocidad dolorosamente lenta. Entonces, el cabecilla de los Perros se preguntó si acaso el hombre que parecía un pájaro estaría intentando abrirlo sin hacer ruido o si es que no era lo bastante fuerte como para girar el cabestrante con mayor rapidez.

Los hombres jadeaban a su alrededor, sudorosos e impacientes. Los gritos y estrépitos sonaban por todo Caen. Loveday notó la frustración del Escocés desde los cincuenta metros que los separaban.

232

Luego, observó con atención al otro lado del rastrillo. Encima de la casa del guarda.

Y miró a sus arqueros: Tebbe, Thorp y los galeses.

Los cuatro estaban inquietos y concentrados. Con las cuerdas tensadas y las flechas cargadas. A la espera del destello de un movimiento ante ellos. O la orden de Warwick.

Sin embargo, ninguna de estas dos señales llegó.

Loveday acompañó el lento subir de la reja con la mirada, y, entonces, cuando apenas había un dedo de espacio entre los dientes de hierro y los agujeros que dejaban en la tierra, vio al Escocés pegar la espada a la verja de metal y aferrarse con sus dos enormes manos a una de las barras de metal horizontales. El hombre infló los carrillos y se preparó para aguantar el peso.

Hormiga saltaba de un pie a otro, esperando a que llegase su momento. El cabecilla lo vio parloteando con el Escocés y girándose a fin de susurrarle instrucciones a través de la reja a la figura invisible que accionaba el cabestrante.

El rastrillo continuó su ascenso poco a poco, y Loveday ya podía atisbar las puntas afiladas que habían emergido por completo de sus agujeros. Subieron despacio, muy despacio. Entonces, cuando se encontraban a menos de un brazo de distancia del suelo, el cabestrante frenó en seco

Y la cara del Escocés cambió de color.

La piel se le había enrojecido bastante después de todos los días de marcha bajo el sol. Las mejillas, así como la frente, se le habían puesto tirantes y rosadas. Sin embargo, ahora, mientras el peso del rastrillo le hincaba los dientes en las manos y cada fibra de cada músculo de su cuerpo se involucraba a la vez en aquella tarea, la cabeza, la cara y el cuello se le pusieron morados. Se le marcaron venas por todo el cuerpo. El gigantesco hombre soltó el mismo rugido que el de una bestia abatida.

Mientras lo hacía, Hormiga se tiró al suelo y fue arrastrándose sobre la barriga de un lado a otro para pasar por el diminuto hueco que quedaba entre los dientes del terrible rastrillo.

—¡Vamos! —gritó Warwick, más alto de lo que el líder de Essex le había escuchado chillar antes.

Y, tal como si fuesen uno, Loveday, los caballeros y el resto de hombres de armas de la pequeña compañía emergieron de detrás del establo, y se lanzaron a la carrera hacia el rastrillo.

Mientras corría, el hombre notó que se le salía el corazón por la boca.

Hormiga se había quedado atascado. El sobretodo de cuero se le había quedado enganchado en una de las picas, y se retorcía desesperado por liberarse.

Loveday escuchó al Escocés gritar a su amigo que continuara, pero no era capaz. Acto seguido, el gigante pelirrojo echó la cabeza hacia atrás y aulló.

Los pies del cabecilla de los Perros golpearon arenilla y barro seco. Hormiga seguía intentando zafarse a la par que parecía que, de un momento a otro, al grandullón le iba a explotar la sangre de los antebrazos.

No obstante, un segundo después ya estaban allí, y cada hombre colocó las manos en el rastrillo para levantarlo como si fuese su propia vida la que estaba en juego. El Escocés lo soltó y cayó hacia delante de rodillas y sin aliento mientras, tras él, la docena aproximada de hombres forzaban la entrada un palmo más, lo suficiente como para que Hormiga se liberara de su diente. Lo suficiente como para que se pusiese de pie a gatas y corriese hasta el manubrio y el tambor del cabestrante.

Lo observó rápidamente y enseguida comenzó a hacer girar la manivela. Y con un gemido y un lamento que sonó como si estuvieran separando las murallas de Caen con una palanca, el rastrillo volvió a ponerse en movimiento.

Los arqueros —entre ellos Tebbe, Thorp y los galeses— salieron de su posición de escondite y se lanzaron como un rayo a unirse a la compañía que se encontraba en el rastrillo. A su llegada, los hombres de Warwick ya se estaban tirando uno a uno al suelo y rodaban bajo la reja.

Loveday se encontraba entre los primeros. Este se arrastró sobre la barriga por debajo del rastrillo mientras las piedrecitas encontraban su camino para meterse entre su ropa. La nariz y la boca se le llenaron de polvo.

En un abrir y cerrar de ojos había pasado y volvía a estar de pie. Acto seguido, fue corriendo hasta Hormiga a fin de coger el otro extremo de la manivela del cabestrante.

Sin embargo, cuando estaba apenas a unos metros de su compañero, vio el destello de un movimiento en la calle, al lado de la casa del guarda.

Y apareció un ballestero. Con un ademán fluido y pausado, apuntó su arma hacia el hombrecillo de Essex.

Loveday abrió la boca. El ballestero —de pelo oscuro y bien afeitado, cejas pobladas y con una nariz larga que se doblaba en una joroba a la mitad— tenía un gesto despreocupado en el rostro. Llevaba el extremo más grueso del arma apretado contra el hombro derecho y portaba la misma armadura que había visto antes en los hombres del obispo.

El sol se reflejó en el redondeado estribo metálico de la parte delantera del arco y brilló durante un breve instante.

Entonces, el ballestero acercó el ojo izquierdo y apuntó. Ya había disparado antes de que Loveday pudiese siquiera gritar.

El hombre no se encontraba a más de cinco pasos de Hormiga cuando disparó.

El Perro se había girado a medias al notar que este había aparecido y, al hacerlo, se entregó al ballestero como el objetivo perfecto: el cuerpo, de frente, solo estaba protegido por tela y crines.

Era imposible fallar.

Loveday escuchó un sonido parecido al clic que hace una llave al entrar en la cerradura. Había soltado la cuerda. La flecha, tan gruesa como el pulgar de un hombre, acabada en una punta de acero afilado, se estrelló en el pecho de Hormiga.

Esta lo empujó hacia atrás, igual que si lo hubiese embestido un toro. Y el hombre cayó al suelo con fuerza. Como soltó la manivela del cabestrante, el rastrillo revirtió su movimiento ascendente y volvió a cerrarse de golpe con un estruendo.

Todos se quedaron petrificados.

El ballestero salió corriendo.

Durante un instante, Loveday se quedó clavado en el sitio, observando. Luego, se tiró donde yacía Hormiga y sujetó a su amigo por los hombros.

—Hormiga… —dijo—. No…

Sin embargo, no podía oírlo. Ya había presenciado lo mismo muchas veces. Demasiadas como para esperar que esas palabras supusiesen alguna diferencia.

Al final, pegó la cara al oído de su amigo y, llevado por el frenesí, comenzó a susurrarle el padrenuestro, la única oración que se sabía de memoria. El borboteo en la respiración de Hormiga le indicó que le habían perforado en el pulmón. Se estaba ahogando con su propia sangre.

Y antes de que siquiera llevase la mitad de la oración, su amigo murió en sus brazos.

18

Con la ayuda de Nuestro Señor, nuestros hombres vencieron en el puente y, así, entraron en la ciudad [...]. Hasta ahora, nuestros asuntos han ido todo lo bien que ha sido posible, ¡alabado sea Nuestro Señor!

Carta al arzobispo de Canterbury (29 de julio de 1346)

Durante un momento, lo único que pudo escuchar fue el rugido del mar. Notó un tirón desde algún lugar lejano, como si los santos le estuvieran elevando el alma del cuerpo desde la parte de atrás del cuello.

Como si lo estuviesen sacudiendo de su ser terrenal.

Sin embargo, no veía nada, aparte de las formas grises y vacías de color. Dentro de un anillo de luz blanca pura. Una luz que, de alguna manera, rugía. Sabía que habían disparado a Hormiga. Así que pensó que, a lo mejor, a él también. Que, al igual que él, estaba muerto.

Y, en ese momento, la forma de la luz y el bramido cambiaron, y su visión ganó nitidez y tonalidades.

Y el rugido se convirtió en una voz familiar.

«Arriba —le decía—. Arriba. Arriba».

«Arriba».

No eran los ángeles los que tiraban de su alma, sino los caballeros y los hombres de armas, que lo arrastraban de la ropa. Entonces, notó un golpe en el lado de la cara. El guantazo de una mano recubierta de metal, que pareció soltarle unos cuantos dientes.

El hombre cerró los ojos y los volvió a abrir. El conde de Warwick tenía la cara pegada a la suya.

—Está muerto —gritaba—. Muerto. Te necesitamos con nosotros. ¿Puedes correr?

Warwick lo zarandeó y luego lo empujó bruscamente hacia sir Thomas Holand, quien lo pasó a otro par de manos.

—Que no se pare —chilló el conde—. Por el amor de Dios, que alguien le eche un ojo al cabronazo grande.

A continuación, unos brazos, posados en cada uno de los de Loveday, comenzaron a tirar de él y obligaron a correr a sus piernas. Y, mientras atravesaba las calles de Caen a la carrera, recuperó el juicio. Vio que eran Tebbe y Thorp quienes lo flanqueaban. Tiraban de él hacia la izquierda mientras corrían. Se dio cuenta de que lo estaban ayudando a evitar tropezar con el cadáver del ballestero, que yacía bocabajo, en el barro de la calle, con cinco astas de flecha que le salían por la espalda.

—Lo tenemos —espetó Thorp con una expresión ceñuda en la cara—. ¿Ya estás con nosotros?

Loveday tragó saliva y asintió. Se sentía como si estuviese a punto de vomitar.

—Hormiga —dijo—. Yo no…

—Venga —lo interrumpió el arquero para esquivar el tema—. Vamos a intentar no perder a más de los nuestros.

El grupo de Warwick paró al final de la calle vacía, donde se topaba con otra que la cruzaba en un ángulo recto. Luego, se pegaron al muro de la fachada de una casa y esperaron instrucciones.

Sir Thomas miró con cuidado al otro lado de la esquina y, luego, moviéndose con sigilo, desapareció. Tras unos instantes, volvió para informar de que había visto al resto del grupo. Hablaba en voz baja.

—Este camino nos lleva hasta el río. Se abre en una plaza. Hay una iglesia al otro lado de esta y, más allá, un puente. Lo están asaltando. Es el único camino que cruza a la isla.

Warwick le preguntó:

—¿Quién ha cruzado?

—Todo el mundo —le contestó el caballero—. Gente rica, gente pobre. Soldados, civiles. Es justo lo que creíamos. Están abandonando la antigua ciudad y tomando posición en el suburbio.

—¿Defensas? —exigió Warwick.

—Ahora mismo están levantando barricadas. Carros, sacos de grano. Cosas de la iglesia que hay junto al puente. Todo lo que puedan encontrar.

—¿Podemos tomarlo? —quiso saber el conde.

Sir Thomas le dedicó una sonrisa sin alegría.

—No si quieres que todos salgamos de aquí con vida —le contestó. Y miró a Loveday—. Siento lo de tu hombre. —Acto seguido, volvió a girarse a Warwick—. Será mejor que esperemos a los refuerzos.

Sin embargo, mientras el conde pensaba en ello, irrumpió una figura enorme, seguida de dos más pequeñas, desde el fondo del grupo.

El sudor y la porquería rayaban la cara del Escocés. La barba y el cabello enmarañados estaban más asalvajados de lo que Loveday había visto nunca. Parecía loco de cansancio, ira y pena.

El hombre se abrió paso a empujones hasta el conde y le agarró por el tabardo con el puño de la mano derecha. Los caballeros de Warwick dieron un paso al frente con las manos en las empuñaduras de las espadas, pero el conde, impávido ante el Escocés a pesar de su enorme tamaño, les advirtió que retrocedieran.

—Acabamos de perder a uno de nuestros mejores hombres —le bramó a Warwick—. No espero a ningún puto refuerzo. El hijo de puta que ha matado a mi amigo está detrás de esas barricadas...

Este negó con la cabeza.

—Hombre, el hijo de puta que ha matado a tu amigo ya está muerto.

El Perro observó detenidamente al conde y asintió dándole la razón. Luego dijo:

—Pero sus amigos no. —Inspiró con fuerza por la nariz—. Con vuestro permiso, «mi señor», voy a atacar ese puente yo solo y a derribar a todo cabrón francés que pueda antes de que me toque a mí. Agradeceré algo de apoyo, aunque pongo a Cristo por testigo, me importa una putísima mierda en Pentecostés si me seguís o no.

Acto seguido, soltó el tabardo de Warwick, pero no retrocedió. El conde sonrió y contempló al Escocés durante lo que pareció mucho tiempo. Luego, habló en voz baja.

—Ese es el espíritu. Que se quede el demonio con los refuerzos.

—Y echó un vistazo al grupo de caballeros, que no parecían muy seguros de este giro de los acontecimientos—. Señores, llevamos en este país pagano mucho tiempo. Sacando brillo a nuestros yelmos y quemando poblados indefensos. Este hombre cree que deberíamos jugárnosla y atacar.

Y volvió a observar a los hombres que lo rodeaban. Sostuvo un instante la mirada de Loveday.

—Podemos esperar aquí hasta que lleguen órdenes y hombres de parte del rey para decirnos que nuestro joven príncipe está bajando aquí a fin de comandar el asedio de las barricadas. O podemos derribarlas antes de que hayan terminado. Ahora bien, debemos estar todos de acuerdo.

Una sonrisa se dibujó sigilosamente en las caras de unos cuantos caballeros. En ese momento, el líder de Essex se dio cuenta de por qué habían escogido a esos hombres como los camaradas más cercanos de Warwick. Sir Thomas dio su opinión:

—Hagámoslo, mi señor. Demos a los cronistas algo sobre lo que escribir.

El conde asintió satisfecho y, después, añadió:

—Arqueros, preparaos para sembrar el caos. Vamos a necesitar que nos cubráis. Y, quizá, un milagro.

Loveday miró con atención al otro lado de la esquina, a través de la calle que conducía a la plaza. Entornó los ojos con fuerza. Podía ver el puente que cruzaba el río y el que había mencionado sir Thomas. Era estrecho y eso había provocado un atasco de cuerpos, ya que los últimos grupos de civiles en pánico intentaban pasar apretujándose mientras las tropas de la guarnición arrastraban lo que podían para formar barricadas. Claramente, habían sacado todo lo útil de la enorme y preciosa iglesia situada en el extremo más cercano del puente. Las decoradas sillas de madera se volcaban encima del resto de pedazos de escombros.

Unos pocos ballesteros estaban en posición tras los parapetos a la vez que examinaban las calles del casco antiguo. No obstante, la falta de atención que prestaban los caballeros y los soldados rasos que estaban construyendo la barricada indicó a Loveday que todavía no sabían de la presencia de ingleses en la ciudad.

Warwick les dio a los arqueros sus órdenes. Los dividió en dos grupos. Los galeses iban en uno, y Tebbe y Thorp, en otro.

El conde le dijo a la primera de las cuadrillas:

—Buscad edificios con ventanas y tejados con vistas a la plaza. Subid a lo alto y disparad hacia abajo. Apuntad a los civiles que se encuentren por el puente. Disparad rápido, pero no matéis a nadie si es posible. Queremos pánico, no una montaña de cuerpos.

Luego se giró al otro grupo de arqueros:

—Dispersaos. En cuanto los civiles comiencen a caer, acabad con los ballesteros. Necesitamos derribarlos a todos. Acabad con ellos si podéis. No dejéis de disparar hasta que no quede ninguno.

Y, al final, miró al resto de los hombres.

—Nosotros mantenemos nuestra posición aquí hasta que se hayan ocupado de los ballesteros —les informó—. Después, atacamos las barricadas. No vamos a ir antes de que esté despejado. ¿Está claro, grandullón?

El Escocés hizo una mueca.

Loveday vio a Hormiga salir volando de espaldas. Se quedó sin aliento. Y pestañeó con fuerza.

—Bien —comentó Warwick—. Que san Jorge guíe vuestras manos, caballeros. Cargaremos en cuanto hayáis derribado a esos ballesteros. Les daremos un buen golpe. Y los obligaremos a retroceder y tomaremos esa barricada. La mantendremos, pero no continuamos avanzando.

Hubo gruñidos de acuerdo y personas que asentían por todo el grupo. Muchos de los caballeros chocaron los yelmos entre ellos y se dieron manotazos en el pecho. Los más tranquilos de la pequeña compañía eran Lyntyn y Darys. Ambos hablaron en voz baja y en galés. Loveday no tenía ni idea de si sabían lo que el conde esperaba de ellos.

Warwick echó un vistazo al otro lado de la esquina.

—Vamos. Arqueros…, tomad vuestras posiciones y abrid las puertas del infierno.

Los gritos le indicaron a Loveday que los arqueros del conde habían encontrado sus puestos. Un remolino de aullidos de terror y angustia —como el chillido de los cerdos que se mataban en otoño— ascendía desde la dirección del puente y rebotaba por las calles hasta donde ellos se encontraban.

No era capaz de oír el silbido de las flechas a través del aire cálido. Tampoco de ver a los civiles correr como locos, arañándose entre ellos en un intento de escapar del ataque desde los tejados.

Sin embargo, los gritos se lo decían todo sobre la carnicería que se estaba desatando.

Le habían rozado más flechas de las que le gustaba contar, y una vez, hace casi diez años, se le clavó una en el hombro izquierdo tan hondo que tuvieron que extraérsela. El dolor fue terrible. La conmoción, peor. El hecho de notar cómo se hundía el afilado acero punzante en el cuerpo de uno era algo que ningún hombre ni mujer alguna que hubiese conocido en su vida podría soportar con paciencia. Así que pensó que el terror de no saber de dónde venían los proyectiles lo haría todavía más horrible.

Sir Thomas estaba observando con el ojo bueno al otro lado de la esquina de la calle mientras murmuraba para sí a la vez que contemplaba lo que se estaba desarrollando. El resto del grupo permaneció en silencio.

Entonces, el caballero retiró la cabeza.

—Dos ballesteros abatidos —dijo.

Y volvió a mirar.

Los alaridos continuaron.

Sir Thomas volvió a echarse atrás.

—Tres.

Hizo lo mismo bastantes veces hasta que por fin anunció:

—Otro.

Y, después:

—No queda ninguno.

En ese momento, Warwick le dio una palmadita en el hombro y, a continuación, desenvainó la espada y respiró hondo.

—Pues aquí estamos —comenzó—. Vamos a tomar esa barricada. —Y se volvió hacia el Escocés—. Amigo mío, ¿te gustaría hacernos el honor de liderar el ataque?

—Que Dios me maldiga si no quisiera —le contestó el hombre.

Acto seguido, se descolgó el hacha bicéfala de la espalda, la agarró con la mano derecha y con el pulgar izquierdo probó los bordes afilados de la hoja. Luego se giró hacia Loveday.

—¿Estás conmigo? —le preguntó.

El cabecilla asintió y se le apareció la cara de Hormiga. Entonces, sintió un repentino arrebato de profunda tristeza, que echó a perder el cosquilleo de emoción.

—Que Dios me maldiga si no es así —le contestó y, a continuación, sacó su espada.

En ese momento, los dos giraron juntos la esquina y atravesaron corriendo la calle en dirección a la barricada.

Tras ellos, el retumbar de las botas y las armaduras de placas les hicieron saber que Warwick, sir Thomas y el resto de los caballeros les seguían los pasos.

Mientras se lanzaban como un rayo hacia el puente, Loveday vio que la barricada era bastante alta: carros del revés y montones de mobiliario, vigas y sacos, todos apilados a una altura similar a la altura de un hombre. Delante de aquella defensa improvisada había un ballestero desplomado, que parecía que se hubiese sentado a descansar. Una flecha se le había hundido hasta la mitad del emplumado en la cuenca del ojo izquierdo. A unos pasos de allí, una mujer yacía en el suelo, retorciéndose y gimoteando. La sangre había teñido sus largas faldas de negro y tenía el cabello pegado a la cara. Dos flechas se habían enterrado en su cadera izquierda.

Cuando se encontraban a unos veinte pasos del parapeto, una cabeza se asomó detrás de este. Un joven, quizá un escudero. Loveday vio que se incorporaba y estuvo a punto de tirarse al suelo por si llevaba una ballesta.

No obstante, de ser así, nunca habría tenido la oportunidad de levantarla, porque, de pronto, provenientes de algún lugar en las alturas detrás del hombro derecho del líder de Essex, dos flechas atravesaron el aire. La primera alcanzó la oreja del joven. La segunda se le alojó en la garganta.

Solo podían haber sido Darys y Lyntyn, y el hombre sintió un arrebato de orgullo.

Loveday no se giró para ver desde dónde habían disparado los galeses ni dejó de correr. Entonces escuchó a sir Thomas aullar por detrás:

—¡Seguid adelante!

Después vio a Warwick tomar el mando del grupo. El conde, que corría más rápido de lo que había visto moverse a nadie que llevase una armadura así de pesada, se lanzó justo debajo de la barricada y llamó a que el resto de hombres hiciesen lo mismo.

Todos gatearon hasta ahí para sentarse con las espaldas pegadas a la montaña de desperdicios entre jadeos. Ya solo se encontraban a escasos pasos de cuantas tropas estuviesen en sus puestos al otro lado.

El cabecilla de los Perros supuso que, al igual que él, los franceses permanecerían allí sentados. Con el pulso acelerado y consciente de que la siguiente hora traería la agonía y el horror de las heridas y la muerte, o la excitación de la vida. En ese momento, miró la cara manchada de barro del Escocés.

—¿Ahora qué? —le preguntó moviendo los labios en silencio.

Sir Thomas captó las palabras mudas, se inclinó y susurró.

—Esperamos a que cometan un error. No tardarán mucho. No van a ser capaces de evitarlo.

Luego, echó un vistazo a Warwick, que se llevó un dedo envuelto en cuero y metal a los labios. Acto seguido, alargó el cuello para alzar las pupilas por encima de sí mismo y hacia atrás, a la cima de la barricada.

Loveday se secó las palmas húmedas en los muslos y miró con rapidez a su derecha. Vio la puerta de la iglesia, que se encontraba algo entreabierta y se movía mínimamente. Fue algo tan pequeño que se preguntó si se lo habría imaginado, pero sabía que no. Acto seguido, le dio un codazo a sir Thomas y le hizo un gesto con los dos dedos índices para señalarle la iglesia.

«Alguien. Ahí dentro. ¿Vamos a por ellos?».

A pesar de que Sir Thomas reconoció la señal, negó con la cabeza. Con los mismos índices, le indicó tres edificios al otro lado de la plaza.

«Los arqueros. Ahí arriba. Confía en que nos cubran».

Así las cosas, Loveday no se movió, pero no apartó los ojos de la puerta de la iglesia. La preocupación le oprimía el pecho.

Justo cuando estaba a punto de implorarle a sir Thomas por segunda vez que pasasen a la acción, se escuchó un fuerte chirrido tras sus cabezas. Y otro. Y un tercero. Entonces, el hombre se dio cuenta de lo que estaba pasando.

Si bien las tropas estaban trepando por la barricada e intentando hacerlo con sigilo, les estaba saliendo una chapuza.

Warwick había pasado de la posición sentada a agacharse sobre los talones. Después ajustó la empuñadura de su espada, y Loveday hizo lo mismo. El Escocés giró el hacha entre las manos.

Tras ellos, el rechinar cesó. Hubo un momento de silencio y, acto seguido, con unos aullidos de «¡Saint Denis!» que helaban la sangre, una media docena de soldados franceses saltaron por la cima de la barricada.

Y luego otra media docena más.

Y otra media docena «más».

Y Loveday podría haberse echado a reír, porque todos, sin excepción, corrían instintivamente hacia delante sin pensar en darse la vuelta y mirar tras ellos, hacia la barricada en la que, ahora, se encontraban los caballeros ingleses.

Podría haberse reído más todavía cuando los arqueros, que seguían clavados en sus puestos de tiro, comenzaron a lanzar disparos bien dirigidos a la ingle y al pecho, así como a todas las partes blandas e indefensas de los soldados franceses, que portaban yelmos y corazas, pero cuero en las extremidades.

Sin embargo, no se rio porque, en cuestión de unos suspiros, la tormenta de flechas hizo que los franceses se diesen la vuelta y vieran para su sorpresa dónde estaba la compañía de Warwick.

Loveday se aferró al mango de su espada con las dos manos con tanta fuerza que pensó que los nudillos le iban a atravesar la piel.

El Escocés lazó su enorme hacha por encima de su cabeza pelirroja de grandes dimensiones y rugió.

Y ambos grupos cargaron el uno contra el otro.

Los franceses habían perdido a tres o a cuatro hombres por disparo de flecha, pero seguían superando en número a los ingleses.

Un hombre media cabeza más bajo que Loveday con un largo bigote que le caía y se tambaleaba a los lados de los labios como si fuese el de una carpa escogió al Perro y se acercó a paso largo a él, blandiendo una espada de mayor tamaño que la suya.

Loveday se preparó. El instinto hizo acto de presencia. Entonces, observó el arma y los ojos del agresor. Y, cuando este atacó, el cabecilla dio medio paso a la izquierda, agachó el hombro izquierdo y rodó bajo el movimiento de la hoja.

Mientras se levantaba, transfirió todo su peso a la derecha, girando sobre el metatarso del pie correspondiente, y levantó la espada en un arco, desde la cadera hasta el hombro, para dirigir la punta a la axila izquierda del francés, indefensa sin armadura y expuesta.

Su oponente era un guerrero valiente, pero no listo. Loveday sintió que la hoja se hundía unos centímetros. No se trataba de una herida mortal, aunque sí dolorosa. El hombre aulló y el Perro volvió a sacar la espada, y acto seguido, dobló las rodillas y se impulsó hacia delante con el hombro izquierdo, dirigiéndose directamente a por el vientre del francés. Asestó una puñalada con fuerza y sintió que todo el aire abandonaba los pulmones de su oponente.

Lo tiró al suelo, se arrodilló sobre su pecho, le agarró el largo bigote con el objetivo de tirarle de la cabeza hacia atrás y le cortó el cuello.

Acto seguido, se separó rodando, se levantó y volvió a la barricada para recuperar el aliento. Tenía sangre en los ojos, y no sabía si era suya. Volvió a mirar a la puerta de la iglesia. Ahora, se encontraba abierta de par en par. Quienquiera que hubiera estado allí se había marchado.

El hombre se secó los ojos con la manga y notó la sangre pegajosa en las mejillas. Entonces, antes de que se diese cuenta, tenía al siguiente hombre encima.

Su corpulencia era mayor. Se acercó a Loveday con una pica corta, el asta más o menos de la altura del Perro, y la punta maligna sobresalía aproximadamente la longitud de un brazo.

También resultó ser un luchador más dotado que el hombre al que acababa de matar. Y sabía cómo usar su arma. Mantuvo el cuerpo de lado y sostuvo la pica con ambas manos. Luego, movió los pies igual que un bailarín en la danza de las cintas, con movimientos cortos, pero que no desvelaban la puñalada que llevaría a cabo la cabeza del arma. Entonces, si bien la empujó hacia las tripas del Perro, este también adoptó una postura lateral para intentar exponerse como un objetivo del menor tamaño posible.

Sin embargo, era consciente de que no estaba en los huesos. Y, cuando el piquero avanzó, a Loveday lo pilló con el pie cambiado y retrocedió. Intentó moverse a derecha e izquierda, pero su contrincante lo estaba empujando hacia la barricada, donde se quedaría sin sitio para eludirlo.

Loveday mantuvo la espada al hombro. No la había probado, excepto en la axila y el cuello del primer hombre, y no confiaba del todo en ella. Lo último que quería era que la hoja se hiciese pedazos contra el asta de la pica. Así pues, continuó retrocediendo en zigzag mientras el piquero seguía intentando apuñalarlo. Tenía una mirada sucia y lasciva, y se mofó del Perro en francés. Él no entendió lo que decía, pero se podía hacer una idea de lo que significaban sus palabras.

Ya solo se encontraba a unos pasos de la barricada.

Vio al Escocés por el rabillo del ojo. El grandullón estaba luchando con el hacha en la mano izquierda, la más débil, y usando la fuerza bruta del brazo derecho como una segunda arma. Aunque Loveday no dejó de mirar la cabeza de la pica, entrevió que su compañero le partía la nariz a un escudero de un golpe hacia delante con el codo.

Acto seguido, el grandullón pelirrojo se giró a por otro oponente: un caballero. Con el hacha sujeta en la mano izquierda, apuntó al pecho del agresor y empleó la parte plana de la hoja y la potencia de su peso, trasferido de los pies a la cabeza del arma, para tirar al hombre de culo. Luego le propinó una fuerte patada en la cabeza que le dobló el yelmo, por lo que le impidió seguir viendo.

Entonces, tras empuñar momentáneamente el hacha con ambas manos, la alzó, la blandió hacia abajo y le cortó la pierna izquierda por la mitad del muslo.

El crujido le revolvió las tripas y el grito que salió del yelmo torcido del caballero francés fue terrorífico. Durante un instante,

Loveday se imaginó lo que estaría sufriendo: un mundo de asfixiante oscuridad, que solo olía y sabía a cuero y hierro, además del indescriptible dolor de una pierna partida como si fuese un tronco.

No obstante, el líder de Essex no pudo detenerse mucho en aquello, porque el piquero volvió a intentar apuñalarlo y, ahora, el Perro estaba acorralado contra la barricada.

En ese momento, gritó lo más fuerte que pudo:

—¡Escocés!

El piquero embistió y Loveday viró bruscamente hacia atrás, evitando por los pelos acabar alanceado en las tripas. Se golpeó la nuca contra la pata de una silla que sobresalía de la barrera.

Hizo una mueca de dolor. Se vio muerto. Olió con muchísima intensidad tanto el hedor de su sudor como de la sangre que le manchaba la cara, y, a continuación, observó la cabeza de la pica y esperó a que lo atravesase.

Entonces, el piquero cometió un error.

Estaba tan emocionado por haber estado a punto de cornear al inglés que intentó embestirlo igual.

Loveday sabía lo que habría hecho si se hubiesen cambiado los papeles. Habría apuntado a los pies, desestabilizado a su oponente atrapado y, después, vuelto a incorporarse para darle una estocada fatal en el estómago.

No obstante, el atacante no hizo eso, así que, cuando se le aproximó la segunda embestida, Loveday tiró su espada, se acercó a su contrincante y, en el mismo movimiento, aferró las dos manos al asta de la pica y tiró como si estuviese jugando a tirar de la cuerda. Aquello hizo que se duplicase la potencia de la embestida del francés. Y lanzó la pesada punta de metal del arma a la barricada, que quedaba tras él, con la suficiente fuerza como para que la cabeza de la pica se quedase firmemente alojada en la madera de una puerta vieja.

En ese momento, el guerrero francés se tambaleó hacia atrás, pero no se cayó. Parecía sobresaltado, como si no hubiese considerado que aquello fuese posible, y Loveday no perdió el tiempo. Usando el impulso del tirón a la pica, soltó las manos y dio dos pasos hacia delante, de manera que estuvo lo bastante cerca como para poder oler el aliento del piquero. Acto seguido, retrajo el puño derecho en un puñetazo, que movió raudo a un lado, dibujando una curva por encima del hombro, para lanzarlo lo más fuerte posible contra la cara del francés.

Sintió que la nariz del hombre se hacía pedazos.

Sintió que se le rompían huesos de la mano derecha.

Se sintió vivo, como no se había sentido en muchos años.

Y contempló cómo el piquero se soltaba del arma y se tambaleaba hacia atrás, aturdido por el golpe. Tenía la nariz aplastada por toda la cara, partida por el puente, y le salía sangre a borbotones, que ya le había manchado los dientes.

El hombre masculló de dolor.

Loveday saltó lo más fuerte y rápido que pudo con el objetivo de alejarse de él porque, mientras el hombre retrocedía con paso incierto, vio al Escocés dar un paso tras él con el hacha sobre el hombro derecho, lista para asestar el golpe.

Sin embargo, en ese momento, el cabecilla de los Perros se tropezó y, una vez en el suelo, se alejó rodando por el barro, por lo que estaba bocarriba en el momento en el que su compañero blandió el arma en un perfecto semicírculo que aterrizó con uno de los afilados bordes en el cogote del guerrero francés. La hoja le atravesó el cuello, la carne y la garganta, y apareció por el otro lado. La cabeza salió volando, dio una voltereta en el aire y aterrizó junto a la cara de Loveday, de tal manera que las narices estuvieron a punto de tocarse.

Dio la impresión de que los ojos del francés se abrían muchísimo y, luego, los párpados se cerraron con un aleteo.

El hombre se arrastró rápidamente hacia atrás y miró al Escocés.

—En mi vida he visto algo igual —comentó el grandullón.

Las gotas de sangre del cuello del piquero le cubrían desde el pecho hasta la espinilla.

Loveday tomó una bocanada de aire y asintió.

—Creo que ya hemos visto suficientes cabezas cortadas —le contestó.

Luego, recogió la espada, y el Escocés y él se colocaron hombro con hombro a fin de examinar la melé con vistas al siguiente encuentro.

Tres de los caballeros y hombres de armas de Warwick yacían muertos o agonizantes en el barro, pero habían caído muchos más franceses, abatidos por los asaeteadores mientras luchaban contra los ingleses.

—Vamos a ayudar a que esto termine —dijo el cabecilla de los Perros.

A continuación, señaló a sir Thomas, que se estaba peleando con un soldado de más o menos su tamaño; ambos intercambiaban mandobles que rebotaban en sus armaduras de placas. El Escocés se lanzó a por el caballero francés, blandió el hacha contra el tobillo y le hizo trizas el hueso, de forma que el soldado se desplomó de lado, gritando de dolor.

Sir Thomas, que encaraba el combate con la visera del yelmo levantada, pareció sorprendido de verlos.

—Gracias, señores —dijo.

Después, pateó al soldado en la cabeza y le escupió. Entonces, miró rápidamente a la izquierda.

—Por los huesos de los santos —exclamó.

La barricada volvía a chirriar y el caballero entornó los ojos hacia los edificios al otro lado de la plaza. Un humo espeso salía de las ventanas que habían ocupado los arqueros. Estaban quemando sus propios refugios de asaeteadores.

—Se han quedado sin flechas —afirmó.

Acto seguido, echó la vista atrás hacia la barricada. Otra oleada de caballeros franceses estaba subiendo por ella.

—Es hora de salir de aquí.

Sin embargo, el Escocés negó con la cabeza.

—He venido aquí a tomar esa puta barricada —le respondió—. O lo conseguimos o morimos en el intento.

Y sir Thomas imitó su gesto.

—Vosotros podéis morir en el intento —le comentó—, pero yo lo haré en la cama con mi mujer. Que Dios os bendiga, caballeros. —Luego bajó la vista hasta el soldado con el tobillo destrozado—. Eso ha sido muy cristiano por tu parte.

No obstante, cuando comenzaba a alejarse, se escuchó el toque de una trompeta desde la dirección del casco antiguo, y el conde de

Northampton, con el príncipe Eduardo a su lado, entró a caballo en la plaza.

Romford montaba justo detrás de él.

Y tras ellos llegaron cientos de tropas inglesas, que brotaron de cada calle del casco antiguo, blandiendo garrotes, guadañas, picas, antorchas ardientes y cualquier otra arma concebible mientras cantaban canciones de guerra.

Tras apretujarse para entrar en la plaza, comenzaron a correr precipitándose hacia la barricada y a obligar a retroceder rápidamente en retirada a través del puente a los franceses que habían comenzado a escalarla. A los pocos que siguieron combatiendo con los caballeros de Warwick los cogieron y mataron en el sitio.

Sir Thomas, el Escocés y Loveday se vieron empujados a un lado mientras cientos de manos comenzaban a abalanzarse contra la barricada y a tirar como locos para deshacerla en pedazos.

Northampton, que estaba sentado sobre un enorme caballo de batalla moteado, portaba una sonrisa tan amplia como sus orejas.

—Mi noble amigo lord Warwick —lo llamó por encima del escándalo de las tropas—. Os traemos un mensaje del rey que debe ser entregado por su hijo.

Acto seguido, se inclinó en la silla de montar y le dio una palmadita en el hombro al príncipe.

—Ala, venga, cabroncete —le dijo.

El príncipe Eduardo se irguió en su montura.

—Mi padre dice que debemos parar este ataque prematuro de inmediato —gritó, y le chirrió la voz—. Ha agrupado nuestras fuerzas en la zona sur de la isla e insiste en que combinemos nuestro ataque desde ambos flancos a la vez.

El conde le dio otra palmadita en el hombro.

—Muy bien —le reconoció—. Lo has entregado con mucha dignidad. —Y le guiñó un ojo a Warwick—. ¿Qué posibilidades crees que hay de que frenemos a esta banda de putos inútiles y esperemos a nuestra invitación oficial para unirnos a un asalto cuidadosamente planeado desde los dos extremos del suburbio?

A continuación, le señaló la barricada con la cabeza, donde las tropas inglesas ya casi habían atravesado la barrera. La turba pasaba los escombros hacia atrás por encima de sus cabezas y se levantaban de un salto para estrellar sus armas contra cualquier mano o cara francesa que apareciera sobre su cima.

Warwick intentó secarse el sudor de la cara con la mano envuelta en un guantelete.

—No muchas, mi señor. —Y le devolvió la sonrisa.

—Sí —coincidió Northampton—. Ninguna en absoluto, joder.

Acto seguido, volvió a girarse hacia el príncipe.

—Ve y busca algo de beber en algún sitio. Deja que los hombres nos ocupemos de esto. Nosotros le transmitiremos tus disculpas a tu padre.

Después, avanzó sin bajarse del caballo y se inclinó hacia Warwick. Loveday se encontraba lo bastante cerca como para oír lo que le dijo.

—En nombre de los putos aros de los pezones de santa Beatriz, ¿qué ha pasado aquí?

El conde se encogió de hombros.

—El calor de la batalla —le contestó—. Hemos aprovechado una oportunidad.

Northampton lo miró de reojo. Los gritos en el puente eran indicativos de que la barricada había caído y de que las tropas inglesas estaban a punto de traspasar las defensas de la isla. Algo pesado cayó desde la torre del castillo al otro extremo de la ciudad.

—¿Una oportunidad? —le preguntó a Warwick—. Una oportunidad es tirarse un pedo en la mesa del rey mientras el capellán la bendice.

Luego echó un vistazo por las calles sembradas de cuerpos franceses y atestadas de ingleses que saqueaban.

—Yo diría que vosotros, chicos, habéis tenido una puta suerte de la hostia.

TERCERA PARTE

SANGRE

31 de julio – 26 de agosto de 1346

19

El ejército se quedó en Caen durante seis días, y los botines
de las ciudades y el campo que se habían mantenido incau-
tados hasta entonces [...] se vendieron a los marinos, que
habían ido siguiendo al rey por la costa y habían destruido
todas las defensas navales francesas, o a través de ellos.

La crónica de Geoffrey le Baker

Cinco días después

—Tíralo dentro.

Loveday se encontró con la mirada sombría del Escocés. Luego
miró al capellán, que asintió ligeramente.

Entonces se agachó poco a poco, con dolor, y cogió un puñado
de tierra cálida espolvoreada con arena y gravilla, la misma de la esquina del pequeño camposanto en la que los Perros se habían pasado
el día cavando.

Usó la mano izquierda porque, tras la batalla del puente, la derecha era un desastre hinchado y punzante. El simple hecho de doblar
los dedos hacía que se le llenasen los ojos de lágrimas. La carne que
se extendía desde el antebrazo hasta los nudillos estaba manchada
de negro y violeta. Un bulto duro sobresalía en el dorso de la mano.
Uno de los galenos de Warwick, un hombre serio llamado Jordan,
había confirmado lo que Loveday ya sabía. Se había roto los huesos
y tardaría semanas en curarse.

Le resultaba incómodo utilizar la mano izquierda y parte de la
tierra se le escapó entre los dedos, pero tiró la que pudo en el aguje-

ro. El Escocés lanzó un puñado, igual que Tebbe y Thorp. Llevaban días sin ver a los galeses.

El barro manchó la tela de lino en la que descansaba envuelto el cuerpo de Hormiga.

En ese momento, el capellán se aclaró la voz.

—Está con Dios.

Y el escocés resopló con sorna.

—No, no está con el puto Dios. Y nosotros tampoco lo estaremos jamás. Guárdate tu compasión para los subnormales y los chiquillos.

A continuación, el capellán volvió a carraspear.

—¿Alguno querría decir algo en nombre de este hombre?

Loveday miró al pequeño grupo que había a su alrededor e intentó llamar la atención de todos. Los arqueros no tenían nada que decir.

Así pues, respiró hondo.

—Era uno de los nuestros y él escogió esta vida —comenzó—. Quería lo mismo que todos nosotros. Luchar, ganarse el pan, sobrevivir y volver a casa. Le pido a Dios que... —Y se interrumpió a sí mismo—. Todos sabéis que Hormiga era nuestro amigo y hermano. Cabalgamos a su lado. Y ahora lloramos su muerte.

Luego hubo unos segundos de silencio artificioso. El capellán agachó la cabeza en señal de respeto, aunque el cabecilla de los Perros se dio cuenta de que habría escuchado panegíricos más elocuentes en su vida.

Entonces, el Escocés usó la bota para empujar una montaña de tierra arenosa más grande a la tumba. Tebbe y Thorp se unieron a la tarea, y la mortaja de su amigo enseguida estuvo cubierta. En breve, no se vio nada de él aparte de unos tenues contornos en la tierra suelta y esparcida.

El capellán los observó trabajar, pero a Loveday le dio la impresión de que se estaba impacientando. Se acercó hasta los arqueros y les susurró:

—Ya terminaremos luego.

En ese momento, asintió al sacerdote, quien condujo a los cuatro Perros en una diminuta procesión hasta el segundo agujero que habían cavado aquella mañana.

Era de las mismas dimensiones que el de Hormiga: de la altura de un hombre tanto de largo como de profundidad. A su lado, se encontraba la montaña de despojos y césped cortado que habían retirado. Todos clavaron las pupilas en el fondo del hoyo, en el segundo cadáver, bien envuelto en lino robado.

El capellán se santiguó y comenzó a cantar en un aflautado latín.

Los Perros bajaron la vista y escucharon.

Había llegado el momento de despedirse del Padre.

Una vez acabaron y el sol ya se estaba poniendo, encontraron una taberna junto al río, en la zona norte de la isla, con vistas al casco antiguo.

El dueño del establecimiento —que era normando— había sobrevivido al saqueo, o huyó y volvió corriendo para sacar tajada de la clientela, que era el ejército de paso.

El anciano servía vino y cerveza de una trampilla en la pared mientras las tropas inglesas se relajaban fuera, en las mesas de madera, o se sentaban en el suelo. Tres chicas jóvenes, todas con la misma frente ancha y el cabello negro azabache del dueño, revoloteaban nerviosas entre los grupos, rellenando las jarras y sacando el pago que podían a los bebedores.

Un par de hombres de armas gigantescos, que portaban libreas reales, se encargaban de mantener el orden. Aunque los dos se apoyaban con pereza en el lateral de la taberna, sus pupilas no paraban de revolotear entre los borrachos.

La proclamación real del fin del saqueo había sido clara. La ley militar volvía a estar en vigor. Aquellos que perturbasen la paz del rey se enfrentarían a una paliza, una amputación o a la horca. Los ciudadanos que siguiesen vivos y listos para trabajar lo harían bajo la protección real. Dicha protección se extendía especialmente a los panaderos, los dueños de las posadas, las taberneras y las prostitutas.

Un ejército en reposo necesitaba a especialistas en ciertos oficios con miras a mantener la alegría.

Los cuatro Perros se sentaron en silencio en las banquetas de una mesa fuera de la taberna y Tebbe sirvió vino de una jarra esmaltada de color azul. Desde allí, se divisaban a lo lejos las torres del castillo:

la última parte de Caen que seguía resistiendo a las tropas inglesas. Todos pensaban lo mismo.

Al fin, Thorp habló:

—¿Creéis que estaba…?

—¿Quién sabe? —le espetó el Escocés—. O estaba muerto cuando se estrelló contra el suelo o justo después. ¿Qué más da?

El arquero pareció dolido.

—Por Cristo en la cruz, Escocés. A mí tampoco me gusta pensar en ello.

—Entonces, ¿por qué estamos hablando de eso? —quiso saber el grandullón—. Se acabó. Así de simple. Es culpa nuestra. Loveday y yo llevamos al Padre hasta los brazos de ese depravado cabrón francés del castillo. El obispo lo encerró, lo más probable es que torturara al pobre y viejo hijo de puta, y que, cuando se cansó de él, lo tirase desde lo alto de la torre.

El Perro señaló la esquina del castillo con un dedo.

—Desde ahí. Desde arriba hasta el suelo, con un tremendo golpe seco de los cojones al final. El cabrón ni siquiera habría tenido un entierro de no ser porque los hombres de Warwick lo reconocieron.

Luego, escogió una taza enfadado, se la bebió de un trago y la estrelló contra la mesa. Tebbe, Thorp y Loveday miraban fijamente la superficie de madera. Entonces, el Escocés rellenó su vaso e hizo lo mismo con el del resto hasta que rebosaron.

—Hormiga —comenzó—. Muerto. Padre. Muerto. El chico, sabe Dios haciendo qué con el pequeño estúpido que es nuestro príncipe. ¿Millstone? Posiblemente muerto, ya que no hemos sabido nada de él durante una semana y ahora es un puto forajido. No hay ni rastro de los cabrones galeses, aunque lo más seguro es que estén poniéndose hasta el culo en uno de los burdeles. Buena suerte consiguiendo que sir Robert nos apoquine sus cuarenta días.

En ese momento miró a Loveday y, de pronto, una acusación ardió en sus ojos.

—¿Cuántas veces nos has soltado lo de permanecer unidos, seguir con vida, conseguir la paga y hacer lo que siempre nos enseñó el puto Capitán?

El líder asintió.

—Lo sé —dijo con voz queda—. Se suponía que no iba a ser así.

Sin embargo, el Escocés apartó la vista para volver a mirar hacia el castillo.

—Ah, por los huesos de Cristo —dijo—. Esto es una guerra. ¿Qué esperábamos? Solo desearía que se diesen prisa y tomasen ese castillo. Quiero ver cómo los perros despedazan a ese puto obispo.

—Todos queremos lo mismo —le contestó Loveday—, pero va a llevar su tiempo. Es el último pedacito de la ciudad que no ha caído. Por muchos ballesteros que tengan ahí dentro, los hermanos Bertrand pueden quedarse dos meses sentados detrás de esos muros. Lo único que podemos hacer es intentar mantener al resto de los nuestros con vida. Encontrar a Millstone. Recuperar a Romford. Localizar a los galeses si es que siguen por aquí.

Luego, alzó la taza y le hizo una señal al resto con el objetivo de que hicieran lo mismo. Los cuatro se las acabaron. La jarra de la mesa también estaba vacía.

—Voy yo —dijo Loveday, y se levantó para llevársela al anciano y que la rellenase en la trampilla.

Un calor se estaba propagando desde su estómago. Este le suavizó un poco la tristeza. Y le alivió el dolor punzante de la mano derecha.

El ejército inglés llevaba cinco días acampado en Caen, desde que la ciudad cayó, y, como siempre, el saqueo había sido fatídico.

Loveday, el Escocés y los arqueros habían cruzado el puente que conducía al suburbio con la primera oleada. Llegaron a tiempo de ver a las tremendas fuerzas del rey Eduardo, miles de hombres con lanzas y arcos impulsados por caballeros y hombres de armas, que se hundieron en el río hasta la cintura y que aplastaron a la línea de ballesteros franceses y genoveses estacionada en las barcazas. Muchos de los franceses yacían con las gargantas cortadas en las cubiertas, pero muchos más fueron arrastrados hasta el río y se ahogaron en sus aguas poco profundas.

Después de aquello, los miles de ciudadanos y refugiados apiñados en la isla se encontraron tan indefensos como un ratón recién nacido. Algunos lucharon tirando piedras y maderas desde las plantas altas de las casas más grandes hasta que los hicieron salir con humo o les dispararon los arqueros con vista de lince. A otros les robaron todas sus pertenencias. Y, por supuesto, Loveday vio a cientos de masacrados. Había una imagen que le quemaba en la mente: una madre embarazada con un bebé en brazos, corneada por un piquero del norte fuera de sí. Lanzaron al niño al río a fin de que se ahogara. Cuando por fin se restauró el orden, los ingenieros reales cavaron largas trincheras en los campos a las afueras de la ciudad. Los cuerpos se amontonaron dentro igual que los troncos para una hoguera, sin ritos religiosos ni diferencia entre ricos y pobres.

Solo los enterraron para librarse del hedor.

Loveday repiqueteó en la mesa con los dedos de la mano izquierda mientras Thorp iba a rellenar otra jarra de vino. Se preguntó por qué le resultaba tan difícil recordar con claridad las cosas buenas que había visto en su vida. Las caras de sus hijas cuando estaban vivas y felices. El aroma del cabello de su esposa en primavera después de habérselo lavado por primera vez en semanas.

Ya no volvería a conocer nada de eso, porque se estaban desvaneciendo en su mente. Y, aun así, la guerra y los robos le habían dejado recuerdos que guardaría hasta el día del juicio.

¿Qué era lo que le había dicho la mujer de Valognes? Que iba a Caen o a Ruan o a París…

«O al infierno. A lo mejor te veo en alguno de esos sitios cuando tu príncipe y su padre te lleven hasta allí».

«A lo mejor ya estoy en él», pensó.

El vino estaba suavizando las líneas y las aristas de su visión. El hombre examinó a las gentes que iban y venían en masa cerca de la taberna mientras se preguntaba si volvería a ver su rostro, con el cabello desigual por habérselo cortado con su cuchillo.

Sin embargo, no divisó a nadie que se pareciese remotamente a ella.

Y se acabó otra taza. En ese momento, Tebbe, Thorp y el Escocés estaban bromeando y riéndose. El primero les estaba contando un chiste bastante largo y obsceno sobre un obispo avaro que encontró un anillo mágico y que le concedió una erección permanente. Loveday ya lo había escuchado antes, pero se rio con los demás en los momentos clave. Entonces, el Escocés fue a por más vino, y el cabecilla de los Perros no estuvo seguro de si era el cuarto o el quinto. El arquero terminó el chiste y el grandullón pelirrojo volvió a la mesa con lágrimas de risa que le corrían por las sucias mejillas.

Mientras regresaba, casi se choca con un marinero bajo, fornido y de barba frondosa que había salido de la multitud para acercarse a su mesa. Parte del vino se derramó y el Escocés levantó la cabeza con hostilidad, aunque el desconocido alzó las manos en señal de disculpa.

—No pretendía ofender —le dijo.

Y el Perro, ablandado por el alcohol, se dejó caer en el taburete con el objetivo de sentarse. En cambio, el marinero permaneció de pie y colocó las manos sobre la mesa. Tenía vello denso y negro en unos antebrazos casi el doble de grandes que los de Loveday.

—Me llamo Gombert.

Y asintió para saludar a la mesa.

El líder de Essex levantó su bebida.

—A tu salud, Gombert. —Y se bebió la mitad de la taza—. ¿Qué quieres de nosotros?

El hombre se puso en cuclillas junto a ellos.

—Yo estoy con la flota. Hemos recibido órdenes de los condes. Hemos quemado hasta el último puerto de la costa y todos sus barcos. Joder, la única forma de que un francés llegue a Inglaterra durante los siguientes doce meses es a nado. Hemos acabado, conque volveremos a casa esta semana. Lo más probable es que sea mañana con la marea vespertina.

Thorp lo observó con detenimiento a la vez que se balanceaba ligeramente.

—¿Y?

—Y os compraré todo lo que queráis vender —continuó el marinero—. Parece que a vosotros os ha ido bien estas últimas semanas.

Loveday asintió.

—Hemos sacado nuestra tajada.

—Bueno —comentó Gombert—. Ya sabéis cómo va esto. Esta noche, yo os pago plata por vuestra tajada. La trasportaremos hasta el puerto de Ouistreham a la luz de la luna. No hay necesidad de que sigáis acarreándola por ahí. Tendréis las bolsas llenas de monedas para más de esto... —Y cogió la jarra de vino, que ya estaba por la mitad—. Y no seréis pobres como campesinos hasta el fin de vuestros cuarenta días o cuando quienquiera que sea el tacaño de vuestro comandante se meta la mano en las calzas y se saque vuestro salario del culo.

El marinero les guiñó el ojo a los arqueros, pero Loveday notó que se le retorcían las tripas. Acababa de darse cuenta de que no era capaz de recordar cuántos días habían pasado de los cuarenta. Hormiga era el único que podía llevar la cuenta. El hombre continuó:

—No puedo prometer haceros tan ricos como acaba de hacerse el viejo Tommy Holand el Tuerto. —Y sonrió a todos los que se encontraban a la mesa—. Aunque podemos llegar a un trato justo.

Los cuatro Perros se miraron entre ellos y se encogieron de hombros. La oferta del hombre tenía sentido. Le había llegado un rumor a sus oídos de que lord Huntingdon, el almirante de la flota, estaba preparándose para partir en cuanto el ejército tornase hacia el interior. En tiempos de guerra, era común que, una vez la flota se marchaba, los marineros comprasen todo el botín con el objetivo de hacer negocios con él en los mercados ingleses.

En un intento de alejar a Hormiga de su mente, Loveday se giró hacia Thorp.

—Podemos traer el carro desde las carretas de suministros esta noche, ¿no?

El arquero se acabó el vino y eructó.

—No puede ser para tanto, ¿verdad? —dijo arrastrando las palabras.

Acto seguido, se levantó y se alejó para mear en el muelle.

No obstante, mientras iba, un gesto de desconcierto cruzó el rostro del Escocés.

—¿Qué has dicho sobre Holand?

Gombert se rio.

—¿No os habéis enterado? El viejo Tom Holand ha encontrado oro. Ha «capturado» a sus antiguos colegas de cruzada. Un par de comandantes franceses, su condestable y algún otro hijo de puta, no me acuerdo del nombre. «Tranca vil» o algo así.

El hombre levantó las cejas con picardía al pronunciar la palabra «capturado».

—Tancarville —lo corrigió Loveday—. Chambelán de Normandía.

—Sí. —Y el marinero se volvió a reír—. Me suena que sí. Bueno, pues Tranca y sus amigos estaban en lo alto de la torre, cagándose en los calzones, y vieron a su colega Holand ahí abajo. Según me han contado, el astuto hijo de puta estaba intentando librarse de la batalla con la misma prisa que ellos. Total, que los malquistos de los franceses lo llamaron; él los reconoció de alguna guerra en la que lucharon todos para cortarle los cojones a los paganos y aparearse con las mujeres de los asesinos de cristianos en España. Se imaginaron que todos podían salir con vida, y, a la vez, llenarse los bolsillos.

—Vivos y con dinero en la saca, ¿eh? —comentó el Escocés, y clavó una mirada severa en Loveday.

Gombert hizo caso omiso al breve instante de tensión entre ambos.

—Bueno, en resumen, el rey le ha comprado los prisioneros a Holand por unas doce mil libras.

Los Perros se quedaron boquiabiertos y Thorp volvió de hacer pis.

—¿Qué? —preguntó.

—Por la corona de espinas sobre un puto borrico muerto —exclamó el Escocés—. ¿Doce mil? —Y negó con la cabeza, de manera que los mechones apelmazados de cabello pelirrojo se le balancearon por la cara—. Putos nobles. Nosotros metemos a nuestros amigos bajo tierra y ellos los intercambian por un rescate de parte del monarca. Ahora me gustaría haber dejado al cabrón de Holand a su suerte fuera de la barricada.

Aquella explicación no pareció aportarle mucho a Thorp, pero pilló el significado general de la conversación y se encogió de hombros.

—Pues claro. No es nada nuevo. Nosotros hacemos el trabajo, los señores se lo pasan bien y los cronistas lo plasman como algo histórico. Cuéntanos algo que no sepamos.

Luego, le dio una palmadita al marinero en el hombro.

—A tomar por culo. Gombert, quédate aquí y emborráchate. Yo voy a por el carro.

Los Perros vendieron todo lo que tenían al marinero. Rollos de terciopelo rojo grueso y suave que le habían robado a un fabricante de telas. Una caja con una rica vajilla eclesiástica grabada con imágenes de los apóstoles. Un conjunto de broches de oro con vidrio coloreado. Un juego incompleto de herramientas de carpintería. Cinco candelabros de plata muy refinados. El crucifijo del Padre. El pajarito cantor que Hormiga había robado y que el cura había alimentado con grano.

Para cuando lo descargaron todo junto a la barcaza plana, en los muelles, el sol se estaba poniendo. A lo lejos, en dirección oeste, el naranja, el rosa y el azul oscuro rasgaban el cielo. La embarcación no era más que una entre las docenas que habían llegado río arriba con la misión de llevarse las posesiones de los ciudadanos y mercaderes de Caen, además del botín incautado antes en Valognes, Carentan y Saint-Lô. A todo su alrededor, los marineros regateaban con los soldados sobre el precio de los trofeos del saqueo.

Gombert les pagó menos de la cuenta, pero no les importó. No le vendieron los barriles de vino. Se llenaron los bolsillos a rebosar de monedas de plata, algunas inglesas y otras francesas.

Y, cuando el hombre se despedía de ellos, Loveday lo agarró del brazo.

—Llévanos a nosotros también —le pidió, y escuchó que sus palabras salieron pastosas y arrastradas, como si estuviese hablando con la boca llena de gachas de avena—. Ayúdanos a encontrar al Padre. Llévanos a casa.

Sin embargo, mientras decía aquello, recordó que el Padre estaba muerto y que la mitad de su equipo se encontraba en paradero desconocido. Había perdido la cuenta de cuánto llevaba en Francia y hacía cuánto que se había marchado. Lo único que sabía era que no podía volver a casa.

A Gombert no pareció importarle.

—Todos nos piden lo mismo —afirmó y, acto seguido, se marchó.

Los cuatro Perros volvieron a la taberna y bebieron hasta que se hizo completamente de noche, y el dueño cerró la trampilla de golpe y los hombres de armas dieron el toque de queda.

Entonces, todos desenrollaron las mantas y se echaron a dormir en el suelo.

La noche fue calurosa y húmeda. Hacia la medianoche, un trueno comenzó a retumbar en alguna parte, lejos de allí, en dirección norte.

Loveday se revolvió y sudó en el terreno caliente. Soñó que estaba caminando por un denso bosque, con tanta sed que le dolía, y buscando algo que beber.

Estaba lloviendo, pero, cuando colocaba las manos para coger el agua que goteaba del dosel de hojas y ramas que se extendía sobre su cabeza, lo que se le acumulaba en las palmas era sangre.

El hombre se despertó a medias entre jadeos. Estaba empapado en sudor. La mano derecha le palpitaba de dolor y la cabeza también estaba a punto de estallarle.

En ese momento, abrió los ojos del todo y vio que las estrellas sobre él iluminaban un par de nubes densas. Estas pendían casi inmóviles en el cielo, y él se moría por que se desplegasen y lo empapasen. Que lo refrescaran. Que su agua se llevase todo de lo que no podía deshacerse y todo lo que había sucedido.

Que le devolviesen la juventud y a toda la gente que había perdido.

Pese a ello, no cayó ni una gota y no tardó en hacerse de día.

20

Caen es una ciudad grande y excelente, y, en uno de sus extremos, se encuentra una abadía muy honorable, en la que descansa Guillermo el Conquistador [...].

Boletín de Michael Northburgh sobre la campaña militar

El príncipe se frotó los ojos y bostezó con fuerza. El sonido resonó en el techo elevado y abovedado de una enorme abadía medio iluminada por velas y finas ventanas que comenzaban a dejar entrar el rayar del alba. Su padre dio varios pasos delante de él, se giró y frunció el ceño.

Romford, que se encontraba unos metros detrás del príncipe, clavó la vista al suelo. El chico sabía que, como escudero, no tenía permitido llamar la atención del monarca, ni siquiera por accidente. Para evitarlo, el muchacho retrocedió ligeramente entre el grupo de escuderos, caballeros y otros cortesanos y, al hacerlo, estuvo a punto de pisarle los dedos a sir John Chandos, lugarteniente del heredero. El caballero siseó y le dio un codazo en la lumbar para que siguiese su camino. Romford levantó las manos en señal de disculpa, pero Chandos pareció molesto, aunque no dijo nada más. El joven se sintió muy incapaz, y no por primera vez.

Había pasado más o menos una semana desde que lo salvaron de la soga y lo enviaron a seguir al príncipe. Sin embargo, aunque se alegraba de estar vivo, nada de lo que había pasado desde entonces había sido fácil. En primer lugar, tenía que hacer demasiadas cosas para satisfacer las necesidades y el orgullo de un único chico de su edad. El muchacho dormía en el suelo, dentro de un enorme pabellón rojiverde con aproximadamente, una docena de escuderos, pero rara vez conseguían conciliar el sueño durante largo rato. Todos los días, los zarandeaban a fin de que se despertasen mucho antes del amanecer y comenzasen con sus tareas, la mayoría de las cuales eran tan insignificantes como a las que se había acostumbrado a hacer con los Perros. Los escuderos fregaban la porquería endurecida de las grietas y las juntas de las armaduras. Limpiaban y pulían todo lo que brillase: desde platos de comida hasta espadas cubiertas de sangre. Ayudaban a los mozos de cuadra a alimentar y a cepillar a los caballos impacientes, y ataban a los burros a carros que transportaban herramientas, pertrechos y comida. Desmontaban y levantaban tiendas. Encendían hogueras y las apagaban con el pie. Hacían turnos para cavar y rellenar el agujero en el que solo el príncipe podía cagar.

Romford podía hacer todas esas cosas. Incluso era capaz de llevarlas a cabo mientras soportaba el picor de los ropajes desconocidos y la persistente necesidad de su dosis de polvo, que llevaba aguantando desde que los hombres de sir Robert lo arrestaron y se lo quitaron.

No obstante, lo que le resultaba más desconcertante, y agotador, era la parte imperceptible de su nueva vida. Las cosas que parecían sencillas, pero que eran duras. Cosas como intentar saber dónde y cuándo debía quedarse parado, a quién podía mirar o hablar y a quién no. Como entender si tenía que hacer una reverencia, arrodillarse o caminar de espaldas cuando algún gran señor abordaba la presencia real. Nadie le había enseñado la manera de hacerlo, y sabía que eso resultaba evidente con cada movimiento. El resto de los escuderos no lo ayudaban adrede, y el chico sentía que muchos de ellos eran abiertamente hostiles con él por ser un arquero entre los hijos de los de buena cuna. Hablaban en francés cuando andaba cerca a sabiendas de que él no podía seguir la conversación en aquella extraña lengua que, al parecer, todos hablaban con fluidez. Y a menudo dejaban que se equivocase y quedase avergonzado, o lo regañasen, en lugar de ayudarlo a pasar desapercibido.

Solo Chandos, el lugarteniente, lo trataba con algo parecido a la amabilidad, aunque normalmente estaba demasiado ocupado como para enseñar a Romford todo cuanto no sabía. Así pues, el joven sentía que su vida se había convertido en una danza sin fin en la que era el único de un grupo de habilidosos intérpretes que no conocía los pasos. De vez en cuando pensaba en escapar, pero eso significaba acabar apresado. Y que te apresaran implicaba la horca.

Lo único que podía hacer era intentar sobrevivir. Día tras día.

El baile de aquella mañana condujo tanto al príncipe como a sus escuderos a través de la nave de aquella enorme abadía a las afueras de Caen. Cuando atacaron la ciudad, las tropas del heredero del trono destrozaron las puertas del edificio consagrado, pero no encontraron a nadie dentro. Sin embargo, resultó que sí había alguien dentro: un hombre muerto al que el rey quería visitar. A quien su heredero deseaba conocer. Esta debía ser su última tarea antes de levantar el campamento y partir dondequiera que fuesen después.

El pequeño grupo se acercó a una brillante lápida de mármol negro hundida en el liso pavimento de la iglesia. Una vez allí, el monarca se dio la vuelta para mirar a sus acompañantes. Luego, se tiró de rodillas con aire dramático, se inclinó y besó suavemente la piedra.

Todo el séquito real, sin excepción, cayó de rodillas también. Como siempre, Romford iba un suspiro por detrás del ritmo, pero, en esa ocasión, Chandos lo dejó en paz. Todos se arrodillaron en silencio a observar y escuchar mientras el rey hablaba y su aliento se empañaba ligeramente por el frío de las primeras horas de la mañana que hacía en la iglesia.

—Mi ancestro.

Eduardo le habló a la lápida. Aunque usaba un tono bajo, era capaz de proyectarlo para que las palabras se alzaran con claridad.

—Guillermo. Hace casi trescientos años, luchaste por tu derecho. Nacido bastardo, te alzaste con la misión de convertirte en un rey. Tus enemigos, quienes creían que podían negarte aquello que te pertenecía por derecho legal y de sangre, te difamaron y te subestimaron.

»Por la pureza de tu fe y con la creencia en la ferocidad de tu espada, así como en la de tus leales hombres, confiaste en Dios y los embarcaste. Y reivindicaste la corona, nuestra corona, la corona de Inglaterra, en el campo de batalla.

Se hizo un silencio y el rey paró. Luego, volvió a inclinarse y besó la tumba por segunda vez.

—Guillermo, tú uniste Normandía e Inglaterra como un único reino. Eras generoso con tus amigos y hostigabas sin piedad a tus enemigos. Que Dios me conceda el poder de hacer lo mismo.

En ese momento, echó un vistazo al príncipe, pero el joven tenía los ojos cerrados.

Así pues, el rey Eduardo alzó la voz adrede.

—Que Dios conceda a «mi hijo» la fuerza y la sabiduría para cumplir también con su parte.

Acto seguido, el príncipe abrió los ojos y ahogó otro bostezo.

—Amén, padre —dijo—. Bien dicho. ¿Podemos irnos ya y comer algo? Nos queda una larga marcha, y creo que los cocineros se han pasado la noche despiertos asando cordero y ternera para que rompamos nuestro ayuno.

El monarca frunció los labios y examinó a su hijo durante un instante. Nadie se atrevió a decir ni una palabra.

—Hijo mío —comenzó el monarca, aunque se estaba dirigiendo a todo el grupo—. ¿Sabes qué ocurrió cuando nuestro ancestro fue enterrado bajo esta losa de mármol, aquí, en esta iglesia de San Esteban, que él mismo fundó?

—No, padre.

El tono del heredero del trono fue apagado e indiferente. Y suspiró.

Acto seguido, el rey Eduardo asintió con la cabeza en silencio.

—Entonces, deja que te ilustre. El rey Guillermo estaba aquí, luchando en Normandía, cuando lo tiraron de su caballo y lo asesinaron. Esas cosas pasan. Así funciona la guerra. En el tiempo en el que se tardó en organizar el entierro, su cuerpo se hinchó. Y comenzó a llenarse de vapores mortales. Así que, cuando lo bajaron a esta tumba, habían cavado el agujero demasiado pequeño. Se le rompieron las tripas y explotaron soltando nubes de gases apestosos y un líquido nauseabundo. Deduzco que fue bastante desagradable para todos los involucrados.

El príncipe arrugó la nariz y su padre continuó.

—No pongas esa cara de asco. Ese es el destino de toda carne. Lo que importa es que tú no conoces la historia. Y la razón de que eso sea así, a pesar de haberme esforzado todo lo posible por educarte en la historia y las humanidades, al igual que entrenarte para el combate, es que nuestro ancestro Guillermo consiguió tanto mediante sus hazañas bélicas, la fuerza de su personalidad y sus vastas conquistas que, para cuando la barriga le explotó, hasta aquel final indigno cayó enseguida en el olvido de todos, salvo de los cronistas más diligentes…

»¿Entiendes lo que estoy diciendo?

El heredero del trono asintió, aunque a Romford le dio la sensación de que estaba perdido.

—Tú y yo todavía no hemos conseguido nada —continuó el monarca—. Nada. Hemos desembarcado un ejército y quemado algún pueblo. Hemos tomado prisioneros y nuestros hombres han obtenido alguna baratija que enseñar a sus mujeres, pero eso no es nada nuevo. El rey francés está reuniendo un ejército en Ruan. Sus aliados, otros reyes, cientos de caballeros, ballesteros, hombres de armas del otro lado de la cristiandad, están cabalgando para encontrarse con él. Nos enfrentamos a un serio peligro. Podrías morir aquí en Normandía, como nuestro ancestro. Aunque, a diferencia de él, si tu vientre difunto explota y libera miasmas venenosos que hacen que todos los que lo huelan se mueran del asco, entonces, hijo mío, esa será tu historia.

El futuro rey quedó libre en ese momento de la tenaza que era su mirada y echó un vistazo a todo el grupo.

—Estamos aquí para realizar hazañas que se contarán durante siglos. Lo que digan depende de cómo nos comportemos ahora. Felipe, el impostor francés, sabe que hemos venido con la misión de tomar aquello que nos pertenece por derecho y por sangre.

»Tanto él como sus hombres no pueden seguir huyendo y escondiéndose en torres durante mucho más tiempo. Se acerca un ajuste de cuentas. Dios decidirá si es para él o para nosotros. Y los hombres se contarán los unos a los otros lo que aconteció aquí mucho después de que todos estemos fríos y bajo tumbas de mármol igual que esta.

»Cualquiera que ansíe un poco de cordero puede abandonar mi presencia ahora mismo e ir a disfrutarlo, pero mi intención es ensillar mi montura y cabalgar. Nos dirigimos a Ruan, la ciudad de mayor grandeza de Normandía. El falso rey de Francia también se dirige allí. —Eduardo se inclinó y besó la lápida de Guillermo el Conquistador una última vez—. Ha llegado el momento de enseñarle quiénes somos en realidad.

El ejército comenzó a marchar desde Caen a mitad de la mañana. Romford cabalgaba entre el séquito del príncipe, y mientras dejaban la ciudad atrás, su ánimo por fin empezó a remontar un poco. La verdad era que seguía solo y solía estar confuso, pero al menos, a la par que avanzaban, pudo sentir la nueva sensación de un caballo y una montura blanda bajo su cuerpo.

Además, tenía buen aspecto, mejor que nunca. Unas estrechas calzas le cubrían las piernas y, aunque le picaban, las rayas de colores que las recorrían eran innegablemente magníficas. Admiraba la forma en la que le abrazaban la curva musculosa de las muslos. Asimismo, aunque las botas le apretaban en los dedos y le irritaban los talones, la piel era cara y tenía los pies secos. Y su túnica, teñida de verde y rojo intensos y ribeteada con pelaje de ardilla, era la prenda más excelente que se había puesto nunca.

A su alrededor, el resto de escuderos de la compañía vestían exactamente igual que él. Un recién llegado no veía cosa alguna que lo hiciese destacar entre los demás. Pensó que, aparte de lo que él tenía en la cabeza, no había nada diferente.

Mientras su caballo trotaba, Romford escuchó al príncipe parlotear con Chandos y los demás caballeros que se encontraban a su lado. Hablaba con osadía, contento al ser consciente de que no había nadie cerca para controlarlo. El camino que conducía al este, en dirección a Ruan, los llevaba tierra adentro por una amplia llanura, y el campo abierto había otorgado al ejército una oportunidad de dispersarse. Ello significaba que el rey, Warwick y Northampton se encontraban lejos y no eran capaces de escucharlo.

—Por supuesto, una vez hayamos tomado Ruan y Normandía caiga, mi padre me dará el ducado para mí solo. Y, entonces, estos mentecatos descubrirán a qué se parece la disciplina de verdad. Cuando ponga una soga alrededor del cuello de un rebelde, no se aflojará hasta que la corten del patíbulo.

Romford encogió los dedos dentro de las botas.

El futuro monarca continuó y se apartó el pelo de un manotazo mientras hablaba.

—Le he dicho a mi padre que deberíamos haber colgado a todos esos rebeldes de Valognes, en especial, a esa perra flacucha. Pero, por supuesto, padre cree que esos campesinos respetan la «piedad»... Dime, Chandos, ¿cuándo ha ganado la piedad una guerra?

A pesar de que sir John Chandos frunció los labios, no se mostró en desacuerdo.

—En cualquier caso, creo que ya hasta padre acepta que el momento para ser benevolentes ha pasado. ¿Os habéis enterado de los papeles que se han descubierto en los aposentos reales de Caen? —Y no esperó a una respuesta—. Los normandos se habían comprometido, mediante un tratado durante los últimos ocho años, a apoyar una invasión total de Inglaterra ¡en la que el duque de Normandía sería coronado rey! A lo mejor habéis pensado que sir Godofredo habría mencionado algo, aunque ¿qué esperas cuando estamos compinchados con un traidor?

»¡Mientras tanto, se supone que tenemos que hacer el tonto por ahí de rodillas a la vez que contemplamos a padre babear sobre la tumba de un hombre que consiguió exactamente eso! Creo que, si hubiese podido levantar la lápida, le hubiese metido la lengua al bastardo hasta la garganta.

»Entre tú y yo, Chandos, me pregunto si padre está perdiendo el control; todavía no es un anciano, claro está, pero se rodea de hombres como ese horrible Northampton. Y, por supuesto, el traidor... Esperemos que sea cierto eso de que Hugh Hastings ha embarcado con nuestro segundo ejército en Flandes. Sé que su familia no siempre ha gozado de muchos privilegios, pero Hugh ha sido...

La atención de Romford se desvió ante la mención de tantísimos nombres que no conocía y de lugares en los que no había estado nunca. Entonces, el chico comenzó a mirar por el campo. Había algo que se movía a lo lejos, a su izquierda. El muchacho lo distinguió al forzar la vista. Apartado del camino, en el extremo norte de la pradera, un jinete solitario cabalgaba a pelo, con la cabeza cerca del cuello de su caballo y los brazos rodeando el mismo.

Se alejaba de Caen a través del campo abierto.

Se encontraba aproximadamente a un kilómetro y medio, aunque tenía algo que le resultó familiar.

Romford entornó los ojos. Era capaz de adivinar poco a tanta distancia. De todas formas, estaba seguro de que había visto a esa persona antes.

Nadie más del grupo pareció darse cuenta. Todos estaban escuchando con diligencia el discurso del príncipe Eduardo.

—Sir John…

El joven llamó a Chandos, que estaba delante de él. El caballero se giró sorprendido hacia él. Y entornó los ojos. Chandos era unos diez años mayor que Romford y el príncipe. Iba vestido de manera inmaculada y con la espalda recta en su silla de montar. Tenía la mandíbula excepcionalmente ancha, cubierta por una larga y densa barba rizada y marrón que nacía en lo alto de su rostro, justo encima de los pómulos. Si bien el gesto natural de su boca era una ligera mueca, había algo suave y alegre en su mirar.

Entonces volvió a girarse y le levantó una mano al príncipe, que había parado de hablar durante un instante para tomar aliento.

—Sí, escudero, ¿qué pasa?

El muchacho volvió a mirar al jinete, que ya los estaba adelantando.

—Señor, ese jinete —comenzó—. Yo…

Chandos inclinó la cabeza con aire inquisitivo. Acto seguido, se cubrió los ojos del sol, que se encontraba alto, y miró a lo lejos, donde el jinete galopaba con paso firme. Luego, dirigió la mirada por encima de su hombro izquierdo.

Romford, así como muchos de los demás escuderos que se encontraban a su alrededor, imitaron el gesto. Divisaron a un grupo de cuatro o cinco soldados ingleses montados, prácticamente sin armadura, que le daban caza desde Caen.

Para ese momento, el príncipe ya estaba irritado por el hecho de haber perdido a su audiencia, así que, se inclinó en su silla de montar y le dio un manotazo en el brazo a Chandos.

Este lo ignoró y siguió observando al jinete. Estaba dejando atrás a sus persecutores. A menos que se cayese, no había esperanza de que lo apresaran. Sin apartar la vista del hombre a caballo, le dijo a Romford:

—Bien visto, chico. ¿Quieres ir a por él tú también? —Y le sonrió.

El resto de escuderos se rieron, y uno o dos hicieron lo que el muchacho asumió que eran comentarios maliciosos en francés.

El joven notó que se estaba poniendo colorado.

—No, señor. Solo he pensado… algo sobre el jinete.

Chandos se encogió de hombros.

—No te preocupes. Quizá es un fugitivo del castillo. O un mensajero. Estará cabalgando a Ruan para avisar al rey francés de que estamos yendo hacia allí.

En aquel instante, el príncipe hizo un mohín.

—El «falso rey» —dijo con un puchero.

El caballero le dedicó una sonrisa indulgente.

—Exacto, mi señor. Perdonadme.

Luego volvió a girarse y se dirigió a Romford.

—Cosas que pasan, aunque nuestra marcha no es secreta. El «falso» rey… —y echó un vistazo hacia el príncipe— puede que se desanime por escuchar que nos movemos. No se va a sorprender. Aunque bien visto, chico. Tienes vista de lince.

Romford volvió a ponerse colorado, pero, esta vez, de orgullo. Sin embargo, por dentro le fastidiaba la sensación de que conocía al jinete. Había algo en su porte. Le hizo pensar en Loveday, aunque no sabía por qué.

El muchacho se preguntó si volvería a ver a los Perros y a su rechoncho líder. Lo habían convertido en uno de ellos. Lo arrastraron al grupo. Lo habían alimentado y protegido.

Ahora, ni siquiera sabía si seguían con vida.

Delante, el príncipe había vuelto a retomar su parloteo. En ese momento estaba hablando de un segundo ejército inglés que llegaría desde el norte, de que habían dado órdenes de rezar al pueblo llano de su país para que su campaña fuese exitosa. También, del inmenso número de personas que colgaría, a las que les cortaría la cabeza y a las que mandaría a la hoguera cuando él estuviese personalmente al mando de Normandía.

De los días en los que tomaría el lugar de su padre como rey.

Estuvo contando un complicado caso en relación con el matrimonio entre Joanie, su prima, y un caballero del que Romford había escuchado hablar antes y cuyo apellido era Holand. El príncipe hizo varios comentarios lascivos sobre la figura de Joanie y su castidad. Comparó el tamaño de sus pechos con los de la mujer de Valognes.

Chandos, así como el resto de caballeros y escuderos en la pequeña compañía, lo escucharon a medias e hicieron ruiditos de respeto en los momentos adecuados a la vez que pasaban por alto las vulgaridades lo mejor que podían.

De manera sencilla, realizaron el baile que Romford estaba trabajando en aprender sin ninguna esperanza.

Y así pasaron el rato mientras el ejército inglés cruzaba la llanura al este de Caen y luego seguía el camino que bajaba hasta las marismas y atravesaba un río pantanoso llamado Dives.

Para cuando llegaron, el sol estaba bajo, y Romford, muy cansado y, además, le dolía el trasero de llevar tantas horas a caballo. Sin embargo, no pudo descansar. Chandos lo puso a trabajar con el resto de escuderos. Cumplió con todo sin quejarse, incluso cuando tuvo que adivinar qué era lo que se suponía que debía hacer.

Por fin, al atardecer, el campamento estuvo montado y ellos pararon. Los escuderos solo comían una vez habían terminado los señores, ya que se servía lo que sobraba de la mesa del príncipe. Ahora bien, la comida era espectacularmente buena: cordero y ternera, ciervo joven servido con su corazón asado y el hígado frito, y natillas dulces. Era abundante y deliciosa. El joven pensó que era mucho mejor que los estofados que preparaban Millstone y el Escocés, pero se sintió culpable y desleal de inmediato.

Cuando terminaron de comer, bebieron un vino joven francés, que resultaba dulce al paladar y le calentó el cuerpo desde los dedos de los pies hasta la raíz del cabello.

Y mientras bebían sentados alrededor de la hoguera fuera de los pabellones, algunos de los escuderos jugaron a un juego de cara o cruz. Era el mismo que Tebbe y Thorp le habían enseñado la noche que encontró el polvo. La única diferencia era que, en lugar de conchas de vieira, lanzaban monedas al aire.

Romford había quedado excluido de ese tipo de actividades durante toda la semana que llevaba con el príncipe. No obstante, aquella noche —ya fuese por la novedad de un lugar de acampada inédito o simplemente como señal de que estaba comenzando a demostrar que, algún día, aprendería los pasos del baile—, un grupo de escuderos lo invitaron a unirse a ellos.

En el momento en el que se lo preguntaron, el chico intentó ser amable y mostrarse tranquilo, aunque, por dentro, estaba tan contento que casi se echó a llorar. Sin embargo, también recordó que era peligroso jugar a juegos de azar con desconocidos. Así que, al momento de unirse al grupo, intentó perder con tanta frecuencia como fue capaz. No obstante, aun así, cuando todos estuvieron hechos unos ovillos en sus mantas para dormir, tenía la bolsa llena de peniques de plata y se había hecho conocido como un jugador de primera entre el séquito del príncipe.

Aquella era una bendición contradictoria. Cuando jugaba, ganaba e impresionaba a sus colegas escuderos, se sentía feliz. Por fin estaba en casa con sus nuevos compañeros, parecían tratarlo con aceptación y lo hacían sentir cómodo.

Sin embargo, habría muchos días durante el resto de su vida en los que se preguntaría si el hecho de congraciarse con la comitiva del príncipe Eduardo habría sido realmente una buena idea.

21

Cuando [Eduardo] llegó a la ciudad de Lisieux, tuvo un encuentro con dos cardenales del señor Papa, a quienes unos galeses habían robado veinte caballos.

Crónicas del Eulogium, del monje anónimo de Malmesbury

La jornada de marcha a través de la pradera a las afueras de Caen fue dolorosa. Los cuatro Perros se habían despertado con frío y resaca tras haber pasado la noche en el suelo. De hecho, el agarrotamiento no les abandonó las piernas en todo el día.

También se encontraron con sir Robert, que estaba resentido. Lo habían evitado en Caen, pero el noble no había olvidado la humillación que Loveday le había asegurado ante Warwick y Northampton. En la reunión informativa que dio a los líderes de la compañía, hizo saber que el ejército se dirigía a Ruan, a través de un pueblo llamado Lisieux, para dar caza al farsante francés. Sin embargo, mientras hablaba, sir Robert se negó a saludar al Loveday de ojos rojos.

Tampoco le había dedicado una mirada desde entonces.

Ahora bien, los dos hombres que sir Robert había añadido a su plantilla personal sí que prestaron mucha atención a los Perros. Eran los ayudantes de Shaw. El angliano oriental sin orejas y el hombre con la marca de la A en el rostro se encontraban junto al noble, ambos con el ceño fruncido en sus caras de desprecio.

Los dos miraron a Loveday de arriba abajo, y el ayudante sin orejas no dejó de crujirse los nudillos.

Cuando el ejército partió, con sir Robert a la cabeza de sus hombres en la avanzadilla, los anglianos orientales fueron lanzando miradas furtivas a los Perros de tanto en tanto. El Escocés y los arqueros se dieron cuenta, y eso los inquietó.

—Inglés larguirucho hijo del incesto —resopló el Escocés a la vez que fulminaba con la mirada la espalda del que no tenía orejas mientras la fila avanzaba lentamente—. Que intenten lo que quieran. Habrá otros dos cuerpos sin cabeza.

—Y cuatro de los nuestros colgarán de árboles —le contestó Loveday.

La boca llevaba todo el día sabiéndole a metal y a mierda. Entonces, carraspeó y escupió.

—El vino debía de estar avinagrado.

Y Thorp gruñó:

—Sí, las ocho jarras.

Los senderos llenos de baches que atravesaban la pradera lejos de Caen se habían endurecido por el calor del sol y estaban cubiertos de piedras. Loveday notaba hasta el último bultito duro en las plantas de los pies. Se le estaban desgastando las botas. Había aguantado con ellas desde que desembarcaron en la playa y reservado el cuero tras pasar los días en la silla de montar. Sin embargo, ahora, todos los Perros iban a pie. Un sir Robert vengativo se había negado a asignarles caballos, y al líder de Essex le parecía que cada paso lo acercaba un poco más al momento en el que los pies descalzos le tocarían el suelo. Además, sabía que una vez sus botas se desgastasen por fin, la carretera le cortaría y arañaría los pies hasta la agonía en cuestión de dos días.

—No voy a tardar en dejar huellas ensangrentadas tras nosotros —dijo a nadie en particular.

Tebbe resopló. Estaba cansado y tenía sed.

—¿Qué has dicho?

—Nada.

No tenía sentido quejarse. Loveday sabía que, si él estaba dolorido, posiblemente el resto también. Así que, continuó caminando con la cabeza agachada para tener cuidado con los guijarros más afilados.

Más adelante, el hombre sin orejas y el que estaba marcado cabalgaban junto a sir Robert y escuchaban con atención mientras el caballero gordo no paraba de hablar sobre el campo y las iniquidades de su gente.

El noble soltó su perorata y ellos asintieron serviles.

Y continuaron haciendo lo mismo una vez hubo pasado la jornada de marcha. Cuando la compañía paró a comer, se sentaron cerca de sir Robert, quien sorbía un espeso potaje a la vez que seguía hablando sin parar.

Aquella noche, cuando los fuegos estaban encendidos; las alfombras y las mantas, desenrolladas, y las tiendas tanto de los caballeros como de los señores, levantadas, los anglianos orientales durmieron en el porche del pabellón del noble.

Cuanto más se alargaba aquello, mayor era el nerviosismo de Loveday.

—Se está cociendo algo —les comentó a los Perros mientras observaban el sol desaparecer sentados alrededor de su fogata.

El Escocés farfulló conforme.

—Será mejor que organicemos una guardia —dijo—. Y creo que tendrá que ser de uno en uno.

Así pues, los cuatro durmieron rotativamente, haciendo turnos cortos de sueño. Cuando llegó el del cabecilla, echó mucha leña al fuego. Le gustaba la manera en la que el calor y el humo hacían brillar el negro de la noche.

Los Perros vigilaron, pero los anglianos orientales no hicieron nada. Estaban esperando su momento.

Por la mañana, todos se despertaron y la marcha hacia el este prosiguió.

Los hombres cruzaron el valle pantanoso de un río llamado Dives, donde el terreno seco y escarpado daba paso a un barro húmedo y pegajoso. Aquello estropeó más todavía las botas de Loveday, ya que, primero, el cuero se empapó y, luego, se endureció por el calor del sol. Esto lo volvió rígido y quebradizo, y, ahora, las botas le apretaban en los talones. Sabía que tendría que robar unas de repuesto en el siguiente lugar posible.

El Escocés lo observó mientras hacía una mueca.

—Necesitas un par nuevo —le comentó—. Si no, vas a tener que ir en camilla. Ni de coña voy a cargar contigo, y dudo que ellos lo hagan. —Y señaló con la cabeza a Tebbe y a Thorp.

Ambos negaron.

—Deberías haber buscado unas nuevas allí atrás —añadió Thorp mientras señalaba con el pulgar en dirección a Caen.

Loveday suspiró.

—Tenía otras cosas en mente.

Entonces, Thorp se encogió de hombros. Les había pasado igual a todos.

Aquella tarde, el campo se tornó montañoso y la marcha se ralentizó. El camino se hizo más estrecho y, de nuevo, los setos se les vinieron encima a ambos lados. El día se volvió húmedo, y el aire, denso y sofocante. Aunque el sol ya no los achicharraba, podían notar su resplandor a través de las altas nubes grises. El sudor les escocía en los ojos y goteaba desde la nariz.

Delante de ellos, el caballo del hombre sin orejas soltó una buena montaña de mierda. Los anglianos orientales se rieron disimuladamente para sí, pero Loveday hizo como que no los había escuchado y rodeó el montón pestilente. En ese momento, se preguntó si aquella marcha tendría fin. Después, miró a sus hombres y sintió una punzada de melancolía.

Empezaron siendo diez. Se había jurado seguir el ejemplo del Capitán, así como mantenerlos unidos y con vida. Ahora, solo quedaban cuatro.

O, quizá, tres y medio. La mano derecha le dio unas punzadas. El hombre, en un enfado súbito, se la observó con el ceño fruncido. Y, al hacerlo, no vio una roca puntiaguda delante de él en el camino. La pisó con el pie izquierdo y, por fin, la suela de la bota cedió. La piedra se le clavó en la piel tierna entre el talón y el metatarso, y rajó el cuero de la bota en toda su longitud.

El hombre soltó un grito de dolor.

—¡Por los cojones de Cristo!

Todo el mundo de la compañía se giró y clavó las pupilas en él.

Y a sir Robert se le dibujó una desagradable sonrisita de suficiencia en la cara.

—De verdad, FitzTalbot, estas blasfemias no son propias de ti ni realzan la dignidad de los ejércitos de nuestro rey soberano.

Loveday le lanzó una mirada asesina al caballero y, acto seguido, el hombre marcado que cabalgaba junto al noble lo observó con lascivia.

—¿Te has rasguñado en el dedo, chico de Essex?

El Escocés se puso hecho un basilisco y apretó los enormes puños a la vez que daba un paso hacia el caballo del angliano oriental.

Acto seguido, sir Robert bramó:

—¡Atrás, salvaje, o te hago colgar!

El grandullón pelirrojo asintió y, luego, dio otro paso adelante. El noble palideció y los dos anglianos orientales se llevaron las manos a las espadas.

Tebbe y Thorp hicieron lo mismo con sus arcos.

Y, en aquel instante, cabalgando con prisa colina abajo y en la dirección equivocada, al contrario de la lenta caminata, llegó un joven de cara rechoncha y colorada que Loveday reconoció como el heraldo del conde de Warwick.

—FitzTalbot —gritaba mientras recorría la fila—. ¿Alguien ha visto a FitzTalbot de Essex?

Distraídos, los anglianos orientales y el Escocés miraron al muchacho tan alegremente vestido, y Loveday retrocedió un paso de la sorpresa.

—Soy yo. Estoy aquí —contestó en voz alta al heraldo.

El chico pareció aliviado, pero no contento.

—FitzTalbot, ha sido citado en presencia de Su Excelentísima Excelencia, mi señor el conde…

No obstante, el Escocés lo interrumpió.

—Que el puto Warwick lo está buscando. ¿Ahora para qué?

El heraldo se puso colorado.

—Es una situación urgente. FitzTalbot, creo que contáis con un par de galeses que responden a vuestras órdenes.

—No diría que responden ante nadie —lo corrigió Loveday—. Y llevo días sin verlos. Para ser sincero, no estaba seguro de que estuviesen vivos siquiera.

—Bueno, pues lo están —le respondió el muchacho—. Vivitos y coleando, aunque puede que dejen de estarlo si no venís pronto. Siento deciros que vuestros amigos galeses han decidido robar a un par de clérigos.

El cabecilla de los Perros se encogió de hombros.

—¿Y? ¿Qué hemos hecho aparte de eso desde que desembarcamos? —le preguntó.

El chico puso una mueca.

—Siento deciros que no se trata de clérigos ordinarios. Son... —E hizo una pausa en la que parecía que se preguntaba si habría dicho más de la cuenta.

Luego, miró el pie de Loveday con expresión confusa.

—¿Puede montar? Será mejor que vuestro enorme amigo y vos vengáis rápido, y lo veáis con vuestros propios ojos.

Loveday apenas pudo sofocar una risotada cuando el heraldo le ordenó a sir Robert que les entregase sus caballos, porque eso supuso que los anglianos orientales tuvieron que desmontar y pasarles las riendas.

Él cogió la montura del hombre sin orejas, y su compañero pelirrojo, la otra.

El hombre marcado se acercó con agresividad al grandullón escocés cuando este se aproximó y le tiró las riendas, pero el Perro sonrió como un santo mientras el angliano oriental echaba chispas por los ojos.

El líder de Essex se subió a su caballo, una yegua barrigona y grasienta por falta de cepillado. Los de Anglia Oriental no acicalaban a sus animales. Y entre la grasa y la mano rota, el hecho de subirse a la silla no era tarea fácil. Tebbe acudió en su ayuda para subirlo de un empujón.

—Thorp y tú cuidad el uno del otro —le pidió el cabecilla mientras se acomodaba en la montura.

Tebbe sonrió.

—Lo mismo os digo.

En ese momento, Loveday respiró hondo.

—No tardaremos en volver. Espero que con Darys y Lyntyn. Dios sabe qué habrán hecho.

Acto seguido, el Escocés y él espolearon a sus caballos, y se dirigieron colina arriba tras el heraldo. Las compañías gruñeron y se apartaron de su camino a medida que atravesaban la fila al trote, pero al heraldo no le importó. Y tampoco a Loveday.

Sir Robert lideraba su compañía cerca de la retaguardia de la avanzadilla, que serpenteaba durante cerca de un kilómetro y medio colina arriba. No obstante, al final, el heraldo los llevó cerca de la cabeza de la fila. A medida que se acercaban a la cresta de la pendiente, los setos se fueron ensanchando hasta que los Perros se encontraron cabalgando entre pabellones recién erigidos, que portaban las banderas real y nobles.

Loveday vio el pendón del dragón del príncipe, que ondeaba por encima de uno de ellos, y comenzó a escudriñar el sitio con urgencia en busca de Romford, pero no lo vio por ninguna parte.

No había tiempo de parar a preguntar por él. El heraldo de Warwick señaló adelante y los dos Perros contemplaron un amplio valle en medio del cual se encontraba la ciudad que el cabecilla dio por hecho que debía ser Lisieux. Era más pequeña que Caen, aunque en el centro contaba con una enorme catedral, construida en el complejo estilo moderno. Por fuera, todo eran chapiteles y pilares de piedra, que asomaban de los altos muros como si fuesen las patas de una araña.

Loveday y el Escocés no fueron los únicos que contemplaron la escena.

Los condes de Warwick y Northampton, y sir Godofredo, el traidor, estaban sentados en sus monturas los unos junto a los otros y con la mirada también posada en el asentamiento de abajo.

El primero se giró mientras Loveday y el Escocés se acercaban.

—No desmontéis —les pidió—. No hay necesidad de arrastrarse. Ya nos conocemos lo suficiente.

Sin embargo, Loveday hizo de todas formas una media reverencia desde la silla. Warwick la ignoró al devolver la vista hacia abajo, a Lisieux. Varios hombres dirigían una caballada de, al menos, dos docenas de animales en los campos de las afueras de la ciudad.

—¿Has estado alguna vez en Gales, FitzTalbot? —le preguntó el conde.

Este negó lentamente con la cabeza.

—No, señor. He visitado Escocia y…

Warwick lo interrumpió.

—Bien, entonces, te hablaré de ese sitio en otro momento. Por ahora, hablemos de galeses. Mira ahí delante. ¿Qué ves?

El líder de Essex hizo lo que le pedían. Los caballos y los hombres que iban tras ellos se estaban alejando con paso firme por la llanura ondulada que se extendía a las afueras de Lisieux.

—Veo hombres… que guían caballos —contestó el hombre a sabiendas de que sonaba como un estúpido.

—Sí —dijo Warwick—. Caballos robados. Y galeses. Tus galeses, creo. No es la primera vez que tus colegas han alterado el progreso fluido de nuestra campaña.

—Mi señor —comenzó Loveday—, esos galeses…

No obstante, el conde habló por encima de él una vez más.

—Déjame ir al grano. La ciudad de ahí abajo se conoce aquí como Lisieux. Vamos a ocuparla dentro de poco y las diversiones usuales quedarán perdonadas. Provocar incendios, robar y alborotar está permitido. Violar y asesinar permanece oficialmente prohibido. No necesito seguir enumerándolo, ¿verdad, FitzTalbot?

—No, señor.

—Bien. Ahora, lo que hace diferente la tortura de Lisieux es el hecho de que nuestro piadoso rey Eduardo va a recibir a una delegación de paz en forma de dos cardenales de la Iglesia.

El hombre no dijo nada.

—Las buenas noticias, FitzTalbot, son que los cardenales han llegado sin demora y, en estos momentos, se encuentran acomodados en Lisieux con sus distintos cortesanos a la espera de la llegada del rey Eduardo. —Y Warwick hizo una pausa—. Las malas son que, por el camino, han sido atacados por una banda de galeses. Siete u ocho en total, liderados, diría que con destreza, por un par de bandidos que, según me han dicho, os acompañaban.

»Los cardenales no han sufrido ningún daño, pero les han aligerado de la carga de todos sus caballos y, tal como has observado, se los están llevando de allí.

Loveday entornó los ojos. Los animales ya estaban lejos, así que, lo volvió a intentar.

—Señor —comentó—. Es posible que esos sean los hombres adscritos a nuestra compañía. Dos galeses se unieron a nosotros en la coca… pero, si me lo permitís, mi señor…

El conde enarcó una ceja.

—No hablan nuestro idioma ni obedecen órdenes. Y, de un tiempo a esta parte, han estado completamente desaparecidos de nuestra compañía. No creo que fuese capaz de traerles de vuelta ni aunque quisiera.

—¿Y quieres?

—¿Señor?

Northampton, que había estado deambulando mientras Warwick hablaba, resopló exasperado.

—Mi señor, no alteréis a este hombre con adivinanzas. FitzTalbot, ¿puedes recuperar los putos caballos o no?

El cabecilla de los Perros se lo pensó un momento y decidió contestar con honestidad.

—No.

—Por los clavos de Cristo —exclamó el conde.

—Os lo juro, mi señor —le explicó Loveday—. Si fuese capaz, lo haría, pero estoy herido. He perdido a la mitad de mis hombres. Además de mi compañero aquí presente, cuento con dos arqueros, que van a pie, y sir Robert ya nos ha tratado con dureza. No pretendo hablar mal de él, pero…

Northampton suspiró.

—Lo sé, FitzTalbot. Estoy muy al tanto de las deficiencias del puto carácter de sir Robert.

—Sí —afirmó el hombre—. Y, lo que es más, mi señor, los galeses que veis, de nombre Darys y Lyntyn, son tan salvajes como gatos, aunque también unos de los mejores con el arco que he visto en mi vida.

Luego echó un vistazo a Warwick.

—Dios sabe que podrían habernos matado en Caen de no haber sido por ellos, pero van por libre. No hablan nuestro idioma, y aunque fuese el caso…

Warwick lo interrumpió de nuevo.

—Ya lo has dicho.

Entonces, el conde volvió a bajar la vista hasta el valle. Los caballos y los galeses que los conducían se desvanecían en el horizonte. A continuación, observó la mano amoratada e hinchada de Loveday, así como las botas hechas polvo. Después examinó al Escocés: su barba, que colgaba en grasientos mechones de vello apelmazado, su rostro quemado y su cuerpo apestoso.

—Vosotros luchasteis con valentía de nuestro lado en Caen —dijo—. ¿Cuánto os está molestando sir Robert?

—Muchísimo, mi señor —le contestó Loveday.

Warwick lo meditó un momento.

—Pues que así sea. Hagamos un trato. Yo os ayudo con sir Robert, pero necesito decirle al rey que hemos hecho lo imposible por recuperar esos caballos. Y como soy el mariscal de su Ejército y he prestado juramento, no puedo mentirle.

A Loveday se le encogieron las entrañas al escucharlo. El último acuerdo al que había llegado con el conde le costó la vida al Padre.

Sin embargo, no estaba en situación de discutir, así que, se limitó a decir:

—No, señor.

Warwick asintió.

—Bien. Pues lo que necesito, FitzTalbot, es que uno de tus hombres persiga a esos galeses mientras grita serias amenazas sobre el castigo que les espera a los ladrones de caballos. Debe hacer todo lo posible por prenderlos, algo que sé que será bastante incapaz de conseguir. Luego, ha de volver y decirme que ha fallado. A continuación, lo entregaré al condestable del Ejército. —Y sonrió con cortesía a Northampton—. Quien lo prenderá. Yo informaré de todo esto al rey y, entonces, no volveremos a hablar del tema.

Loveday se secó la ceja con la mano izquierda.

—Lo siento, mi señor, pero solo para que lo entienda. Queréis que uno de mis hombres persiga a los galeses…

En ese momento, Northampton intervino.

—Lo has oído y lo has entendido. Persigues a los cabrones, te das por vencido, vuelves y yo te grito que eres todas las clases de hijos de puta bajo el reino de Dios. Ahora, manos a la obra.

Un montón de pensamientos inundaron la mente del cabecilla de los Perros. Se miró la mano herida, y, luego, a los condes, ambos con expresiones severas en los rostros.

—Caballeros, si me lo permitáis —comenzó.

Northampton estaba comenzando a ponerse colorado.

No obstante, Loveday persistió.

—Con todo respeto a la dignidad de sus señorías, cuando os di a uno de mis mejores hombres, acabó verdaderamente mal para él. Lo arrojaron…

—Lo recuerdo —intervino Warwick mientras daba un paso antes de que su compañero explotase. A continuación, levantó una mano—. Fue muy desafortunado, pero este es un asunto bien diferente. Solo estoy pidiendo que envíes a un hombre a ese valle de ahí abajo con el fin de que vuelva. Si no eres capaz, por supuesto que mandaré a cualquiera de mis soldados, pero tú volverás con sir Robert.

El hombre abrió la boca, aunque la volvió a cerrar.

—A tomar por culo —exclamó el Escocés antes de que pudiese decir nada más—. Iremos los dos.

Loveday no estaba seguro de si se trataba del dolor en el pie y la mano o de la rareza enmarañada de la situación, pero se sentía igual de mareado que si hubiese bebido mientras permanecía sentado en la silla de montar junto al Escocés y bajaba con cuidado hacia las afueras de Lisieux. Iban en la misma dirección en la que Darys, Lyntyn y el resto de ladrones de caballos habían desaparecido.

El grandullón pelirrojo negaba con la cabeza para sí sin parar, y el líder de los Perros lo escuchó despotricar entre susurros tras su repugnante barba. Cuando echó un vistazo a sus espaldas, Warwick y Northampton permanecían sentados en sus monturas en la cima de la colina y los observaban expectantes, como si estuviesen viendo una obra de teatro.

El segundo de ellos les gritó.

—¡Daos prisa, muchachos! ¡Cuanto antes empecéis el puto camino, antes estaréis de vuelta, joder!

—¿Hasta dónde crees que deberíamos ir? —preguntó Loveday al Escocés.

—Hasta que no podamos escuchar sus putos gritos —le contestó el hombre—. Por Cristo en su tumba, esta es la última vez.

—¿Para qué?

—Para todo.

No tardaron mucho en llegar al fondo del valle y en espolear a los caballos con el objetivo de que se pusieran en un sencillo medio galope. Loveday sujetaba el manojo de riendas con la mano izquierda, manteniéndolas cortas a fin de controlar la cabeza de su pésimamente domado caballo. Aquel esfuerzo provocó que le doliesen los músculos del pulgar y la palma, pero no podía hacer otra cosa. Tenía la mano derecha inútil y bastaba con que se rozase con el cuero de la montura para que tuviese que ahogar un grito. Los dos hombres cubrieron un kilómetro y medio o así, manteniendo la ciudad y sus suburbios a una distancia segura. La colina descendió lentamente bajo sus pies y, más adelante, ya no fueron en absoluto capaces de ver a los galeses ni a sus caballos robados.

Continuaron cabalgando en esa dirección, por los pastos ondulados donde la hierba crecía a la altura de la rodilla de un hombre, hasta que perdieron de vista completamente a los dos lores. Siguieron sin ver a los caballos ni a los ladrones, pero Loveday pensó que tampoco tenían por qué.

Al final, sus propios animales se cansaron, conque fueron hasta un pequeño estanque rodeado de árboles y pararon para abrevarlos. Con el fin de dejar a las bestias beber, el Escocés desmontó, ayudó a su compañero a bajar gateando hasta el suelo y soltaron a los caballos. Una vez que sus monturas terminaron de saciar su sed, el grandullón pelirrojo se agachó junto al borde del agua y también bebió del estanque; se llenó las manos ahuecadas de agua y sorbió sediento de ellas. Entretanto, Loveday lo observó sin moverse y lleno de envidia.

Después de unos cuantos tragos y mientras el agua le fluía por la barba grasienta, el Escocés alzó la vista hacia su amigo, que estaba revoloteando tras él, y, acto seguido, la culpa invadió su rostro.

—Joder, Loveday. ¿En qué estaba pensando? Tienes que estar muerto de sed. Pásame tu bota.

El viejo recipiente de cuero estaba en la talega que llevaba a la espalda y el hombre comenzó a forcejear con la correa que la sostenía, pero resultaba una tarea demasiado ardua para una sola mano.

El Escocés lo observó durante unos instantes y, luego, lo detuvo.

—Bah, déjalo —le dijo—. Ven aquí.

Loveday se acercó cojeando hasta el borde del agua. El estanque estaba medio seco por el sol, y las orillas eran desiguales y estaban cubiertas de polvo en las zonas donde había disminuido el nivel.

Su amigo contempló cómo se acercaba.

—¿Puedes ponerte de rodillas?

—Sí. —Y el hombre se arrodilló, aunque ni siquiera eso resultaba fácil solo con una mano.

Aunque, al final, lo consiguió. Y el Escocés, con todo el afecto con el que Loveday lo había visto hacer nada, se llenó las manos de agua del estanque y las levantó hasta su boca.

Fue en ese momento en el que el cabecilla de los Perros se dio cuenta de la sed que tenía. Puso la mano izquierda en el dorso de las del grandullón para dar grandes tragos de las manos sucias de su amigo. El agua estaba tibia y arenosa, y, además, sabía a las riendas del Escocés, pero fue la mejor que había bebido en su vida.

—Gracias —le dijo.

—Por la sangre del puto Jesucristo —exclamó el Escocés.

Loveday se rio.

Y, en ese instante, una flecha atravesó el aire que los separaba.

Ambos se giraron conmocionados y el líder de Essex notó la enorme mano de su compañero en la espalda para empujarlo al suelo bocabajo, pero el hombre cayó sobre la derecha y el dolor se le disparó por el brazo, igual que si lo hubiese metido de golpe en un horno. Loveday intentó tragarse el aullido, rodó sobre su hombro y se tumbó bocarriba. Estaba mirando al cielo: densas nubes blancas en contraste con el brillante cielo azul. Acto seguido, observó por encima de sus pies, que se encontraban mirando al agua. Vio que la flecha había cortado el aire que separaba sus rostros y se había alojado en la base de un árbol al otro extremo del estanque. A continuación, abrió los brazos e intentó aplanarse todo lo posible contra la orilla seca de la charca, pero la barriga le sobresalía igual que una topera.

El Escocés estaba tumbado bocabajo junto a Loveday. Ambos se miraron con urgencia.

—En nombre de Dios, ¿de dónde ha venido eso? —susurró el grandullón.

Loveday lo miró ojiplático. No tenía ni idea. A continuación, intentó retorcer la cabeza en el barro endurecido de la orilla del estanque para volver a mirar en dirección a la hierba, pero le pareció imposible. Así que, enderezó la testa de nuevo y observó a su amigo con impotencia.

—Ahí no había nadie —susurró.

—Bueno, pues ahora lo hay, joder —le dijo el Escocés—. Dios. Me cago en el puto Dios. ¿De dónde cojones han salido?

Sin dejar de intentar mantenerse lo más pegado posible al suelo, retorció el hacha hasta que consiguió soltársela de la espalda y la dejó delante de él. Luego, se apartó el cabello de los ojos de un manotazo.

Tumbado sin poder hacer nada más, igual que un escarabajo bocarriba, Loveday intentó hacer algo de utilidad. Tras dejar la mano derecha y urente pegada al pecho, utilizó la izquierda con el propósito de buscar a tientas la espada corta en la correa del cinto.

Nada.

Se maldijo a sí mismo. Su arma estaba donde la había dejado: enrollada en su manta, detrás de la silla de la yegua, que se encontraba a veinte pasos de allí, ajena al riesgo que corrían. Pastando la hierba amarillenta.

Otra flecha silbó sobre sus cabezas.

—Mierda —dijo el Escocés—. Vamos a tener que correr.

—Ni lo sueñes —le comentó su líder—. Si nos levantamos, somos hombres muertos.

—Por las tetas de una virgen, Loveday, sí que estaremos muertos como nos quedemos aquí, coño.

Una flecha se clavó en el barro con un golpe sordo a no más de cinco pasos de ellos.

—Lo siento —se disculpó el cabecilla.

El cielo estaba perfectamente azul. Parecía un día precioso para acabar asesinado.

—Escocés, lo siento.

El hombre hundió la cara en el suelo durante un segundo.

—Bah, a tomar por culo —dijo—. Yo también.

Acto seguido, se llevó las dos manos al hacha, se llenó los pulmones de aire, se puso de pie de un salto, levantó el arma por encima de la cabeza y gritó.

Gritó como un hombre poseído por los demonios.

Igual que si estuviese a punto de hacer añicos la puerta del infierno y saquearlo de nuevo.

Y, entonces, echó a correr.

Durante un instante, Loveday se quedó petrificado, sin saber si levantarse a toda prisa y seguirlo, sin más arma que sus propios alaridos y el deseo de morir de la forma que eligiera.

Sin embargo, antes de que pudiese hacerlo, los alaridos de su compañero cambiaron.

Seguían siendo ensordecedores. Y salvajes. Seguían llenos de todo el espíritu furioso que el grandullón podía reunir en una pelea.

No obstante, había algo más en ellos.

No era dolor ni rabia, sino estupor. Sorpresa.

Y, luego, risa.

Una risa maniaca y demente. Una risa que no se parecía a ninguna que hubiese escuchado antes. Una risa que parecía que no fuese a parar. Una con el mismo sonido que se decía que solían emitir los hombres en los viejos tiempos cuando llegó la enfermedad de la risa.

Asustado, aunque ya no por su vida, Loveday se giró de lado y empujó el suelo cubierto de polvo con la mano izquierda mientras intentaba mantener con todas sus fuerzas la derecha —que estaba rota— pegada al pecho para protegerla.

Si se hubiese disparado otra flecha, habría acabado muerto, pero nadie hizo tal cosa.

En cambio, el hombre se levantó haciendo palanca a fin de ponerse de rodillas y, cuando lo consiguió, no tardó en echarse a reír también.

El Escocés apenas había dado veinte pasos antes de ver quién les estaba disparando.

Darys. Y Lyntyn.

Ambos estaban sentados a horcajadas sobre unos enormes caballos, brillantes y perfectamente acicalados, con las crines y las colas trenzadas, arreos de excelente cuero, mordidas bañadas en oro entre los dientes y el caparazón rosa y blanco de algún clérigo que Loveday no conocía.

Los dos sostenían los arcos y sonreían de oreja a oreja.

Y, de pie delante de ellos, inmóvil entre las carcajadas, la tos y las lágrimas de alivio, el Escocés les soltaba todos los apelativos ofensivos que conocía. Cuanto más los insultaba, mayor era la risa de los galeses. Y lo mismo le pasaba a Loveday.

Se rio hasta que creyó que iba a vomitar.

—Cabrones salvajes y paganos —les gritaba el hombre—. Perros pastores que le dan por culo al puto demonio.

Sin embargo, después de un rato, se maldijo a sí mismo y, acto seguido, cayó sobre las manos y las rodillas, y Loveday se acercó a ponerle una mano en el hombro.

—Tal vez, Dios nos quiere vivos —le dijo—, aunque solo él sepa por qué.

Luego, el cabecilla negó con la cabeza a Darys y a Lyntyn, que los estaban observando. Tenían una expresión en los rostros que el hombre reconoció, pero que hasta ese momento, no había comprendido. Los galeses miraban a los dos Perros como si contemplasen a un niño que aprendía cosas del mundo que habían permanecido ocultas para él.

Lyntyn le dijo algo a Darys, y el más bajito de los dos asintió. A continuación, se comunicó rápidamente en galés con Loveday e hizo un gesto circular con las manos. Este los observó perplejo.

Darys repitió el movimiento y señaló a los caballos desaliñados de los Perros. Luego, hizo lo mismo con las excelentes bestias, todas engalanadas con el rosa eclesiástico.

Y, entonces, lo entendió.

—Queréis intercambiarlos.

—¡Que-réis in-ter-cam-biar-los! —repitió el galés, imitando la voz del líder.

A continuación, hinchó los carrillos, hizo un gesto de sorpresa con los ojos y, entonces, los dos hermanos se rieron a carcajada limpia.

Lyntyn se bajó de un salto del caballo, chasqueó la lengua y silbó de manera que los animales de Loveday y el Escocés se acercaron al trote. Darys bajó deslizándose del suyo. Acto seguido, comprobaron las humildes monturas y se murmuraron algo. Luego, quitaron la manta del cabecilla de los Perros con la espada dentro y se la lanzaron. Después, arrancaron la talega de su compañero pelirrojo y se la tiraron también.

Entonces, los dos saltaron ágiles sobre las monturas. Darys le hizo una señal a Loveday con la mano y volvió a hablar, rápido y en galés. Señaló la mano derecha rota del hombre y le gesticuló que se atara el brazo al cuerpo.

—Un cabestrillo —adivinó el Escocés—. Sí. Joder, no sería mala idea.

Sin mediar palabra o algo parecido a una despedida, los galeses espolearon a sus nuevas monturas y se fueron a galope a través del pastizal.

Dejaron a los dos Perros contemplando a los excelentes animales que habían intercambiado. El Escocés negó con la cabeza.

—Son dignos de cardenales, no están mal. No es todo el puto lote —comentó—, pero creo que con esto valdrá.

Y ellos dos también montaron y partieron de vuelta a la colina para contarles a Warwick y a Northampton lo que había sucedido.

22

Dos cardenales intentaron abrir las negociaciones de paz en Lisieux. Fueron recibidos de un modo bastante cortés [...] y les dijeron que el rey nuestro señor, siempre ansioso de paz, la buscaría por todos los medios y recursos razonables [...] si había una oferta razonable a la vista [...].

Boletín de Richard Wynkeley sobre la campaña militar

El banquete en el salón de la abadía fue el más lujoso que Romford había probado en su vida.

El joven inhaló los excelentes aromas de las mesas. El plato principal, servido en grandes fuentes ovaladas, era un pescado blanco, cuyo nombre desconocía, bañado en una salsa cremosa que sabía a frutos secos dulces. Los enormes boles contenían guisantes, que nadaban en mantequilla, y huevos cocidos de manera que, por fuera, estaban duros, pero las yemas permanecían pegajosas como la miel.

En la mesa principal del rey, los lores arrancaban trozos de pollos asados y alguna otra ave más enjuta y oscura. Después de haberse quedado con lo mejor, las carcasas se enviaban a las mesas más largas, donde se sentaban Romford y el resto de escuderos. El muchacho arrancó los muslos y los extremos de las alas. Se tragó la jugosa carne y masticó los finos huesos. Se metió la comida en la boca con toda la voracidad a la que se atrevió hasta que consiguió que le doliese la barriga.

Los escuderos que tenía a ambos lados sirvieron vino. El muchacho había bebido una barbaridad el día anterior y aquello hizo que se sintiese algo mareado, pero solo le bastó una copa para volver a llenarse de vida y júbilo. Así pues, bebió, comió y escuchó los sonidos y las conversaciones que lo rodeaban. Un par de músicos afinaban unos laúdes. Los hombres hablaban sobre los planes para la siguiente fase de la campaña.

Durante el tiempo que pasó con los Perros, Romford no había visto a nadie hablar así. Con ellos, hacía lo que Loveday, Hormiga, Millstone y el resto le decía que debía hacer, y sabía que, a su vez, ellos llevaban a cabo lo que otra persona les había ordenado.

No obstante, ahora comprendía de dónde venían todas esas exigencias y dictámenes. Salían en estampida de las bocas de los reyes, los príncipes, así como de los grandes señores, que se atiborraban todas las noches de aves grasas y pescado tierno, y que apostaban plata a sabiendas de que lo que perdiesen aquel día lo recuperarían al siguiente.

Con cuidado, observó al rey Eduardo, en el centro de la mesa principal, que miraba hacia el salón. El chico había aprendido que, en un espacio atestado como aquel, podía lanzar una mirada furtiva de vez en cuando sin ponerse en peligro. Ahora bien, no era posible hacer eso mismo en un lugar más íntimo y con menos personas apelotonadas. «La danza está empezando a cobrar sentido», pensó. El monarca estaba sentado erguido. A su alrededor, se encontraban, el príncipe —su hijo— y los condes que había salvado a Romford de la horca. Un caballero bastante atractivo con un parche en el ojo y una sonrisa dibujada en la cara también ocupaba un asiento en la mesa.

El joven consideraba que el soberano era orgulloso, pero no altanero. Por la forma en la que se sentaba, quedaba claro que estaba seguro de sí mismo. Su cabello brillaba y llevaba la barba perfectamente recortada. Las ropas eran sencillas a la par que caras: seda oscura ribeteada con hilo que resplandecía al roce de la luz. Su rostro era una máscara de acero y tranquilidad. Era un hombre, y, sin embargo, mucho más que eso.

Además, había dos clérigos sentados a la mesa del rey. Y también vestían de manera suntuosa. Ambos iban ataviados de rojo. Uno, algo más alto y mayor que el otro, tenía una barba blanca rala con un bigote tan largo que le caía rizado alrededor de las comisuras de los labios. El otro estaba completamente afeitado y era moreno. Se trataba de hombres poderosos, cardenales. Los siervos más cercanos al papa. No obstante, el chico notó que no estaban cómodos con ese poder, porque, mientras Eduardo parecía encontrarse en su salsa, el estrés parecía desprenderse de ellos como si fuese vapor.

El escudero a la derecha de Romford le dio un codazo y le señaló la mesa alta con un cuchillo.

—A los pobres hijos de puta les han robado los caballos por el camino. ¿Te has enterado?

El muchacho negó con la cabeza y su compañero se metió un trozo de pan empapado en salsa en la boca y masticó a la vez que hablaba.

—Los sisaron los galeses. ¿Qué esperas? Aun así, es mejor tener a los animales de nuestra parte que en contra.

El chico sonrió. Pensó en los dos hermanos que cabalgaban junto a los Perros. Le caían bien. Mientras tanto, el escudero siguió charlando:

—De todas formas, que hayan venido es una pérdida de tiempo. Hay tantas opciones de que aceptemos un acuerdo de paz como de que ellos se lleven a mi mujer a Aviñón y la nombren papa. Vamos a atacar Ruan, a cruzar el río y, luego, París estará jodida. Todo el mundo sabe que ese cabrón loco de Hugh Hastings ha desembarcado su ejército en Flandes. Ya está marchando hacia Ypres. Francia está acabada. ¿Paz ahora? Ni lo pienses...

Romford asintió todo el rato. Ya había escuchado el nombre de Hugh Hastings muchas veces. Al parecer, había un segundo ejército inglés en algún lugar no muy lejano, aunque no tenía ni idea de dónde quedaba Flandes en relación con el lugar en el que estaban asentados en esos momentos.

Justo cuando iba a preguntarle al compañero que tenía al lado dónde estaba Ypres y cuánto duraría la marcha desde allí, los músicos terminaron de afinar los laúdes y comenzaron a puntear las primeras notas de una canción.

El parloteo de las mesas disminuyó hasta un murmullo y los hombres escucharon mientras el más alto de los laudistas, un tipo de ojos brillantes con el cabello rubio y enmarañado y los pómulos angulosos, comenzó a cantar.

El joven reconoció la melodía, pero la letra le pareció nueva. Daba la impresión de que los músicos se la habían inventado a fin de entretener a la multitud, y mientras la cantaban, las risitas entre dientes comenzaron a retumbar por todo el salón.

Sus palabras no reparaban en desdeños al rey francés y aclamaban a los ingleses como conquistadores hostigadores.

La testa del cerdito sujeta traigo,
desollado en su chiquera por mi propia mano,
y ¡es que por clemencia oinc va chillando!,
¡huyendo de vuelta a París con miedo y asustado!,
¡escapa de su adversario, cobarde y espantado!
¡Es su majestad, sin duda, el rey Eduardo!
¡Flor de la caballería en su puro estado!
¡Bravo! ¡Sus! ¡Bravo!

Al escuchar su nombre, el monarca sonrió con indulgencia y alzó una mano. Con cada «bravo», los hombres que se encontraban en las mesas más bajas estrellaban las tazas y los puños, zapateaban con los pies y gritaban vítores. Romford se unió a ellos y los cantantes continuaron:

En la playa, nuestro príncipe sir fue nombrado,
listo para aniquilar, por la espada aprestado,
herejes y moabitas, con él tened cuidado,
fornicadores sodomitas, estad preparados.
Y el parásito ladrón de cetros dorados,
rey Felipe, quien considera atinado
llevar la flor de lis sus ropas adornando.
¡Bravo! ¡Sus! ¡Bravo!

Aquel momento fue el turno del príncipe Eduardo de dar las gracias a la multitud. Y, de nuevo, se armó un gran aporreo, que resonó en los techos altos y abovedados del salón. El muchacho echó un vistazo a los cardenales. Parecían tener el gesto petrificado. El de la barba blanca mantenía las dos manos posadas en la mesa y ante él, con los dedos separados mientras examinaba todos los gruesos anillos que llevaba.

De vez en cuando, Northampton —el conde de la cicatriz en la cara y el cabello canoso— se inclinaba hacia delante para decirle algo al oído al cardenal de menor estatura y perfectamente afeitado. Parecía estar mofándose de él, porque, con cada comentario, el clérigo negaba con la cabeza y de vez en cuando le contestaba con palabras airadas.

Satisfecho con su juego, Northampton también se inclinó con el objetivo de susurrarle algo al conde de Warwick, quien echó la cabeza atrás para reírse. Romford siguió observándolos y la canción continuó:

En Barfleur, sus barcos incendiamos.
Y, en Valognes, una pira quemamos.
En Carentan, las llamas treparon alto.
Y Saint-Lô en una gran hoguera tornamos.
De Caen lord Tancarville huyó asustado,
abandonando al falaz con librea ataviado,
¡que a sí mismo Felipe se ha nombrado!
¡Bravo! ¡Sus! ¡Bravo!

Las mesas se estaban mojando y poniendo pegajosas por la bebida derramada, pero a los hombres que se encontraban sentados a lo largo de ellas no les importó. El escudero que se encontraba junto a Romford le lanzó el brazo por encima del hombro cuando se unieron al coro de vítores.

Luego, desde la mesa principal, el príncipe se cruzó con la mirada del chico y levantó la barbilla. Al principio, el joven no fue capaz de pensar en lo que significaba aquel gesto. Simplemente, sintió un pánico helador por haber llamado la atención del futuro monarca, pero, entonces, este lo repitió. Y el muchacho se dio cuenta de que lo estaba llamando, así que, se desenganchó del brazo del escudero que tenía al lado. Los ojos adormilados del mozo parecieron confusos durante un instante, pero no tardó en volver a perderse en el cante y la bebida.

Romford se levantó del banco y, al hacerlo, se dio cuenta de que el vino también le había aflojado las rodillas. Le resultó muy complicado andar, como si no pudiese confiar en su propio cuerpo. Y, de nuevo, el muchacho estaba danzando sin estar seguro de los pasos.

Haciendo todo lo posible para disimularlo, pasó a presión entre las filas de juerguistas y nadie le prestó la menor atención. Ya había comenzado otro verso:

Francia, a tus hijas de piernas abrimos.
El llanto de tus viudas lamenta a los fallecidos.

El joven dejó de escuchar la letra. A continuación, llegó a la mesa de los señores y se paró ante el príncipe. El hombre atractivo con un parche en el ojo le hizo una señal a fin de que se arrodillase, así que él posó las rodillas en el suelo y bajó la vista. Los juncos y la paja que se esparcían allí estaba negros y mojados.

El príncipe Eduardo lo examinó durante unos segundos.

—Levanta —le ordenó.

Y Romford se puso en pie. Al parecer, el heredero del trono había bebido una buena cantidad de vino y el sombrero de terciopelo, bordado con diminutas rosas plateadas, descansaba torcido sobre su cabeza.

—He oído que juegas bien a los dados.

—He aprendido unos cuantos juegos —le contestó el muchacho—, pero no tengo mucha experiencia.

El príncipe asintió.

—Bien, chico, pues vamos a darte una poca más.

Por primera vez, al joven le resultó raro que el futuro monarca lo llamase «chico». Ambos habían nacido la misma primavera. ¿Por qué no eran los dos «chicos»? Sin embargo, ya había aprendido a lograr que sus sensaciones no le traicionaran el gesto.

—Será un honor, mi señor.

En ese momento, el príncipe sonrió y se giró en su asiento para gritarle a un sirviente que estaba haciendo el vago entre las sombras de la pared del fondo del salón.

—¡Dado! Y date prisa.

Pareció que el mozo estuviese preparado para ello, porque enseguida había uno encima de la mesa. A continuación, agitó la bolsita negra y suave y sacó dos juegos de dados, tallados en hueso blanco. El heredero del trono los cogió para inspeccionarlos. Después tomó uno, formado por tres cubos con diminutos puntos de oro por números, y le entregó el otro, punteado con manchitas plateadas, a Romford, a quien el sirviente le había traído un taburete. El chico se quedó de pie junto a él sin estar muy seguro de si debía sentarse o no.

El caballero tuerto observó todo aquello con una sonrisa de diversión en los labios.

—Mi señor Eduardo, ¿no preferís jugar a los dados con los señores esta noche?

Y el príncipe no apartó la vista del muchacho mientras hablaba:

—He oído que este chico es el mejor jugador de entre mis escuderos, sir Thomas. Quizá me suponga un reto mayor que el que obtendría si me pasase la noche llevándome su dinero.

En ese momento, el hombre se rio.

—Dudo que este joven tenga mucho que perder ante vos aparte de la camisa que lleva puesta, que, en cualquier caso, también es suya. Es un escudero. Y hace una semana era un arquero. Muchacho, ¿tienes algo que apostar en la partida?

Romford se sintió totalmente inseguro.

—La verdad, mis señores, es que no tengo nada. Mi paga por esta campaña iba a entregármela Loveday, mi capitán, y…

Las palabras del chico parecieron accionar algo dentro de la memoria de sir Thomas.

—¿Loveday?

—Sí —le respondió.

—¿Un hombre mayor? ¿De Essex? ¿Que siempre tiene cara de estar triste? —E hizo una mueca notablemente parecida a la expresión de preocupación que el joven asociaba con el Perro.

—Creo que sí, señor…

Sir Thomas pareció satisfecho.

—Lo conozco. Luchamos juntos en el puente, aunque resultó herido y perdió a algunos hombres.

Romford notó un hormigueo en el cuello.

—¿Mi señor?

Sin embargo, el caballero no pudo decir nada más, porque el príncipe ya se había puesto impaciente por jugar. Le dio un trago al vino y agitó los dados con malos modos.

—Sir Thomas, os lo ruego en nombre de la virgen, calláos—le pidió—. A nadie le importan los paletos que se perdieron en el puente. —Y entonces le lanzó una mirada vacilante a su escudero—. Siéntate, chico. Vamos a jugar. No me importa quitarle el dinero a sir Thomas, aunque estoy al tanto de que tiene muchísimo gracias a la generosidad de mi padre.

»Debéis cuidar de vuestra nueva riqueza, sir Thomas —añadió de forma desagradable—. Dios sabe que os va a salir caro demostrar ante los tribunales que vuestro matrimonio con mi prima Joanie es válido. Y todos sabemos lo exigente que puede ser la pequeña Joanie. En todos los sentidos.

El caballero abrió la boca, pero reconsideró la respuesta.

—Sí, mi señor —dijo con palabras cortas y precisas.

A continuación, no añadió nada más, sino que tornó su único ojo hacia el cáliz plateado en el que le habían servido el vino para examinarlo.

Y el príncipe volvió a girarse hacia Romford. Luego, sacudió la cabeza rápidamente, como si estuviese intentando aclarársela.

—Siéntate. Te daré dinero —le explicó, y llamó a otro sirviente—. Dinero para el chico.

El muchacho se acercó con prisa, esa vez, con una bolsita, despejó una zona de la mesa y soltó una larga pila de peniques de plata entre él y el futuro monarca. Este la dividió sin cuidado entre ambos y Romford se sentó. Luego, apiló sus monedas en dos montañitas perfectas, mientras que el heredero del trono las dejaba en un montón. A continuación, envolvió los dados con las palmas ahuecadas, los agitó y los lanzó.

El total de las caras sumaba dieciséis: dos seises y un cuatro.

Romford hizo lo mismo. El total de sus caras fue nueve: un uno, un cinco y un cuatro.

—¡Empiezo yo! —chilló el príncipe, igual que si hubiese estado esperando ese resultado antes siquiera de que tirase.

Romford suspiró para sus adentros. Su hermano le había hablado de esos dados. Después, miró la pila de peniques y los contó rápido mentalmente. No iba a tardar nada en perderlos todos, aunque tuvo la sensación de que el príncipe podría intentar prolongar el juego un poco para fingir que no estaba haciendo trampas.

No obstante, uno o quizá dos de los tres dados estaban trucados para que cayesen con una puntuación alta, mientras que a los suyos no se les habían añadido peso o, lo que era más probable, los habían cargado con el objetivo de que cayesen con una puntuación baja. Habían amañado el juego en favor del príncipe. Lo único que no sabía era si este último era consciente. De todas formas, tenía claro que estaba allí para entretenerlo.

Aunque aquella idea no le enfadó, ni siquiera lo entristeció. Puesto que sabía que lo habían llamado a la mesa del futuro monarca para perder, no tenía sentido que estuviese mordiéndose las uñas por el resultado. En cualquier caso, estaba muchísimo más interesado en lo que sir Thomas había comentado sobre Loveday. «Resultó herido. Perdió a algunos hombres».

¿A quién habría perdido? El chico repasó mentalmente las caras de los Perros. El Escocés y Hormiga. El Padre y Millstone. Tebbe y Thorp. Los galeses. En ese momento, se dio cuenta de que no podía soportar la idea de que le hubiera pasado nada a ninguno.

Mientras tanto, el príncipe apostó un montón de peniques y lanzó el dado.

Sacó quince: tres cincos. Eso solo podía mejorarlo con un resultado, con tres seises.

Al estar lastrados, Romford sabía que sus dados no podrían tirar ese resultado, pero los agitó igualmente y lanzó. Cuatro, tres y uno. Ocho. Aquello no servía para nada.

Había dado comienzo otra ronda de cantares de juglaría.

En Ruan, Caen y Saint-Denis,
en Orleans y la tierna París,
los franceses eligen entre huir o morir,
a no ser que Felipe se quiera rendir
ante el Eduardo de nuestro propio país...

Un sirviente le llevó al escudero un refinado cáliz de plata y se lo llenó de vino, pero le derramó un poco en la mano y se rio entre dientes mientras lo hacía. En ese momento, Romford pilló al conde de Northampton lanzando una mirada despectiva al joven desde el otro extremo de la mesa. El chico no levantó la vista y dio un sorbo al vino.

El príncipe volvió a lanzar los dados. Dieciséis: dos cincos y un seis. Una tirada casi tan potente como la anterior.

Para entonces, el escudero ya había perdido todo el interés en el juego, así que solo se concentró en danzar.

«No cometas ningún error. No atraigas la atención hacia ti. Mantente alerta».

Después, lanzó su dado. Once: dos cincos y un uno. Fue una buena tirada, pero, aun así, perdió. Supuso que, quizá, solo estaba lastrado uno de sus dados, aunque con ese bastaba.

La canción de los juglares continuó y los hombres que se sentaban en las mesas alargadas, ya muy borrachos, vitorearon el coro:

¡Bravo! ¡Sus! ¡Bravo!

—¡Vuelvo a ganar! —aulló el príncipe—. Vaya, podríamos jugar a esto toda la noche.

Y así continuaron jugando hasta el final de la comida, y cada vez que dejaba a Romford sin nada, el príncipe dividía la pila de monedas entre los dos.

Solo pararon cuando el banquete se acercó a su final, ya había oscurecido fuera y los cardenales pacificadores estaban cansados de que se burlasen de ellos con canciones y de que Northampton los pinchase con sus comentarios.

En el momento en el que ambos se pusieron de pie y le dieron las buenas noches al monarca con una reverencia, todos los señores ingleses que se encontraban sentados en la mesa esbozaron una sonrisa.

Romford se encontraba lo bastante cerca como para escuchar al rey Eduardo desearles las buenas noches.

Y, con tono firme, sentenció:

—Que descanséis en paz esta noche, mis señores. Siento no poder acordar vuestros términos, pero deseo lo mejor a mi primo Felipe en la represión de las revueltas en las calles de París. He oído que el humo del ambiente ha enfadado un poco a nuestros súbditos allí. Dentro de poco, veremos con nuestros propios ojos cuáles de nuestras pretensiones a la corona prefieren.

Los cardenales salieron de allí con un gesto nefasto.

Los señores que se encontraban alrededor de la mesa se sonrieron los unos a los otros y alzaron sus cálices en un brindis mudo.

Al darse cuenta de que la comida y el juego se habían acabado, el príncipe abandonó su interés en ambos y en Romford, y se recostó en su silla con la cabeza colgando de un lado a otro mientras clavaba las pupilas en las oscuras profundidades del techo.

El muchacho sintió las pupilas del monarca pasar sobre él con un escalofrío. Contuvo la respiración hasta que estuvo seguro de que habían ido a parar al príncipe. Por el rabillo del ojo, le pareció ver que una mueca de desagrado invadía momentáneamente el gesto del rey antes de apartar la vista.

Con la necesidad de encontrar un lugar al que mirar aparte de la mesa, se enfrentó al contacto visual con sir Thomas.

—Vete, chaval —le dijo el caballero en voz baja—. Siento todo esto.

—Señor. Gracias, señor —le contestó él.

Acto seguido, se levantó de su taburete y, sin tocar las monedas que yacían desperdigadas ante el príncipe, hizo una reverencia muy pronunciada a los señores.

Ninguno de ellos lo miró siquiera.

Romford retrocedió hacia las mesas más bajas, donde los hombres ya se estaban levantando y estirando. Algunos incluso preparaban sus lechos sobre los juncos sucios del suelo.

Antes de que estuviese lo bastante lejos como para que no oyese, sir Thomas volvió a llamarlo:

—Chaval, una cosa. Tu amigo Loveday. El de Essex. ¿Formabas parte de su grupo?

—Sí, señor —le respondió el muchacho—. Así era.

El caballero asintió y meditó lo que había contestado.

—Lo saludaré de tu parte. Y te haré saber cómo le va.

Al chico le dio un vuelco el corazón.

—Gracias, señor. Por favor, decidle que estoy… Que he…

Sin embargo, a medida que hablaba, se dio cuenta de que no tenía ni idea de qué decir.

23

Sir Godofredo partió a caballo en dirección a Ruan para evaluar el estado de la ciudad [...]. Dejaron atrás una [colonia de leprosos] y encontraron a una mujer loca que imploraba por las almas de los transeúntes.

Crónica normanda de Pierre Cochon, de Pierre Cochon

Durante los días posteriores a que devolvieran los caballos de los cardenales, Loveday, el Escocés, Tebbe y Thorp galoparon en una compañía de reconocimiento liderada por sir Godofredo. El cabecilla reflexionó para sí sobre la manera tan drástica en la que había cambiado la suerte de los Perros. Warwick había sido fiel a su palabra y envió un mensaje cortante a sir Robert para comunicarle que, a partir de entonces, los Perros de Essex quedarían completamente fuera de sus órdenes y se unirían al séquito del chaquetero normando. Tebbe se rio cuando contó cómo la cara gorda del caballero se puso morada de la rabia en el momento en el que el heraldo de Warwick le dio la orden. Aunque ya no tenían ni idea de quién les pagaría ahora al término de sus cuarenta días, en aquel momento ninguno sintió ni la más mínima punzada de pena.

Sin embargo, claro está que cabalgar junto a sir Godofredo no era tarea fácil. Si acaso, se trataba del destino más duro que les habían encomendado desde que desembarcaron. La compañía del caballero avanzaba muy por delante de la vanguardia y de la horda principal de la *chevauchée* a fin de explorar los paisajes mientras el normando, que los conocía íntimamente, los dirigía.

Este les exigía muchísimo y, normalmente, se pasaban desde el amanecer hasta la última luz del día en la silla de montar.

No obstante, estaba bien eso de encontrarse lejos de sir Robert y de los anglianos orientales de miraditas amenazantes. Los Perros se aseguraron de no quejarse entre ellos ni con nadie.

Aquel día, los que partieron como siempre, a kilómetros por delante del resto del ejército, sumaban unos dieciséis en total: un grupo mixto de caballeros, hombres de armas, arqueros a caballo y soldados de infantería que sabían montar, igual que Loveday y el Escocés.

Era un país cálido y sin agua, y aunque sir Godofredo tomó una trayectoria que zigzagueaba entre pequeños riachuelos medio secos y poblados con molinos, el calor y el ritmo de la marcha hizo que fuese ardua. El ambiente era insoportablemente húmedo y se les quemaba la cara cuando el sol atravesaba las nubes difusas. Algunos de los hombres de armas cabalgaban descamisados, con las cotas de malla acolchadas, las corazas de hierro y las protecciones de cuero de los brazos colgadas de la parte trasera de las monturas, por lo que iban desarmados de cintura para arriba. Y es que preferían arriesgarse a una posible muerte en una emboscada a asarse vivos debajo de la malla o las placas. Aun así, sudaron, y su sudor se secó dejando unos rastros salados en sus ropas y piel. En cuanto abrevaban a los caballos y llenaban las botas, volvían a tener sed.

Sir Godofredo era bastante particular en cuanto a qué poblados quemaban y cuáles dejaban en paz. Mientras cabalgaban, nombraba a los señores locales y llamaba la atención de los caballeros de rango superior que lo acompañaban para indicarles si debían incendiar o perdonar las granjas, cultivos y casas según su opinión sobre el dueño de la tierra.

Uno de los señores de la zona era un hombre llamado Robin de Lombelon. No había rastro de él por ninguna parte, pero a Loveday le pareció evidente que era uno de los amigos de sir Godofredo. Todo cuanto se encontraba bajo el mando de Lombelon quedó intacto, y a los pocos aldeanos que no huyeron se les trató con brusquedad, aunque no sufrieron ningún daño. Sin embargo, cuando llegaba a poblados en territorios en manos de otros señores, especialmente de Roberto de Bertrand, el Caballero del León Verde, el hombre ordenaba la total devastación: prender cultivos y graneros, soltar animales o asesinarlos, y golpear, dar patadas o latigazos a las personas que no fuesen lo bastante rápidas como para huir.

Los caballeros que sir Godofredo había elegido para cabalgar a su lado estaban contentos de entregarse a todo aquello. Uno de ellos era sir John Dawney, un caballero cheposo, pero enérgico, con un marcado acento occidental, que llevaba el cabello largo en la coronilla y rapado al cero por encima de las orejas. Otro era uno joven y enérgico llamado sir James Basden, que portaba una pluma metida en el yelmo. Además, estaba sir Richard de la Marsh, de rostro picado por la viruela y pelo largo y grasiento. Por último, se encontraba el señor tuerto sir Thomas Holand.

Loveday y el Escocés recordaban bien a este último de la batalla en el puente, y viceversa.

El hombre los saludó con efusividad en el momento en el que los exploradores se reunieron a la primera luz del día, y a lo largo del caluroso viaje que siguió, se lo encontraron cerca a menudo dándoles ánimos con su curioso guiño tuerto.

—El bastardo parece estar muy satisfecho de sí mismo —gruñó el Escocés cuando los Perros pararon para beber en un pequeño riachuelo que corría con un hilito de agua a lo largo de la frontera de la aldea que acababan de quemar.

Thorp se secó la frente, sacándose el sudor de las cejas. Tenía las manos llenas de ceniza y mugre del incendio, y le dejaron unas manchas de suciedad en la cara. Loveday se dio cuenta de que el anillo de arquero que Thorp llevaba en el pulgar derecho se le había girado y, ahora, estaba mal colocado.

—¿Tú no lo estarías? —le preguntó el arquero—. Se ha hecho rico con esta guerra.

—Sí —añadió Tebbe—. Deberíamos pegarnos a él. Ojalá nos contagiemos de algo de esa buena suerte. Dios sabe que la necesitamos.

Luego carraspeó y escupió. Todos habían respirado muchísimo humo esa mañana y las flemas estaban manchadas con motas grises y negras.

Loveday echó un vistazo a Tebbe. No era del todo capaz de decir si el arquero lo estaba provocando, pero decidió no hacer ningún comentario y se agachó a llenar su bota en el riachuelo. Hasta el esfuerzo de sacar el tapón del cuello del recipiente le resultaba una tarea dolorosa.

El Escocés acudió en su ayuda, igual que ya había hecho antes, pero, en lugar de gratitud, el líder de Essex estaba empezando a sentir vergüenza.

Y puro dolor.

A pesar de que no era la primera vez que se rompía un hueso, la mano parecía haber ido a peor durante los días que habían transcurrido desde la batalla del puente. Para ayudarse a cabalgar, se había confeccionado un cabestrillo a partir de una manta desechada que encontró cuando acamparon en Lisieux, y descubrió una forma de enrollarse las riendas en la mano izquierda —la buena— para que no le doliese ni le raspase demasiado. Aun así, el cardenal amoratado y la hinchazón de la derecha —la que estaba herida— no habían disminuido, y notaba un dolor punzante en el brazo desde el dorso de esa mano hasta justo por debajo del codo. Era capaz de encender hogueras y sujetar una espada con la izquierda, pero no tenía ni idea de cómo iba a defenderse si lo lanzaban a otra batalla importante.

A cincuenta pasos de allí, en la cuneta, sir Godofredo gritaba órdenes e indicaciones. La tónica general estaba clara: debían montar y avanzar, aunque Loveday no sabía decir exactamente hacia dónde. Intentó descifrar en qué dirección estaba señalando el traidor, y cuando se tapó el sol de los ojos, lo vio. Más o menos a un kilómetro y medio del lugar en el que habían parado, el camino se adentraba en la linde de una arboleda. Algunos de los hombres medio desnudos ya se estaban dirigiendo hacia allí a la vez que agitaban antorchas encendidas por encima de sus cabezas, lo que dejaba estelas de humo en el aire.

—El bosque de Moulineaux —gritaba sir Godofredo—. Atravesamos el bosque. Buscamos algo más que quemar al otro lado y, luego, amigos míos…, ¡Ruan!

El traidor parecía sentirse como pez en el agua, como si nada lo hiciese más feliz que destrozar tanto las casas como las vidas de la gente de su país natal. Este sonrió y dibujó una curva con la espada alrededor de su cabeza para tallar el aire caliente y denso.

Loveday recordó su primer encuentro con sir Godofredo, sentados en la tienda de Northampton a las afueras de Saint-Lô. Le escuchó contar historias sobre sus rivalidades con sus vecinos e iguales. Les dijo que le consiguieran las cabezas podridas de sus amigos. Se acordó de las promesas que les hizo: que obtendrían oro y cabalgarían a la cabeza del ejército del rey.

No había habido oro, y estaba claro que, ahora, se encontraban allí por casualidad, no por el buen señor sir Godofredo. El cabecilla de los Perros se preguntó qué capricho imperceptible de Dios o de un hombre habría ascendido a semejante señor tan inútil como él a una posición de poder tan inmenso en un ejército que no era de su propiedad.

Lo más posible era que no lo supiera nunca, así que intentó parar de darle vueltas.

—Venga —dijo al resto de los Perros—. Vayamos hacia el bosque. Por lo menos, estaremos más frescos entre los árboles.

Cuando, por la tarde, se aproximaron al otro extremo de la arboleda, la mayoría de los hombres volvían a estar completamente vestidos. El calor del sol se desafilaba bajo el alto dosel de hojas de haya y roble, y cientos de insectos revoloteaban en la sombra moteada, listos para picarles. Estos atormentaron al Escocés en especial, que se daba manotazos y se rascaba el cuello, así como los antebrazos, mientras los mosquitos aterrizaban sobre él con el objetivo de chuparle la sangre.

Tebbe dijo que conocía un truco para mantener a las alimañas a raya. Acto seguido, encendió una antorcha y la agitó a su alrededor, de tal manera que se formó una nube de humo parecida al incienso de una iglesia. La humareda los hizo estornudar y escupir, pero surtió un efecto menos potente en los insectos. Los caballos resoplaron y sacudieron las colas con un silbido. Por último, todos los hombres de la compañía terminaron con grupitos de diminutos puntitos rojos hinchados en la piel, que les picaban y los hacían despotricar.

Cuando por fin la arboleda se volvió menos densa y el camino que tenían delante giró de nuevo hacia un campo despejado, sir Godofredo instó a la compañía a que parase. Aunque la fuente de luz del campo abierto les hacía daño en los ojos, Loveday fue capaz de ver por qué el traidor los había llevado hasta aquel enclave.

Estaban divisando una zona rica y frondosa. Parecía casi una isla contenida dentro del amplio recodo de un significativo río, más grande que cualquiera con el que los Perros se hubiesen encontrado en Normandía hasta la fecha. A lo lejos, en la distancia, avistó los suburbios de una vasta ciudad, al menos, del mismo tamaño que Caen. Había muchos grupos de edificios bien equipados a un tiro de piedra. Más cerca todavía, se encontraban las dependencias externas y los muros de un monasterio.

Sir Godofredo consultó en voz baja con los caballeros que se encontraban a su alrededor, incluidos sir Thomas, John Dawney y Richard de la Marsh, con el pelo lleno de grasa. Hicieron unas señas hacia la casi isla que tenían delante. Parecía que estaban debatiendo en qué orden llevarían a cabo el ataque.

Después de un momento, el caballero normando se dirigió a la compañía.

—Mis buenos hombres, ahí delante descansa un lugar magnífico —comenzó—. Estáis viendo el río Sena. Este fluye desde París y allende. La frontera de la ciudad a lo lejos es Ruan. Tenemos la oportunidad de ser los primeros del ejército en entrar en ella. ¿Quién desea acompañarme?

Acto seguido, se lanzó un vítor, y sir Godofredo se mostró aparentemente satisfecho.

—Bien —continuó—. Vamos, entonces. Y no lo hagamos en secreto.

»Hombres, desearía que formarais en cuatro grupos. Unos conmigo y el resto con sir Thomas, sir John y sir Richard. Avanzamos. Quemamos todo cuanto encontremos a nuestro paso para que la gente de Ruan sepa que estamos de camino. Nos encontramos en el extremo sur del puente y contemplamos cómo el miedo se aferra a los corazones del pueblo. Les hablamos de todos los ingleses que vienen detrás de nosotros, así sabrán que han de rendirse o morir.

Los Perros se miraron entre ellos y el Escocés no pudo morderse la lengua.

—Esta es una ciudad demasiado grande como para que cinco docenas de hijos de puta llenos de picaduras de mosquito la ataquen por su cuenta —gritó.

El traidor pareció desconcertado, pero luego miró al grandullón pelirrojo de arriba abajo, como si fuese la primera vez que lo veía.

—Amigo mío, esto es lo que tiene la guerra. Esto es arrojo. *Noblesse*. ¿Has leído alguna vez las grandes historias sobre la guerra?

El Perro levantó una ceja.

—Sigo intentando terminarme mi Biblia, sir Godofredo —le contestó.

El noble resopló con sorna. Estaba a punto de empezar a dividir a los hombres cuando otra persona alzó la voz. Aquella vez fue sir Thomas.

—Yo me quedo con estos hombres de Essex —dijo—. Nos dirigiremos a la abadía. —Y señaló al monasterio—. Dudo que resulte el premio más abundante o espectacular de hoy, pero me alegra dejar la mejor parte de la diversión para el resto. ¿No, hombres de Essex? —Y clavó la mirada en Loveday.

—Más que alegres, sir Thomas —le contestó el cabecilla.

Luego echó un vistazo a los arqueros y al Escocés, que se encontraban a su alrededor, con el objetivo de asegurarse de que estaban de acuerdo con él.

El caballero tuerto asintió con gallardía.

—No hay tiempo que perder, pues —concluyó.

Acto seguido, espoleó a su caballo y partió. Loveday guio a los Perros para ir cerca tras él. Mientras se marchaban, sir Godofredo se apartó el cabello de un manotazo y comenzó a mostrarle al resto de hombres qué casas debían destruir. Sus instrucciones se oyeron en el aire al tiempo que el líder de Essex se alejaba al galope.

—Sin prisioneros.

Mientras los Perros y sir Thomas cabalgaban hacia las puertas de la abadía, una anciana salió al camino. Era menuda y estaba tan jorobada que los omóplatos se le elevaban por encima de la coronilla. Llevaba el cabello tapado por un tosco chal rojo. El resto del cuerpo permanecía cubierto por un vestido recto y sin forma, con el dobladillo andrajoso y hecho jirones, que apenas le cubría hasta las rodillas. Caminaba a paso lento y arrastrando los pies, desplazándose como si cada movimiento fuese un suplicio. Para poder ver hacia dónde se dirigía, tenía que estirar el cuello y girarlo, igual que una gallina que picotea el grano en un corral.

—¿Qué cojones le pasa? —quiso saber el Escocés—. ¿Y qué hace aquí, pasando el rato?

Loveday se encogió de hombros, pero, cuando se encontraban a diez pasos de ella, lo comprendió.

Los ojos de la mujer sobresalían extremadamente de las cuencas y casi habían perdido todo su color. El blanco parecía haber invadido el globo ocular por completo, así que, donde antes, quizá, había verde o azul, ahora solo se veía una masa amorfa y blanquecina en el centro.

Y sus ojos no eran lo peor. La cara de la anciana estaba marcada por unas profundas líneas irregulares tan juntas que la piel parecía la corteza de un árbol. Le había desaparecido la punta de la nariz y solo había dejado un muñón hinchado. Tenía los labios inflamados y cubiertos de llagas y ampollas. Únicamente le quedaban tres dedos en cada mano, gordos como salchichas, con los que solo sostenía un simple platillo de limosnas y un palo nudoso para ayudarse a andar. Los pies, descalzos, se encontraban en el mismo estado.

Era una leprosa. De manera instintiva, Loveday movió los doloridos dedos de los pies en las botas nuevas que los hombres de Warwick le habían entregado. Luego se palpó la mano sensible y se dio cuenta de que, aunque le dolía, su sufrimiento no era nada comparado con lo que aquella mujer debía estar experimentando.

Los cinco hombres tiraron de las riendas de los caballos.

—No os acerquéis demasiado —susurró Tebbe—. Se contagia por el aliento.

A sir Thomas pareció divertirle aquello.

—Eso no es así.

—Sí —dijo el Escocés en voz alta—. Tendrías que habértela tirado durante un mes para pillarlo.

—Por Cristo que Tebbe ha estado con peores —comentó Thorp—, pero todavía no se le ha caído el nardo… Y, desde luego, tampoco se le ha hinchado.

Su compañero soltó una risita nerviosa. Con todo y con eso, daba la impresión de que sir Thomas no tenía aprensión alguna. Desmontó de su caballo y se aclaró la voz con fuerza para que la leprosa pudiese notar dónde se encontraba. La mujer movió la cabeza a los lados y, luego, ajustó el paso hacia el hombre.

Mientras se acercaba, el caballero se dirigió a ella en un francés suave y melódico. Loveday trató de seguirlo, pero sir Thomas hablaba rápido. La anciana escuchó. Después, asintió con la cabeza y pronunció un par de palabras con una voz ronca y áspera. A continuación, agitó el platillo de madera.

Y el caballero tuerto miró a su alrededor.

—Se llama Marie. Pide limosna —les explicó.

—Pues dale algo —le contestó el Escocés.

Sir Thomas sonrió.

—Estoy seguro de que vosotros, señores, podéis prescindir de alguna moneda para dársela a esta mujer.

El grandullón pelirrojo lo miró con incredulidad.

—Por los trapos apestosos con los que san Lázaro se limpiaba entre los dedos de los pies, creía que el rey acababa de hacerte el hombre más rico de la campaña —dijo.

Al parecer, el noble encontró aquello divertido. Acto seguido, se dio un manotazo en el muslo y le explicó:

—¡Ja! El rey me ha recompensado bien, pero no con monedas ni riquezas. Eso puedo sacármelo sin esfuerzo de la manga. Soy un caballero. Si quiero comida o vino, lo pido. Si quiero cualquier otra cosa, la tomo. No llevo una bolsita de monedas encima. —Y negó con la cabeza como si aquello fuese lo más obvio del mundo.

El Escocés se quedó boquiabierto y Tebbe y Thorp pusieron los ojos en blanco.

—Que el señor nos salve a todos —intervino Loveday—. Yo la ayudaré.

Con la izquierda, buscó a tientas en la bolsita de su cinto y sacó una moneda de plata. Luego se la lanzó con un movimiento corto a sir Thomas, que le hizo una reverencia teatral, la cogió entre el pulgar y el índice, y la soltó en el platillo de limosnas de Marie.

—*Merci, monsieur* —dijo la anciana con un gruñido.

A continuación, soltó otra parrafada en francés. Sus ojos empañados se llenaron de lágrimas mientras hablaba, y aquel efecto incomodó a Loveday. El caballero aparentaba no darse cuenta de que se trataba de una leprosa y la escuchó con atención a la vez que hablaba.

Al final dijo:

—*Très bien, merci, madame.*

Luego le chasqueó los dedos a Loveday y volvió a señalarle al platillo.

El Escocés gruñó, aunque él lo ignoró. Después lanzó otra moneda a sir Thomas, que se la dio a Marie. Ella volvió a darle las gracias y agitó el palo que llevaba a modo de agradecimiento en la difusa dirección en la que se encontraban los Perros. Luego, se fue arrastrando los pies de vuelta al interior de la abadía.

El caballero la observó marcharse mientras asentía con una satisfacción muda. Este le gritó algo cuando ya se había dado la vuelta, algún buen deseo que Loveday no comprendió, y, luego, en voz baja, se dijo a sí mismo:

—Una mujer extraordinaria.

—¿Los monjes tienen un hospital? —le preguntó el líder de Essex.

—No exactamente —le contestó sir Thomas—. Cuentan con un pabellón para leprosos en una esquina de sus terrenos. Atienden las necesidades de los pobres desgraciados y rezan por su curación, pero esta mujer dice que tanto ellos como el resto de leprosos han huido. Igual que todos los demás en esta desgraciada tierra.

El hombre, ahora melancólico y distraído, hizo una pausa. Loveday miró el horizonte. Los fuegos se alzaban entre el bosque y el río lejano.

—¿No se supone que debemos quemar el monasterio de los cojones hasta los cimientos? —intervino Thorp impaciente.

El caballero, a quien acababan de sacar de sus pensamientos, se encogió de hombros.

—Arquero, si sientes mucha inclinación hacia ello, adelante. Aunque, quizá, mejor prende un granero o los establos. Se avecinan cosas más grandes y tenemos que ser rápidos.

—¿Qué cosas? —quiso saber el cabecilla—. Y ¿a dónde nos dirigimos?

Al noble le brillaron los ojos mientras habló.

—Bueno, buen Loveday, ya que has pagado por la información, no veo inconveniente en contártelo a ti primero. El rey Felipe se encuentra en Ruan. Ha llegado a la carrera. Y su guardia no es más numerosa que nuestra compañía.

Y sonrió.

—¿Vamos a ver si podemos capturar a un rey?

A continuación, los hombres hundieron con fuerza los talones en los costados de sus caballos y cabalgaron hacia el humo. No tardaron nada en encontrar a sir Godofredo.

Se corrió la voz sobre las buenas noticias. El resto de los exploradores comenzaron a reorganizarse para, a continuación, dirigirse al galope a Ruan mientras, a medida que avanzaban, se colocaban los yelmos y se amarraban las armaduras encima de las ropas tiesas y cubiertas de sal por el sudor. Cuando se aproximaron, Loveday se dio cuenta de que lo que les había dicho la leprosa era verdad.

A su lado del río, unos cuantos grupos de edificios conformaban los pequeños suburbios en la zona sur de la ciudad. El resto del lugar, sustancialmente más grande y rodeado por unas gruesas murallas, se asentaba en la orilla norte del Sena.

Había una pequeña isla en medio del río, cubierta de hierba con un par de cobertizos para botes. A poca distancia corriente abajo, un puente en arco de piedra cruzaba el Sena. Habían roto uno de los arcos centrales a propósito y los escombros se amontonaban en el agua. La fuerte corriente del río creaba remolinos alrededor de las piedras, en las que hacía espuma y burbujas.

Sobre los muros, ondeaban dos conjuntos de banderas. Unas cuantas portaban franjas horizontales alternas de colores rojo y dorado, pero al menos el doble eran azules y tenían flores de lis doradas bordadas. El tono áureo de los lirios reflejaba la luz del atardecer.

Los exploradores detuvieron a los caballos a doscientos pasos del suburbio sur. La cara del traidor se iluminó de la emoción y señaló las banderas con la flor de lis.

—Vuestro vejestorio llevaba razón —musitó—. El rey Felipe está aquí.

—Sí —le contestó sir Thomas con una sonrisa de satisfacción, que se manifestaba en la comisura de sus labios—. Y, si estoy en lo cierto, entonces, es…

Sir Godofredo asintió.

—Juan. Mi hermano. —E hizo una mueca de desprecio para, luego, inclinarse y escupir en el suelo.

El caballero tuerto entornó el ojo.

—Pero, mira el puente. Está roto. Y supongo que también habrán levantado una barricada en él. No vamos a poder avanzar allende los diminutos suburbios de la ribera sur.

El noble normando asintió.

—Eso es verdad. —Y se encogió de hombros. Luego dirigió la punta de su espada hacia el Escocés—. Y lo que este hombre dijo antes también. Somos… —buscó las palabras severas del grandullón pelirrojo— cinco docenas de hijos de puta llenos de picaduras de mosquito, pero podemos enseñarle al falso rey, a mi falso hermano y a los falsos ruaneses qué les depara el futuro.

Sir Thomas lo reflexionó un momento y, mientras lo hacía, Loveday miró a su alrededor a la compañía reunida. Los hombres estaban cansados, sucios y sedientos. Los caballos se hallaban en un estado muy parecido. Se encontraban, al menos, a treinta kilómetros de donde habían comenzado a cabalgar aquella mañana y del resto del ejército inglés.

Entonces captó la atención de sir Thomas.

—Si me lo permitís, señor.

El caballero asintió.

—¿FitzTalbot?

—¿No deberíamos esperar refuerzos? En Caen, nosotros…

El hombre tuerto pareció enfadarse al escuchar hablar de aquel lugar y cortó a Loveday de golpe.

—Por todos los santos, FitzTalbot, ¿acaso eres un cobarde? ¿O es que te aflige tu pobre mano?

Al Perro le pilló por sorpresa el resentimiento de la respuesta del caballero.

—Sir Thomas, yo solo…

—Solo ¿qué?

—Solo creo que, en esta situación, nos arriesgamos a perder hombres en vano. ¿No sería mejor…?

No obstante, el noble le dio la espalda y Loveday se dio cuenta de que había metido la pata. Como si al poner en duda la prudencia del asalto hubiese cuestionado el honor del caballero.

Ahora bien, lo hecho, hecho está. Sir Thomas había pasado de vacilar a, de manera aparente, hincharse de un sentimiento de tremendo apremio y orgullo, y acto seguido se dirigió al traidor.

—Sir Godofredo, tenéis razón. No contamos con los hombres para tomar esta ciudad, pero tenemos un honor que probar, como siempre.

»Al parecer, entre nosotros hay quienes prefieren no arriesgar los pellejos. Pues que así sea. No soy un necio, pero que me maldiga el demonio si en esta ciudad no anunciamos nuestra llegada al falso rey con algo más que un espectáculo de quema de cobertizos de heno.

»Cualquier hombre que desee cabalgar a mi lado puede hacerlo. Y quien prefiera ser juzgado como un cobarde por el hombre y Dios que se quede aquí, dándole sorbitos a su bota y rascándose el culo.

Se hizo un momento de silencio y, entonces, uno a uno, los exploradores comenzaron a avanzar con sus caballos.

Una sonrisa se extendió poco a poco por el rostro de sir Thomas. Luego, asintió con satisfacción al grupo de hombres y le dedicó una sonrisa a Loveday, como si estuviese validando su argumento.

—FitzTalbot, ¿qué me dices?

Sin embargo, el hombre no le contestó.

Así que el caballero volvió a asentir.

—Míralo de esta manera —comenzó—. ¡Volveremos con una historia que los cronistas podrán adornar! —Y tiró de las riendas de su montura con fuerza para hacer que el enorme animal se encabritara y relinchara—. Hombres, ¡adelante!

Acto seguido, cabalgó hacia el pie del puente roto, a unos ocho cientos metros de distancia, inclinado hacia delante y pegado a la silla de montar. Sir Richard de la Marsh, el caballero del pelo grasiento, y sir John Dawney, el del sudoeste de Inglaterra, iban pisándole los talones.

Y, en cuanto partieron, casi toda la compañía al completo pareció encontrarse poseída por un ansia común de lanzarse de cabeza al suburbio.

En ese momento, Loveday miró impotente al Escocés y a sus arqueros. Y ellos le devolvieron la mirada llena de impotencia. Entonces, Tebbe adelantó la mandíbula.

—No soy un cobarde —dijo, y se colocó el arco en el hombro.

Thorp añadió:

—Ni yo.

Los otros dos Perros intercambiaron una mirada.

—Ay, Señor —dijo el grandullón—. Allá vamos otra vez. —Y espolearon a los caballos a fin de unirse a la retaguardia del ataque.

Delante de ellos, sir Thomas estaba gritando:

—¡San Jorge! ¡Rey Eduardo!

Mientras tanto, se dirigía como un rayo hacia los suburbios y el puente.

Tras él, sir Godofredo aflojaba la marcha para no estar demasiado cerca de la cabeza del asalto. Aunque los Perros se encontraban entre los últimos hombres que se unieron al ataque, lo alcanzaron antes de hallarse a medio camino de su objetivo.

Y cuando se encontraron a unos cincuenta metros del suburbio, Loveday entendió por qué. De las ventanas cerradas en las plantas altas de la docena aproximada de casas, salieron ballestas que comenzaron a disparar flechas, tanto a la derecha como a la izquierda, hacia los exploradores ingleses que se encontraban delante del todo.

Se habían metido directos en una posición enemiga completamente defendida.

No era ni siquiera una trampa, solo estupidez ciega disfrazada de proeza.

A Loveday le iba a estallar el corazón. Mientras, observaba a su alrededor, invadido por el pánico, le dio la sensación de que las formas de los edificios, así como el movimiento de la gente, dejaban un trazo en su mirada. Vio las saetas moverse como los pájaros, bajando en picado y con gracia por el aire, casi de una forma hermosa.

Sin embargo, escuchó a la vez su propia voz, que gritaba al resto de Perros que parasen, se retirasen y saliesen de allí con vida. Acto seguido, tiró de las riendas de su yegua con toda la fuerza que tenía en la mano izquierda para que diese la vuelta.

Entonces, una saeta cortó el aire a no más de sesenta centímetros de su oreja. El hombre se agachó y otra flecha surcó el espacio justo por encima de su espalda.

El Perro volvió a chillar, tan fuerte que se notó sangre en la garganta.

Vio a un caballero caerse de la montura en el momento en el que dos flechas le atravesaron la ligera armadura en el cuello y la parte trasera del muslo. Escuchó que los gritos de guerra se transformaban en aullidos animales de dolor.

Entonces oyó el rugido familiar del Escocés, que estaba bramando lo mismo que Loveday.

Retirada.

«Retirada, joder».

Y, mezclada con aquello, el cabecilla de los Perros escuchó en su cabeza la voz del Capitán, que repetía lo mismo que este le había dicho tantas veces. No a gritos, sino en un tono frío y calmado, tal como siempre hacía.

«Entierra a tus muertos. No dejes a ningún hombre vivo atrás».

Loveday estaba temblando en la silla de montar, pero, en ese momento, se dio cuenta de que seguía con vida. Mientras luchaba con su caballo para darle la vuelta y alejarse del suburbio de Ruan, dos hombres de armas de la compañía de exploradores pasaron como un rayo a su lado, y luego, otro.

Todo el grupo estaba en retirada.

Si bien la yegua relinchó con desconcierto, se las apañó para girarla a la fuerza de una vez y la espoleó para volver por el camino que llevaba al monasterio.

El Escocés se encontraba delante de él y, cuando se dio la vuelta, vio que Tebbe y Thorp iban cabalgando con energía tras él.

Invadido por una oleada de alivio, agachó la cabeza, rezó para conseguir salir del alcance de las ballestas y, durante un breve segundo, cerró los ojos.

Una vez los abrió, vio a la anciana leprosa de pie junto al camino con la cabeza agachada, mirando al suelo, y el torso encorvado sobre el palo.

El hombre continuó cabalgando con la intención de saludarla con la cabeza cuando pasase.

Sin embargo, en el momento en el que se acercó a la mujer, esta levantó la cabeza y se irguió, como, si de pronto, le hubiesen arrancado toda la enfermedad del cuerpo.

A Loveday se le pusieron los ojos como platos de la conmoción.

La leprosa se bajó la capucha y le sonrió.

Con un rostro que no le pertenecía.

La nariz le había vuelto a crecer. Los ojos ya no estaban hinchados ni blanquecinos, sino que eran pequeños, oscuros y vivos.

Se había rapado todo el cabello toscamente, igual que si se lo hubiese cercenado con un cuchillo.

Las pupilas del Perro se aferraron a ella con terror mientras su caballo pasaba como un rayo.

«La mujer de Valognes».

Ella volvió a sonreírle y articuló una frase muda: «A lo mejor, te veo en el infierno», y él apartó asustado su rostro de ella.

Sin embargo, cuando volvió la vista atrás al camino, allí no había absolutamente nadie.

24

Descubrimos que habían roto, fortificado o defendido todos los puentes, así que, no había manera de poder cruzar hasta nuestro enemigo.

Carta de Eduardo III a Thomas Lucy

El rey Eduardo, sentado en un trono de madera y respaldo alto, frunció los labios. El príncipe, que estaba apoltronado de lado en un asiento más pequeño al lado de su padre, puso los ojos en blanco.

Romford se encontraba en el grupo de escuderos y cortesanos que se situaban alrededor del podio improvisado, y tenía la mirada clavada con firmeza en el suelo.

Sir Godofreo, el traidor normando, y sir Thomas, el caballero tuerto que conocía a Loveday y fue amable con él en el banquete, estaban de pie ante el rey. El segundo aparentaba impasividad, pero el cambiacapas francés se retorció.

—Richard de la Marsh era un caballero excelente —dijo el rey Eduardo.

Sir Godofredo parecía estar dolido. Asintió ligeramente una sola vez.

—Al igual que sir James Basden.

—Sí, Su Excelencia.

—Buenos caballeros muertos en batalla.

—Así es.

—No obstante, prefiero que mueran por un propósito. Sir Godofredo. Esta semana, he enviado una petición a Inglaterra para dos mil arqueros más, ya que, tal como ya hemos hablado en muchas ocasiones, llegará el momento en el que arrastremos al falso monarca a la batalla y, si Dios quiere, lo derrotaremos. —Y el soberano frunció los labios de nuevo—. Aunque encontrar arqueros es tarea fácil. Lo que no es tan sencillo es reunir a buenos caballeros.

Daba la impresión de que el normando estaba taciturno.

—¿Se han recuperado los cadáveres de sir James y sir Richard?

—Así es —respondió sir Thomas.

—Entonces, asegúrate de que reciben sepultura con los honores apropiados.

El caballero tuerto realizó una elaborada reverencia. Sir Godofredo, que se encontraba a su lado, hizo lo mismo. El rey despidió a sir Thomas, pero ordenó al traidor francés que se quedase.

Y, entonces, paseó la mirada por el enorme pabellón. En ese momento se encontraban acampados a las afueras de un pueblo llamado Elbeuf, donde el ejército se había pasado el día saqueando. La tienda estaba invadida por el revuelo de los sirvientes y los cortesanos.

—Y que alguien encuentre a mi amigo lord Northampton.

El monarca no dirigió aquella orden a nadie en particular, pero dio igual, porque, en ese instante, el conde del pelo canoso entró a grandes zancadas por las solapas de lona de la puerta del pabellón.

Northampton aparentaba estar de buen humor. El hombre desfiló hasta el podio mientras hacía una rápida reverencia sin perder el paso. Al verlo, el rey Eduardo se animó visiblemente.

No obstante, el príncipe se puso tenso. Romford vio que se giraba en su pequeño trono para sentarse recto y que las piernas dejasen de colgarle del brazo, aunque su atención no parecía brotar del deleite de ver a Northampton ni del deseo de impresionarlo. Al revés, daba la sensación de que lo odiaba.

De la nada, Romford notó una fuerte y repentina punzada de necesidad de polvo, pero no sabía qué se la había producido. El muchacho tragó saliva con fuerza, se rascó el muslo con las uñas e intentó concentrar la mente en el asunto de la corte.

El conde apenas reparó en el futuro monarca. En cambio, dio una palmada con deleite y le contó al rey su historia.

—Ya lo he dicho antes durante esta campaña, mi señor, y lo voy a repetir. Ruan es una puta pérdida de tiempo. —Y miró a sir

Godofredo—. Con todos mis respetos, señor, el puto cíclope y vos habéis descubierto el camino difícil cuando yo podría haberos contado el sencillo.

»Si queremos cruzar el Sena, y a no ser que Felipe sea tan estúpido como parece, lo que seguro es imposible, vamos a tener que hacerlo, y la forma de conseguirlo no es intentar atacar la ciudad por las murallas más altas de Normandía, joder.

Sir Godofredo hizo un puchero.

—Mi señor, teníamos información...

—Sí, he oído hablar ella —lo interrumpió el conde—. Una ramera leprosa con las tetas descolgadas y con los mismos dedos que un puto camello os dijo que el rey estaba en casa, así que se le puso duro el mini nardo y toda la sangre corrió de su cerebro a las pelotas. «Información» no sería la puta palabra adecuada.

A un lado del podio, un cura que esperaba para asistir al rey hizo una mueca. Romford tuvo que esforzarse a fin de contener una carcajada y, por el filo del rabillo del ojo, miró al monarca de la manera que estaba comenzando a aprender bien. Parecía que Eduardo también se estaba aguantando la risa. Durante los días que había pasado con los comandantes reales, el chico no había escuchado a nadie hablar cerca del monarca ni directamente a él de la manera en la que lo hacía Northampton. Sin embargo, este no solo lo permitía, sino que parecía deleitarse con los modales naturales del conde.

—Sea como fuere, mi señor —continuó, rebajando el tono en cierto modo—, dejadme deciros lo que ha ocurrido en el mundo de los adultos desde la última vez que hablamos.

»Voy a comenzar con algunas malas noticias. Hemos perdido Caen. Ayer, la guarnición consiguió salir luchando de allí. No tiene sentido lamentarse. Si hubiésemos querido mantenerla, deberíamos habernos quedado allí o, en el mejor de los casos, dividir nuestro ejército para dejar diez veces más tropas de las que permanecieron, pero ya lo decidimos hace mucho tiempo: nosotros no nos acuartelamos. Continuamos avanzando. Vos mismo lo dijisteis, mi señor.

Eduardo asintió lentamente.

—Así es. ¿Muertos?

Northampton entornó los ojos.

—Muchos. La mayoría nuestros, aunque un puñado ha escapado. Se han puesto en contacto con la retaguardia. Mi señor, el obispo de Durham, me ha pasado su informe.

El rey estaba callado mientras absorbía toda aquella información.

—¿Dónde nos deja eso?

—Justo donde estamos —contestó el conde—. En Elbeuf, en la puta cima de una colina sobre el río Sena, con Ruan corriente abajo, París río arriba y Felipe yendo y viniendo de una a otra, y llenándose las botas de su propio pis. Nos encontramos en la orilla sur y él está en la norte, rompiendo todos los puentes para evitar que lleguemos hasta él. Pues que así sea. No cuenta con suficientes hombres tras nuestra pista como para atraparnos hasta dentro de, por lo menos, dos semanas, seguramente, más bien tres. Su hijo se halla a ochocientos kilómetros, en Gascuña. Y tenemos a nuestro amigo Hugh Hastings, que marcha desde Flandes. Así que, de momento, Caen puede irse al infierno. Ha cumplido con su propósito y no estamos ni mejor ni peor sin ella.

Eduardo asintió.

—Muy bien. Estoy de acuerdo, pero hay una pregunta importante que debemos responder.

Northampton bailoteó de un pie a otro.

—Y Su Excelencia no necesita recordármela. Si deseamos arrastrar a Felipe a una batalla que no quiere librar, debemos cruzar el río. Todos. En ese momento, Ruan entra en juego. París entra en juego. Por Cristo, cada puta ciudad mercante sustanciosa entre aquí y el otro lado de los pantanos del Somme entra en juego. La cuestión es cómo cruzar. O por dónde. Nuestros hombres están trabajando en ello, pero encontraremos un lugar. ¡Por los huesos de Cristo!, si tengo que tumbar un travesaño sobre el río y cruzarlo yo mismo, lo haré.

El rey frunció los labios.

—Estoy seguro de que no será para tanto. Quizá incluso venga a nosotros. Al fin y al cabo, yo le he lanzado un desafío.

Northampton soltó una carcajada.

—¿Qué le habéis ofrecido?

—Una batalla —le contestó el rey—. Si haces memoria, hasta seis primaveras atrás, tal vez recuerdes que mi primo Valois declinó la oportunidad de luchar contra mí de hombre a hombre. Esta vez, le he ofrecido un combate entre nuestros ejércitos.

El conde siguió riéndose.

—Sí que me acuerdo —dijo—. E imagino que la respuesta ahora será exactamente la puta misma que entonces. Ese es Felipe. No va a luchar. Tienes que obligarlo.

—Yo lucharé contra él.

Toda la multitud que se encontraba alrededor del podio, incluido Romford, había estado pendiente de la conversación entre el monarca y su viejo amigo. De pronto, se giraron para mirar al príncipe.

—¿Qué ha sido eso? —quiso saber Northampton. El rey levantó las cejas al conde, este captó el gesto y se corrigió—. ¿Qué ha sido eso, «mi señor»?

—Yo lucharé contra él —repitió el príncipe—. No puede ser tan complicado. ¿Qué edad tiene? Más de cincuenta. Es un viejo. Yo soy joven y fuerte. Tomaré a mis mejores caballeros y cabalgaremos hasta París, camuflados como caballeros de las tierras cruzadas. Lo visitaremos en su palacio. Entonces descubriré quien soy, le lanzaré mi guantelete y le diré que o lucha contra mí en un combate singular o será considerado el mayor cobarde de la cristiandad y en absoluto un caballero.

Northampton se quedó un momento callado y se limitó a mirar fijamente al heredero del trono. Una breve sonrisa se dibujó en sus labios. Intentó contenerla, pero el futuro monarca la vio. Y se puso rojo como un tomate. Acto seguido, se levantó de un salto.

—¡Os burláis de mí, señor! —chilló. Luego, se giró hacia su padre, que estaba manteniendo la dignidad—. Padre… Este hombre se mofa de mí. Estoy harto de él. Se ríe de mí y me trata mal. No respeta en absoluto mi puesto. Os ruego que lo castiguéis.

El rey Eduardo asintió con indulgencia.

—Hijo mío, siéntate. Y relaja ese temperamento. Creo que lord Northampton estaba tremendamente conmovido por tu bravura. ¿Estoy en lo cierto, William?

El conde respiró hondo, se secó los ojos y enderezó la espalda.

—Mis disculpas, mi señor —le dijo al príncipe—. Y bravo. De hecho, es imposible negar vuestra valentía. Lo siento. Es solo que…

Hay realidades de la guerra que no son iguales a las de cualquiera que hayáis leído en vuestros romances, en los que sir Lancelot no hace otra cosa que follarse a reinas y cortarle la cabeza a todo el que ofende su honor. Aún estáis aprendiendo.

Entonces, el príncipe volvió a sentarse en su pequeño trono. Estaba rojo de la ira.

—No me trates como a un niño, «William» —le contestó con frialdad—. Un día seré tu rey, y entonces ya veremos quién se ríe de quién.

Y, con aquello, se levantó, le hizo una brusca reverencia a su padre y bajó del podio a grandes zancadas mientras apartaba de su camino a empujones y con grosería a los asistentes y trotaba fuera del pabellón. Al salir, Romford vio que tenía los ojos llenos de lágrimas.

Una vez se hubo marchado, el rey Eduardo inclinó la cabeza y le lanzó una mirada, en parte reprobatoria, a Northampton.

—¿Tenías que hacer eso? —le preguntó.

El conde levantó las manos a modo de disculpa.

—Lo siento, señor —se disculpó—. Me pedisteis que le enseñara. Y debe aprender. Y lo hará con el tiempo. Ahora, ¿me permitisteis retomar el asunto de la guerra? Os he dicho que tenía algunas buenas nuevas que acompañaban a la mala.

Eduardo agitó la mano a modo de consentimiento y el hombre continuó:

—Esta mañana hemos descubierto que el puente que hay aquí en Elbeuf está roto. No ha sido una gran sorpresa, pero también nos hemos encontrado con un grupo de jóvenes normandos inteligentes al otro lado del río, que creyeron que queríamos inspeccionar la blancura de sus nalgas y la suciedad de sus anos. Joder, me alegro muchísimo de decir que han recibido su castigo por su insolencia.

»Un grupo de galeses, es posible que los mismos hijos de puta indisciplinados que robaron los caballos de los cardenales, hurtaron unos cuantos botes de remos, bajaron hasta el pie de la colina, remaron al otro lado y masacraron al grupo. Incluso para ser galeses, han tenido una destreza sorprendentemente precisa con el arco. He oído que la mayoría de las víctimas acabaron con emplumados y astas de flecha que sobresalían de los culos. Sus compatriotas se lo pensarán dos veces antes de volver a mostrarnos unas dianas tan blanditas, coño.

Entonces se giró hacia sir Godofredo.

—La próxima vez que decidáis actuar por vuestra cuenta, señor, quizá queráis llevar a un par de los follacabras con vos.

Y, así, prosiguió. Romford lo escuchó todo. Se preguntó cómo estaría el príncipe después de que el conde lo hubiese humillado de una forma tan rotunda otra vez.

Sin embargo, más que eso, ansiaba el polvo. La sensación estaba volviendo, y no estaba seguro de cuánto tiempo podría mantenerla a raya.

El muchacho no volvió a ver a sir Thomas en todo el día, y tampoco en los dos siguientes. En lugar de eso, cabalgó con el grupo que asistía al príncipe y a sir John Chandos, su lugarteniente, mientras el ejército iniciaba una rápida marcha hacia el sudeste, a lo largo de la orilla sur del valle del Sena. Romford contempló a los cientos de compañías inglesas dispersarse y quemar todo lo que estuviese a su alcance mientras avanzaban. La mayoría de los poblados que incendiaron llevaban mucho tiempo evacuados, aunque, después de que los saqueadores ingleses los atravesasen barriéndolo todo a su paso, no quedaron más que humeantes caparazones dispersos.

El río se retorcía y giraba en una enorme curva con forma de U, así que no siguieron todo el tiempo su curso, porque hacerlo habría añadido muchos días a la travesía. Hubo momentos en los que la orilla quedaba completamente fuera de vista y otros en los que se escondía tras gigantescos lagos y pantanos, que descansaban en la amplitud de sus meandros. No obstante, por lo general podían verla, ya fuese porque se encontraba cerca o porque el terreno se elevaba alto y les otorgaba una imponente vista del norte desde los empinados acantilados de la ribera hasta el curso del Sena bajo sus pies.

Mientras marchaban, vieron por primera vez desde Caen a las fuerzas francesas, que se reunían para combatirlos. Al muchacho le despertaban más intriga que temor. Al principio solo había una veintena de hombres, la mayoría luchadores montados —caballeros y soldados—, pero, a medida que pasaban los días y las horas, sus números aumentaron con cientos de guerreros de infantería y ballesteros. Estos se mantuvieron al mismo nivel que los ingleses y siguieron su progreso río arriba para asegurarse de que no existía la posibilidad de tomar ningún pueblo que pudiese ceder un punto de cruce a la otra orilla. A veces, desaparecían cuando el humo de los edificios quemados que sobrevolaba el río era denso, pero siempre volvían en cuanto el aire se despejaba. Observando. Esperando. Sus efectivos aumentaban por momentos.

El príncipe estaba de un humor de perros desde la discusión con Northampton y no había mejorado el ánimo. Cabalgaba sin energía y hablaba con brusquedad a sus cortesanos, además de encontrar faltas a todo lo que hacían. Cuando Romford lo oyó charlar con sus caballeros, solo criticaba y se quejaba de la estrategia de su padre.

—Estamos cabalgando hacia nuestra tumba —le dijo a Chandos una tarde en tono chillón—. Lo único que tienen que hacer los franceses es aguardar al otro lado. En menos de una semana, llegaremos a las afueras de París, pero ¿para qué? Estaremos a cientos de kilómetros de la costa, sin refuerzos ni torres de asedio. Nos dejarán ahí, nos matarán de hambre y, luego, nos pillarán por la espalda cuando el duque llegue desde el sur. Es patético, pero padre solo escucha a ese bruto de Northampton. Cuando sea rey...

Chandos nunca discutía a su señor, aunque tampoco se mostraba exactamente de acuerdo con él. El hombre escuchaba y emitía sonidos reconfortantes hasta que el príncipe se aburría de quejarse y volvía a estar taciturno.

Mientras tanto, Romford llevaba a cabo sus obligaciones de forma obediente y pasaba el tiempo en el camino entablando conversaciones vacías con el resto de escuderos. De vez en cuando, normalmente cuando estaba cansado, hacia el final del día, notaba el deseo repentino de un poco de polvo, pero no paraban en ningún pueblo ni ciudad donde tuviese la posibilidad de escabullirse y buscar algo. Los asentamientos grandes por los que pasaron, llamados Pont-del'Arche y Le Vaudreuil, se encontraban amurallados y fuertemente protegidos. En lugar de dedicar tiempo a los asedios, el ejército quemaba los suburbios que se extendiesen fuera de las murallas y, luego, seguía adelante. Esto también fastidiaba al príncipe.

—No deberíamos dejar nada en pie —comenzaba—. Asediarlos a todos, masacrar a cada hombre, mujer y niño, y tirar sus cuerpos al río. Entonces, veríamos cuánto tiempo el rey francés se quedaba en su orilla…

Y así continuaron. Romford soportó el ansia y puso la mente en otros asuntos.

No vio a los Perros de Essex.

Cuando el tuerto de Thomas Holand fue a buscarlo, estaba lanzando los dados con otros dos escuderos mientras se encontraban acampados para el almuerzo del mediodía en un terreno elevado cerca de las afueras de un pueblo llamado Gaillon. El caballero parecía haberse recuperado de la bronca que le había echado el rey. El ojo le brillaba y, en el momento en el que apartó al joven de la partida, tenía la voz teñida de emoción.

A continuación, se inclinó hacia delante y el chico olió el vino en su aliento.

—¿Vas ganando?

Romford se encogió de hombros.

—Más de lo que voy perdiendo.

Sir Thomas le dio una palmadita en la espalda.

—Buen chico. ¿Sabes que el príncipe juega con un dado trucado?

Él afirmó con la cabeza.

—Sí. Y no es la primera vez que lo veo. Mi padre conocía tabernas en las que te mataban por eso.

El hombre asintió.

—He venido para hablarte de tus amigos —le explicó—. Cabalgaron con nosotros en Ruan.

El muchacho notó que se le aceleraba el pulso.

—¿Cómo les va?

—Están vivos —le contestó sir Thomas—. Los cuatro. Aunque el viejo está dolorido. Tiene una mano gravemente rota. Está todo el día haciendo muecas de dolor.

—¿Cuatro? —preguntó Romford confuso.

—Dos arqueros, el viejo y el enorme Escocés —le confirmó el caballero—. Perdieron a un hombre en Caen. No recuerdo su nombre. Era más bajito que tú. De una herida de ballesta. Justo en el corazón. Fue despreciable, pero he visto a hombres morir peor.

Al joven se le revolvieron las tripas.

—Hormiga.

—Si tú lo dices —le contestó.

Uno de los escuderos que estaba jugando la partida de dados lo llamó, pero el chico le hizo un gesto con la mano para indicarle que parase.

—¿Qué hay del cura y del otro soldado de infantería? —le preguntó—. Se llama Millstone. Y los dos galeses…

—Jamás he oído hablar de ellos ni los he visto. —Sir Thomas ya estaba impaciente—. Al parecer, los galeses cuidan de sí mismos, pero ya está bien. Tú preguntaste y yo te lo he contado. Ahora, necesito algo a cambio.

La sensación de náusea no abandonó al joven.

—¿Les mencionaste mi nombre? —quiso saber, aunque el caballero lo ignoró.

—Se dice que puedes disparar un arco hasta mejor de lo que juegas a los dados. ¿Es eso cierto?

El muchacho negó con la cabeza, pero luego asintió.

—Yo… sé disparar. No lo he hecho desde que desembarcamos, pero sé…

La voz del chico fue apagándose poco a poco. Estaba mareado. Solo podía pensar en los Perros. En el brazo de Millstone, rodeándole los hombros.

—Espléndido —dijo sir Thomas, ignorando el aturdimiento del escudero—. Vamos a pasarlo bien. A demostrarle a los franceses al otro lado del río lo que podemos hacer. Lo único que vas a necesitar es un arco, un par de huevos y ganas de un poco de saqueo rápido. ¿Los tienes?

Romford abrió la boca con el objetivo de contestar, pero el caballero habló por él.

—Ya me parecía a mí. Vamos a atacar Gaillon.

Cuando el joven no mostró emoción alguna, el hombre le señaló la siguiente colina que se hallaba entre ellos y la ribera. Desde donde se encontraban, el terreno descendía hasta un pequeño valle para después alzarse de nuevo. Un castillo se posaba sobre una empinada cuesta encima del pueblo amurallado.

Los escuderos de la partida de dados volvieron a reclamar su atención. Se les había echado el juego a perder. Romford volvió a hacerles un gesto de rechazo con la mano.

—¿Por qué? —quiso saber.

—¿Por qué, qué?

—Creía que marcharíamos rápido en busca de puentes. El rey…

—Estamos marchando rápido. —Y sir Thomas sonrió—. Tenemos el beneplácito del rey para esta pequeña diversión. Está cansado de que su hijo esté enfurruñado y desea darle algo que hacer. Y matar a un francés cuando tienes la oportunidad no hace daño.

—¿El príncipe liderará el asalto? —le preguntó Romford.

—Eso creerá él —le contestó el caballero, y le guiñó su único ojo—. Y eso afirmaremos nosotros, a no ser que algo salga mal. En fin. Tienes que ir a ver a los armeros. Vete ya. Busca un arco que te guste y, luego, te reúnes conmigo.

El joven asintió. Estaba sin palabras.

Al fin, sir Thomas se dio cuenta de su angustia.

—Chico —le dijo—. Deja que te dé un consejo. No llores por esos hombres de Essex. Esto es una guerra. Vas a perder a algunos amigos, pero pronto harás otros nuevos. Escalarás posiciones y luego caerás, y te vas a torturar hasta el último de tus días si haces cualquier cosa que no sea confiar en la decisión de Dios. ¿Me entiendes?

Él asintió.

—Supongo…

Sin embargo, el caballero no esperó a la respuesta. Se giró sobre los talones y se alejó desfilando.

Le gustó la sensación de coger un arco. Hacía semanas que no sostenía uno, pero la suave línea elegantemente curvada del fresno, así como la tensa cuerda de cáñamo tejido, encajaban en sus manos a la perfección.

Cogió unos manojos de flechas, con astas de fresno y puntas con letales cabezales de púas, creados para quedar atrapados en la carne y rasgar agujeros devastadores al sacarlas. Hasta encontró un protector de brazo de cuero y un anillo de guerra con los que evitar que la cuerda le hiciese trizas la piel del antebrazo y la yema del pulgar derecho.

Los armeros lo convencieron también de coger un casco de hierro y una cota de malla. Nunca se había puesto unos antes, aunque había visto a arqueros que sí. Los artículos que encontró en la armería le parecieron poco comunes. Habían pulido el metal del casco y luego lo habían ennegrecido con fuego para que no brillase, igual que los que llevaban los hombres de armas, pero, en ese caso, se trataba de un color oscuro e intenso que no reflejaba la luz. A Romford le gustó.

—Se va a calentar —le advirtió el armero con gesto perplejo.

Ahora bien, a él no le importó. Buscó entre las cotas de malla alguna que fuese a juego, y al final localizó una que le cubría el torso y que, aunque no era tan oscura como el casco, había perdido el suficiente lustre como para que conjuntasen. No sabía por qué había hecho esa elección. Algo en su interior habló, y Romford lo escuchó.

El muchacho se reunió con el resto de hombres que Holand había elegido para la incursión en el límite del campamento. Supuso que serían unos doscientos o trescientos en total. Alrededor de un tercio de ellos eran arqueros; otro tercio, lanceros, y los restantes, hombres de armas y caballeros.

El príncipe, con sir Thomas y sir John Chandos a su lado, ya estaba de mejor humor. El joven soltó un discurso a los hombres allí reunidos con su voz chillona con el objetivo de exponerles el plan de ataque al castillo, a ochocientos metros de allí.

Avanzarían a la vez y, a continuación, los lanceros atacarían por la colina hasta las puertas mientras los arqueros les daban cobertura. Echarían las puertas abajo, y los caballeros y los hombres de armas irían a continuación. Acabarían con todo el mundo que se encontrase dentro.

—No perdonéis la vida de nadie, ¡por Cristo! —chilló el heredero del trono—. Dios salvará a los honestos. ¡No tardará mucho en examinarlos!

A Romford le parecía un plan sencillo, pero, por lo menos, tenía claro cuál era su papel en él.

A cien pasos y con un buen arco en la mano, confiaba en que podía clavar una flecha en el globo ocular de algún hombre.

A doscientos, sería capaz de dispararle en el pecho.

Ahora iba a encontrarse a trescientos pasos del castillo de Gaillon, lejos del alcance de los ballesteros, y tan solo tendría que disparar a sus defensas lo más rápido que pudiese.

Tal vez, por lo menos una flecha alcanzaría, heriría o asesinaría a su objetivo, aunque probablemente nunca lo supiese, porque muchas docenas de arqueros como él estarían haciendo lo mismo. Harían que lloviesen flechas del cielo. Y, al final, los defensores huirían o morirían.

El príncipe puso fin a su discurso. Parecía feliz entre la multitud.

—Sir Thomas Holand liderará el ataque —anunció—. Seguid a este hombre como si fuese yo mismo.

Entonces, giró a su caballo en el sitio para mirar al castillo, desenvainó la espada y apuntó hacia él.

—¡Sir Thomas, adelante!

Y, tras sonreír a sir John Chandos y a otro hombre del entorno del rey —a quien Romford identificó, pero que no conocía—, el caballero partió a caballo mientras daban órdenes a las tropas y los arqueros para de que se posicionaran como era debido.

Bajaron la colina, pararon en el valle y colocaron a cada hombre en su lugar. La colina sobre la que descansaba el castillo era muy empinada, y Romford vio los nervios en los rostros de muchos de los lanceros. Algunos de ellos cerraban los ojos y murmuraban oraciones. Otros se golpeaban el pecho y aullaban blasfemias.

El muchacho pensó en la frase que Loveday les gritó en el bote que los dejó en la playa.

«¡Desperta ferro!».

No sabía lo que significaba, pero le gustaba cómo sonaba. Entonces, echó un vistazo a izquierda y derecha a los arqueros que habían formado una línea a su lado con una distancia de separación de un brazo. Luego cargó una flecha y, al tirar de la cuerda hasta la mitad, sintió el familiar estiramiento de los músculos de su hombro que tiraban de la tensión del arco.

El muchacho miró las almenas a través de la flecha. Se veían media docena de cabezas o algo más. Notó la dirección de la brisa en la cara. Soplaba del oeste al este. Con gentileza. Pero con la suficiente fuerza para transportar la flecha a trescientos pasos de distancia. El joven ralentizó su respiración adrede. A su lado, un arquero soltó una fuerte flatulencia.

Aunque unos cuantos del grupo se rieron con disimulo, él continuó concentrado en su respiración y afinó los oídos para solo escuchar la llamada de sir Thomas, que parecía que no iba a llegar nunca.

En las almenas, las cabezas francesas se movían de un lado a otro, sin prisa, y el chico se preguntó si podrían avistar aquello que se congregaba a sus pies.

Seguro que sí.

Debían creer que estaban fuera de alcance.

El hombro comenzó a dolerle, pero no apartó la vista de las almenas. Entonces, por fin escuchó la voz del caballero, clara y honesta.

—Adelante —gritó—. Por Cristo, disparadles.

Romford tensó el arco y, a continuación, atacó.

25

Y, así, el rey nuestro señor llegó a Poissy, donde encontraron el puente roto [...]. Una vez se colocaron tres o cuatro vigas sobre el paso quebrado, cruzaron algunos arqueros, pero solo unos pocos en número. Se estima que asesinaron a mil hombres del enemigo aproximadamente [...].

Boletín de Richard Wynkeley sobre la campaña militar

Tebbe divisó una figura conocida que salía a toda prisa de la botica.

Los cuatro Perros habían permanecido en la loma de la colina a la vez que contemplaban la masacre de la guarnición de Gaillon mientras esta huía. Persiguieron a los hombres, forzados a abandonar sus puestos defensivos bajo el peso tanto de los disparos de flecha como del cruel ataque con un ariete, y después los aplastaron o los embistieron con lanzas y picas.

Ya se encontraban en el pueblo y participaban en el saqueo. Estaban en una calle con una iglesia a cada extremo y una hilera de tiendas de artesanía, que habían dejado vacías y empezaban a quemar.

Tebbe estaba metiendo velas en la bolsa que llevaba colgada al costado.

—Hostia —exclamó el esbelto arquero, y miró a la multitud a través del humo. Y señaló—. Estoy seguro de que es...

El Escocés, una cabeza más alto, miró por encima de una melé de saqueadores que no paraban de atropellarse, bromeando y dándose empujones, ocupando de tal manera las calles que no cabía ni un alfiler. Él terminó la frase de su compañero.

334

—El puto Romford.

Loveday oyó solo la mitad. Estaba sudando. Ya casi siempre tenía la piel húmeda y pegajosa. Sobre todo, notaba el sudor en la cabeza y la lumbar. A veces caliente y otras frío. Y sabía que era la mano la que se lo estaba provocando.

Además, estaba empezando a acostumbrarse a ver cosas y a gente que no se encontraban allí.

Acto seguido, miró a Tebbe y al Escocés mientras pestañeaba, y le dio la impresión de que sus palabras le resonaban dentro de la cabeza.

—¿Quién? —quiso saber—. ¿Dónde?

Se preguntó si habrían visto a la mujer de Valognes.

Los dos hombres lo ignoraron mientras intentaban abrirse paso a empujones hacia delante entre la masa de cuerpos de la estrecha calle. Sin embargo, no había manera de atravesar a la multitud, conque se dieron por vencidos.

El Escocés se giró hacia Loveday.

—Era el chico —le contestó—. Con un arco a la espalda. Un estúpido casco negro en la cabeza. Franjas verticales en los pantalones y los colores del príncipe de Gales en la espalda. Está ascendiendo por el mundo.

El cabecilla de los Perros digirió la información.

—Al menos, está vivo —comentó—. ¿A dónde iba?

Tebbe negó con la cabeza.

—Ni idea. Debe haber estado en alguna parte del combate, pero estaba saliendo de una botica. Nunca ha pasado nada bueno cuando ha visitado una.

Loveday refunfuñó. La cabeza le daba vueltas y estaba sudando profusamente. La mano volvió a darle unas punzadas de dolor.

Un mohín avieso se adueñó del rostro de Tebbe, aunque luego desapareció y el arquero recuperó su expresión habitual.

—Venga —le dijo—. Se supone que debemos estar cabalgando junto a Northampton.

El líder de los Perros asintió sin fuerzas e intentó recordar quién era ese hombre.

Dio la impresión de que los días que siguieron pasaron volando, como si fuese el tiempo el que lo adelantaba y no él quien lo hacía a través de él.

Había periodos en los que estaba lúcido. Iba en la silla de montar, con el Escocés a su derecha, y Tebbe y Thorp, detrás. Se encontraban en una compañía improvisada que cabalgaba delante de la avanzadilla en busca de un cruce del río que no hubiesen destrozado todavía. Dependiendo del día, el equipo recibía las órdenes de sir Godofredo, Northampton o del tuerto de sir Thomas, quien ahora llevaba el antebrazo izquierdo envuelto en un grueso vendaje de lino gris por una herida que había sufrido en el ataque a Gaillon. La compañía ascendía y bajaba el ondulado paisaje entre las zonas boscosas y las laderas abiertas mientras recorrían de las curvas en forma de S del río.

Sin embargo, en otras ocasiones, el sudor lo atacaba con más agresividad y olvidaba dónde se encontraba. Quién era. Sus sueños iban allende las noches, así que el límite entre los terrores nocturnos y los horrores del día se desdibujaba. En esos momentos, lo único que podía hacer era, simplemente, quedarse en la silla de montar, siguiendo la ruta marcada por los señores y bebiendo toda la cerveza y el agua que pudiese, aunque, aun así, siempre estaba sediento.

Cuando paraban para comer y el resto de los Perros se tragaban el guiso o potaje espeso y grumoso, Loveday dormía, agotado del calor y el dolor. Y cuando lo hacía, sus visiones lo agarraban por el cuello y le oprimían el pecho hasta que lo dejaban sin el más mínimo aliento.

Veía a los hombres que había perdido. Los ojos moribundos de Hormiga. El gesto de terror del Padre mientras lo entregaban al obispo loco. A Millstone, que le estrechó la mano antes de alejarse cabalgando a lo desconocido.

Vio al Capitán la última vez que estuvieron juntos. Cuando se dijeron aquellas palabras de resentimiento.

Vio a Alis, de pie en el umbral de la puerta de su casa, cepillándose el cabello y cantando las viejas nanas con las que solía calmar a las niñas. Llamándolo por su nombre y sonriendo. Sin embargo, cuando volvía a mirar, la carne se le había desprendido de las manos y el peine que usaba no era tal, sino los mismos huesos amarillentos de los dedos, envueltos por una costra de barro de la tumba.

Y siempre aparecía la mujer de Valognes. Su mirada inexpresiva cuando el príncipe la arrastró con la soga al cuello. Su gesto de determinación mientras se cortaba el pelo con el cuchillo.

Todos esos rostros lo perseguían mientras se sentaba desplomado hacia delante, con la espalda apoyada en los tocones de los árboles o las paredes de los refugios y la cabeza y la mano rota entre las rodillas, a la vez que sus hombres sorbían las raciones de combate y dormían en el suelo junto a fogatas encendidas con madera verde y apestosa. Entretanto, pasaban los días sobre las sillas de montar de unos agotados caballos, el sol les caía a plomo y se burlaba de ellos a la par que seguían el curso interminable del río en busca de un puente que nunca aparecía.

Después de cuatro días, Loveday estaba hecho polvo. Era domingo por la mañana. Lo supo porque, cuando el Escocés lo zarandeó cuidadosamente para despertarlo, escuchó el leve murmullo de los curas, que celebraban misa en uno de los pabellones de los señores.

Entonces, se incorporó junto a las frías ascuas del fuego e intentó recordar dónde estaba.

Vio que se encontraban en un terreno elevado. Había un bosque bastante denso a un lado. El río se hallaba al otro, curvándose con el objetivo de trazar un enorme arco de izquierda a derecha. Allende, vio agujas que se amontonaban en el horizonte y resplandecían en la neblina de las primeras horas de la mañana.

No recordaba haberse tumbado a dormir y, además, tenía mucha hambre.

—¿Dónde estamos? —le preguntó al Escocés.

—Serás tonto, cabrón —le contestó. Este le bramó, pero había amabilidad y alivio en su voz—. ¿Ves esa magnífica pocilga a lo lejos?

—Sí.

—Es París —le indicó el Escocés mientras se tiraba de los mechones apelmazados de barba—. Está llena de iglesias jugosas y mujeres guapas.

—¿Estamos yendo hacia allí? —preguntó Loveday.

—Puede ser. Hay unos diez mil soldados franceses ahí abajo que se están preparando para luchar contra nosotros. ¿Puedes ponerte de pie?

—Creo que sí.

—Entonces, puedes venir conmigo.

Los dos fueron a la charla informativa de los capitanes. A Loveday le seguía doliendo la mano y no podía abrir ni cerrar los dedos, que tenía rígidos en una fea garra, pero el cardenal estaba cambiando de color. Ahora, junto al morado color uva, había tonos de amarillo, naranja y verde. Igual que un amanecer.

Dobló el brazo por el codo y el Escocés lo condujo por el campamento hasta el pabellón de los condes. Mientras tanto, lo examinó con la mirada.

—Nunca has aprendido a dar un puñetazo como es debido, ¿verdad? —le preguntó.

Loveday sonrió, aunque todavía se encontraba débil.

—Supongo que no. ¿Quieres contarme el secreto?

—Apuñalarlo primero en la barriga —le contestó el Perro.

Cuando llegaron, Northampton los estaba esperando, dando golpecitos en el suelo con el pie y fulminando con la mirada al pequeño grupo de líderes de equipo. El vello canoso e incipiente le había crecido en toda una barba. Tenía el pelo lleno de grasa y manchas oscuras debajo de los ojos, pero estos ardían con la misma intensidad.

El conde comenzó a hablar ante todo el grupo congregado, como si no fuese capaz de soportar la espera ni un segundo más.

—Caballeros —dijo— y aquellos de vosotros que no sois tal cosa, no voy a andarme con rodeos. Si no cruzamos ese puto río antes de que mañana se ponga el sol, muchos de vosotros moriréis. No es una amenaza, sino una puta promesa.

Entonces hizo una pausa y echó un vistazo a su alrededor para asegurarse de que había captado la atención de todos.

—Ya sé que muchos de vosotros estáis hartos de escuchar los nombres de los pueblos por los que podemos cruzar a lo largo de este apestoso río. Ruan, Elbeuf, Pont-de-l'Arche y todos los demás. Hemos estado cerca un par de veces.

Acto seguido, se giró hacia sir Thomas Holand, quien se había deslizado hasta su lado y se masajeaba el brazo herido.

—Este hijo de puta probó suerte en Ruan y Gaillon, y, tal como podéis ver, porta las cicatrices que lo demuestran.

»Lord Warwick y un servidor pensamos que, ayer, habíamos tomado el cruce de Meulan. Y me alegra decir que no tenemos ninguna cicatriz, pero, tal como algunos de vosotros sabéis, perdimos algunos buenos hombres. Amigos. —Y Northampton miró detenidamente al grupo a su alrededor—. Hermanos.

Loveday sintió un escalofrío.

Y el conde continuó:

—No voy a mentiros. Vamos a perder a más amigos. A más hermanos, pero vamos a llegar hasta allí, aunque tenga que tumbar el puto tronco de un árbol para cruzar el río y atravesarlo arrastrándome sobre la barriga.

»Nuestro camarada Hugh Hastings está a una semana al norte con una banda de flamencos locos por la sangre y mil asesinos y violadores ingleses. La mayoría de ellos se encontraban en Marshalsea hasta hace dos semanas. Ahora, portan arcos en las manos y dagas en los cintos. Lo único que necesitamos si queremos ganar esta puta guerra es encontrarnos con ellos. Cruzar el río. Unir nuestros ejércitos. Atacar al rey francés antes de que su ejército tenga tiempo de alcanzar toda su fuerza.

»Hacedlo, y aplastaremos a esos franceses y herviremos sus huesos para hacer sopa.

»Ahora bien, si no lo conseguimos, nos quedaremos sentados a las afueras de las murallas de París hasta que los franceses reúnan sus fuerzas y nos golpeen. A mi señor Warwick y a mí nos capturarán y pedirán un rescate por nosotros. A vosotros os sacrificarán como a ovejas. No hay otra estrategia. Cruzamos el río. Hoy. Como podamos. ¿Lo ha entendido todo el mundo?

Northampton hizo una pausa y dejó que calasen sus palabras. Mientras tanto, Warwick se acercó a la pequeña reunión. Al igual que el condestable, se veía en él la marca de todas aquellas semanas de vida en el campo. Sin embargo, Loveday entendió que, de igual modo, él estaba tan hambriento de pelea como el día en el que pusieron un pie en tierra.

El conde miró a Warwick para darle la oportunidad de expresarse ante el grupo. Este asintió a modo de aprobación. A continuación, observó lentamente a la docena de hombres reunidos y estableció contacto visual con todos.

—Esta es nuestra última oportunidad —dijo—. El pueblo a nuestros pies se llama Poissy. Está vacío. Evacuado. Por supuesto, han derribado el puente, pero tenemos una oportunidad de reconstruirlo. Hemos enviado a exploradores para que bajen allí. Dicen que no hay ni un francés en la otra orilla. Felipe se ha llevado a su ejército a París, donde está organizando sus defensas. Los refuerzos a los que haya ordenado guardar el puente no han llegado todavía.

»Llegarán, que no os quepa duda, pero, ahora, tenemos una oportunidad.

Acto seguido, volvió a mirar a todos los hombres a los ojos.

—¿Alguien quiere decir algo o preguntar cualquier cosa?

Nadie dijo nada.

—Pues por Dios y san Jorge —concluyó Warwick—, ataos las armaduras. Vamos a terminar lo que empezamos.

El camino hasta Poissy bajaba serpenteando y los conducía más allá de los terrenos de un priorato exageradamente grande. La elevación de su iglesia era la mayor que Loveday había visto desde el desembarco. Estaba decorada con estatuas talladas de manera meticulosa y horrorosos diablillos de piedra que contorsionaban el gesto, sacaban la lengua y se apartaban los cachetes del culo.

Mientras pasaban a su lado a caballo, sir Godofredo se acercó a los cuatro Perros. Hizo un gesto de asentimiento a Loveday con la cabeza y señaló la iglesia del priorato.

—San Luis, rey de Francia, se bautizó aquí —les comentó.

El cabecilla del grupo de Essex asintió.

El traidor normando insistió.

—¿Sabéis quién fue san Luis?

Entonces, el Escocés intervino.

—Fue uno que se cagó vivo en un país sarraceno, ¿no?

Sir Godofredo arrugó la nariz.

—San Luis trajo la mismísima corona de espinas de Cristo a Francia —les explicó, y se santiguó—. Está guardada en su propia iglesia en París —continuó—. Una de las más sofisticadas del mundo.

—Sí —dijo el Escocés—. Bueno, cuando lleguemos a París, aquí el puto Loveday puede probársela. Ha sufrido más o menos lo mismo que Cristo en la cruz durante este mes.

Sir Godofredo le dedicó al grandullón pelirrojo una mirada severa y, luego, espoleó a su caballo gris moteado para abandonar a los Perros y dirigirse hacia Warwick y Northampton, a la cabeza del grupo.

Los de Essex dejaron atrás el priorato, siguieron los altos muros exteriores, que rodeaban dos de las caras, y llegaron a la pequeña ciudad que descansaba al otro lado. El polvo se arremolinaba. Las calles estaban asoleadas y no se escuchaba ni una mosca.

Fue como si allí nunca hubiese vivido nadie.

Una calle en zigzag los llevó hasta la orilla del río, donde los condes y la mitad de la compañía ya habían parado y desmontado. Todos tenían las pupilas clavadas en una imagen familiar.

El puente, al que se accedía desde la otra orilla a través de un puesto de peaje, estaba destrozado. Habían roto con violencia las vigas que descansaban sobre los dos arcos centrales a ambos extremos y las habían lanzado al agua, que se arremolinaba agresiva a sus pies. Los cuatro travesaños estaban a la vista, ya que la mitad de su largo sobresalía de la superficie del agua.

Thorp soltó una risita por la nariz.

—Joder, esto es imposible. Si hoy alguien consigue cruzar el río por aquí, que me salgan tetas y un halo y me llaméis «virgen María».

Un pequeño grupo de una media docena de hombres fornidos, que Loveday no había visto nunca, se acercaron marchando mientras se abrían paso con urgencia a través de la compañía. Los ingenieros. Portaban la librea del rey, pero, en lugar de armadura, llevaban unas túnicas de trabajo desgastadísimas.

Mientras pasaban, uno de ellos, un hombre robusto de mediana edad y barba espesa, erizada y negra, escuchó a Thorp hablar y le sonrió.

—Creo que vas a estar guapo con tetas —le contestó—. Fíjate.

Todos retrocedieron y dejaron a los ingenieros trabajar.

La media docena de hombres se pusieron manos a la obra para levantar una estructura de madera con cabestrantes y poleas, ganchos y cuerdas. Al poco rato llegaron más. Otra media docena. Y luego otra. Se movían a la vez, igual que hormigas, como si los guiara la naturaleza. Apenas hablaban, pero sabían qué hacer a la perfección.

Warwick y sir Godofredo observaban con los brazos cruzados. Thomas Holand permanecía encorvado en el límite del grupo y se frotaba el brazo vendado. Parecía desanimado y agotado. Northampton deambulaba por la compañía, murmurando cosas para sí. Los caballeros y los hombres de armas se habían sentado en el suelo y se estaban echando una siestecita. Prácticamente la mayoría llevaban la armadura completa y se morían de calor al sol.

Loveday clavó su mirada al otro lado del río. El calor del mediodía hacía que el aire brillase. Y le dio la sensación de que la orilla se tambaleaba. Más allá, un sendero zigzagueaba a través de un pantano seco que se formaba en el recodo del meandro. A aproximadamente un kilómetro y medio de allí, la tierra se erigía de forma gradual y el camino desaparecía en una zona boscosa.

Le pareció notar que algo se movía en la linde del bosque.

—¿Habéis visto eso? —preguntó a la vez que se giraba a la izquierda.

Tebbe, que se encontraba a su lado, se cubrió los ojos del sol.

El arquero negó con la cabeza.

—Estás viendo cosas otra vez. Bebe algo. No viene nadie.

Los ingenieros estaban tirando de una cuerda igual que si fuesen un equipo de tira y afloja. La soga pasaba por una polea, que se encontraba en una estructura de madera y la habían enganchado a uno de los travesaños más largos del río con unos punzantes ganchos de hierro afilado. A medida que tiraban, la viga se separaba del lecho del río, lo que provocaba un desagradable sonido de succión.

Northampton fue hasta el conde de Warwick. Parecía inusualmente apagado. Los Perros se hallaban lo bastante cerca como para que su líder escuchara lo que le dijo.

—No vamos a conseguirlo.

Warwick se volvió a medias hacia él, pero no habló y su gesto tampoco delató nada.

Loveday volvió a mirar al otro lado del río. Se le revolvió el estómago. Estaba seguro de que había algo en la neblina de calor que brillaba en la linde del bosque. Le picaron y le escocieron los ojos mientras intentaba distinguirlo.

Después, echó un vistazo a la compañía que se reunía a su alrededor. Todos los hombres estaban aburridos o distraídos con el trabajo en el puente. Así que devolvió su atención al río, allende los ingenieros que refunfuñaban y despotricaban mientras tiraban poco a poco del travesaño hacia arriba. Ahí había algo.

Y el hombre no pudo soportarlo más. Se apartó de golpe de Tebbe y se bajó, sujetándose la mano herida, pero casi corriendo, hasta el puesto de peaje por el que se entraba al puente.

Allí, se puso en cuclillas y, de la manera más intensa que pudo, clavó las pupilas en un intento de divisar qué era aquello. Mientras lo hacía, sintió la palmada de una mano en la espalda.

El Perro se encogió del miedo, se dio la vuelta y vio a Northampton de pie sobre él, así que se incorporó.

—Por san Patricio y todas sus putas serpientes, tienes un aspecto de mierda —le dijo el conde, aunque notó algo en el gesto del cabecilla de Essex—. ¿Qué pasa?

Loveday agitó la cabeza.

—No lo sé.

El noble entornó los ojos para mirar al otro lado del río.

—Yo no veo nada.

Al líder de los Perros le entraron ganas de llorar.

—Lo sé —le contestó—, pero están ahí. Lo presiento. No puedo explicarlo.

Justo delante de los dos hombres, en el puente, los ingenieros soltaron unos vítores. La primera viga estaba fuera del agua y pendía libre de las cuerdas a la vez que rebotaba en los arcos de piedra a medida que la alzaban. A pesar de que se movía, no lo hacía lo bastante rápido.

Northampton soltó un largo suspiro y, acto seguido, abrió los brazos y tiró de Loveday para darle un abrazo. Este no supo qué hacer. Además de la profunda incomodidad que le provocaba que un noble lo tocase de una forma tan familiar, el conde también le estaba aplastando la mano derecha entre el pecho de ambos.

Mientras se mantenía rígido durante el abrazo, el conde le dijo algo al oído en voz baja. Estaba tan cerca y tenía la barba tan espesa que no estaba completamente seguro de lo que le había dicho.

Sin embargo, sonó como:

—Ha llegado el momento.

Cuando por fin apareció ante sus ojos, la compañía francesa estaba conformada por unos cincuenta hombres, aproximadamente. Estos emergieron poco a poco de la neblina: al principio, solo eran formas, pero a medida que bajaron de la linde del bosque en dirección a la otra ribera, las siluetas se convirtieron en figuras nítidas. Puede que fuesen veinte caballeros y hombres de armas, el mismo número de ballesteros, y el resto, soldados de infantería corrientes. Llevaban carretas y ondeaban unas banderas que les resultaban familiares: la azul y dorada con la flor de lis de Felipe y la de franjas rojas y doradas del hermano del traidor.

Los franceses se pararon a unos cien metros de la orilla del río. Y no se acercaron más. Durante unos instantes, simplemente se quedaron allí. Al principio, Loveday no supo por qué.

Aunque luego lo comprendió. Estaban fuera de su alcance.

E iban a construir algo.

Los caballeros desmontaron y parecía que estaban señalando a un grupo de hombres que no parecían soldados. Poco después, estos fueron corriendo hasta las carretas y comenzaron a sacar vigas y cuerdas. En un abrir y cerrar de ojos quedó claro lo que estaban haciendo.

Estaban uniendo dos estructuras de madera, cada una con un largo brazo que soportaba un gran peso en uno de los extremos. Eran los mismos artilugios que los Perros habían visto el día que desembarcaron en la playa.

Catapultas.

Loveday miró al Escocés, a Tebbe y a Thorp. Y todos supieron lo que significaba aquello.

Era una carrera entre los ingenieros ingleses y los franceses. Al final, el grandullón dijo lo que todos estaban pensando.

—Como consigan instalar ese puto chisme, se cargan el puente para bien. Y, luego, estamos muertos.

Los hombres se miraron entre ellos con impotencia. Por toda la compañía inglesa, la mayoría de los guerreros estaban haciendo lo mismo.

Los condes, el traidor y sir Thomas se habían apiñado para mantener una conversación urgente.

Mientras hablaban, los ingenieros ingleses levantaron por fin la viga y la colocaron en su sitio. La dejaron sobre los arcos con un chirrido y un gemido. Entonces, en lugar de continuar con su trabajo, soltaron los ganchos y las cuerdas, y retrocedieron corriendo con la intención de ponerse a cubierto en el pueblo.

Sabían lo que iba pasar.

Mientras se marchaban, Northampton se apartó de la piña del resto de señores. Ni se molestó en reprender a los ingenieros. En cambio, se limitó a llamar a gritos a toda la compañía para que se reuniese a su alrededor. Los Perros formaron filas con el resto. Todos se pararon en silencio y de cara al río. El conde canoso se encontraba delante del puesto de peaje, de espaldas al puente. Warwick se acercó con el objetivo de colocarse a su lado y clavó las pupilas más allá de la compañía con una expresión severa en el rostro.

Northampton se aclaró la voz. Se hizo otro momento de silencio y, luego, comenzó a hablar:

—No necesito deciros los que está pasando ahí, y tampoco tengo que contaros lo que pasará si ponen esos putos chismes en funcionamiento.

Después, se quedó callado durante lo que pareció un año. Todo el grupo permaneció mudo.

—Necesitamos cruzar ese río. Y necesitamos usar esa viga.

Acto seguido, todos miraron el poste. El travesaño no era de más de dos palmos de ancho y tenía al menos cincuenta pasos de largo.

Nadie lo había probado.

Y lo habían colocado en equilibrio sobre la rápida corriente de las aguas del Sena.

El conde echó otra mirada al grupo.

—A mí tampoco me gusta la pinta que tiene esto, chicos —dijo—, pero alguien tiene que ir primero.

Y miró a sir Thomas. A sir Denis. A sir Godofredo.

A Warwick.

Ninguno dio un paso al frente. Northampton hinchó los carrillos y se pasó las manos por el cabello gris, tieso por el sudor y el polvo.

Al otro lado del río, las catapultas francesas estaban casi terminadas.

Y, en aquel instante, el conde respiró hondo.

—Por los colmillos de Cristo —exclamó, y echó un vistazo a la viga que había tras él—. Supongo que es mejor que el puto tronco de un árbol.

A continuación, hinchó el pecho.

—Arqueros —rugió—. Cubridme. Disparad a todo lo que se mueva. Cruzad cuando podáis.

»El resto: si venís conmigo, mantened la distancia cuando crucemos. Yo no quiero caerme al río, y vosotros, tampoco.

»Si no me acompañáis… —E hizo una pausa—. Podéis iros al infierno y ahorcaros allí.

Cuando Loveday era joven, una feria recorrió los poblados de Essex durante los meses de verano, tiempo en el que había cosecha y vacaciones, y tanto hombres como mujeres se emborrachaban y bailaban hasta tarde en las largas noches.

La feria iba cada año con el mismo reparto de artistas y nunca cambiaban su repertorio de trucos: algunos hacían malabarismos con fuego y sacaban monedas de la nada, otros contaban chistes antes de que todo el equipo representase una obra obscena.

Había una demostración que siempre se aseguraba de ver. Se trataba de una joven con un enorme hueco entre los dientes, las extremidades enjutas y flexibles y el cabello enrollado y apretado en un pañuelo en la coronilla. Esta ataba una cuerda con fuerza entre dos manzanos, subía con habilidad a las ramas de uno y caminaba por la soga hacia delante y hacia atrás, manteniendo el equilibrio con el pie, y luego, para terminar el truco, avanzaba por ella del revés, apoyándose en las manos.

Loveday se acordó de ese truco en el momento en el que vio al conde de Northampton —que portaba una armadura que debería pesar lo mismo que aquella joven, con la espada amarrada al costado y un yelmo en la cabeza, cuyo visor puntiagudo apuntaba al cielo— atravesar el puesto de peaje en dirección a la viga.

Recordó ese mismo truco mientras el conde probaba el travesaño con el pie y se aseguraba las correas de la armadura. Se puso en cuclillas y enderezó las piernas tres o cuatro veces, como si estuviese comprobando que estaban preparadas para caminar. Desde donde se encontraba el cabecilla de los Perros, cuyas tripas se retorcían entre terribles dolores, las extremidades inferiores de Northampton parecían fuertes, y la madera, sólida, aunque la distancia entre las dos orillas del río parecía mayor de cincuenta pasos. Sesenta, quizá. La caída desde la viga hasta el agua era de al menos veinte.

Tebbe y Thorp fueron a la ribera con el resto de arqueros. Y se quedaron ahí, con los arcos cargados para cubrir la orilla de enfrente.

En ese momento, el conde los llamó desde arriba:

—¿Estáis seguros de que podéis disparar al otro lado de este puto río?

Tebbe y muchos otros asintieron. No apartaron las miradas de la orilla contraria.

Los operarios franceses que se encargaban de la catapulta estaban comprobando los contrapesos.

Y Northampton volvió a llamar la atención de los arqueros.

—Seguidme en cuanto cruce. No tenemos que cargarnos el fundíbulo, pero hay que asesinar hasta al último cabrón que pueda ponerlo en funcionamiento.

Entonces miró hacia atrás, a Warwick y a sir Thomas.

—Si me caigo… —comenzó, pero no terminó aquella idea.

Simplemente, partió a través de la viga. Primero, un pie y, luego, otro. Con los brazos extendidos a ambos lados. Tan lento que exasperaba.

Loveday contuvo la respiración y, después, notó cierto revuelo a su lado. Entonces, se retorció para volverse y vio al Escocés, que se estaba poniendo el yelmo en la cabeza. El cabecilla lo miró con incredulidad.

—No…

Sin embargo, el grandullón pelirrojo asintió.

—Sí. Nosotros hemos aniquilado catapultas. Ningún otro malnacido aquí ha hecho lo mismo.

Cuando Loveday volvió a girarse con el objetivo de mirar el río, Northampton ya había cruzado la mitad del travesaño. Al darse cuenta de lo que estaba pasando, un ballestero francés que estaba alerta fue corriendo hacia la orilla opuesta para intentar acercarse a un punto donde pudiese alcanzar al conde de un disparo. No obstante, mientras corría, las flechas volaron con rapidez y precisión desde el flanco inglés. Dos lo alcanzaron y se desplomó mientras se agarraba el costado.

Al ver aquello, más franceses comenzaron a correr hacia el puente. El cabecilla de los Perros vio que los caballeros, sus líderes, les gritaban que se quedasen atrás y esperasen a que estuviesen listas las catapultas.

No obstante, contaban con una pobre disciplina. Algunos avanzaron a toda prisa y otros se quedaron parados.

Northampton se tambaleó al otro lado del puente. Acto seguido, extendió los dos brazos y, durante un instante, pareció como si se fuese a caer de lado al Sena.

Aunque, de alguna manera, por la gracia de Dios o su propio nervio y fortaleza, no ocurrió.

Él mismo se enderezó y, acto seguido, alzó un puño al aire y gritó a pleno pulmón:

—¡Rey Eduardo! ¡San Jorge! ¡Vamos, putos demonios! ¡Venid a morir, joder!

Entonces, saltó de la viga, rodó orilla abajo, en dirección al agua, y se cubrió bajo el primer arco de piedra del lado francés.

—¿Se refería a ellos o a nosotros? —susurró sir Thomas.

Loveday le hizo caso omiso. En lugar de eso, observó a Thorp enviar una flecha directamente a la garganta de un francés que agitaba una guadaña.

Contempló a Tebbe atravesar las entrañas de un enorme aldeano calvo de Normandía que blandía una pica.

Y vio al Escocés que se alejaba a través del travesaño junto a la fila de caballeros, hombres de armas y soldados de infantería en formación alrededor del puesto de peaje.

En ese momento, el hombre se llevó la mano al cinto y palpó la espada corta que colgaba de él.

Respiró hondo.

Y se unió a la fila.

Cuando el líder de Essex cayó de la viga a la ribera y rodó, igual que había hecho el conde, hasta el sitio cubierto por los arcos de piedra, las manos le temblaban, los oídos le pitaban y sentía que el corazón estaba a punto de explotarle.

Sin embargo, estaba ahí.

El Escocés le sonreía como un maniaco.

Northampton estaba preparando un ascenso por la orilla a gatas y gritando órdenes que no era capaz de entender.

Sir Thomas Holand y sir Denis también se encontraban completamente agachados.

Entonces, Tebbe saltó desde el puente y rodó por la ribera para unirse a ellos.

—Arqueros —estaba diciendo el conde—, por fin algunos putos arqueros. Dispersaos y seguid disparando. —Y le guiñó un ojo a Loveday—. Qué detalle que te hayas unido a nosotros —añadió.

Luego desenvainó su espada y dobló las rodillas, listo para esprintar.

—¿Estamos todos preparados? —gritó—. ¿Por san Jorge y el rey Eduardo?

Algunos asintieron en torno a él.

Tras ellos se escuchó un sonido de chapoteo ensordecedor y unas gotitas cayeron a su alrededor como si fuese lluvia.

—Creo que han puesto las putas catapultas en marcha —susurró el Escocés.

Sin embargo, ya no hubo más salpicaduras, porque cuando Northampton dio la orden de comenzar el ataque orilla arriba y entraron aullando gritos de guerra en el campo de visión y tiro, lo único que vieron fue a unos quince ballesteros y campesinos moribundos, tumbados con flechas clavadas en el pecho y las piernas, además de dos catapultas abandonadas.

Una estaba preparada para funcionar. A la otra le faltaba el contrapeso.

Y, a lo lejos, los que quedaban de la compañía francesa emprendían su huida, abandonando su posición, algunos hasta sentados dos o tres en el mismo caballo.

Entonces, Northampton volvió a enfundar su espada y miró a su alrededor.

—Que el señor nos guarde —exclamó, y dio una patada al barro—. ¿Los cobardes franceses saben hacer algo más aparte de huir?

El conde de Warwick se puso recto y le dio unas palmaditas a su amigo en la espalda. Otra vez volvía a tener su amplia sonrisa blanca en la cara. Luego negó con la cabeza, y Northampton y él chocaron las corazas en un magnífico abrazo de oso con armadura.

—¿Alguien se ha caído? —preguntó el conde canoso a la vez que echaba la vista atrás para mirar el río.

—Nadie de importancia —le contestó Warwick.

—Entonces, vamos a decirle a los ingenieros que se avispen y que hagan que el puente sea lo bastante ancho como para que pase una puta carreta —dijo Northampton—. No me apetece volver a caminar por la cuerda floja. Mientras tanto, vamos a darle la noticia al rey. Y envía a jinetes en busca de Hugh Hastings y que también le den las putas buenas nuevas.

A continuación, le hizo señas a sir Denis con el objetivo de que se acercase.

—Envía unos mensajeros a nuestro señor Eduardo y al cabrón rarito de Hastings. —Y sonrió—. Que le cuenten a todo el mundo que se haya perdido esto que liquidamos a mil franceses, les presentamos una intensa batalla y sufrimos unas cuantas bajas, pero los mandamos por donde habían venido. Eso les pondrá duros los nardos. Vamos a necesitar erecciones a partir de ahora.

Sir Denis se rio y se fue marchando.

El conde miró por el grupo, e hinchó los carrillos.

—Ni un momento de duda —dijo—. ¿De acuerdo, hombres?

Se escuchó el retumbar de las carcajadas de alivio.

El Escocés saltó:

—¿Qué es lo siguiente?

El conde asintió satisfecho.

—Buena pregunta. Lo siguiente será asegurar este puente y beber algo, joder. Luego, que cruce el resto del ejército y, después, todos cabalgaremos más rápido que en toda nuestra vida en esa dirección. —Y señaló al norte, hacia la linde de árboles.

—¿Qué hay ahí? —preguntó el Escocés.

—Ahí —le explicó Northampton— hay ciento sesenta kilómetros de campo francés virgen, un ejército dos veces mayor que el nuestro, otro puto río y la batalla de nuestras vidas.

»Por si no os habíais percatado, el juego de los cojones ha comenzado.

26

El rey y su ejército se aproximaron a una ciudad de Picardía, por la que iban a pasar de largo. El príncipe y su escuadrón permanecieron muchísimo rato delante de esta, y el futuro monarca deseaba recibir el permiso para que sus hombres perpetrasen un ataque [...]. Sin embargo, no se atrevió a llevarlo a cabo, ya que el rey le dijo que era probable que se encontrasen con el enemigo dentro de poco y no quería perder a ningún hombre.

Actas de guerra del rey Eduardo III

—Pero, padre...

El príncipe estaba lloriqueando. Otra vez. Tenía los ojos teñidos de rosa; la piel, cetrina, y las mejillas, hinchadas.

Estaba ya avanzada la mañana y se habían parado a comer en los pabellones de laterales abiertos que los escuderos habían levantado deprisa y corriendo. El príncipe estaba jugando con la comida en el plato, sin apenas energía, mientras se quejaba.

Estaba cansado, igual que Romford.

Aunque este también supuso que le dolía la tripa.

Desde que cruzaron el puente reparado en Poissy, el ejército marchaba más rápido que nunca. Cuarenta, cincuenta y hasta cincuenta y cinco kilómetros al día. Se alejaba de la pronunciada escarpadura y las zonas boscosas del valle del Sena, y se adentraba en las colinas ondulantes, atravesadas por arroyos y ríos extintos hace mucho.

Los días seguían siendo calurosos y el ritmo de la marcha hacía que los hombres, incluso los príncipes, estuviesen muertos de sed.

Los contramaestres se habían quedado sin harina, lo que significaba que no comían pan, solo carne, bacalao en salazón y cualquier fruta medio pasada que pudiesen saquear de los vergeles.

El calor y el alimento les obstruían las tripas y provocaban que les costase cagar. Cada mañana, resonaban gemidos y aullidos de los hombres que se esforzaban por soltar zurullos puntiagudos como piedras en las zanjas pestilentes que cavaban los ingenieros. Igual que las campanas que llamaban a maitines, sonaban las horas del sufrimiento de los hombres.

Por otro lado, el polvo dificultaba todavía más esa tarea.

Y desde que el príncipe descubrió sus placeres, lo tomaba cada vez que tenía oportunidad.

El muchacho sabía la manera en la que su secreto había llegado hasta el futuro monarca. Se había vuelto descuidado.

Había encontrado más polvo del que había visto en su vida en la botica de Poissy. También era el mejor con el que se había topado: no apestaba a acre, igual que la orina, sino que olía dulce como las flores. Se lo había estado untando en las encías, de manera frecuente y en pequeñas dosis tanto como se había atrevido y, al final, alguien lo vio.

El caballero tuerto, sir Thomas.

Este, en lugar de regañarlo o confiscarle el polvo, había empezado a compartir las provisiones de Romford.

Luego, la segunda noche que pasaron en Poissy, mientras dormían en la cabaña de caza del mismísimo rey francés y esperaban a que el puente se reforzase lo bastante como para que pasaran las carretas, el caballero llevó al príncipe hasta él. Les sonrió con picardía a los dos y le pidió al chico que echase un poco de polvo en el vino del heredero del trono.

Romford contempló cómo el joven le daba un sorbo al vino y los músculos del rostro se le destensaban del placer y los ojos parecían relajarse.

En ese momento, se acordó del Padre. La sensación de la baba pegajosa del viejo cura en el dedo. La peste de su cuerpo delgado.

Las gotas de sangre que caían de sus dientes después de escupir la nariz de Shaw.

Aquella visión cesó, pero no así la nueva obligación de alimentar el hábito de su señor. El príncipe adoraba el polvo igual que la mayoría de los hombres que lo probaban y, una vez lo probó, se moría por más. Así que todas las tardes, después de que los señores cenasen, citaba a Romford en sus aposentos privados y los dos perdían el conocimiento sobre las alfombras y los cojines del suelo.

Romford era tan incapaz tanto de pararle los pies al príncipe como de frenarse a sí mismo.

Durante el día, el muchacho podía ocultar la falta de agudeza mental y el dolor de las entrañas solidificadas. Dedicarse a sus responsabilidades y quedarse callado a la vez que se fundía con la multitud de sirvientes y cortesanos.

El príncipe, no.

Conque todos los días, con el estómago contraído y los ojos inyectados en sangre, el futuro monarca volvía a quejarse al rey.

—Pero, padre... —comenzaba con un tono chillón y aflautado.

El sonido de su voz hacía que Romford se retorciera hasta los dedos de los pies. Igual que el nombre que pronunciaba.

Aquella mañana, al soberano se le agotó la paciencia. Se encontraban cerca de una ciudad llamada Beauvais. El joven escudero podía divisarla bajo la cima de la colina donde cenaron. Parecía un buen sitio: rodeado de altas murallas y casas del guardia sólidas. Las calles se organizaban alrededor de una gigantesca catedral, desde la que las torres ornamentadas y los chapiteles se revolvían hasta una altura superior a cualquier edificio que el chico hubiese visto o incluso imaginado.

El príncipe quería llevarse hombres para atacar la ciudad y saquear la catedral.

Sin embargo, su padre no iba a permitirlo.

—Pero, padre...

Al dirigirse a él así por lo que parecía ser la centésima vez, el rey Eduardo soltó el pequeño cuchillo con empuñadura de nácar con el que estaba comiendo y miró al otro lado de la mesita.

—En nombre de la Virgen, hijo mío, cállate ya —le pidió—. Ya te he explicado pacientemente qué vamos a hacer durante los siguientes días, pero, como pareces ignorar mi consejo, igual que siempre, deja que te lo repita otra vez.

354

»Marchamos al norte lo más rápido que nos permite Dios. Es una estrategia simple, lo que resulta una virtud. Ayer informé al rey francés de que estoy preparado para encontrarme con él en el campo de batalla cuándo y dónde él elija. Naturalmente, no decía nada de eso en serio.

»Lo que quiero es que nos persiga. Cansar a sus hombres, haciendo que nos hostiguen hasta que crucemos el río Somme, donde descansaremos, nos reaprovisionaremos y aumentaremos de número y, entonces, lo destruiremos.

»Tal como ya te he dicho, es una estrategia sencilla, pero depende de una táctica. No dejamos de movernos.

E hizo una pausa.

—Permíteme que te lo repita de nuevo: no dejamos de movernos. No paramos. No tenemos tiempo para asediar ciudades. Nuestros hombres tienen botín de sobra. Los necesito vivos y en forma. No con las manos a rebosar de ganancias robadas, y borrachos o muertos. ¿Lo entiendes? No dejamos de...

—Pero, padre...

La cara del príncipe estaba grisácea. Como la arcilla húmeda.

En ese momento, el rey Eduardo dio un golpe en la mesa y los platos repiquetearon.

—¡Ni peros ni peras! Felipe ha reforzado sus ejércitos. Ya nos igualan en número. Siguen creciendo. Y tienen buenos hombres. Nuestro primo, el rey de Bohemia, encabeza su avanzadilla. Otras divisiones las lidera...

Entonces, un irritable y cansado príncipe lo interrumpió. Tenía la voz aguda e impregnada de tensión.

—El rey de Bohemia es un viejo ciego de cien años. Un lisiado que no para de babear. Felipe es un cobarde, y los franceses, unos blandos. ¿Qué es lo que hay que temer?

El rey Eduardo miró a su hijo. Romford se atrevió a echar un vistazo por el rabillo del ojo y vio algo terrible en el rostro del monarca. Desprecio.

—El rey Juan I de Bohemia es uno de los mejores guerreros del mundo. Su bravura es legendaria. Ha sobrevivido medio siglo en una parte de la cristiandad en la que tú, hijo mío, habrías durado medio día, no más. Perdió la vista luchando contra los paganos en los campos helados de Lituania. Tiene quince inviernos más que yo y ha pasado cada uno de ellos, al igual que las primaveras, batallando contra alguien. Por Dios, puede que esté ciego, pero es un digno adversario y está cabalgando con su hijo Carlos, quien, algún día cercano, será coronado emperador de los germanos.

»Si nos paramos aquí, nos alcanzarán antes de que lleguemos al Somme. Una parte de mí desea que eso ocurriese y, así, que pudieses recibir una lección de cuál es el verdadero aspecto de la batalla. Sin embargo, preferiría que lo aprendieses desde la ventaja del bando ganador más que de ver a nuestros caballeros y arqueros yacer muertos por millares en las puntas de las lanzas francesas y germanas.

Dicho aquello, Eduardo retiró su silla y se levantó de la mesa.

—Ya hemos desperdiciado unos momentos preciosos con esta conversación. Piensa bien en lo que te he dicho y rézale a Cristo con el ruego de que te guíe.

Su voz sonó fría. Luego, salió del pabellón.

El príncipe permaneció taciturno y sentado en su sitio. A continuación, cogió su plato y, sin mediar palabra, tiró la comida al suelo. El codillo de cordero y la salsa turbia le salpicaron los pies. Después, miró a los escuderos callados que se encontraban en los límites del pabellón.

—Chico —le dijo a Romford—. Te necesito.

El joven se pasó toda la tarde sentado en la penumbra de la tienda del príncipe mientras le contemplaba beber vino mezclado con polvo. Hacía un calor asfixiante bajo el sol de la tarde, que caía a plomo sobre el lugar, pero la temperatura se suavizó a medida que la noche se aproximaba.

Sir John Chandos, el lugarteniente, puso a dos hombres de armas en la entrada de la tienda. Solo el caballero tenía permitido el acceso, aunque nunca se adentraba demasiado. Únicamente asomaba la cabeza por las solapas de la puerta de vez en cuando para ver en qué estado se encontraba el futuro monarca.

Romford tomaba un poco de polvo, pero mayormente observaba al príncipe y lo escuchaba despotricar contra su padre. Al principio, este estaba dolido y a punto de llorar mientras maldecía al monarca por tratarlo como a un niño «igual que a mis hermanos pequeños, Leonel y Juan».

Luego, se fue amargando cada vez más y comenzó a quejarse de desaires de la corte que el escudero no podía comprender. Después, a medida que el polvo y el vino se apoderaban de él, se volvió violento e incoherente, balbuceaba en francés e inglés y cantaba trozos de canciones para sí una y otra vez.

Luego, se desmayó durante un tiempo.

A lo largo de todo aquello, el muchacho se dio cuenta de que de él no se esperaba que dijese nada, sino que solo emitiese sonidos de comprensión y que midiese la dosis de polvo.

No le importaba.

En Inglaterra, se había pasado la vida rodeado de hombres que bebían o consumían polvo. Algunos de ellos resultaban aburridos. Otros eran violentos. Y de otros se apoderaba una necesidad maniaca de follar que, a veces, intentaban satisfacer con él.

Comparado con aquello, el príncipe era una buena compañía. Así pues, lo escuchaba y mantenía sus sentidos adormecidos con los toquecitos de polvo para después contemplarle dormir. Hacía una ligera reverencia cada vez que la cabeza de sir John aparecía por las solapas de la tienda, cosa que parecía satisfacerle.

Y el día continuó así hasta que la noche se asentó, el príncipe se despertó y Chandos volvió, esa vez con sir Henry de Burghersh y otro caballero que Romford identificaba, pero no conocía. Subieron a rastras al príncipe Eduardo a lomos de un caballo entre los tres, lo sentaron delante de sir Henry, igual que si fuese un niño, y se lo llevaron de allí.

A continuación, el joven escudero encontró su propio caballo, que estaba siendo atendido por un mozo de cuadra y que se lo entregó junto a su arco y el casco negro que tanto le gustaba. Le dijo qué camino debía tomar para alcanzar al resto de la división del príncipe, que había partido tarde y pasado de largo por Beauvais, aunque había quemado los suburbios a las afueras de sus murallas para soltar su ira.

Romford siguió el consejo del mozo de cuadra y tomó un camino que dibujaba una amplia curva alrededor de la ciudad, lejos de las casas del guarda armadas. Cabalgó ocho o nueve kilómetros y pasó ocasionalmente junto a pequeñas compañías de soldados ingleses rezagadas, retardadas porque llevaban carretas con ruedas rotas u hombres o caballos con piernas o patas lastimadas.

Al final llegó al nuevo campamento, lejos de la otra cara de Beauvais, justo cuando las estrellas estaban comenzando a salir. Allí descubrió que el rey se había ido más adelante todavía y que había acampado cerca de la avanzadilla con el conde de Northampton y sir Godofredo, el caballero traidor.

A pesar de que no había ni rastro del príncipe, se respiraba emoción entre los escuderos, que hablaban de una incursión nocturna que tendría lugar en dos monasterios, que, según ellos, se encontraban ahí al lado.

Esa noche, el muchacho no sentía la necesidad de quemar un monasterio. Ni cualquier otra. El chico encontró un hueco en el suelo donde dormir y soñó que tenía la boca llena de dedos que lo asfixiaban. Y le tiraban de la lengua.

Al final, se despertó antes del amanecer entre jadeos.

Dio con la tienda del príncipe con la primera luz, antes de que sonasen las trompetas que se encargaban de levantar a los hombres dormidos. Supuso que el príncipe necesitaría polvo y vino para ayudarlo a ponerse en movimiento.

No obstante, cuando se acercó al pabellón, los dos hombres de armas de la puerta se unieron con la misión de prohibirle la entrada.

Entonces se paró y pasó las pupilas de uno a otro. No parecían hostiles, simplemente seguros de que no iba a pasar.

Él era consciente de que debían reconocerlo.

—Puedo… —comenzó.

El de la izquierda, que portaba una armadura de placas en los hombros y se había cortado el cabello rubio casi al rape alrededor de las orejas, soltó una risita.

—Olvídate —le dijo—. Ya hay alguien dentro.

Romford permaneció allí de pie con aire indeciso, debatiéndose entre irse o quedarse.

—¿Es sir Thomas? —preguntó—. ¿Otro de los escuderos?

El hombre de armas rubio comenzó a responder, pero, mientras lo hacía, las solapas de la tienda se abrieron tras él y la pregunta quedó resuelta.

El conde de Warwick salió con el ceño fruncido. Parecía estar algo más delgado que cuando el chico lo vio hace solo unos días. A continuación, el caballero se peinó el cabello con la mano y cerró los ojos, como si estuviese intentando mantener la compostura.

En ese momento, los dos hombres de armas se separaron de un salto, que a Romford le pareció ágil si tenía en cuenta su tamaño. Warwick se giró brevemente a cada uno de ellos y realizó un suave movimiento de cabeza.

—Aseguraos de que está listo a mi regreso —les ordenó—. No tardaré mucho. Tiene que estar vestido. Que alguien lo ayude. Aparte de eso, no dejéis que entre nadie. Por Cristo, tiene suerte de que el rey me haya enviado a mí y no a lord Northampton.

Mientras decía aquello, el conde reparó en el joven escudero. Un gesto de leve reconocimiento le cruzó el rostro, pero, evidentemente, o había olvidado que le había salvado la vida o no tenía nada que decir al respecto.

—Tú… Tú eres uno de sus cortesanos.

Romford bajó la vista hasta las calzas de rayas, sucias después de una semana o más sin quitárselas.

—Eso creo, mi señor.

Warwick frunció el ceño.

—Bueno, lo seas o no. Si no lo eres, fuera de aquí. Si lo eres, entra ahí. Haz que esté presentable lo más rápido posible —le pidió—. No tenemos mucho tiempo antes de tener que levantar este fétido campamento. Los franceses nos están pisando los talones. Marchamos. Todos, la vanguardia, el centro y la retaguardia, juntos. No obstante, antes de irnos, hay algo que el chaval tiene que ver.

Dicho eso, Warwick se fue de manera repentina. Los hombres de armas sonrieron a Romford y se apartaron para dejarlo pasar.

Al atravesar la entrada, el rubio le dijo:

—Que Dios te ayude.

Y el otro añadió:

—Buena suerte.

El joven encontró al príncipe desplomado sobre una pila de mantas en el suelo. Se encontraba bocabajo, con el vientre sobre la tela y el culo en pompa.

Estaba vestido, pero con la ropa de la noche anterior. Unas calzas finas, delicadas y teñidas de rojo le cubrían las piernas. En la parte de arriba, llevaba una sobreveste corta, de un material también fino e increíblemente suave, de algún color entre negro y azul. Se había quitado las botas de dos patadas. Como estaba tumbado, su largo cabello se extendía despeinado por toda la cabeza.

Romford cruzó la tienda. El ambiente dentro seguía helado tras la noche. El chico olió la hierba mojada, el barro y el sudor masculino. Escuchó el suave ronquido del príncipe, ya que su respiración estaba amortiguada. Entonces, se quedó un segundo ante él sin saber muy bien qué debía hacer, pero, luego, alargó la mano con cuidado y la colocó en la lumbar del heredero del trono. La suave montaña de tela parecía el pelaje de alguna bestia recién nacida.

El futuro monarca dijo algo en sueños y se movió un poco, aunque, después, siguió roncando. Acto seguido, el muchacho volvió a incorporarse y se preguntó qué debería hacer. Sabía que no tenía derecho a ponerle una mano encima al hijo del rey. Sin embargo, también era consciente de que, si Warwick volvía y descubría que ni siquiera había levantado al príncipe, se encontraría en un serio problema.

En ese momento, se aclaró la garganta. Una vez. Después, más fuerte. Y, luego, incluso con mayor fuerza.

El príncipe volvió a mascullar en sueños. A Romford le pareció que dijo algo como el nombre de «Joanie».

Con todo y con eso, aun así, no se despertó.

El chico observó el cuerpo del futuro monarca e intentó decidir cuál sería la siguiente parte menos ofensiva que podía tocar. Al final, se decidió por el pie izquierdo.

Entonces, se agachó y, con toda la ligereza de la que fue capaz, le hizo cosquillas en la planta. El príncipe se revolvió un poco más y, en ese momento, habló con claridad.

—Joanie, solo estamos nosotros.

No obstante, en ese preciso momento, se dio la vuelta y abrió los ojos de golpe. Después, miró confundido a su escudero.

—¿Has quemado a los dos?

Romford se arrodilló.

—No he quemado nada —le contestó.

—No —dijo el heredero del trono mientras se frotaba los ojos y buscaba por la tienda con la mirada, como si notase que faltaba algo—. Claro. ¿Qué hora es?

Entonces, su rostro quedó desprovisto de todo color. Después, se dio la vuelta para apoyarse en las manos y las rodillas, y vomitó a su lado en el suelo. El muchacho se quedó atrás y dejó que lo echase todo. Luego, fue hasta la esquina del pabellón, donde se encontraba un pequeño altar portátil y descansaba una jarra de vino junto a un cáliz bastante fino. Primero, olió el vino y, a continuación, sirvió una copa, sacó el polvo del bolsito que guardaba en la bolsa que llevaba al costado y echó un pellizquito en la bebida. Al final, removió el cáliz y contempló cómo los granos se disolvían en el brillante líquido rojo.

Se lo dio al príncipe, que estaba limpiándose con una de las mantas.

—Bebeos esto —le dijo con delicadeza.

El futuro monarca se la acabó de un sorbo. Se estremeció, pero, acto seguido, todo su cuerpo pareció relajarse y sonrió cómodo. A continuación, se secó la boca con el dorso de la mano y su mirada navegó hasta encontrarse con la de Romford.

—Debemos vestiros —comentó el chico—. El conde de Warwick está viniendo.

—¿Mmm? —musitó el príncipe. Después, se abrazó a sí mismo y sonrió con dicha—. ¿Warwick? ¿Qué quiere?

—No estoy seguro —le respondió el escudero—. Ha dicho que Su Alteza tenía que ver algo.

—Entonces, puede traérmelo —contestó el heredero del trono.

Intentó alisarse y aplacarse el pelo con las manos, pero la mayoría de él seguía levantado en mechones rebeldes.

—¿Os gustaría que os cambiase de ropa? —preguntó Romford.

El príncipe negó con la cabeza. Y volvió a sonreír.

—Volverá a ser de noche en breve.

Antes de que Romford pudiese contestar a aquello, las trompetas comenzaron a sonar por todo el campamento. Los dos hombres de armas entraron en la tienda, miraron al príncipe, y, luego, el uno al otro. El que no era rubio, sino que tenía el cabello negro con entradas bastante lejos de la frente y una expresión cruel en los ojos, se dirigió al muchacho.

—¿Esto es lo mejor que has podido hacer?

El joven se encogió de hombros.

—Está despierto.

—No lleva nada en los pies.

El chico buscó a su alrededor con la mirada y vio un par de botas tiradas en el límite de la tienda.

—Tiene unas botas.

—Pues pónselas.

Romford cruzó lentamente la tienda y las recogió del suelo. El príncipe se encontraba sentado sobre sus mantas y tenía cara de que iba a volver a vomitar, pero, cuando el escudero le dio las botas, se las puso.

El hombre de rostro cruel dio unos golpecitos con el pie mientras esperaba a que el futuro monarca tirase de los cordones para apretárselos y se pusiese de pie.

—Por aquí, mi señor —le indicó—. Os están buscando. Muchísimo, deduzco.

El príncipe hizo un puchero y se le borró el gesto de dicha de la cara. Luego, se quedó quieto con las piernas flojas. El soldado rubio le ofreció la mano y el chico se la dio durante un segundo mientras se acostumbraba a estar de pie. Juntos, se tambalearon hasta las solapas de la tienda que conducían al exterior.

Aunque Romford no sabía si debía seguirlos también, no le estaba permitido quedarse. Así que, una vez los otros tres hombres salieron de la tienda, él fue tras ellos.

Fuera, el rocío del suelo ya estaba prácticamente seco y los hombres se movían con prisa por todos lados, vistiéndose y enrollando los tapetes, enjuagándose la boca con las botas y escupiendo. El campamento era un hervidero, más de lo que jamás había visto antes en ninguno. Parecía que el ejército había aumentado de tamaño. Que todo el número incontable de hombres a las órdenes del rey Eduardo estaba apretujado en el mismo sitio. Romford escuchó el afilado de cuchillos y el repiqueteo del martillo del herrero. Unos gemidos venían de las zanjas para cagar. Intentó contar los días que habían pasado desde que visitó una y creyó que eran cuatro.

Los hombres de armas atravesaron rápido el campamento atestado, serpenteando entre las tiendas y los pabellones, saltando sobre las cuerdas y las piquetas y abriéndose paso a empujones entre las compañías de soldados y sirvientes. El muchacho tuvo que apresurarse para seguirles el ritmo mientras conducían al príncipe. No lo arrastraban, pero sí que le iban dando empujoncitos con la intención de asegurarse de que les siguiese el ritmo y no se rezagase. Algunas tropas junto a las que pasaron reconocieron a su futuro monarca y se apartaron de su camino de manera respetuosa, pero otras sonrieron con suficiencia y desviaron la mirada.

Llegaron al borde de campamento al poco rato, donde la multitud se dispersaba. Al menos, el joven escudero vio en qué tipo de campiña se encontraban. El terreno se había aplanado y un largo camino rectísimo se alargaba hacia el norte, a través de campos abiertos sin límites de setos, hasta donde alcanzaba la vista. Muchos de estos se habían cosechado hacía poco y se hallaban cubiertos por rastrojos polvorientos. Otros estaban todavía por segar y ondeaban suavemente mientras la brisa mañanera movía los tallos dorados, cuyas puntas estaban repletas de espigas de grano maduras.

Allí se encontraba un pequeño grupo de soldados rasos, que estaban mirando algo junto al camino. Los hombres de armas se abrieron paso a empujones y condujeron al príncipe hasta la cabeza. Romford se metió en la retaguardia del grupo y, mientras lo hacía, vio aquello que el resto estaba contemplando.

Los carpinteros del rey habían construido un patíbulo junto al camino.

Era una simple estructura de madera con tres caras y hecha a partir del mismo tipo de madera tallada que habían usado los ingenieros para reconstruir el puente de Poissy. Habían atornillado cuatro fuertes aros de hierro a la viga trasversal, y a través de cada uno, enhebrado una horca. Apoyados en la estructura se hallaban dos curas encorvados y sin afeitar. Romford escuchó a uno de ellos hacer una broma y al otro resoplar con una risita.

El joven pensó en su padre.

Entonces vio qué había detrás del patíbulo. Y la imagen hizo que le diese un vuelco al estómago. Alrededor de veinte soldados rasos sentados en el suelo, vigilados por cinco o seis hombres de armas.

Romford reconoció a muchos de ellos. Pertenecían a la compañía del príncipe.

Los prisioneros se sentaban en parejas, atados espalda contra espalda, con las manos tras ellos. Algunos tenían los ojos vidriosos. Unos cuantos estaban sentados con las cabezas caídas hacia delante. Durmiendo… o intentándolo.

Conocía a uno de ellos. Era el escudero que se había sentado a su lado en el banquete la noche en la que el heredero del trono lo mandó llamar con el objetivo de jugar a los dados. El joven estaba pálido y asustado. Negaba con la cabeza y parecía hablar para sí.

El muchacho sintió la fuerte necesidad de acercarse a él y decirle a algo, pero no sabía el qué. Además, era consciente de que los hombres de armas podían impedírselo.

Después pensó que podía irse, darle totalmente la espalda a la escena y marcharse solo. Rehacer cada paso del camino que había recorrido. Volver a cruzar el río y a pasar por todos aquellos lugares desagradables: Caen, Saint-Lô y Valognes. A la playa. Al bote. A la coca. Al principio.

Sin embargo, antes de que pudiese hacer nada de aquello, una sombra cayó en el suelo tras él.

El conde de Warwick pasó a zancadas por su lado.

Antes lo había visto medio vestido, con su gambesón acolchado sujeto con cinchas a la cintura. En ese momento, el conde llevaba una armadura completa con una coraza, cubierta por las armas que portaba y un bastón hecho polvo, y los muslos protegidos con calzas de malla y relucientes placas de metal.

Warwick caminaba con cierta rigidez en los andares debido a su armadura, pero marchaba con energía. Con tanta que, en el momento en el que pasó al lado de Romford, el aire se movió.

Y luego volvió a moverse cuando media docena de los hombres de armas del conde se acercaron con un ruido metálico. No lo adelantaron, sino que se pararon junto al chico, desde donde contemplaron atentamente el patíbulo e intercambiaron unas cuantas palabras en voz baja. A pesar de que uno de ellos echó un vistazo en la misma dirección que el joven escudero, no le hizo caso alguno.

Warwick había continuado andando. Al fin, se paró delante de la horca, giró el rostro hacia la pequeña multitud y habló rápido.

Romford lo observó, pero, también, estiró el cuello para poder contemplar la nuca del príncipe.

—No tenemos tiempo que perder aquí —comenzó el conde—. Estos hombres están condenados a muerte por obra del mismísimo rey. Se les ordenó que se abstuvieran de causar daños a cualquier propiedad de la Iglesia y que obedeciesen la orden de nuestro señor el rey de marchar con toda premura, ya que nos persigue el enemigo.

»Han desobedecido esta orden y saqueado y quemado dos monasterios.

Acto seguido, echó un vistazo rápido a la multitud. A continuación, levantó la mano derecha y los seis hombres de armas que estaban junto al muchacho desfilaron alrededor del grupo y tomaron posiciones tras el patíbulo. Warwick esperó a que llegasen y miró a los prisioneros. Luego miró directamente al príncipe.

—Este es el castigo por desobediencia —anunció.

Y, en cuanto lo dijo, se marchó dejando atrás a la muchedumbre sin echar un segundo vistazo tras él. Cuando volvió a pasar a su lado de forma repentina, el aire se movió de nuevo, pero después se quedó quieto.

De vuelta al patíbulo, los hombres de armas sabían qué hacer. Dos de ellos cogieron a la pareja de prisioneros más cercana. Luego los separaron de un tajo, pero no les desataron las manos. Al final, los empujaron hasta el patíbulo y a cada uno le apretaron una horca al cuello.

A continuación, hicieron lo mismo con otro par.

El sol subía por el cielo tras la estructura de madera, y mientras el joven contemplaba la luz, notó que los ojos se le llenaban de lágrimas, aunque no podía apartar la vista.

Como tampoco pudo hacerlo cuando los otros cuatro hombres de armas, con los rostros ensombrecidos —porque el resplandor del sol era cada vez más intenso a sus espaldas— levantaron los extremos sueltos de la soga.

Tres de los condenados permanecieron en silencio, pero uno empezó a sollozar y lloriquear.

En aquel instante, el chico echó un vistazo a la nuca del príncipe. Estaba inmóvil, mirando recto, como si desafiase a los hombres de Warwick a que continuaran con el ahorcamiento.

Los sacerdotes pasaron por toda la fila con el objetivo de imponer una mano sobre la cabeza de cada hombre y murmurar algo que Romford no pudo escuchar. El hombre que se lamentaba no cesaba en su empresa.

Ahora bien, si el futuro monarca creía que podría frenarlos mediante el poder del desafío él solo, estaba equivocado. Los cuatro hombres de armas que sostenían las sogas en la mano levantaron la cuerda floja y, a la señal de uno de ellos, todos dieron un paso atrás y tiraron.

Estas rechinaron al tensarse. Y a Romford le recordó a un barco.

Los cuatro prisioneros se elevaron en el aire al unísono. Los ojos se les iban a salir de las cuencas y la lengua les asomaba por la boca, que enseguida se llenó de sangre, y los volvió enormes y grotescos. Igual que si fuesen morcillas. Durante unos suspiros, el que estaba lloriqueando hizo mucho ruido mientras se ahogaba, pero luego no emitió ni un sonido más. Al final, los cuatro hombres agitaron las piernas en silencio, dándose patadas los unos a los otros, meándose encima y girando sobre las cuerdas.

El príncipe los observó fijamente mientras daban vueltas. Y el joven escudero clavó las pupilas en la nuca del heredero. Durante todo ese tiempo, el sol continuó su ascenso poco a poco por el cielo, de manera que al chico le quemaban los ojos cada vez más y comenzó a notar un cosquilleo en la piel.

Los condenados tardaron un buen rato en morir, pero, cuando los curas decidieron que ya habían perecido, los hombres de armas soltaron las sogas y los cadáveres cayeron con un golpe seco en el suelo, donde yacieron desplomados. Los soldados que tiraban de las cuerdas descansaron en cuclillas, abrieron y cerraron las manos y sacudieron los brazos. Los otros dos arrastraron los cuerpos a un lado del patíbulo y los colocaron de cualquier manera, la cabeza de unos contra los pies del siguiente.

Para cuando aquello hubo terminado, la multitud fue perdiendo el interés y yéndose de vuelta al campamento con la misión de unirse a las ruidosas preparaciones para la marcha. No obstante, Romford se quedó mientras arrastraban al frente a otros cuatro de los veinte prisioneros. Al haber visto morir a sus compañeros, todos estaban asustados. Estos hundieron los talones en el sitio, forcejearon y gritaron. Los hombres de armas golpearon a los cautivos, que tenían las manos a la espalda, con guanteletes de metal y brazales. Cuando ataron a los condenados a las sogas, a tres de los cuatro reos les brotaba la sangre de una ceja rota y les corría por el rostro.

Uno de estos era el escudero del banquete. El chico sollozó, escupió y agitó la cabeza con violencia, de manera que se la manchó entera de sangre.

Aquello no le hizo ningún bien.

Igual que antes, los curas les dieron unas bendiciones rápidas. A continuación, los cuatro hombres de armas volvieron a tirar de las cuerdas. Y los cuatro cautivos se ahogaron lentamente en una agonía hasta morir.

A mitad de aquello, el príncipe perdió la compostura e intentó apartar la vista, pero los dos hombres de armas —el rubio con el cabello al rape y el de gesto cruel— que lo custodiaban le pusieron las manos en los hombros y lo mantuvieron en el sitio. Romford sabía que lo iban a obligar a contemplar la muerte de todos y cada uno de los hombres.

Aquello era un castigo.

Veinte vidas perdidas para mostrarle su error.

Aunque, mientras entendía aquello, Romford se dio cuenta de que a él no lo obligaban a quedarse. Así que una vez que el escudero del banquete, así como los tres hombres a su lado, se agitaron y mearon por última vez, el muchacho reunió energía en las piernas.

Al principio, caminó hacia atrás con los ojos todavía clavados en el príncipe.

Después, tras unos pasos, giró sobre los talones y, aturdido, fue tropezándose de vuelta al campamento.

Apenas podía ver. Su visión tenía la estampa de la silueta verde y negra de cuatro cuerpos, que colgaban de unas cuerdas, y de la cabeza del príncipe, inmóvil, con las pupilas clavadas en ellos.

Mientras intentaba ver con claridad, zigzagueó entre las tiendas que los sirvientes habían recogido y enrollado, y se tropezó con las piquetas.

Trastabilló al pasar junto a caballos a los que estaban herrando y colocando los aperos y junto a burros que estaban atando a las carretas.

Casi se chocó con dos cocineros de espaldas anchas, ataviados con delantales grasientos, a la vez que estos se empujaban entre ellos y mascullaban, cara a cara, envueltos en algún desacuerdo que no llegaría a conocer.

Entonces se quedó atónito y, durante ese momento, empezó a comprender con claridad hacia dónde se estaba dirigiendo.

A casa.

«Casa».

Y si no era a casa, a un lugar tranquilo donde pudiese tomar todo el polvo que le quedaba en el bolsito. Consumir tanto que se durmiese y no se volviese a despertar.

Warwick había dicho que quemar monasterios era un pecado. No estaba seguro de si ingerir polvo hasta la muerte también lo sería.

Le daba igual.

Y en ese estado se encontraba cuando se topó de bruces con Loveday, el Escocés, Tebbe y Thorp, que estaban yendo hacia él, ahora que parte de la tremenda multitud se estaba abriendo paso hacia el camino recto que llevaba al norte, al patíbulo y al sendero hasta otro río.

Donde descansaba la carretera que los alejaba de casa.

Donde cada paso los acercaba más al infierno.

Fue Loveday con quien Romford se chocó.

Fue el gigantesco Escocés el que lo agarró cuando se desmayó.

Fue Tebbe quien permanecía a su lado en el momento en el que se despertó. Así, la primera imagen que vio cuando recuperó la visión fue la cara quemada del esbelto arquero de cabello largo que conocía desde la coca y la playa.

Y aquella imagen le hizo querer llorar de la felicidad, incluso a pesar de que Tebbe estaba negando con la cabeza y lo llamaba «estúpido hijo de puta» mientras le preguntaba qué pintas se creía que tenía con esas putas calzas a rayas.

27

Los hombres [del rey de Inglaterra] de la *chevauchée* estaban muy pensativos y melancólicos, y todos hablaban entre ellos sobre por qué parte no serían capaces de cruzar el Somme [...]. Y, en ese momento, un escudero [...] llegó y le dijo al rey y a todos los que se encontraba con él: «Señor, si desea cruzar, he encontrado un buen paso [...]».

Testimonio de un ciudadano de Valenciennes

Loveday cuidó del chico mientras dormía.

El hombre notaba que las pupilas del Escocés lo taladraban desde su derecha, pero se resistió a girarse para mirar a su viejo amigo. Sabía lo que quería decirle.

Lo mismo que llevaba diciéndole los últimos tres días.

El cabecilla de los Perros se concentró en el pecho de Romford, que subía y bajaba mientras yacía tumbado junto a la hoguera. La luz parpadeaba en su rostro. Y esperó a que el grandullón pelirrojo cediese a la presión y hablase.

No tardó mucho.

—Tenemos que devolvérselo al príncipe.

—No.

—Loveday.

—No.

—No nos sirve de nada. Ha estado durmiendo, o casi, durante tres días. No podemos seguir cargando con él a este ritmo. Ya casi estamos en el Somme. Mañana se librará una batalla. Es posible que participemos todos. ¿Tú lo ves abriendo los ojos lo bastante como para poder usar ese arco?

El hombre no dijo nada.

—De todas formas, se supone que, ahora, es uno de los escuderos del príncipe. Ya no es uno de los nuestros.

Al escuchar eso, Loveday negó con la cabeza.

—Si desean su presencia, vendrán a buscarlo.

El Perro resopló con sorna.

—¿Y crees que estarán contentos con nosotros cuando eso pase? Se ha fugado. Por los huesos de los santos, estamos dando asilo a un fugitivo.

Acto seguido, agitó la cabeza y clavó la vista en las llamas.

Al final, Loveday le dedicó una mirada.

—Me da igual. No vamos a devolvérselo. Sea lo que sea lo que le ha estado pasando allí, lo está matando. He tirado el polvo, pero encontrará más si está con ellos. Acabamos de recuperarlo. No voy a perder a otro hombre. —Y el destello del rostro tranquilo de Millstone apareció en su mente.

Los dos permanecieron sentados y en silencio durante un rato. Tebbe y Thorp estaban jugando a cara o cruz, pero el Escocés continuó dándole vueltas, y su amigo esperó a que volviese a hablar.

—Nos dijo que se iba a casa. A lo mejor, está bien.

—No.

Sin embargo, el Escocés insistió.

—¿Por qué seguimos aquí? Nuestros cuarenta días habrán pasado ya. Conseguimos un jornal bastante bueno en Caen. El gordo hijo de puta de sir Robert preferiría vernos muertos a pagarnos lo que nos debe. Ya puedes olvidarte de sir Godofredo. Y Northampton y el resto como él no nos van a echar en falta. No mucho.

Una rama encendida se cayó de la hoguera y desparramó ascuas que parecían estrellas. Acto seguido, Loveday le dio una patada para devolverla a las llamas.

—No podemos volver. Ya lo sabes. Los franceses ya se encuentran a un día de nosotros. O menos. Tú lo has dicho, están tan cerca que mañana entraremos en batalla con ellos.

»Si no vamos, nunca conseguiremos atravesar sus líneas. Y, si lo hacemos, ¿luego, qué? El rey no ha dejado guarniciones inglesas por el camino. Solo a aldeanos cabreados que salen de los bosques para descubrir que han quemado sus casas, que sus animales han desaparecido, que han violado a sus mujeres, matado a sus hijos y arruinado sus vidas.

El Escocés se limitó a refunfuñar.

—La única forma de salir de aquí es avanzar —concluyó su líder—. Juntos.

Luego, él también se calló, y ambos escucharon los ruidos de la noche. El canto de los insectos. El crepitar del fuego. La suave respiración de Romford.

Se sentaron y pensaron en aquello que estaba por venir. En todas las veces que habían ido a la guerra antes.

Siempre sin saber cuál sería su última vez.

Los Perros partieron con sir Godofredo antes de que las trompetas despertasen al resto del campamento. Se trataba de una compañía pequeña. Loveday calculó que sumaban más de cien hombres, todos a caballo. La mitad eran caballeros y hombres de armas, y el resto, una mezcla de arqueros y soldados de infantería. Todos montaban. Habían robado miles de caballos durante la marcha hacia el norte desde el Sena. Aunque era fácil encontrar monturas, todos los hombres estaban tensos y cansados sobre las sillas. Irritables debido a las tripas vacías, a las ampollas en los pies y a las caras quemadas.

Ahora, los de Essex eran cinco, porque Loveday se las había apañado para engatusar a Romford para que se despertase y lo persuadió para que partiese con ellos. El siempre ingenioso Thorp encontró un poni para el chico. Le habían quitado la librea del príncipe y la habían intercambiado por unos ropajes menos llamativos con un par de jóvenes arqueros. Lo único con lo que se quedó fue con su arco y un casco ennegrecido que había cogido de algún sitio.

Sin embargo, iba sentado en la montura con una mirada vacía en los ojos. Aquella era la expresión de la más pura melancolía. Como si algo dentro de él estuviese roto.

Por supuesto, en el caso de Loveday, el problema era que algo fuera de él estaba roto: la mano derecha. No obstante, se había acostumbrado a cabalgar con la izquierda y, además, descubrió que la

371

aflicción de Romford lo había salvado de la suya. No podía preocuparse de sí mismo y del chico al mismo tiempo, así que olvidó sus propias calamidades y se preocupó por el chico. Se preguntó qué lo habría llevado al estado en el que se encontraba.

La guerra era dura para la gente. ¿Se ensañaba más con los muchachos que con los hombres de mayor edad? No estaba seguro. Puede que fuese severa, aunque de forma distinta.

Agitó la cabeza con el propósito de deshacerse de aquel pensamiento. Sir Godofredo estaba gritando a la compañía para que parase y, así, darles órdenes. El sendero que estaban siguiendo los había conducido hasta un terreno elevado desde el que podían escudriñar el paisaje que se extendía ante ellos.

Este se encontraba dominado por el curso de un río enorme, el Somme. Aunque no era como el Sena, el que habían cruzado en Poissy. Ese era rápido, profundo y se hallaba firmemente constreñido por unas empinadas orillas; en cambio, el Somme era ancho y pantanoso. Cuando fluía hacia el oeste, se ensanchaba de una forma tan vasta y se expandía tanto que daba la impresión de que sus aguas iban donde les venía en gana, como si se encontrasen en una inundación constante. Además, desprendía un aroma fuerte e intenso que Loveday llevaba muchas semanas sin oler, desde que marcharon tierra adentro desde la playa.

Sal.

El hombre se dio cuenta de que aquel gigantesco río pantanoso debía alimentarse de las mareas. No tenía ni idea de qué forma tenía Francia, pero sí que comprendía que, puesto que podía oler a agua salada, su larga marcha al este y luego al norte los había llevado de vuelta a la costa. El mar estaba cerca. E Inglaterra se encontraba al otro lado.

Por alguna razón, aquello le alegró.

Sir Godofredo no se movió de su silla de montar para darles las órdenes. Su pierna izquierda, lisiada, se tornaba con brusquedad hacia dentro en el estribo, aunque Loveday era consciente de que había cabalgado con tanto ahínco como cualquier otro hombre del ejército. Era raro y huidizo, un mentiroso y un cambiacapas, pero engañosamente fuerte.

—Mirad ahí.

El traidor dibujó un arco con la mano y señaló la gigantesca extensión de pantano fluvial a sus pies y ante sus ojos.

—¿Qué veis?

El Escocés gritó:

—Un río ancho y unos ciento sesenta kilómetros de putas arenas movedizas. Un sitio de mierda en el que morir.

El noble normando asintió. Por una vez, pareció no molestarle la grosera insolencia del grandullón pelirrojo.

—Cierto —continuó—, pero no es solo eso. Si nos quedásemos aquí sentados hasta el mediodía, contemplaríamos muchas más cosas peligrosas. El falso rey y sus aliados están lo bastante cerca como para olernos. Como nos quedemos quietos, caerán sobre nosotros desde todas las direcciones. Igual que... —E hizo una ligera pausa mientras buscaba la palabra en inglés—. Igual que lobos.

Entonces miró al Escocés.

—Conque hay muchas formas de mierda de morir. Algunas las vemos, y otras, no. —Volvió a quedarse en silencio—. Tenemos que cruzar el río.

Un arquero soltó un gemido detrás de Loveday.

—Eso ya lo hemos escuchado antes.

—Ya, y, si Dios es misericordioso, tal vez lo escuchéis de nuevo. Hay muchos ríos en Francia. —Y sir Godofredo se encogió de hombros—. Si no os gusta esto, deberíais haberos quedado en casa con vuestras madres.

Entonces, se armó una algarabía de risas desoladoras. Loveday echó un vistazo a Romford, que estaba sentado en la montura de su izquierda. El chico todavía parecía aturdido, así que, alargó la mano para darle unas suaves palmaditas en el brazo. El muchacho le devolvió una débil sonrisa.

Sir Godofredo continuó:

—Hay cinco puentes para cruzar este río. Pont-Remy, Fontaine, Longpré... Podría deciros los nombres, pero los olvidaríais. Y no hay tiempo que perder, conque solo voy a contaros esto. El rey nos ordena intentar cruzarlos todos a la vez. El conde de Warwick va a uno. Northampton, a otro. El obispo de Durham... Y así.

»Nosotros iremos ahí. Abbeville.

Y señaló a la izquierda, donde, a unos kilómetros, Loveday atisbó en la lejanía una ciudad que se expandía a ambas orillas, construida en el punto donde el río comenzaba a ensancharse en sus marismas. La mayoría de la urbe descansaba en la otra orilla, la norte, delante de lo que parecía ser un enorme bosque. Sin embargo, unas torres y murallas anchas dibujaban una curva y protegían la parte que se encontraba en el lado sur. El cabecilla de los Perros supuso que, dentro de aquella fortificación había de hallarse un puente.

No obstante, atravesar aquellos muros parecía imposible.

Aquella población era casi tan grande como Saint-Lô, que solo cayó cuando toda la avanzadilla la asaltó con arietes. Estaba defendida con tanta fuerza como Caen, en cuya entrada perdieron a Hormiga.

Ahora bien, sir Godofredo no aparentaba estar preocupado por las probabilidades. En cambio, miró al grupo, que se reunía a su alrededor, y forzó una sonrisa.

—¿Qué? ¿Creéis que vamos a trepar por las murallas como si fuésemos monos? No. Lo único que tenemos que hacer es tomar una de las casas del guarda. En cuanto hagamos eso, Eduardo sabrá que la ciudad se puede tomar. Y enviará al ejército en su totalidad detrás de nosotros.

Y a continuación, les explicó lo que iban a hacer.

Los hombres giraron a sus caballos, que no paraban de resoplar y dar pisotones en el suelo, para ponerse en formación.

—Por los cachetes peludos del culo de Cristo a la brasa en una puta hoguera, esto es una locura —murmuró el Escocés.

Loveday apretó la mandíbula.

Y el grandullón pelirrojo continuó:

—¿Y bien? ¿No aprendimos nada de Ruan?

El cabecilla no contestó. Simplemente se tiró de la correa del maltrecho casco. Luego, contempló cómo Tebbe y Thorp se ajustaban sus armaduras básicas. A continuación, le dio unos toquecitos a Romford en el brazo. El chaval llevaba colgando el casco negro de la correa al cuello.

—Póntelo —le pidió—. Podría salvarte la vida.

Sin embargo, el joven no se movió.

El Escocés los escuchó y espoleó a su caballo para que se acercase de mala gana al chico. Entonces, se inclinó hacia un lado en la montura, cogió el casco sin visera y, con una mano enorme, se lo ajustó a la fuerza en la cabeza.

—Escucha al viejo cabrón —le ordenó—. Puede que a ti no te importe tu vida, pero a él sí.

Romford no hizo intento alguno de ajustarse la protección, que, ahora, descansaba torcida y tan calada que le tapaba las cejas, aunque tampoco se la quitó. El grandullón pelirrojo retrocedió hacia Loveday.

—¿Y tú qué? —le preguntó.

—¿Yo qué de qué?

—¿Puedes galopar con una sola mano?

—Estamos a punto de descubrirlo.

—¿Puedes pelear siquiera?

—Ya veremos.

—Esto es de locos.

—Eso ya lo has dicho.

El Perro hinchó los carrillos y se tiró con fuerza de los mechones enmarañados de la barba. Empezó a decir algo más, pero, justo antes de que pudiese, sir Godofredo comenzó a aullar.

—¡Id con todo! ¡No os pongáis a su alcance! ¡Volved aquí! ¡Y que el demonio se lleve al cobarde!

Acto seguido, todos espolearon a sus caballos y partieron cabalgando lo más rápido que pudieron hacia las murallas de Abbeville.

Loveday había visto carreras de caballos un par de veces en algunas ferias cuando era más joven. Los jinetes eran hombres pequeños, tan delgados como las chicas, que se pasaban la vida yendo de un pueblo a otro: los comerciantes de caballos les pagaban por galopar con sus bestias lo más rápido que pudiesen con la misión de mostrárselos orgullosos a los potenciales clientes.

Siempre había una recompensa para el ganador de la carrera: un anillo, una bolsa de monedas o un jugoso carnero. Sin embargo, según él había notado, la mayoría de ellos no cabalgaban por el premio, sino por la emoción. La gloria de la victoria. El riesgo de caerse y partirse el cuello. De que les pisotearan la espalda y las costillas. Una muerte terrible o, peor, una vida de tullido.

Asimismo, había conocido a hombres que sentían fascinación por aquellas carreras. El Capitán fue uno de ellos. Tebbe y Thorp también. Solían apostar fuerte por el resultado de las carreras y se desgañitaban dando ánimos a los jinetes, como si sus palabras pudiesen dar aire a los pulmones de la bestia. O alas a sus lomos.

Loveday nunca sintió lo mismo. No era un hombre al que le gustase el juego. Aunque, ahora, mientras aferraba las piernas a los estribos, intentando mantener el equilibrio a la vez que controlaba el caballo con una mano y notaba el tronar de cientos de cascos cerca de él, lo entendió mejor que nunca.

El casco le daba tumbos y se le movía de la cabeza. Olía el sudor del caballo. Oía los gritos fuera de sí de los hombres a su alrededor. Era consciente de que una de las voces era suya, pero no podía escuchar lo que decía. Era como si estuviese bajo el agua. O gritase en sueños.

La única que identificaba era la de sir Godofredo. Mientras la compañía se lanzaba como un rayo por la pendiente que llevaba a Abbeville, no paraba de gritarles que siguiesen adelante.

—¡Cabezas agachadas! —bramaba—. ¡No paréis! ¡No os deis la vuelta!

Y fue un buen consejo, porque, cuando se acercaron a la ciudad y las zancadas de sus monturas se alargaron, pasaron por un saliente rocoso lleno de árboles. Por el rabillo del ojo, el cabecilla de los Perros vio a hombres y mujeres que salían de detrás de ellos e intentaban tirar cosas a la compañía al ataque. No sabía qué les estaban arrojando. Supuso que piedras. Fruta. Mierda. Él siguió galopando. Todos continuaron al galope. Las puertas estaban a trescientos pasos. Luego, a doscientos. Después, a cien.

El rango de alcance de las ballestas.

—¡No paréis! —les gritó sir Godofredo.

La compañía se estaba separando. Y Loveday era consciente de que aquel era el momento de máximo peligro. Se puso tenso y esperó a sentir la sensación lacerante de una flecha, hundiéndose en su carne, en cualquier momento.

Sesenta y cinco pasos. Cincuenta.

No llegó ninguna flecha.

Y, al final, escuchó al noble normando proclamar:

—¡Separaos! ¡Separaos!

Tiró de las riendas con mayor fuerza que nunca y fue hacia la izquierda. La mitad de la compañía hizo lo mismo. La otra mitad giró a la derecha. Y, a continuación, estaban alejándose al galope, por donde habían venido, colina arriba, y esquivando trozos de argamasa, basura y demás cosas nauseabundas que el pueblo enfadado les había lanzado.

Iban con la esperanza de oír tras ellos lo que sir Godofredo les había prometido que escucharían. El repiqueteo del metal y el tronar de los cascos, tan ensordecedor como el suyo, cuando el alcalde de Abbeville enviase a sus hombres para darles caza. Los aullidos de guerra de hombres encolerizados que defendían el honor de su ciudad.

El comienzo de una persecución que, según les había asegurado el traidor, terminaría con una refriega, la victoria y otra batida colina abajo con las caras manchadas de sangre francesa para, entonces, tomar la indefensa entrada.

No obstante, mientras galopaban colina arriba y las patas de sus caballos comenzaban a darse por vencidas tras casi seis kilómetros y medio, Loveday solo escuchó los cascos de sus monturas retumbar un poco menos y sus voces, que habían pasado de berreos al jadeo de los hombres exhaustos. Volvieron al punto de partida y sir Godofredo les gritó que parasen.

Estos giraron y permanecieron sentados en sus monturas, sudando como pollos. Les dieron unas palmaditas en agradecimiento a los caballos, que estaban resollando, y se pasaron las botas con agua y cerveza. El Escocés se apoyó en el cuello de su animal mientras resoplaba con fuerza. Romford tenía algo de color en las mejillas, aunque a Loveday le seguía dando la impresión de que tenía la mente en otro sitio.

Todos bajaron la vista hacia Abbeville.

Las puertas seguían bloqueadas. No había rastro de persecución alguna ni el más mínimo interés.

—¿Qué cojones ha sido eso? —exhaló el grandullón pelirrojo.

—Calla —le espetó el traidor normando—. Espera. —Tenía las pupilas clavadas en la entrada—. Van a venir.

El hombre la contempló detenidamente, como si desease abrirlas con sus plegarias.

Sin embargo, no se abrieron. Y nadie salió por ellas.

Lo que sí vieron, después de quedarse allí parados un rato, observando al noble cambiacapas clavar las pupilas en la ciudad bloqueada por barricadas, fue una columna de hombres —ataviados con libreas coloridas, pendones y banderas sobre sus cabezas— que cabalgaban por la orilla contraria del río Somme hacia la enorme mitad norte de la ciudad.

—Santo Cristo —dijo Thorp.

Había cientos. Ondeaban el estandarte azul y dorado francés, así como el rojo y áureo del hermano de sir Godofredo. Y, además, llevaban otras banderas, con franjas azules y blancas con leones rojos, que Loveday no había visto hasta entonces.

—Germanos —susurró uno de los caballeros que se encontraban cerca de allí.

El traidor, los Perros y el resto de la compañía solo pudieron contemplar desde lejos la manera en la que los soldados, pequeños como insectos a tantísima distancia, entraban a Abbeville por alguna otra puerta en la lejanía.

Se les cayó el alma a los pies.

Al final, sir Godofreo dijo:

—Pues que así sea —declaró—. Volvemos hasta el rey. Esperemos que alguna otra compañía tenga más suerte.

»Si no, solo nos queda una esperanza.

Aquella noche, la penumbra pendía sobre el campamento inglés igual que la niebla. La penumbra y el miedo. Todas las compañías habían vuelto con el mismo informe. Los puentes estaban rotos o defendidos por miles de hombres. O ambas cosas.

Habían estado corriendo hacia el norte y, ahora, eran conscientes de que habían perdido la carrera. Las banderas de franjas blanquiazules de Juan de Bohemia, el rey guerrero y ciego, se encontraban por toda la otra orilla del río, y los caballeros germanos patrullaban la ribera mientras sus unidades se mezclaban con una hueste real francesa en constante crecimiento. Todos los informes sobre su tamaño eran una locura: quince mil hombres. Cuarenta mil. Cien mil.

Y, en la zona sur, los hombres decían que el hijo del rey de Francia venía de camino. Solo era cuestión de tiempo que se quedasen atrapados entre las fuerzas francesas. Poco a poco, los empujarían a las marismas del Somme. Cuando llegasen allí, los matarían o se ahogarían en el barro.

Ahora, todo el ejército inglés se había unido. Era el campamento más grande desde la playa y se extendía igual que una ciudad. Las tiendas y los pabellones, cuyos colores vivos se habían desteñido tras semanas al sol, se habían levantado en distritos. Los hombres ya no se reunían alrededor de la hoguera, sino que lo hacían en piras enormes que preparaban las compañías, combinando y acumulando lo que les quedaba de combustible.

La comida escaseaba dentro de la ciudad de tiendas, aunque el buen ánimo faltaba más todavía. A pesar de que los Perros se sentaron junto a los hombres de sir Godofredo, no vieron al traidor por ninguna parte. Comieron encerrados en sí mismos. Todos habían recibido un suministro de bacalao en salazón bastante correoso y judías, que un par de hombres de armas se encargaban de racionar. El Escocés olfateó el pescado con desdén, pero, luego, lo aplastó todo junto, lo rebajó con cerveza y lo hirvió para cocinar una porquería salada y amarga. La comida estaba rancia, aunque, tras los esfuerzos de su desafortunada justa contra Abbeville, se morían de hambre. Hasta Romford comió hasta hartarse.

Mientras el sol se ponía y teñía el cielo de un naranja ocre, a Loveday le entró un escalofrío. El primer pellizco de otoño se respiraba en el ambiente. Los Perros también lo notaron. Thorp sacó la manta, ya hecha jirones y apestosa, de su bolsa y se envolvió los hombros con ella. Tebbe se cubrió el cuerpo con sus finos brazos y se frotó para calentarse la piel. Contemplaron juntos la pira danzar y, entretanto, el Escocés permaneció taciturno. Cavó un hoyito en la tierra entre las piernas con un palo. Romford estaba encorvado y apoyado en las rodillas, de espaldas al fuego, y mirando a la negrura.

En ese momento, Loveday alargó el brazo y le dio unas palmaditas en el hombro al chico.

—No pienses en mañana. Pasará lo que tenga que pasar.

El grandullón pelirrojo resopló con sorna.

—Lo que ha sido hasta ahora es un largo camino a la caza de una muerte lenta —comentó—. Y creo que nos estamos acercando a nuestra recompensa.

El muchacho se limitó a sacudir la cabeza con un gesto de tristeza.

—¿Qué has visto? —le preguntó Loveday—. ¿Qué te ha pasado?

—Nada peor que lo que le ha pasado a los demás —le contestó el joven, cuya voz apenas era algo más que un suspiro.

—Pronto estaremos en casa —lo tranquilizó Loveday.

Sin embargo, ni siquiera él se lo creyó.

El hombre se despertó de un sobresalto en el momento más oscuro de la noche.

Por una vez, el causante de ello no fue un sueño.

Algo se estaba moviendo. Lo sabía. Lo sentía.

Sin girar la cabeza, el cabecilla de los Perros abrió los ojos todo lo que pudo y miró a su alrededor. No fue fácil. La luz era tenue. La pira seguía caliente en el centro de la compañía dormida y las llamitas ascendían de vez en cuando de sus ascuas. No obstante, el resplandor era rojo y pobre, y, arriba, una nube alta había tapado la luna y las estrellas.

Sin incorporarse, no podía ver mucho en absoluto.

Así que, en lugar de forzar la vista, cerró los ojos. Se quedó tumbado a oscuras y aguzó el oído.

Escuchó mucho rato, concentrado, para intentar aislarse del resto de ruidos nocturnos del campamento: las fuertes pisadas y la charla de los guardias del perímetro occidental, puede que a trescientos pasos de allí; los pedos y los gemidos de los hombres, que solo habían cenado pasta de judías y cerveza caliente; la respiración pesada de los caballos mientras dormían, y el ladrido de los perros callejeros, que habían seguido al ejército y rebuscaban entre sus restos.

Loveday trató de escuchar el sonido de los hombres de guardia alrededor del fuego, tal como debería haber sido. No escuchó nada.

Aquella noche no habían seleccionado a los Perros para cumplir con ese deber, y por lo que su cabecilla oía, a quien hubiesen elegido se había quedado dormido en su puesto.

El hombre pensó que se trataba de un fallo bastante serio, pero, dados los esfuerzos de la marcha, uno comprensible. Así que, en lugar de ponerse hecho un basilisco, cumplió con la labor de guarda por ellos: mantuvo los ojos cerrados y continuó a la escucha. A continuación, contoneó un poco los omóplatos contra el suelo en un intento de cambiar de posición y convencer a parte de la rigidez de la espalda de que lo abandonase sin descubrir el hecho de que se encontraba despierto. Y, mentalmente, separó aquello que podía oír.

A un lado estaba el Escocés. La profundidad y el gruñido de la respiración del hombre eran inconfundibles. Al otro, Thorp, que tenía el sueño ligero y susurraba y chillaba con frecuencia. Al otro lado de Thorp…

Entonces se detuvo. Y volvió a escuchar aquello que lo había despertado. Un sutilísimo sonido de pies que se arrastraban, algo que rozaba. Venía de algún lugar detrás de su cabeza.

El corazón empezó a latirle con fuerza y lo maldijo por ello, porque el golpeteo de la sangre en sus oídos hacía que le costase mucho escuchar.

Entonces, aguzó el oído para superarlo.

Esperó a que los pies se arrastrasen de nuevo.

No obstante, antes de que eso sucediera, notó algo frío en la garganta. Gélido y muy afilado.

Y, a continuación, escuchó una voz en el oído; un suave susurro, aunque habló tan cerca que casi lo dejó sordo.

La voz dijo:

—No te muevas.

Añadió:

—No abras los ojos.

Y luego:

—No grites.

Loveday supo de quién se trataba de inmediato. Lo que significaba que era totalmente consciente de que tenía que hacer lo que le ordenase la voz.

El hombre decidió mantener los ojos cerrados y siguió escuchando.

La voz fue rápida y segura. Le pidió:

—Dile a tu señor: «Pregúntale a Gobin Agace por el camino». Él conoce el paso blanco. Parpadea dos veces si me has entendido.

Con mucho cuidado y sin abrir los ojos, Loveday los apretó. Dos veces.

La voz susurró un agradecimiento.

Y después prosiguió:

—Siento lo de tu amigo.

La persona que hablaba le apartó la hoja de la garganta y buscó a tientas por el suelo la mano izquierda del hombre. Notó algo pequeño, rugoso y con perfiles que le presionaba la palma.

La voz volvió a su oído.

—Ahora lo necesitas más que yo.

Acto seguido desapareció, y Loveday volvió a quedarse solo consigo mismo en la oscuridad. El corazón no dejaba de martillearle. Los ojos le escocían bajo los párpados. Y sintió que una furia desconocida se formaba en su pecho.

La voz de la mujer de Valognes le resonó en el oído.

A pesar de que contó hasta diez para intentar contener su cada vez mayor ira, solo lo consiguió en parte. Luego, abrió los ojos y se incorporó. Vio la oscuridad cortada por el resplandor de las brasas. A los hombres que dormían. El desorden y la porquería del campamento.

Pensó: Gobin Agace.

Pensó: Northampton.

Pensó: Hormiga.

Volvió a ver la muerte de su amigo.

Abrió la mano izquierda y, a la sangrienta luz del fuego, se topó con su talla de santa Marta, esculpida en hueso de buey.

Acto seguido, cerró el puño con ella dentro y la aplastó hasta convertirla en polvo.

28

La batalla en el vado de Blanchetaque fue dura y fiera, ya que el enclave estaba bien defendido por los franceses. Muchas hazañas bélicas extraordinarias se llevaron a cabo aquel día por ambas partes.

Crónicas de Froissart, de Jean Froissart

—Está dormido.

—Pues despiértalo.

—¿Acaso sabes cómo se las gasta?

Loveday clavó las pupilas en el cansado hombre de armas sentado en cuclillas que se encontraba en la oscura salida del pabellón de Northampton.

—Déjame pasar. Tengo que hablar con él. De forma urgente. Ya.

—Eso es lo que dice todo el mundo que viene aquí. Mi trabajo es mandarte a tomar por culo. Urgentemente. Ya. Su Señoría duerme menos que un pez. ¿Has visto alguna vez a un pez dormir?

El centinela hablaba exagerando el susurro.

Y el Perro notó cómo la ira le ascendía por las tripas como si fuese bilis.

—Si no me dejas pasar, mañana todos estaremos muertos. —Y miró al cielo.

La luna se hizo visible durante un instante a través de las nubes. Había salido.

—Hoy —se corrigió.

—Puede que tú estés planeando morirte, pero yo...

Salió una voz familiar desde el interior del pabellón.

—Por el primer vello del coño de santa Inés, ¿es que ni descansar puede un hombre, joder?

El hombre de armas fulminó a Loveday con la mirada como si desease estrangularlo.

—Idiota —le espetó, pero se hizo a un lado y lo dejó pasar.

Northampton no llevaba nada aparte de un camisón, que le cubría hasta las rodillas, y un talabarte. El hombre se puso de pie. Una antorcha solitaria iluminaba la tienda, y, gracias al vago resplandor anaranjado, Loveday vio que una espada descansaba junto a la cama del conde y un catre duro con una montaña de ásperas mantas de lana. No había nada más en el pabellón, salvo un altar portátil con las puertas de bisagra cerradas.

—¿Gobin Agace? —preguntó—. ¿Qué cojones sabes tú del puto Gobin Agace?

—Me lo ha dicho un… un informador.

El conde estudió al Perro a la luz de la antorcha.

—Tú no tienes informadores. ¿Qué te ha pasado en la mano?

—Me hice daño, señor. Lleva así desde…

—Repítemelo. ¿Quién te ha hablado de Gobin Agace?

—Mi señor, yo…

—No me digas más «mi señor», coño. ¿Quién ha sido?

—Una mujer, señor. Una mujer que conocí hace mucho tiempo. En Valognes. Ha vuelto. Aquí. Esta noche. Me lo ha dicho. Aunque no sé quién es él o…

Northampton agitó la cabeza.

—Una puta ramera de la noche te ha hablado de Gobin Agace. Un prisionero que secuestramos hace menos de un día. Por Cristo en el árbol a medianoche, ¿te ha traído también el santo grial?

Entonces, hundió la cara en las manos durante un instante y, a continuación, las arrastró hacia arriba hasta pasárselas por el cabello. Por último, lanzó una mirada muy severa al hombre.

—¿Qué más te dijo la zorra nocturna?

—Solo me ha dicho que alguien de nombre Gobin Agace conoce el paso blanco.

—Joder, ya te digo que sí.

384

—¿Mi señor?

—Se lo hemos sacado hace un par de horas. No se resistió mucho. ¿Quién coño era esa ramera?

Loveday se miró los pies.

—No lo sé, señor. Estaba en Valognes. Fue nuestra prisionera durante un tiempo. Del príncipe...

El conde asintió como si, por fin, lo comprendiera.

—Ay, Jesús. —Volvió a posar de nuevo la cara en las manos y luego alzó la vista—. Gracias por decírmelo, FitzTalbot. Ya puedes marcharte.

—Señor, ¿necesitáis que haga algo? —le preguntó el Perro—. Ese paso blanco...

—Ellos no lo llaman paso «blanco», sino Blanchetaque. Significa 'mancha blanca'. ¿Te gustaría verlo?

—Señor, yo...

—Ni te molestes en contestar. Las trompetas van a sonar dentro de poco. Y estarás echándole un vistazo muy de cerca. Te guste o no. —Se frotó los ojos. Acto seguido, ahogó un bostezo—. Venga, fuera de aquí.

Loveday pensó en hacerle una reverencia, pero, en lugar de eso, asintió. Northampton le devolvió el gesto.

Incluso sonrió durante un brevísimo instante.

Justo tal como el conde había asegurado, las trompetas tocaron por el campamento antes de que el hombre consiguiese volver hasta los Perros.

El sonido discordante hizo que se llevase un sobresalto.

Y para cuando llegó a la pira apagada, el grupo de Essex y el resto de la compañía de sir Godofredo ya estaba enrollando las mantas, meando en el círculo de ascuas y yendo a buscar a sus caballos para poder montar en sus lomos.

A todo su alrededor, miles de soldados adormilados hacían lo mismo.

Los hombres de armas y los líderes de las compañías gritaban órdenes de que se abandonaran las tiendas y dejasen todo cuanto no pudiesen acarrear.

—Si podéis vivir sin ello, abandonadlo —aulló uno—. No vamos a volver.

Los Perros se colgaron las talegas al hombro. Tenían poco que dejar atrás. Thorp reunió a los caballos y todos montaron. Mientras lo hacían, Loveday les contó lo que había pasado aquella noche.

Los hombres escucharon atentamente y el Escocés frunció las cejas pobladas.

—¿Quién es Gobin Agace?

—No lo sé. Al parecer es un prisionero. Supongo que alguien que conoce el río.

—Y ¿estás seguro de que era ella la que estaba aquí?

Loveday asintió.

—No podía ser otra persona. Sabía lo de Hormiga. Dijo que estaba allí…, como si hubiese sido ella quien lo hizo.

Tebbe negó con la cabeza.

—Has estado viendo muchas cosas en sueños —le contestó—. Matamos al hombre que asesinó a Hormiga.

—Por Dios —dijo el cabecilla—. Desearía que hubiese sido un sueño.

En ese momento y de entre la oscuridad que se extendía tras ellos, apareció sir Godofredo a caballo y ataviado con la armadura completa.

—¿Qué desearías que hubiese sido un sueño? —quiso saber.

—Todo —le respondió el hombre.

El Escocés resopló con sorna. La fila comenzó a moverse en la negrura que se extendía delante.

Todo el ejército, una enorme serpiente conformada por hombres, marchó y cabalgó desde el campamento en busca del camino a la luz de las antorchas hasta que llegó el gris que antecede al amanecer. Bordearon Abbeville desde lejos y descendieron hasta un valle seco, para después seguir por él durante un kilómetro y medio o así en dirección norte.

Por fin, cuando el sol se alzaba a su derecha, llegaron a las vastas marismas del Somme. Los Perros siguieron a la compañía de sir Godofredo y, al alcanzar los márgenes del marjal, giraron a la izquierda. A medida que cambiaba el terreno, los cascos de los caballos empezaban a hundirse en el lodo gris, que apestaba a sal marina y a la mierda que bajaba desde los pueblos río arriba. Allí no crecía la hierba. En las orillas yacía una maleza lodosa que se pasaba la mitad del día sumergida. Y, delante de ellos, a unos cien pasos a través de una planicie fangosa, el lodazal gris se convertía en un río marrón.

El agua parecía poco profunda y que cubría hasta la rodilla. Quizá, hasta la cintura por el centro, pero, por la forma en la que lamía el barro, Loveday se dio cuenta de que no permanecería así mucho rato. La marea estaba baja y aquello era un estuario.

No había ni rastro de tropa francesa o germana alguna en la otra orilla. El cabecilla de los Perros notó un hormigueo en la nuca.

Avanzaron otros ochocientos metros por el borde de la marisma antes de que los soldados a su alrededor hiciesen un alto. Aún no había nada ante ellos que no fuese barro y agua.

—Quedaos aquí —les ordenó el traidor normando y, a continuación, cabalgó de vuelta por el camino que habían recorrido.

Loveday miró a izquierda y derecha. Los ingleses se encontraban alineados en la orilla del río. En silencio hasta donde les alcanzaba la vista. Nerviosos. Esperando una orden.

—¿Qué pasa ahora?

El hombre echó un vistazo a su alrededor, sorprendido. Había sido Romford. El chico se ajustó el maltrecho casco negro. Era la primera vez que hablaba desde que se había despertado.

El Escocés contestó por él.

—Ahora, encontramos el modo de cruzar esta puta ciénaga sin hundirnos en la porquería ni ahogarnos cuando suba la marea. Loveday se ha enterado de que hay un camino. El sendero blanco.

—La mancha blanca —lo corrigió el cabecilla—. Debe ser algún tipo de roca. Un vado que podamos usar.

—Lo que sea blanco —resumió el grandullón pelirrojo—. Alguien tiene que encontrarlo para que lo crucemos todos.

El joven asintió.

—Y ¿dónde está?

El Escocés soltó una carcajada teñida de tristeza.

—Eso es lo que estamos esperando descubrir.

Loveday echó un vistazo por la fila, a la espera de ver alguna señal de que lo que fuera que Gobin Agace le había dicho a Northampton era cierto. Que hubiesen localizado el vado. No obstante, apenas podía ver más allá de cincuenta pasos. El sol ya se encontraba sobre el horizonte y las nubes nocturnas estaban comenzando a disiparse. El resplandor de la primera luz, que se reflejaba en el lodo empapado del estuario, resultaba cegador. El hombre usó la mano izquierda para cubrirse los ojos, pero fue inútil.

—No veo nada —dijo sin girarse.

—Eso es porque estás mirando en la dirección equivocada —le respondió Tebbe con una voz de desaliento.

—¿Qué?

El cabecilla le dio la espalda a la luz. Le escocían los ojos y, durante un instante, estuvo medio ciego.

Entonces, el arquero alto le señaló la otra orilla del río. Las primeras compañías francesas —fila tras fila de hombres de armas que ondeaban estandartes en los que se mostraban ciervos dorados en contraste con un fondo azul intenso— estaban llegando al lugar.

No pasó mucho rato antes de que sir Godofredo volviese con el gesto contraído. El hombre frenó al caballo delante de su compañía. Los Perros se encontraban en el centro del grupo.

—Necesito arqueros —dijo en un tono forzado.

—¿Cuál es el trabajo? —preguntó uno con acento de Londres.

El cambiacapas normando frunció los labios.

—Adentrarse en ese río, cubrir a nuestros caballeros y matar a cualquiera que se acerque a nosotros.

—Parece una buena forma de acabar ahogado —comentó el guerrero londinense.

Y el traidor se encogió de hombros.

—Es probable.

Se hizo un largo silencio mientras el noble miraba a un lado y otro de la fila de soldados cansados y hambrientos. Tras él, las fuerzas francesas de la otra orilla del río no paraban de crecer. Loveday vio lo que parecían ser ballesteros entre las líneas de hombres de armas y caballeros. Sir Godofredo empezaba a impacientarse. Abrió la boca para decir algo más.

Sin embargo, antes de que pudiese hablar, Romford bajó de su caballo y dio un paso adelante.

—Yo iré —anunció.

Un conmocionado Loveday se giró hacia el chico. No había brillo en sus ojos. Igual que si hubiese perdido todo interés en sí mismo. Como si el hecho de meterse en el río o quedarse en aquella orilla fuese lo mismo.

—No —dijo el cabecilla.

Intentó desmontar también con el objetivo de tirar del joven y devolverlo atrás, pero, al tener solo una mano operativa, no fue lo bastante rápido.

—Escocés —le pidió—. Detenlo. Tebbe… Thorp…

No obstante, a la par que decía aquello, Romford desenfundaba su arco al lado de sir Godofredo. Observó atentamente la cuerda a fin de comprobar su tenacidad e inspeccionó los puntos débiles, como si se hubiese presentado voluntario para una práctica de tiro en algún blanco de una aldea.

Por fin, el líder de los Perros consiguió soltarse de las riendas y los estribos, pero, en cuanto se encontró de pie en el suelo, se dio cuenta de que difícilmente podría apartar al chico del noble normando sin parecer ridículo o despertar la ira del caballero. Entonces, miró con impotencia a los otros tres Perros, que se encontraban tras él.

—Por los santos en la hoguera —dijo Thorp mirando a Romford—. ¿Qué hace? Ni siquiera tiene flechas.

Loveday estaba intentando captar la mirada del muchacho a la desesperada. Intentando disuadirlo.

Sin embargo, Thorp y Tebbe se miraron entre ellos e intercambiaron un pensamiento. Y el Escocés dejó caer la cabeza hacia atrás, como si aceptase lo inevitable.

—No podemos dejar que vaya solo —comentó Thorp.

Loveday cerró los ojos y los mantuvo así unos segundos. No obstante, ya estaba asintiendo antes de volver abrirlos. Y, entonces, los tenía abiertos otra vez y veía el río de nuevo.

—Lo sé —asumió, y buscó a tientas la espada corta en su cinto—. Lo sé.

Todos dieron un paso al frente.

—Todos para uno —añadió con tristeza—. *Desperta ferro.*

—Podéis dejar vuestros caballos aquí —les informó sir Godofredo—. Estos cobardes os los llevarán más tarde una vez haya acabado.

Luego, giró su montura y se marchó al trote por el borde de la marisma del estuario.

—Seguidme —gritó a los Perros, que también iban trotando tras él, aunque a pie—. No está muy lejos.

Sir Godofredo los condujo por la fila hasta donde unos cien caballeros y hombres de armas se reunían a lomos de caballos, con Northampton en el centro y otro señor de alto rango a su lado, de nariz larga y mirada terriblemente seria. Todos portaban armaduras de placas en el torso. Algunos se encontraban en el proceso de desatárselas de las piernas y lanzarlas tras ellos. Unos treinta arqueros llegaron también, todos a pie.

De pronto, Loveday se dio cuenta de que se encontraban en el Blanchetaque. Bajo sus pies, el lodo acre de la marisma del estuario se endurecía, y por todas partes se veían parches de roca dura blanca como la tiza, que asomaban por este. Conformaban un camino apenas visible, que avanzaba por el agua hacia el norte. El hombre lo contempló fascinado.

—La mancha blanca —gritó Northampton al ver a Loveday entre el grupo—. No hay quien se resista a echar un vistazo, ¿eh?

Antes de que pudiese contestar, el conde ordenó silencio a la cuadrilla.

—No tenemos mucho tiempo —comenzó—. Ya está cambiando la marea. Solo hay un camino para atravesarlo. Y solo tenemos una oportunidad.

Luego se volvió hacia el caballero de la larga nariz, que estaba intentando tranquilizar a su asustadizo caballo.

—Todos conocéis a sir Reginald Cobham. Él y yo lideraremos el ataque. No paramos. Si no nos matan a todos, primero, será un puto milagro y, segundo, habrá más hombres tras nosotros.

»Pero dejad que lo repita otra vez. No paramos, joder.

A continuación, miró a los arqueros del grupo.

—Vuestra división tiene un deber. Crear el caos. Disparad sobre nuestras cabezas. No dejéis de disparar por nada. ¿Tengo que decir algo más?

Se escucharon gritos de:

—No, señor.

Entonces, Northampton intentó localizar a Loveday y al Escocés, que se encontraban torpemente de pie entre los arqueros y los caballeros.

—Vosotros dos, hijos de puta, no tengo ni idea de qué estáis haciendo aquí, pero como os interpongáis en nuestro camino, os mataré con mis propias manos. —Y sonrió como un loco—. Haceos a un lado. Esta batalla no va con vosotros.

Los dos Perros se miraron entre ellos sin saber muy bien qué hacer.

—Arqueros, avanzad —gritó el conde.

Y, como si hubiesen estado allí ya mil veces, los treinta arqueros, incluidos Tebbe y Thorp con Romford entre ellos, partieron al trote hacia la orilla. Northampton gritó tras ellos:

—Y dejadnos algo de espacio para pasar, hostia.

Loveday y el Escocés observaron a los arqueros correr por el barro, que les chupaba las botas y les ponía la zancadilla. Los vieron sostener los arcos en alto. Buscar posiciones a ambos lados del Blanchetaque donde pudiesen pararse, con lodo del río hasta la rodilla, y apuntar.

Al otro lado del agua, en la franja de la cara norte de la marisma fluvial, ya se había formado una fila incontable de hombres de armas y ballesteros franceses. A la espera. Enfurecidos. Observando hasta el último movimiento de los ingleses.

El río era más ancho que el alcance de las ballestas, pero sí que estaba dentro del de los arcos largos ingleses.

Tal como Northampton les había ordenado, Loveday y el Escocés se quedaron bien lejos de los caballeros, que estaban dando la vuelta a sus animales para colocarse en columnas de cuatro y cinco en fondo, tan anchas como la lengua de piedra blanca bajo el lodo.

Los dos clavaron la vista en Tebbe, Thorp y Romford.

Escucharon al conde gritar a los caballeros que aguardasen a su orden. Oyeron un golpe sordo metálico mientras algunos se bajaban las viseras de sus yelmos. En ese momento, echaron un vistazo y los vieron blandiendo espadas y hachas, mazos con cabezas de pinchos y martillos. Instintivamente, a pesar de que les hubiese pedido que permanecieran a un lado, Loveday volvió a buscar a tientas la espada corta que llevaba en el cinto. Vio que el Escocés comprobaba el hacha que llevaba colgada a la espalda.

Luego, ambos notaron la dura lengua blanca del Blanchetaque temblar mientras Northampton gritaba:

—¡San Jorge!

Y, columna a columna, los jinetes ingleses comenzaron a espolear con fuerza los flancos de sus caballos y partieron a galope a través de la roca, que se alargaba por el lecho del río y se adentraba en las aguas del Somme, cuya marea estaba subiendo lentamente.

Vieron el agua saltar alto y reflejar la luz mientras se rociaba, a la vez que el lodo salpicaba en todas las direcciones, embarrando a los animales y las armaduras de los hombres.

A lo lejos, en la otra orilla del río, divisaron que la primera oleada de caballeros franceses espoleaba a sus caballos con la misión de cargar hacia el río y defender el paso.

Entre las dos filas de caballeros con armadura cada vez más unidas, Loveday observó a los arqueros ingleses cargar y tensar las cuerdas para, a continuación, comenzar a lanzar descarga tras descarga contra los atacantes franceses.

Todos los arqueros ingleses, excepto Romford.

A pesar de que el chico tenía su arco en la mano, no disparaba. De hecho, estaba comenzando a adentrarse en el río, en dirección a la embestida francesa.

El hombre supo lo que se estaba diciendo a sí mismo.

«Me voy a casa».

Acto seguido, alargó la mano para agarrar al Escocés y mostrarle aquello que el chaval estaba intentando hacer, pero esta solo rozó aire.

Su amigo ya se había marchado. Corría por un flanco del Blanchetaque como nunca antes lo había hecho. Él mismo iba a por el chico.

Correr solo con una mano buena era más difícil que cabalgar. Puesto que se estaba sujetando el casco de acero con esta, Loveday utilizó la derecha herida para intentar mantener el equilibrio. Iba a más de diez pasos por detrás del Escocés mientras los dos se veían ralentizados por sus propias piernas y daban tumbos por el agua. Esta estaba fría y se arremolinaba. La corriente fresca río arriba se encontraba con la marea que entraba en el estuario.

La batalla del río no se parecía a nada que hubiese visto antes. Las primeras oleadas de caballeros ingleses y franceses ya se habían estrellado entre ellos. A todo su alrededor, los caballos se encabritaban, mordían, chillaban y lanzaban coces con las patas medio sumergidas y los coloridos caparazones oscurecidos y pesados tras haberse empapado.

Por encima de Loveday, los caballeros giraban en sus monturas y blandían armas los unos contra los otros con una violencia despiadada. Luchaban por seguir sujetando la empuñadura de las espadas, que se les escurrían al mojarse. La piedra dura del vado evitaba que los guerreros se ahogasen en el lecho del río, pero también era desigual y resbaladiza. Tanto los hombres como los animales estaban comenzando a perder el equilibrio y a caer.

Detrás del cabecilla de los Perros, sir Reginald —el caballero de la larga nariz que comandaba la compañía junto a Northampton— giró el montante sobre su cabeza, lo golpeó contra el hombro de un hombre de armas francés y le hizo una enorme abolladura en la placa que cubría la parte alta del brazo del guerrero. Loveday escuchó gritar al hombre desde dentro del yelmo, porque el metal aplastado se le había clavado en la carne, pero le devolvió el golpe al caballero narizón, que peleaba con la visera levantada. Este se balanceó hacia atrás en la silla de montar y esquivó un cortante movimiento circular de la espada del caballero francés que, si le hubiese alcanzado, le habría surcado la cara por la mitad.

Loveday buscó desesperadamente a Romford con la mirada. El Escocés estaba haciendo lo mismo. El grandullón se había metido corriendo en la melé con la vista puesta en el muchacho, pero ahora no había ni rastro de él. Y el empuje de la batalla se estaba volviendo más fuerte a medida que las nuevas oleadas de caballeros ingleses y franceses se lanzaban raudos hacia el río.

Mientras el Escocés examinaba el agua, cada vez con más espuma, un hombre de armas francés que había perdido su caballo apareció chapoteando ante él. Aunque el cabecilla le gritó una advertencia, el hombre ya había sentido su llegada. A la vez que el guerrero alzaba su espada con ambas manos con el objetivo de asestar el golpe, el Escocés giró y clavó el hombro derecho en la pesada coraza de metal del francés. Al hacerlo, perdió un poco el equilibrio, pero se las apañó para recuperarlo y, con un tremendo empujón, tiró al hombre de espaldas y lo envió allende el borde del vado, a las arenas movedizas del lecho del río.

El Escocés estaba en pie, y el hombre de armas, no. Llevaba una armadura que pesaba más o menos lo mismo que un escudero pequeño. Durante unos momentos, unas enormes burbujas ascendieron hasta la superficie del agua allí donde lo había derribado. Luego, no quedó nada.

Acto seguido, el grandullón pelirrojo se apartó el pelo empapado de la cara, cogió el hacha, que seguía llevando colgada a la espalda, y la agarró con una mano. Aunque todavía no había ni rastro de Romford.

En aquel instante, Loveday notó que le ardía el estómago. Intentó acercarse a su amigo por el agua, pero, mientras lo hacía, dos caballeros que se enfrentaban con hachas pequeñas se estrellaron en medio de ambos a la vez que sus caballos empujaban un flanco contra otro y lanzaban bocados con unos dientes torcidos y amarillentos. Aunque el líder de Essex retrocedió a trompicones para evitar acabar pisoteado, se tropezó, cayó de espaldas y aterrizó de culo en la roca del vado. El agua le llegó hasta el cuello. Preso del pánico, agitó la mano izquierda contra la superficie e intentó levantarse, pero volvió a escurrirse y, esa vez, se hundió del todo. La coraza acolchada se empapó y se volvió pesada; el casco de hierro se le cayó. Tragó una bocanada de agua. Durante un instante, bajo la superficie, todo pareció estar muy tranquilo y en calma.

Aunque sabía que no era así y, con un tremendo esfuerzo, volvió a impulsarse a través de la mano izquierda, encontró los pies bajo su cuerpo y se levantó. Luego, se frotó los ojos con el objetivo de deshacerse del agua y pensó que podía saborear la sangre en ella. No veía más que las salpicaduras, la carne y el acero de los caballos y los hombres. Ni siquiera era consciente de en qué dirección estaba mirando.

Desde algún punto, algo pesado le golpeó el hombro derecho. No lo alcanzó limpiamente, aunque sí que lo hizo tambalearse hacia delante, momento que aprovechó para sacar la espada corta. Mientras recuperaba el equilibrio, el hombre se giró a la vez que se mentalizaba para un segundo golpe y se preparaba para asestar uno, pero este no llegó. No era capaz de ver quién lo había atacado.

Aunque sí que atisbó al Escocés. Dos caballeros que se habían caído de sus monturas, a los que no les quedaban armas pesadas y que habían perdido los yelmos, estaban forcejeando como luchadores e intentando empujarse mutuamente bajo el agua. Loveday no logró discernir quién era inglés y quién francés. De hecho, se preguntó si acaso estarían seguros de que eran enemigos o si lo único que importaba era la batalla en sí misma. Los dos rodaron, se escurrieron y cayeron, uno sentado con la cabeza fuera del agua, y su oponente, de rodillas e intentando hundírsela.

Mientras aquello sucedía, Loveday vio a su amigo pelirrojo tras ellos, que, con la mano izquierda, agarraba el hacha cerca de la cabeza del arma, y, con la derecha, sacaba algo del río mediante un movimiento circular del brazo. Algo grande y flácido. Como un fardo de trapos empapado con un metal negro en la punta.

El chico.

Una ola de algo tan poderoso que hizo que le ardiesen las piernas le inundó todo el cuerpo y se impulsó por el agua, que, ahora, le llegaba por la cintura, en dirección al Escocés. Estaba a su lado en lo que le pareció un abrir y cerrar de ojos.

Entonces gritó para que el otro Perro pudiese escucharlo.

—¿Está…?

No obstante, mientras el hombre abría la boca a fin de contestarle, una sombra cayó sobre ambos. El grandullón pelirrojo abrió los ojos de par en par y, sujetando el cuerpo blanco y quieto de Romford bajo el brazo derecho, intentó colocar el hacha en posición de ataque mediante un movimiento de malabarista con el izquierdo.

Loveday no tuvo tiempo para pensar. Solo para quedar en manos de una vida de experiencia que movió su cuerpo como si estuviese a la orden de algún ser celestial. O del infierno. Se giró rápidamente, sosteniendo la espada corta delante de él, y vio lo que su instinto ya sabía que se encontraba allí: un caballero francés en una imponente montura de guerra con un mazo de asta gruesa, terminado en unos letales pinchos curvados en alto y listo para asestar un golpe a los tres.

De joven, su instinto quizá le hubiese dicho que se agachase, se inclinase hacia atrás o que simplemente se cubriese la cabeza con los brazos para intentar evitar o bloquear el golpe de la maza o los cascos del caballo.

Ahora bien, ya no era un muchacho.

Loveday se acercó al caballero y su montura con hasta la última migaja de energía que le quedaba en el cuerpo y, haciendo uso de la fuerza del brazo izquierdo, el resorte que tenía en las piernas y el peso de su cuerpo, empujó la espada hacia delante lo más fuerte que pudo.

Justo por encima de los hombros del animal. En el pedazo de carne blanda en la base de la garganta.

Tuvo suerte. El caballo había perdido la armadura o el jinete no quiso añadir peso a la bestia para una batalla en el agua.

Tuvo suerte. Los brazos del caballero, así como el mango de la maza, no eran lo bastante largos como para poder blandir el arma delante del cuello del caballo y contra la espalda desprotegida de Loveday.

Tuvo suerte. La espada no pinchó en hueso y la hoja no se dobló ni partió, sino que se clavó de manera profunda en el animal, casi hasta la empuñadura.

El animal se encabritó de la conmoción y del dolor. El Perro supo qué hacer. No soltó la espada, sino que se aferró a ella, enganchando el antebrazo derecho en el hueco del codo para añadirle peso. Una vez se alzase el caballo, Loveday se vería levantado del suelo durante un instante, y, luego, devuelto a tierra firme mientras la hoja hacía un corte vertical en el esternón de la bestia y le abría una herida tremenda.

Cuando esta descendió, su propio peso forzó el acero hacia arriba, en la dirección contraria, hasta la zona baja de la mandíbula. Entonces, Loveday aseguró las piernas en la resbaladiza piedra bajo sus pies y se las apañó para mantenerse erguido y que la espada siguiese rajando al animal. Notó cómo cercenaba el músculo y la piel, abriendo la tráquea y todos los vasos sanguíneos del cuello de la bestia. Brotó sangre caliente de la herida, y empapó tanto sus ojos como su boca. Ciego por el crúor, pero seguro de que había hecho lo que era necesario, sacó la espada. El caballo comenzó a relinchar del miedo, aunque solo pudo expulsar más sangre, rosa y espumosa al mezclarse con la saliva. Al final, cayó de lado y se llevó al caballero con él. Los dos se estrellaron juntos en el agua y el animal agitó las patas sin control mientras moría. La pierna del caballero quedó atrapada bajo la bestia.

Y Loveday dejó que se ahogara. Utilizó la mano derecha para enjuagarse la cara. El clamor de la batalla y el bestial palpitar de su corazón evitaron que le doliese todo. El hombre pestañeó con el propósito de deshacerse como pudiera de la sangre que tenía en los ojos.

Todo el mundo se tiñó de rosa.

Entonces buscó al Escocés, aunque lo sintió antes de verlo. El grandullón había vuelto a colgarse el hacha y había agarrado a su amigo por la espalda de la coraza con una mano a la vez que utilizaba el otro brazo para sujetar a Romford.

—Nos vamos de aquí, hostia —bramó al oído del cabecilla de los Perros—. Ya.

El hombre asintió y, junto a él, escuchó al chico escupir agua.

A continuación, el Perro pelirrojo comenzó a correr, sin soltar a ninguno de los dos, de vuelta a las líneas inglesas al sur del río Somme. Mientras tanto, más y más caballeros y hombres de armas ingleses cargaban contra el río, cuyo caudal había subido hasta llegarle por la cintura a Loveday. Algunos iban a caballo, pero la mayoría habían desmontado y avanzaban a pie.

Los arqueros también estaban comenzando a apresurarse en dirección al agua y a avanzar todo lo posible sin perder la capacidad de usar sus arcos, que algunos disparaban de lado. Loveday buscó a Tebbe y a Thorp. Los dos habían contado con el buen juicio de mantener sus posiciones, situados en la parte donde el agua no les cubría más allá de las rodillas, y estaban disparando deliberadamente a la melé. El cabecilla de los Perros no fue capaz de ver dónde apuntaban, pero se podía imaginar que estarían eligiendo las caras destapadas de los caballeros sin visera y los flancos de los animales.

Cuando pasaron corriendo, Tebbe se dio cuenta de su presencia y, durante un instante, bajó el arco y, con el brazo derecho, lanzó al aire un puño en el que sostenía una flecha.

Unos segundos después ya habían salido del agua. Corrieron hasta una zona de la orilla, lejos de las cargas de los caballeros, en la que el suelo estaba empapado, aunque era firme. El Escocés soltó a Loveday, se colocó a Romford sobre el hombro y comenzó a golpear la espalda del chico. Tras unos cuantos porrazos, el cabecilla escuchó al muchacho vomitar más agua del río.

Entonces, el grandullón pelirrojo lo bajó con cuidado hasta el suelo y lo giró sobre el costado. El líder de los Perros se incorporó e intentó volver a limpiarse la sangre de los ojos, pero solo consiguió reemplazarla por lodo. Durante un instante, se dio por vencido y se limitó a escuchar los sonidos de la batalla en el río, que seguía siendo atronadora, pero también espeluznantemente lejana. Por los alaridos de «san Jorge» y «rey Eduardo», supuso que los ingleses tenían el éxito asegurado.

De pronto se sintió exhausto, se recostó bocarriba y escuchó al Escocés, que susurraba a Romford:

—Vas a estar bien, cabrón imbécil. Vas a estar bien. Te llevaremos a casa.

Luego, oyó murmurar al muchacho, como si estuviese de acuerdo.

Y después identificó otra voz. Una que no había escuchado antes, aunque poco después sabría que pertenecía a sir John Chandos, el lugarteniente del príncipe de Gales.

Chandos no estaba enfadado, al contrario, parecía casi entretenido. Sin embargo, escuchó un tono en su voz que no le gustó. Hizo que Loveday se incorporase de nuevo y que lo mirase con el ojo derecho, menos cubierto de sangre y barro que el primero.

El hombre estaba de pie delante del Escocés, que, a su vez, se encontraba arrodillado delante de Romford. El lugarteniente portaba una armadura tan limpia y pulida que dejaba claro que no había participado en la batalla por el Blanchetaque, y que tampoco pretendía hacerlo. Tenía la cabeza ladeada y observaba al muchacho como si fuese una criatura que el grandullón había sacado del río.

Chandos no pareció preocuparse por el hecho de que Romford estuviese medio muerto, aunque sí que se arrodilló y ayudó al Escocés a desabrocharle el casco negro. Sin embargo, dio la impresión de estar muy interesado en que el chico siguiese presente en el ejército.

Los dos Perros se quedaron callados y dejaron que el lugarteniente lo mirase de arriba abajo.

Luego dijo:

—Conque aquí es donde el chaval vino a parar. Creo que nos lo llevaremos de vuelta.

29

Aquel día, se libró una batalla tan horrible que [...] no hubo un hombre tan duro como para no quedar asombrado con ella.

La vida del Príncipe Negro, de Chandos el Heraldo

Romford yacía en los cojines tras la cortina del pabellón del príncipe y se hizo el dormido mientras los señores allí reunidos departían.

—Hastings ha abandonado la campaña.

Ese era Warwick, el conde de los dientes blancos.

—Cómo no. Puto cabroncete meapilas.

Aquel era Northampton, el del pelo canoso, al que el príncipe más temía.

—Para ser justos con sir Hugh, nuestros aliados flamencos fueron quienes lo abandonaron.

Hubo un gruñido.

—Para ti son gente inmunda de Flandes. —Silencio—. ¿Comida?

—Mal. Enviamos jinetes al puerto de Le Crotoy. Nuestros barcos debían haber llegado hace cinco días, pero nada. Volvieron con una manada de reses robadas. Eso es todo lo que tenemos por ahora. Los hombres tendrán que pasar hambre.

—¿Por qué? ¡Dejadnos cabalgar para quemar todo pueblo que nos encontremos en ochenta kilómetros a la redonda y llevarnos su comida!

El príncipe era el que estaba sentado más cerca de Romford, en una silla en medio del pabellón, y su voz chillona se escuchaba más que la del resto de señores.

En ese momento, se oyó un suspiro de exasperación que el muchacho atribuyó a Northampton.

—No te he dicho… —comenzó el conde.

Sin embargo, lo interrumpió sir John Chandos, quien había devuelto a Romford al heredero del trono y le había puesto de nuevo los ropajes de escudero. Quien le había dicho que, por deseo expreso del hijo del rey, iba a descansar y a recuperarse en los aposentos del futuro monarca.

—Gracias, mi señor.

El príncipe no dijo nada más y Warwick retomó la palabra:

—No hay nada que podamos hacer hasta que el rey no tome la decisión. Los hombres están hambrientos, sí, pero hemos cruzado el Blanchetaque. Seguimos por delante del ejército principal de Francia. A medio día, quizá, aunque delante. Puede que todavía veamos a algunos de los guerreros de Hastings llegar hasta aquí. En cualquier caso, por la mañana, sabremos en qué dirección quiere continuar el monarca.

Romford se giró para ponerse bocarriba y clavó las pupilas en el techo del pabellón. Un pajarito estaba posado en el espacio donde los postes de madera se encontraban con la lona. Al final, salió disparado y comenzó a revolotear por la tienda, buscando una vía de escape, pero no la encontraba y siempre volvía al mismo sitio.

—¿Y tú qué harías? —preguntó Warwick.

Y el conde Northampton se quedó un momento callado.

—Dios sabe —dijo—. Vamos a acampar en la linde del bosque más grande entre aquí y la puta Germania, así que o bien lo rodeamos o lo atravesamos hasta que demos con un campo que parezca bueno para una batalla. Luego, librar otra lucha.

Cuando los señores abandonaron el pabellón, el príncipe corrió la cortina y fue hasta el fondo del habitáculo, donde descansaba Romford. Ya estaba vestido para dormir, y se subió a su propia montaña de mantas y cojines, colocada junto a la del chico. Ni lo miró ni lo saludó.

Aunque el muchacho tampoco le dijo nada.

Fuera, comenzó a caer un buen chaparrón y las gotas repiquetearon con fuerza en la lona de la tienda. El joven intentó escuchar el sonido con el objetivo de que lo ayudase a quedarse dormido, pero no podía dejar de pensar en el río. En lo mucho que deseó morir y en el enorme alivio que sintió cuando el grandullón escocés lo rescató. Ahora, todo le parecía un sueño. Como si siempre hubiese estado tumbado sobre los cojines de la tienda del príncipe y el resto no fuese más que una historia que le habían contado.

—¿Luchaste en la batalla, chico?

Romford había pensado que el heredero del trono estaba dormido. Echó un vistazo al otro lado para mirarlo. Intentó recordar cuánto se le estaba permitido contemplar cuando se encontraban los dos solos. Intentó recordar los pasos de la danza. El futuro monarca también tenía las pupilas clavadas en la negrura del techo del pabellón.

—Yo no diría luchar —le contestó el muchacho—. He estado en el agua, nada más.

El príncipe volvió a quedarse callado. El joven sabía que se suponía que no podía preguntarle nada al hijo del rey, sino limitarse a responder a sus cuestiones, pero hizo la pregunta igualmente.

—¿Tú has estado en alguna? En una batalla, quiero decir.

Por alguna razón, se le ocurrió que el príncipe estaba llorando, aunque su voz no lo manifestó en el momento en el que habló.

—He formado parte de muchas melés —le respondió, e hizo una pausa—. Para entrenarme. Y, por supuesto, en Caen...

El muchacho pensó en Caen, cuando el heredero del trono se quedó mirando mientras sus hombres de armas hacían añicos las puertas de un monasterio abandonado. No supo muy bien qué decir.

—Pareció tumultuosa —comentó.

—Sí —coincidió el príncipe—. Tumultuosa.

Y volvió a quedarse callado. Ambos escucharon la lluvia repiquetear en la lona. El ruido era cada vez mayor, y Romford pensó en los hombres que estaban fuera. En Loveday y el resto. Mojados tras haber estado en el río y, ahora, empapados de nuevo.

Cuando el príncipe volvió a hablar, lo hizo en un tono que apenas se oía por encima del estruendo de la lluvia.

—Chico —le dijo—. Ven y túmbate a mi lado.

El joven no estaba seguro de qué hacer. Si bien el príncipe no repitió su propuesta, le dio la sensación de que, de todas maneras, esta se quedó flotando en el aire y que embrujaría la tienda hasta que le diese una respuesta. Ninguno de los dos se movió, aunque al joven le latió el corazón con fuerza.

En ese momento se dio cuenta de que no podía negarse, pero también se percató de que aquello era lo que quería. Así que, bajó trabajosamente desde sus cojines con el cuerpo en tensión. No fue trabajo fácil. Las costillas le dolían donde el Escocés lo había agarrado para sacarlo del Somme.

Atravesó con cuidado la tienda hasta llegar al lugar en el que se encontraba el futuro monarca. Solo se hallaba a unos pocos pasos de donde dormía él, pero, como iba descalzo, notó el frío de la tierra. Como si el calor del verano la estuviese abandonando. Se arrodilló junto a la cama del príncipe y se deslizó bajo la manta. Aquello era lo más suave que había tocado jamás.

El heredero del trono estaba tumbado sobre el lado izquierdo y con las dos manos entrelazadas bajo la oreja, igual que si estuviese rezando. Romford se abrió paso con cuidado entre los cojines hasta que tuvo el pecho pegado a su espalda y las rodillas dobladas bajo las suyas. Después, le puso el brazo encima y descansó la mano en el pecho del futuro monarca.

Acto seguido, le hundió la cara en el cabello. Olía a tierra mojada.

Este no dijo nada, y tampoco respondió al tacto de Romford. No obstante, hasta donde el escudero podía asegurar, había cumplido con lo que se esperaba de él. Así que, se quedó allí, aunque le incomodaba el hecho de tener el brazo izquierdo aplastado por su propio cuerpo.

La lluvia se volvió tan intensa que todas las gotitas individuales parecieron convertirse en el rugido de un trueno. El príncipe siguió sin moverse.

Así pues, Romford simplemente permaneció tumbado donde estaba hasta que ambos se quedaron dormidos. Abrazando al futuro monarca igual que su hermano lo hizo una vez cuando era pequeño, se sentía solo y anhelaba a su padre.

El chico se despertó porque la luz entraba a raudales en el pabellón. El príncipe ya no estaba allí. Se incorporó en el lecho. Todavía le dolían las costillas y tenía hambre, pero le pareció que había descansado más que en muchos días.

A continuación, se apartó la suave manta y se puso de pie. No se había quitado la ropa, así que usó las manos para intentar quitar las arrugas de la sobreveste. No escuchó ningún sonido tras la cortina del pabellón, por lo que tiró del filo y se asomó por ella.

Nadie.

Una palangana de agua descansaba junto a la entrada, y Romford se agachó junto a ella y bebió con las manos. Esta sabía sucia, aunque le dio igual. Luego, metió el dedo en ella y se lo frotó por los dientes y las encías a ambos lados en un intento de librarse de la peste amarga que se le había quedado en la boca después de la noche. A continuación, se lavó la cara y se salpicó el cabello para aplacárselo. Estaba comenzando a tenerlo largo. También notó que, durante las semanas que llevaban en Francia, el vello suave de la cara le había crecido hasta volverse denso y rizado.

El muchacho buscó con la mirada por el pabellón. Recordaba que su casco negro estaba al otro lado de la cortina. Volvió, lo encontró y se lo metió bajo el brazo. Al final, salió de la tienda. El hombre de armas que había allí apostado apenas lo miró al pasar.

El chico atravesó el campamento con cuidado en busca de un lugar donde hacer pis. Por el sol, vio que todavía era temprano. Tal como Northampton había dicho la noche anterior, se encontraban en la linde de un bosque. Había escuchado a los hombres llamarlo Crécy. Romford se dirigió a los árboles y, mientras avanzaba, se dio cuenta de que había muchas menos tiendas que en cualquier otro asentamiento que hubiesen levantado. Muchas habían quedado abandonadas al otro lado del río. En lugar de eso, los hombres se habían construido refugios improvisados con ramas derribadas, apoyadas y entrelazadas entre ellas con la misión de evitar la lluvia, pero no parecía que hubiesen eludido el paso del diluvio de la noche anterior. El campamento estaba lleno de guerreros con frío y empapados que escurrían la ropa.

Para cuando Romford volvió al pabellón, ya habían llegado otros escuderos y estaban desmontándolo. Estos lo ignoraron y le pareció evidente que no se esperaba que los ayudase ni deseaban su compañía. Así pues, se quedó al margen —medio viendo cómo trabajaban, pero evitando el contacto visual con todo el mundo— hasta que llegó sir John Chandos. Le dio la sensación de que el lugarteniente estaba ansioso. Fue seco con los escuderos y, en un tono severo, les ordenó que se diesen prisa.

No obstante, fue un poco más amable con el chico.

—¿Cabalgarás hoy junto al príncipe? —le preguntó.

El joven asintió.

—Si os place, señor.

Chandos imitó su gesto.

—Vamos a rodear el bosque —le informó, y miró impaciente el pabellón, que se derrumbaba—. Ya deberíamos estar en marcha. ¿Tienes caballo?

—No, señor.

—Bueno, pues vamos a buscarte uno —le contestó el hombre—. No me acuerdo. ¿Tú luchas?

—Soy arquero, señor.

El lugarteniente hizo una mueca.

—Eso ya lo sé, pero ¿puedes blandir una espada?

—Puedo intentarlo, aunque se me da mejor el arco.

Chandos soltó un gruñido.

—Pues que así sea. Ve a la armería y coge lo que desees. —Y se volvió para marcharse, pero, entonces, se giró de nuevo—. Una cosa más. ¿Quiénes eran esos hombres que te sacaron del río? ¿Tu antigua compañía?

Romford se puso colorado.

—Sí, señor. Se hacen llamar los Perros de Essex. Hubo un tiempo en el que cabalgaban junto a sir Robert le Straunge, pero, ahora, van con sir Godofredo y, a veces, con lord Northampton.

El hombre meditó aquello un momento y, después, asintió.

—En ese caso, es posible que vuelvas a verlos hoy —le dijo.

Chandos llevaba razón. Romford vio a los Perros casi en cuanto la avanzadilla recogió el campamento, ya que ellos volvieron a encontrarse con sir Godofredo.

El caballero traidor lideraba la primera división junto a Warwick y Northampton, y el príncipe estaba entre todos ellos. El chico cabalgaba detrás de este último, que ahora iba ataviado con una reluciente armadura de placas impecable y sin abolladuras, además de un yelmo en la cabeza que denotaba una creación preciosa. El joven no dijo nada de la noche anterior.

Cuando el escudero se giró en su montura, divisó a los Perros, los cuatro a caballo y al trote a unos cincuenta pasos tras él. No estaba seguro de si lo habrían visto, pero, por lo que podía distinguir, se habían recuperado de la batalla en el río y, ahora, llevaban armaduras confeccionadas con piezas recogidas de los muertos del Blanchetaque.

Loveday vestía una tosca coraza de cuero marrón, que le bajaba hasta los muslos, y un yelmo que parecía habérselo quitado a un ballestero muerto. Tanto Tebbe como Thorp portaban unos cascos de hierro nuevos en la cabeza. El Escocés había sacado una enorme cota de malla, casi demasiado grande hasta para él, de algún cadáver. Los eslabones estaban marrones y oxidados, y tenía una hendidura desde encima del corazón hasta la mitad de la tripa.

No parecía gran cosa y, cuando Romford miró a los señores y escuderos de la fila, él incluido, no tuvo la sensación de que los Perros fuesen muy bien protegidos en absoluto. Sin embargo, algo era algo, y le alegró ver que estaban más protegidos que antes.

Acto seguido, bajó la vista a su armadura. Seguía teniendo su casco negro, y en la armería había encontrado otra cota de malla teñida de negro que hacía juego. Había elegido un nuevo arco y cuarenta flechas en dos aljabas. Chandos insistió en que llevase una espada corta en el cinto, aunque no tenía ni idea de cómo utilizarla y, para ser sincero, más bien lo asustaba.

No obstante, supuso que era mejor tener armas que no contar con ellas. Por lo que pudo comprender de lo que decían los señores que rodeaban al príncipe, los franceses podían atacarlos en cualquier momento y su ejército era grande. El doble que el inglés. Tenían nueve divisiones y cuatro reyes entre sus comandantes.

Eduardo, su monarca, seguía al mando del centro del ejército. Había decidido no intentar llevar a todos sus hombres a través del bosque por miedo a perderse o a quedarse atascados en los caminos sinuosos que se entrecruzaban bajo los antiguos robles y hayas. Así que desfilaron a campo abierto. Durante un buen rato, bordearon la foresta por el este, dejando los árboles a su izquierda mientras el sol de la tarde trazaba poco a poco un arco tras ellos. Después, continuaron siguiendo la linde a la vez que esta giraba al norte y tomaron un accidentado camino sin adoquinar, con unos profundos baches provocados por generaciones de cascos, ruedas y botas.

Cabalgar por aquella carretera fue algo más duro que cruzar el campo, porque la pista estaba seca y era irregular, igual que los senderos que habían transitado hacía muchas semanas cuando comenzaron su marcha y él conducía un carro tirado por un burro. En ese momento, a los caballos no les gustó, y tampoco ahora, porque se tropezaban y, de vez en cuando, perdían el equilibrio por la superficie. Y para los hombres tampoco era mucho más sencillo.

Cuando Romford echó un vistazo atrás para ver cómo les iba a los Perros, vio una nube de polvo tras ellos, que se hinchaba a lo alto, en el cielo, y que formó una neblina sobre el sol. Se preguntó cómo debería ser eso de marchar con la retaguardia, con las piernas cansadas, así como con la boca y los ojos siempre llenos de polvo. Aunque no se lo planteó durante mucho rato, ya que, poco después, el camino desembocó en otro, conformándose un cruce al otro lado del cual había un pequeño bosque. Era poco más que una arboleda, en la que el follaje estaba comenzando a pasar de verde al amarillo intenso del otoño.

Y justo allende el cruce, había un pequeño molino de viento.

A medida que se acercaban a la intersección y al molino, Romford vio al conde de Warwick, que hablaba con el traidor de sir Godofredo. A continuación, el noble llamó al resto de señores.

—Este es.

Y todos parecían saber exactamente lo que tenían que hacer. Los señores desmontaron y pidieron a los escuderos que llevasen sus caballos a pastar la hierba que crecía alrededor del cruce de caminos.

Sir Godofredo se alejó a zancadas junto con un pequeño grupo de hombres de armas con la misión de inspeccionar el molino de viento.

Warwick envió mensajeros por la fila para que gritasen: «¡Carros, adelante! ¡Ingenieros, adelante!», lo que provocó una oleada de actividad cuando todas las carretas de madera de la fila avanzaron hasta la intersección, y los hombres y los caballos se vieron forzados a salir del camino.

Northampton se alejó haciendo un ruido metálico con la armadura y se paseó desde la arboleda del gigantesco bosque a su izquierda hasta el camino y, después, del otro lado del camino a los árboles.

El príncipe permaneció con los brazos cruzados y observando cómo se desenvolvía todo, sin más obligaciones ni función que hinchar el pecho e intentar que pareciese que él estaba al mando. Romford bajó de su caballo. Deseaba con todas sus fuerzas captar la atención del futuro monarca para decirle algunas palabras que lo reconfortasen, pero no se atrevió. En lugar de eso, escudriñó el campo, atestado de personas, e identificó a Loveday, que alzó la vista de una intensa discusión con Tebbe y Thorp y se dio cuenta de que lo estaba mirando.

El líder de los Perros lo saludó con la cabeza y, durante una fracción de segundo, levantó el yelmo del fallecido a modo de saludo.

Con orgullo.

El muchacho sonrió y notó que había alguien a su lado.

—No tardarán mucho.

El príncipe estaba de pie junto a él, con la espalda muy erguida y la mano ya colocada en la empuñadura de la espada.

—No, mi señor —le contestó, aunque no tenía forma de saber si su futuro monarca estaba o no en lo cierto.

—Tú lucharás a mi lado cuando comience —le informó.

No era una pregunta.

—Sí, mi señor —le respondió Romford.

—Buen chico —dijo el heredero del trono.

Luego tiró del tapón de una bota y bebió en abundancia, con buenos tragos largos. Después, se la pasó al muchacho.

—Bebe.

El chico se atrevió a mirar al príncipe, que asintió para animarlo. Se llevó la boca de la bota a los labios y, durante un instante, probó los del joven en ella. Solo saboreó unas uvas excelentes y la dulce fragancia del vino especiado.

Estaba bueno. Fuerte. Y le quemó la garganta. Después de dos tragos, el escudero le devolvió la bota al príncipe, que echó otro trago largo y acabó con un suspiro de satisfacción.

—Bien —comentó—. Bien.

Acto seguido, le dio una palmada en la espalda al muchacho; fue el trato más tosco que le había conocido.

Y, al final, repitió:

—No tardarán mucho.

Escucharon a los franceses antes de verlos.

El sol caía a plomo y proyectaba largas sombras desde el muro de árboles que era el bosque de Crécy, situado a su derecha. Romford estaba cansado. Tenía las piernas entumecidas después de haber pasado toda la tarde en el grupo que rodeaba al heredero del trono, ahora compuesto en su mayoría por gigantescos caballeros y hombres de armas intimidantes que vestían armaduras de placas y portaban armas pesadas. Al chico se le había quedado la boca seca después de beber del vino del príncipe. Y el corazón le latía con fuerza, así que el primer toque de las trompetas y el repiqueteo de tambores —al principio, tan leve que se mezcló con el canto de los pájaros en los árboles que se alzaban a ambos lados— fue prácticamente un alivio. Algo estaba a punto de suceder.

Romford sabía que muchos, quizá todos, de los demás hombres en el campo se sentían igual. Y mientras se veían alcanzados por el sonido de los franceses en camino, se propagó un murmuro que se convirtió en vítores y terminó con los golpes a todo lo que produjese ruido. Resonó y reverberó. Se alzaba y rompía, y volvía a alzarse, como una ola en el mar. Llenaba el aire de las primeras horas de la noche en la trampa mortal que los ingleses habían construido entre la arboleda y el bosquecito y que a él le parecía horripilante.

Aunque también emocionante.

A su lado, el príncipe no dejaba de darse la vuelta para mirar las defensas que habían levantado.

Todos los carros y la totalidad de las carretas del ejército descansaban de lado en una enorme muralla curva, que se alargaba entre el bosque y la arboleda delante de ellos. En el centro de esta, había un enorme hueco, puede que de mil pasos de ancho. En ese momento, Romford se dio cuenta de que aquella estructura era exactamente lo que había visto medir con pasos al conde de Northampton cuando llegaron. Delante de ese espacio, los ingenieros de Warwick, a los que habían llamado a fin de que fuesen a la cabeza, habían cavado hoyos y agujeros por todas partes de la suficiente profundidad como para que un caballo se partiese la pata y tirase a su jinete.

A ambos lados del hueco, en hileras que se alargaban en diagonal desde él, había miles de arqueros. Otros, los más audaces, habían trepado hasta arriba de los carros y miraban hacia afuera. Además, directamente delante de aquel espacio, se encontraba la avanzadilla, ocho líneas, una detrás de otra, y todos los guerreros ya habían desmontado, con el príncipe de Gales, Northampton, Warwick y sir Godofredo separados a la cabeza y con las posiciones marcadas por sus banderas y estandartes. El centro y la retaguardia, comandados por el rey Eduardo, permanecieron atrás, junto al molino de viento, listos para desplegarse. El propio monarca se encontraba en la torre de molino.

Vigilando.

Romford alzó la vista al dragón de color rojo intenso que se retorcía y serpenteaba suavemente con la ligera brisa nocturna que soplaba sobre ellos. Se preguntó si el rey podría ver aquello desde su torre y si pensaría en su hijo, debajo de este. O si los reyes no se ponían a pensar en esas cosas. Se preguntó si existiría un lugar en la tierra por el que de verdad los dragones vagasen sin rumbo. Donde exhalasen fuego y engullesen a los hombres vivos.

El sonido de los franceses que se acercaban se estaba intensificando. Las palabras de sus canciones de guerra se volvían cada vez más claras. El joven deseó saber qué significaban. Era consciente de que el príncipe hablaba francés, pero no se atrevió a preguntarle.

Se escuchó el ruido seco de un único conjunto de cascos dentro del fuerte inglés a la izquierda de Romford. El muchacho miró con detenimiento y vio al conde de Northampton, que cabalgaba por la línea y gritaba palabras de ánimo a los miles de hombres que se hallaban en ella.

—¡Aquí está, chicos! —chilló—. ¡Joder, ya está aquí, por el mismísimo brazo derecho de Cristo! ¡Vamos a cortar unos cuantos cojones esta noche!

El príncipe le dedicó una mirada de desprecio. Estaba más que medio borracho.

—Muy poético —dijo con desdén cuando el conde pasó a caballo.

Sin embargo, Romford fue capaz de notar que la vulgaridad natural de Northampton era exactamente lo que los hombres, nerviosos y hambrientos, necesitaban escuchar. Sin pensarlo, se llevó la mano a la espada corta que llevaba a la cintura.

Por primera vez, sintió que podría usarla en condiciones.

El conde pasó vociferando por toda la línea y, luego, volvió a su puesto, bajó trepando de la silla de montar y le dio un manotazo al trasero del caballo para que se alejase al galope, sin jinete, y encontrase el camino de vuelta hasta el molino de viento.

A continuación, se hizo un silencio absoluto sobre el ejército durante un instante.

Algo se movió en las barricadas de carros a su izquierda. De pronto, los arqueros que se encontraban encima comenzaron a caer de espaldas y un repiqueteo ensordecedor estalló en el lado contrario.

Romford se estremeció. Todavía no había ni rastro del enemigo a través del enorme hueco entre las dos alas de la barrera de carretas.

No obstante, algo se acercaba.

Y unos segundos después, el muchacho vio de qué se trataba.

Ballesteros. Cientos de ellos. Iban corriendo solo con sus armas en las manos y en desbandada para cumplir con la orden que habían recibido. Habían disparado a los arqueros que se hallaban encima de la barricada levantada con carros. Ahora, estaban intentando buscar las posiciones delante de la avanzadilla inglesa con la misión de recargar y volver a disparar a las tropas que habían formado en filas.

Incluso Romford se dio cuenta de que aquello era un error terrible.

—¡Hombres, aguantad!

La orden se gritó por toda la línea de la avanzadilla inglesa, aunque, originalmente, venía de la dirección de Northampton.

Por encima de esta, el muchacho pudo identificar las voces de los ballesteros, que se aullaban entre ellos de un lado a otro en un idioma que no era francés.

Nunca supo qué decían.

Aunque tampoco olvidaría lo que pasó a continuación. Porque, mientras los ballesteros paraban y se esforzaban en recargar sus armas, los arqueros anglosajones dieron un paso al frente al unísono desde detrás de cada una de las barricadas de madera.

Cargaron. Esperaron la orden.

Y dispararon.

A la llamada de carga, el chico se llevó la mano a su arco antes de recordar dónde se encontraba. La retiró y continuó observando, ahí quieto, la sangrienta procesión que se desarrollaba delante de él mientras los ballesteros eran derribados por una lluvia incesante de flechas.

Fue una masacre.

Algunos de los enemigos consiguieron cargar sus armas y disparar, pero por cada uno que fue capaz, otros cuatro acabaron sencillamente masacrados en el sitio. El joven miró por encima de las barricadas, donde había aterrizado la primera descarga coordinada de flechas de ballestas. Detrás de la barrera, vio a un solitario arquero inglés, que yacía muerto con una saeta clavada de la cara.

No localizó a ningún otro herido en su lado.

Sin embargo, enfrente, lo que había parecido un primer ataque organizado con saetas había sido un rotundo fracaso. En prácticamente un abrir y cerrar de ojos, los ballesteros se separaron, y aquellos que no estaban muertos o moribundos empezaron a huir.

En la peor dirección que podrían haber elegido.

Mientras corrían en sentido contrario a las defensas inglesas, de una depresión en el terreno apareció la primera imagen de los hombres a los que el chico había escuchado tocar trompetas y tambores.

La caballería francesa. Cientos de caballeros y hombres de armas montados atacaron desde la dirección hacia la que los ballesteros estaban huyendo.

Romford se llevó las manos a la boca. Y rezó hasta con la última fibra de su cuerpo para no ver lo que estaba a punto de presenciar.

Ahora bien, ninguna plegaria podía impedirlo.

Los caballeros franceses debieron ver a los ballesteros, pero o no les importó o estaban cargando en filas tan compactas que no habrían podido evitarlo ni aunque lo hubiesen querido. Tan solo se abalanzaron a toda velocidad sobre y a través de los hombres que huían, como si no estuviesen allí. Los cascos de los robustos caballos, que soportaban el peso de los grandullones con armadura, aplastaban a los soldados de su ejército, que estaban ligeramente protegidos.

El muchacho vio los cuerpos destrozados y los cráneos machacados. Observó que unos confusos y aterrados ballesteros intentaban todo lo posible por apartarse de su camino: esquivarlos, huir, hacerse un ovillo en el suelo o agitar los brazos en una protesta inútil. Los escuchó chillar como conejos.

Junto a él, el príncipe le dio otro sorbo a la bota de vino especiado y la ofreció a los hombres de armas que se encontraban allí cerca. Al final, le dio una palmadita a Romford en la espalda y se la pasó, pero estaba vacía. El chico fingió que bebía y se la devolvió. El futuro rey la agitó.

—Por Dios, no quedaba mucho —dijo arrastrando un poco las palabras.

Y, luego, el muchacho no le escuchó decir nada más, porque, ahora, los caballeros franceses, que habían pisoteado a sus propios ballesteros, estaban alcanzando el hueco entre las barricadas.

El hombre de armas que se encontraba al otro lado del heredero del trono extendió un brazo y le cerró el visor. Luego, le echó un vistazo a Romford, que llevaba el casco negro, que no le cubría la cara, y el chaleco de cota de malla, completamente desprotegido sin una armadura de placas, y negó con la cabeza.

—¿Sabes lo que estás haciendo? —le preguntó.

El muchacho negó con la cabeza.

—Por las llagas de Cristo —exclamó este—. En ese caso, aparta del puto camino.

Y luego tampoco dijo nada más. Se bajó su propia visera, agarró el montante con ambas manos y se cambió de sitio para estar directamente delante del príncipe. Los primeros jinetes franceses llegaron al hueco dentro de las barricadas. Romford vio a los arqueros que estaban a ambos lados soltar otra descarga, que hizo que los caballos se encabritaran y que alguno de los guerreros que se encontraban sobre ellos saliesen volando de las sillas de montar. Le picaban las manos. Deseó encontrarse entre ellos.

Luego, observó que muchos de los caballeros atravesaban la tormenta de arqueros y se cernían sobre las líneas inglesas. Hacia la cabeza. Hacia él. Y entonces, de pronto, se dio cuenta de que, a lo mejor, estaba a punto de morir.

Al contrario que en el río, no quería que fuese así.

Se llevó la mano a la espada corta y la desenvainó del lugar donde descansaba en su costado. Vio a un caballero que llevaba una bonita sobreveste azul y blandía una enorme espada sobre la cabeza mientras galopaba a toda velocidad exactamente hacia el punto en el que él se encontraba. A medida que el enemigo se acercaba, Romford escuchó una serie de retumbos que le recordaron a los truenos, más fuerte y alarmante que cualquier otra cosa que hubiese escuchado antes.

Creyó poder ver humo, aunque no estaba seguro de si era polvo. Y también olió algo que le recordó a la sustancia que consumía.

Sin embargo, no tuvo tiempo de pensar qué era, porque tenía al caballero casi encima. Escuchó al animal resoplar y notó el movimiento del aire.

A continuación, el mundo a su alrededor se volvió borroso, y saboreó la hierba y el lodo.

«He aquí el final», pensó.

Un suspiro después, todo se volvió negro.

Pies.

Lo único que podía ver eran pies. Unos cubiertos de piel, y otros, de hierro o acero.

Se movían, pisoteaban, se escurrían. Daban patadas.

Los pies lo aplastaron. Le clavaron las espuelas puntiagudas de los talones en los costados. Intentó escapar gateando hacia delante, pero había más pies dondequiera que iba.

A pesar de que trató de ponerse a cuatro patas para, así, quizá, levantarse y alejarse de ellos, volvieron a tumbarlo de una patada. Un talón extraviado le dio de lleno con fuerza en la boca. El chico saboreó la sangre y supo que se había partido el labio. Acto seguido, escupió un diente.

Volvió a intentar levantarse a gatas.

Cayó.

Dos pies le pisaron las manos. Gritó. Babeó sangre. Otro par caminó con fuerza sobre el vientre y lo dejaron sin aire.

El muchacho intentó rodar hacia la izquierda, pero se encontró cara a cara con un cadáver. El hombre tenía una daga hundida hasta la empuñadura en la cuenca del ojo. El otro estaba abierto de par en par con incredulidad.

Romford pidió ayuda a gritos. Volvió a luchar por ponerse de pie y, esa vez, de la desesperación, agarró una de las piernas que tenía cerca. Estaba cubierta por una armadura de placas, que resbalaba por el sudor, el barro, los escupitajos, el vómito, el pis y la sangre, así que se le escurrieron las manos, pero encontró una articulación en el acero y se impulsó con más fuerza hacia arriba.

Ya estaba en pie y doblado casi por la mitad, aunque, al erguirse, olió aire fresco durante un instante.

Luego, su pierna tropezó hacia atrás. Romford se vio sacudido de espaldas con ella y, a continuación, se encontraba aplastado entre dos armaduras, los cuerpos que se agitaban dentro de ellas y a su alrededor. Oyó los gritos y los alaridos de dolor, pero no estaba seguro de si eran suyos o de otra persona.

La presión se endureció. Y más. Hasta que el aire comenzó a abandonar sus pulmones.

Y, de nuevo, el mundo comenzó a volverse negro.

Entonces, de pronto, los cuerpos se separaron violentamente y quedó liberado. Aunque respiraba con dificultad, Romford por fin consiguió erguirse del todo y, tambaleándose, se alejó un par de pasos. Luego miró a su alrededor y se dio cuenta de que se encontraba entre una vasta multitud; los hombres lo acorralaban en todas direcciones. Todos se empujaban entre ellos y se bamboleaban. Blandían armas con los brazos en alto. Toda la masa se sacudía como si se tratase de una bestia que rodaba de un lado a otro, de acá para allá.

No conocía a nadie que estuviese junto a él. Tampoco podía ver al príncipe. Alzó la vista e intentó mirar más allá del mar de yelmos, algunos perdidos o arrancados para revelar caras amoratadas y ensangrentadas con el cabello pegado, los ojos hinchados y las narices partidas. Estaba buscando la bandera con el dragón del príncipe. El crepúsculo caía sobre los guerreros. La luz se estaba desvaneciendo rápido, aunque fue suficiente para saber que esta no se encontraba en ninguna parte.

Había caído.

Se palpó el pecho en busca de la cuerda de su arco.

El arco también había desaparecido.

Aún tenía una de las aljabas sujeta al costado. Y el casco negro en la mano.

Ya era algo.

Mientras la multitud se agolpaba, el muchacho se las apañó para respirar hondo un par de veces y, acto seguido, comenzó a abrirse paso a empujones a fin de volver en la dirección de lo único que reconocía. El molino de viento. Sabía que se estaba alejando de la batalla. De los franceses y los germanos con sus caballos y la sangre de sus camaradas en las manos.

Se preguntó si eso lo convertía en un cobarde, pero no le importó. Tan solo siguió empujando.

Entonces se topó con alguien que conocía. Una cara atractiva que estaba mirando directamente a la suya. Un vendaje le cubría un ojo.

Sir Thomas Holand.

No lo había visto desde la noche en la que le pidió que le diese polvo al heredero del trono por primera vez, aunque el caballero lo reconoció. Este lo agarró por el hombro y se inclinó para gritarle al oído.

—El príncipe —aulló—. ¿Dónde está?

Romford se encogió de hombros.

Acto seguido, el hombre escudriñó la aglomeración desde arriba, igual que había hecho el joven.

—Su pendón ha caído —gritó—. ¿Por qué no estás allí?

El muchacho le enseñó las manos a sir Thomas.

—No tengo armas —le contestó chillando y con un ceceo por el labio partido.

El caballero cerró los ojos durante un instante. El ruido ya era ensordecedor. A continuación, volvió a inclinarse sobre la oreja del chico y bramó algo que le sonó a «Diseco bey».

El joven negó con la cabeza y el hombre se puso a gritar lo más alto que pudo.

—¡Díselo al rey! ¡El príncipe! ¡Cuéntaselo! Tú – vete – ya.

Entonces, liberó su brazo de la presión de la multitud y levantó la espada por encima de la cabeza para apartar a los hombres de su camino de vuelta a la batalla.

Romford se puso de puntillas y avistó una ruta hasta el molino de viento. Después, agachó la cabeza todo lo que fue capaz para poder abrirse paso hacia delante.

Le había resultado más fácil avanzar entre los pies. Al final, respiró hondo otra vez y comenzó a utilizar toda su fuerza a fin de penetrar entre los cuerpos en dirección al molino de viento.

Enseguida descubrió que, si quería pasar, le resultaba menos costoso mover cada cuerpo con el que se apretujaba. Empujó y empujó y, por fin, salió tambaleándose de la parte trasera de la multitud, donde arrastraban a los heridos que no paraban de gemir y los caballeros cansados bebían agua y cambiaban las armas rotas.

Romford pasó junto a un arquero muerto que tenía un arco junto a la mano blanca. Pensó un segundo. Se acordó de Loveday, con su jubón de ballestero, largo y marrón. Luego cogió el arco y se lo colgó a la espalda.

El molino de viento se encontraba a treinta pasos y echó a correr hacia él. A medida que avanzaba, comenzó a gritar lo más alto que pudo:

—¡El príncipe! ¡El príncipe está en peligro! ¡El príncipe está en peligro!

Los ojos se le empañaron de lágrimas por la carrera y los chillidos. La luz del día casi había desaparecido por completo, así que no vio al grandullón que se acercaba a él hasta que fue demasiado tarde.

El joven se topó de cabeza contra el firme pecho del hombre. No iba armado, pero, con todo y con eso, era lo bastante duro como para frenar a Romford en seco y tirarlo de culo.

El chico se quedó sentado en el suelo, aturdido. Se secó las lágrimas de los ojos y la sangre de la barbilla.

Millstone se encontraba ante él. Portaba un martillo gigante en la mano derecha. Llevaba el espeso cabello rizado recogido en la nuca y tenía el rostro tan quemado por el sol que era casi negro a la vista. Sin embargo, sus ojos azules brillaron en señal de reconocimiento

Alargó una mano, el muchacho la tomó y dejó que tirase de él hasta ponerlo en pie.

—Millstone —dijo—. Creí que estabas…

—Todavía no, chaval —le contestó el enorme cantero—. Y hoy tampoco.

Millstone siguió a Romford hasta la achaparrada torre de piedra que era el molino de viento. Un escuadrón de hombres de armas bloqueaba el paso de la puerta. El chico alzó la vista. Había una ventana en la parte de arriba, tras las aspas, y supuso que el rey debía encontrarse ahí.

—Necesito ver al rey —dijo el joven.

Seguía ceceando y era consciente de lo ridículo que sonaba.

El hombre de armas lo fulminó con la mirada. Desde el campo de batalla, en algún punto cerca de la muralla de carros, llegó otra serie de explosiones como las que el joven había escuchado antes de caerse. El chico, sobresaltado, dio un respingo.

—Cañones —le informó el soldado—. ¿Nunca habías oído uno?

Romford negó con la cabeza rápidamente.

—Por favor —le suplicó—. Traigo un mensaje para el rey. De sir Thomas Holand. Es su hijo. El príncipe. Él…

El hombre de armas de mayor porte miró al muchacho.

—Ya lo sabemos. El monarca lo sabe.

El muchacho se sentía aturdido, pero terminó la frase de todas formas.

—Necesita ayuda.

El hombre de armas soltó una carcajada y colocó las manos en los hombros del joven.

—Hemos visto la bandera desde aquí. ¿Te digo lo que ha respondido el rey?

Romford abrió la boca. Y la cerró.

El centinela asintió.

—Ha dicho que si el pequeño imbécil quiere jugar a ser un caballero, hoy puede ganarse el puto título. —Y sonrió—. Si tantas ganas tienes de salvarlo, ve y rescátalo.

Luego se cruzó de brazos, miró a Millstone de arriba abajo y le preguntó:

—¿Uno de los del grupo de Hastings?

Este asintió.

—Por lo menos, tú has vuelto —le comentó.

Romford miró con pánico al campo de batalla tras él. El sol casi había desaparecido. El cielo estaba gris y un humo extraño se dejaba llevar sobre la melé. Los hombres agotados estaban luchando hasta la extenuación en la penumbra.

El muchacho volvió a girarse y miró a Millstone.

—¿Me ayudas? —le preguntó.

Y el cantero le contestó:

—Por supuesto.

Los dos Perros rodearon al trote el borde de la multitud y circundaron el bosque hasta que llegaron al muro de carros. En la parte en la que el terreno descendía suavemente hacia este, la sangre fluía en pequeños riachuelos y hacía que sus pies chapotearan.

Desde el extremo derecho del campo de batalla pudieron ver la línea inglesa de hombres de armas y caballeros a pie, que empujaban sin cesar a los franceses hacia el hueco de la muralla de carretas. El ruido seguía siendo ensordecedor. Y a través de la aglomeración resultaba imposible avistar dónde podía estar el príncipe.

Millstone y Romford se encontraban justo pegados al muro de carros cuando el chico gritó al cantero.

—Súbeme.

Este no pareció muy seguro de aquello, pero lo hizo de todas formas y entrelazó las manos para que el muchacho pudiese usarlas a modo de escalón. El joven se impulsó hasta encima de una carreta y se puso de pie en el lateral volcado.

Después, se descolgó el arco de la espalda, cargó una flecha y la usó para orientarse en la melé.

La noche ya se les había echado encima, pero forzó la vista y pudo discernir focos de acción entre la multitud.

Al otro lado del campo vio la bandera escarlata del conde de Warwick, que permanecía firme y en pie, así como a enormes caballeros que no tenían piedad ni cedían ni un metro a su alrededor. Cerca de allí se encontraban muy juntos los pendones de sir Godofredo y Northampton, y se estaba librando una batalla más o menos igual de pareja. Los arqueros seguían manteniendo sus posiciones en las líneas a ambos lados del hueco de la muralla de carretas.

Romford arrastró la vista y guio el arco al centro del campo. Ahí vio que estaba sucediendo algo peculiar: dos caballeros estaban ayudando a otro anciano, que llevaba una corona de oro sujeta encima de un yelmo tubular pasado de moda y rodeado de plumas de avestruz, a montar en su caballo, y ataron a sus animales a ambos lados del suyo.

El muchacho no tenía ni idea de quién era, pero sí que pudo ver que no era francés. Por los movimientos del hombre, parecía como si fuese ciego.

Entonces recordó el sermón que le soltó el rey Eduardo al príncipe sobre un rey ciego de Bohemia.

El chico contempló durante un instante cómo el hombre impedido y los caballeros atados a sus flancos se lanzaban a la carga, pero desaparecieron en el revuelo de la batalla y no los volvió a ver.

Después, movió todavía más el arco alrededor del ejército francés.

Entonces lo vio.

Puede que se encontrase a doscientos pasos de allí. Detrás de la línea principal que separaba ambos ejércitos. Un hombre que no parecía estar mejor preparado para la batalla que él se encargaba de arrastrarlo mientras este agitaba las extremidades y gritaba.

Acto seguido, llamó a Millstone.

—Lo he encontrado.

El cantero se encogió de hombros. No lo oía.

Romford mantuvo la flecha apuntando hacia el hombre que estaba arrastrando al príncipe.

El tiro era difícil, pero no imposible.

Doscientos pasos. Un blanco en movimiento y un disparo de arriba a abajo. Con poca luz. Una brisa que corría de izquierda a derecha por el campo de batalla. Un arco con el que no estaba familiarizado.

A continuación, afianzó los pies sobre el carro y tensó la cuerda del arma mientras sentía cómo la fuerza se transfería del cáñamo a su hombro y a los músculos de la espalda.

Llevaba sin disparar un arco desde Gaillon.

Una razón más para no jugársela.

No obstante, a Romford le encantaba jugar. Así que, tiró de la flecha hasta donde pudo. Exhaló por la nariz hasta que no le quedó aire en los pulmones. Le ordenó a su corazón que se calmara.

Apuntó a la parte más grande del hombre que tiraba del príncipe.

Y soltó.

Al liberar la flecha, se escuchó otro enorme estallido de los cañones, que vio que habían colocado junto a los arqueros: eran unos horrorosos tubos cortos montados sobre unas carretillas de madera. Unos hombres con las caras manchadas de lo que fuese negro que conseguía que estallasen se apresuraron a rodearlos y a dispararlos de nuevo.

La explosión de los cañones volvió a invadir el aire con un humo que se dejaba llevar por el viento. Con el corazón que se le iba a salir del pecho, Romford se arrodilló e intentó mirar a través de este en busca del príncipe.

Sin embargo, no pudo ver nada, excepto oscuridad y gris. El muchacho deseó que el humo se disipase, pero seguía flotando en el aire, obstinado, sobre el aullido de la pelea.

El chico bajó la vista hasta Millstone. El cantero estaba esperando con paciencia mientras quitaba algo duro que había formado costra en la cabeza del martillo.

Romford volvió a girarse hacia la batalla y, entonces, fue capaz de ver.

En mitad de la línea inglesa, el caballero ciego con las plumas de avestruz yacía hecho pedazos en la tierra. Se había formado un círculo a su alrededor y los guerreros de su mismo rango habían parado de luchar para de contemplar con asombro su cadáver.

En el lado opuesto del campo, donde se encontraba la pequeña arboleda, una nueva oleada de cientos, quizá miles, de caballeros ingleses corría hacia la batalla desde la dirección del molino de viento. El pendón del rey ondeaba sobre sus cabezas.

Y de vuelta en las líneas inglesas, estaban levantando la bandera del dragón del príncipe de Gales, hecha jirones, cubierta de lodo y pisoteadísima, para volver a colocarla en su mástil. Dos hombres de armas tiraban del heredero del trono a fin de llevarlo de vuelta a través de la multitud. Pararon al pasar junto al círculo de personas que se encontraban alrededor del rey ciego fallecido y vio que le señalaron el cadáver del monarca.

Acto seguido, el príncipe entró en el círculo y arrancó las plumas del yelmo del monarca invidente. Luego, los hombres de armas lo empujaron hacia atrás entre la multitud.

Romford notó que el alivio y la felicidad le inundaban todo el cuerpo. Después, bajó del carro de un salto y abrazó a Millstone.

—¡Está a salvo! —le gritó al oído.

El cantero asintió.

—Eso es bueno.

—¡Tenemos que ir a verlo!

El hombre parecía indeciso.

—Yo no —le respondió chillando—. Te veo junto al molino de viento. —Y colocó las dos manos en los hombros del chico—. ¿Has alcanzado el objetivo al que has apuntado?

El muchacho se encogió de hombros.

—No lo he visto, pero creo que sí.

Un segundo después se alejó corriendo, esquivó a los caballeros agotados que volvían tambaleándose del frente y saltó sobre los heridos y los moribundos mientras intentaba interceptar al futuro monarca.

Alcanzó al príncipe Eduardo cuando emergía de la parte trasera de la multitud. Los hombres de armas ya habían dejado de llevarlo a rastras, y ahora caminaba orgulloso y sacando pecho.

Había perdido el yelmo y una de las placas que le cubrían el hombro de la armadura se le había soltado un poco. Sin embargo, sostenía su espada en alto con una mano y las tres plumas de avestruz del rey muerto y ciego en la otra.

Estaba gritando algo en un idioma estridente que el muchacho no conocía.

—*Ich dien! Ich dien!*

También tenía una sonrisa victoriosa y desenfrenada en la cara.

—¿Dónde está mi padre? —chilló—. Tiene que ver esto. ¡Los franceses se están retirando! ¡Hemos ganado!

Los hombres de armas, que ahora estaban tras él, intercambiaron unas miraditas.

Romford se interpuso en el camino del príncipe justo en el mismo momento que lo hizo sir John Chandos. Incómodo, dio un paso atrás y el lugarteniente se dirigió al heredero del trono.

—Una fuga excelente, mi señor. Deduzco que acabará en las crónicas.

La sonrisa del príncipe se ensanchó más todavía.

—¿Dónde está mi padre? —volvió a preguntar—. Voy a mostrarle mi trofeo y a contarle cómo hemos espantado a los campesinos franceses.

Chandos dibujó una débil sonrisa.

—El rey ahora mismo se encuentra liderando la reserva de caballeros del centro y la retaguardia —le explicó—. Están… —e hizo una pausa—… poniendo fin a las cosas. —Y se aclaró la voz—. Ya veo que tiene la insignia del rey de Bohemia. Toda la cristiandad llorará a tan excelente guerrero.

Y el príncipe resopló con sorna.

—¿Un excelente guerrero? Murió como un estúpido. Voy a quedármela de recordatorio para no ser jamás así de imbécil. ¿Qué otros trofeos hemos tomado?

Romford se había estado desabrochando el casco mientras sir Chandos y el hijo del rey hablaban. Luego, dio un paso al frente, se arrodilló ante el heredero del trono y le dedicó una tímida sonrisa.

—Mi señor —comenzó—, me alegro de que estéis a salvo.

El príncipe lo observó con impaciencia.

—¿Qué pasa, chico?

El lugarteniente escudriñaba el campo de batalla y Romford comenzó a sentirse incómodo, pero continuó:

—Mi señor, quería daros mi casco como presente. Es un… regalo. Para dar gracias por que hayáis sobrevivido. Estaba en el carro, os he visto y…

Era consciente de que estaba farfullando. Se escuchó la voz, pastosa y ceceante por haberse partido el labio.

El príncipe puso un gesto de desdén y le quitó el casco al muchacho.

—Es negro —dijo.

Romford asintió.

—Me ha traído suerte. Creo que me ha salvado la vida. Me pareció que, quizá…

El hijo del rey volvió a resopló con sorna.

—Ningún príncipe porta una armadura negra —le contestó.

Luego, le tiró el casco para devolvérselo y, sin mirar atrás, se marchó con prisa hacia el molino de viento.

Cuando se marchó, el joven arquero caminó aturdido en la misma dirección, hacia el lugar donde había dicho que se encontraría con Millstone.

Se sentía como si cada flecha que había lanzado le estuviese atravesando el pecho. Como si se hubiesen enterrado en su corazón hasta el emplumado.

Una lágrima le corrió por la mejilla.

La sal le escoció en el labio, pero no se la secó.

Tras él, escuchó que la batalla había acabado. Los hombres encendían hogueras en el campo donde se había librado la lucha y se preparaban para pasar la noche. Para dormir entre los muertos.

Buscó a Millstone a su alrededor a la luz de las llamas y la luna creciente. No fue capaz de verlo durante un buen rato, pero esperó y vagó sin rumbo hasta que pudo. Cogió una bota medio llena de vino de la mano de un caballero moribundo y se la bebió de un trago.

Al final, encontró al cantero. De pie, con un grupo de otros hombres al otro lado del molino, al borde del campo de batalla, donde la hierba apestaba a mierda de caballo, pero no chorreaba sangre.

No reconoció a los hombres hasta que no se acercó a ellos.

Sin embargo, después vio que se trataba de los Perros de Essex. O lo que quedaba de ellos. El gigantesco escocés. Tebbe, el arquero enjuto, y Thorp, su amigo. La figura rechoncha, amable y digna de confianza de Loveday, una silueta oscura en contraste con la oscuridad. Sostenía la mano derecha contra el pecho y se apoyaba hacia delante sobre la espada corta con el mismo aspecto de siempre, como si intentase recuperar el aliento.

Romford se acercó al grupo, aunque ellos no lo vieron entre las tinieblas.

Y él tampoco dijo nada a fin de alertarlos. Simplemente se paró allí y escuchó.

El Escocés, con el cabello y la barba apelmazados por la sangre, despotricaba entre gruñidos. Los arqueros estaban de brazos cruzados, y aunque Loveday negaba con la cabeza, no decía nada.

Romford se dio cuenta de que algo iba mal. De que Millstone les había traído malas noticias. Sin embargo, no fue capaz de comprender de qué se trataba. Otra lágrima le resbaló por el rostro.

Loveday dijo:

—No lo entiendo.

El Escocés respondió:

—Pues yo sí, joder.

Y Millstone añadió:

—Os lo estoy diciendo, lo he visto.

»El Capitán. Está vivo.

Epílogo

Puesto que el resultado de la guerra es dudoso, y como la batalla es dura y todos lo que luchan tienden a conquistar en lugar de ser conquistados y son incapaces de considerar que algo continúe más allá de sí mismos, los hombres ni siquiera pueden juzgar bien aquello que les sucede a ellos. Aunque, después de todo, los sucesos han de ser juzgados [...].

Crónica mayor, de Gilles Li Muisis

Aquella noche, la chica durmió en el bosque, pero se despertó antes del amanecer y volvió a arrastrarse hasta la linde de los árboles para observar cómo se desarrollaba el nuevo día. Contempló otro ataque de los franceses antes de que los ahuyentaran los ingleses.

Esa vez no supuso tanto esfuerzo.

Se quedó otra noche allí con el objetivo de poder observar cómo trataban a los muertos. Cómo los apilaban en montones de tres en tres. Les despojaron de sus posesiones refinadas. Les cortaron las manos para quitarles los anillos. Trajeron las carretas de comida y bebida desde los campamentos abandonados.

No podía decidir a quién odiaba más.

Sin embargo, sabía que todavía no había terminado.

A mitad de la segunda tarde, vio al hombre amable de Caen y a sus amigos, tirados exhaustos al sol.

Entonces toqueteó su cuchillo. Lo había mantenido afilado.

Le dijo que este había matado a hombres.

Entonces, lo mantuvo en equilibrio con la punta apoyada en la yema del dedo. Luego, lo lanzó al aire y lo agarró por el mango, de la misma manera que ya había hecho cientos de veces.

Pensó en Valognes. Y en todos los lugares que había visto desde entonces.

Y también en el príncipe, que se pavoneaba orgulloso por el campamento, contando historias sobre la batalla que había ganado a toda persona dispuesta a escuchar.

Volvió a lanzar el cuchillo al aire y lo cogió.

Este había matado a hombres.

Y volvería a hacerlo.

Nota del autor

El ejército y la flota de Eduardo III, que ascendía a un número aproximado de 15 000 hombres, invadieron Normandía en el verano de 1346. Durante el curso de las seis semanas y media siguientes, marcharon, quemaron y lucharon para abrirse paso más allá de las playas de Normandía hasta la linde de un bosque pasado el Somme. Esta fue una de las primeras campañas militares más importantes y dramáticas de la guerra de los Cien Años, que se libró entre los reinos de Inglaterra y Francia, así como con sus diferentes aliados, entre 1337 y 1453. Muchos de estos acontecimientos se convirtieron en leyenda incluso antes de que sus participantes volvieran a casa.

Obviamente, este libro es un retrato ficticio de aquella operación militar, vista desde los ojos de los Perros de Essex, una compañía pequeña. Es cierto que muchos de los personajes representados en la obra estuvieron de verdad presentes en la campaña de Crécy y la mayoría de los episodios fundamentales que aquí se describen son fehacientes (desde el desembarco en Saint-Vaast-la-Hougue a la recuperación de las tres cabezas de los caballeros en Saint-Lô, pasando por el cruce de Blanchetaque y la mismísima batalla final). Las citas que dan comienzo a cada capítulo han salido de crónicas originales del siglo XIV, pero los Perros son personajes puramente imaginarios, y he delineado a mi antojo a todas las figuras históricas representadas (el príncipe de Gales, los condes de Northampton y Warwick y demás). He escrito muchos libros históricos, y este es ficción. Los lectores que deseen ver dónde me he ceñido a los hechos históricos y dónde me he tomado libertades pueden consultar la lista de lectura básica que sigue a esta nota.

He concebido este libro durante muchas etapas. La idea de redactar una novela sobre una banda pícara de soldados saqueadores, conocidos como los «Perros de Essex», se me ocurrió en 2017 mientras iba medio dormido en un vuelto de Praga a Londres. Comencé a escribir sobre estos, pero no era capaz de encontrar la aventura correcta para ellos. Así pues, di carpetazo al proyecto y cayó en el olvido hasta el invierno de 2018-2019, cuando alquilé una casa en Normandía, bastante cerca de Saint-Lô. Durante un paseo con unos amigos por la playa de Omaha el día de Año Nuevo, comencé a pensar que sería viable, y divertido, que los Perros hubiesen formado parte del desembarco, un poco más al norte por la costa (en la playa de Utah), del rey Eduardo en 1346.

Ahora bien, incluso entonces vacilé. No fue hasta aquel verano, tras una conversación sobre muchos temas diferentes durante una cena con George R. R. Martin —amante de la historia, cuyos trabajos de ficción admiro enormemente— cuando algo hizo clic. Después de aquello, me fui a casa y me puse manos a la obra. George no tiene nada que ver con la redacción de esta historia. Su contribución no fue más allá de ser una inspiración y un héroe para mí. De todas formas, fue una importante.

Unas pocas personas leyeron partes de esta obra mientras la estaba escribiendo y me ofrecieron sugerencias, su apoyo o ambos. En este sentido, le doy las gracias a Natasha Bardon, Shane Batt, Honor Cargill-Martin, Julia Dietz, Walter Donohue, Elodie Harper, Wayne Garvie, Blake Gilbert, Duff McKagan, Oliver Morgan, Joel Wilson y a Paul Wilson. Le estoy agradecido a Michael Livingston por compartir conmigo un adelanto del manuscrito de su soberbia y revolucionaria historia sobre Crécy. Anthony Cheetham y Nic Cheetham, mis editores de Head of Zeus, me animaron a añadir la ficción a mi repertorio. Laura Palmer y su equipo convirtieron esto, que era un manuscrito, en un libro. Georgina Capel, mi agente, me apoyó (otra vez).

Mis agradecimientos superespeciales van para dos importantes compañías. A los Perros, por permitirme darles vida, y a mi familia, por soportarme mientras lo hacía.

Dan Jones
Staines-upon-Thames
Primavera de 2022

Lista de lectura

Andrew Ayton y sir Philip Preston: *The Battle of Crécy, 1346* (Boydell: 2005).

Richard Barber: *Life & Campaigns of the Black Prince* (Boydell: 1986).

Michael Livingston: *Crécy: Battle of Five Kings* (Osprey: 2022).

Michael Livingston y Kelly DeVries: *The Battle of Crécy: A Casebook* (Liverpool University Press: 2015).

Marilyn Livingstone y Morgen Witzel: *The Road to Crécy: The English Invasion of France, 1346* (Routledge: 2013)

Jonathan Sumption: *The Hundred Years War Volume I: Trial by Battle* (Faber: 1990).

Ático de los Libros le agradece la atención
dedicada a *Los Perros de Essex,* de Dan Jones
Esperamos que haya disfrutado de la lectura
y le invitamos a visitarnos
en www.aticodeloslibros.com,
donde encontrará más información
sobre nuestras publicaciones.

Si lo desea, puede también seguirnos
a través de Facebook, Twitter o Instagram y suscribirse
a nuestro boletín utilizando su teléfono móvil
para leer los siguientes códigos QR: